Catherine Lloyd wurde in der Nähe von London, England, in eine große Familie von Träumern, Künstlern und Geschichtsliebhabern geboren. Sie schloss ihre Ausbildung mit einem Master in Geschichte am University College of Wales, Aberystwyth, ab und nutzt die dort erworbenen Kenntnisse für die Recherche und das Schreiben ihrer historischen Krimis. Catherine lebt derzeit mit ihrem Mann und ihren vier Kindern auf Hawaii.

CATHERINE LLOYD

MORD LERNT NIE AUS

EIN FALL FÜR MAJOR KURLAND
& MISS HARRINGTON

STAFFEL 2

Deutsche Erstausgabe Juni 2022

Mord lernt nie aus

ISBN 978-3-98637-950-6
E-Book-ISBN 978-3-98637-523-2

Titel des englischen Originals: Death Comes to the School

Published by Arrangement with KENSINGTON PUBLISHING CORP., NEW YORK, NY 10018 USA THE PUBLISHER

Dieses Werk wurde vermittelt durch die Literarische Agentur Thomas Schlück GmbH, 30161 Hannover.

Übersetzt von: Robin Morgenstern
Covergestaltung: ARTC.ore Design
Umschlaggestaltung: ARTC.ore Design
Unter Verwendung von Abbildungen von shutterstock.com: © Adam Fraise, © Stephen B. Goodwin, © del-Mar, © KathySG, © gyn9037, © asharkyu
Korrektorat: Stefanie Wenke
Satz: dp DIGITAL PUBLISHERS GmbH
Druck und Bindung: Books on Demand GmbH, Norderstedt

Dieses Buch widme ich meinem Onkel Colm Harrington, einem großartigen und liebenswürdigen Mann, der nicht mehr unter uns weilt. Ruhe in Frieden.

Kapitel 1

Kurland Hall, England, Dezember 1820

Nach drei Jahren Ehe war Lucy, Lady Kurland, die üble Laune von Sir Robert am Frühstückstisch gewohnt. Er hasste es, beim Essen zu plaudern, was für sie oft frustrierend war, da es den anstehenden Tag viel zu bereden galt. Unglücklicherweise hatte ihr Ehemann die Angewohnheit, sich hinter seiner Zeitung zu verstecken und jeden Versuch einer Unterhaltung ihrerseits nur mit vereinzeltem Knurren zu beantworten.

So war es auch an diesem Wintermorgen, allerdings hatte zur Abwechslung auch Lucy wenig Interesse, mit ihm zu sprechen. Obwohl sie tief geschlafen hatte, war sie müde und selbst ein wenig mürrisch gestimmt. Die Weihnachtszeit kam immer näher und obwohl es nicht länger zu ihren Pflichten gehörte, sich um das Pfarrhaus und ihren Vater zu kümmern, hatte sie dennoch viel zu tun.

„Die Post, Mylady."

„Vielen Dank, Foley."

Lucy nahm das vom Butler präsentierte Silbertablett an sich und sortierte die Briefe und Rechnungen, bis sie ihre Korrespondenz von der ihres Mannes getrennt hatte.

„Ein Brief von deiner Tante Rose, Robert. Sie scheint gerade in London zu sein."

„Hm?" Hinter der Zeitung tauchte eine Hand auf und Lucy legte den schweren Brief hinein. „Danke dir."

Lucy trommelte mit den Fingern auf dem Stapel aus Briefen herum. Sie hatte keine Lust, auch nur einen zu öffnen. Sie würde nichts anderes vorfinden als Mitleidsbekundungen zu ihrem gesundheitlichen Zustand und daran wollte sie keinen weiteren Gedanken verschwenden. Sie wusste die Besorgnis zwar zu schätzen, aber sie wollte sich nicht noch schlechter fühlen als ohnehin schon.

Sie seufzte und blickte durchs Fenster. Über dem winterlich kargen Garten des Anwesens hingen dunkle Wolken. Die Bäume waren kahl. Die wenigen Sonnenstrahlen, die es durch das Grau schafften, ließen vereinzelt die Eiskristalle an den Grashalmen glänzen. Offenbar war es auch recht windig, weshalb sie sich noch einmal überlegte, ob sie heute wirklich wie geplant ins Dorf gehen würde. Sie hatte ihrem Vater versprochen, ihn im Pfarrhaus zu besuchen. Und am Nachmittag erwartete sie einige der Frauen aus dem Dorf zum Tee im Herrenhaus.

Es mussten Pläne für die Festtage gemacht werden und dafür brauchte sie die Hilfe von allen im Ort. Lucy biss sich auf die Lippe. Ihr war nicht danach zumute, die Kräfte der örtlichen Oberschicht zu mobilisieren, denn dafür war oft eine Menge Feingefühl notwendig. In ihrer kleinen Gemeinde hatte sie den höchsten sozialen Status inne und viele verließen sich darauf, dass sie den Ton angab. Unter normalen Umständen würde sie diese Erwartung mit Energie erfüllen, aber heute ...

Sie legte die Serviette auf dem Tisch ab, nahm ihre Briefe und rückte mit ihrem Stuhl zurück.

„Diese verdammte, inkompetente Regierung“, murmelte Robert verborgen hinter seiner Zeitung vor sich hin. Er verfolgte noch immer die Ambition, ein Abgeordneter im Parlament zu werden, es hatte sich bisher allerdings kein geeigneter Sitz für ihn gefunden.

Foley, der neben Lucy stehen geblieben war, räusperte sich. „Sind Sie sich wirklich sicher, dass Sie schon fertig sind, Mylady? Sie haben nur einen halben Toast zu sich genommen.“

„Ich habe keinen Hunger.“ Sie schenkte ihm ein kurzes Lächeln, als er ihr den Stuhl wegrückte, während sie sich erhob.

„Können Sie bitte dafür sorgen, dass das Feuer in meinem Wohnzimmer entfacht wird? Und könnten Sie Mr Coleman darum bitten, in einer halben Stunde mit der Kutsche vorzufahren?“

„Selbstverständlich, Mylady.“ Foley verbeugte sich tief. „Und wie wäre es mit einer frischen Kanne Tee? Die Köchin hat gerade erst ein paar Scones gebacken, die wunderbar zu Erdbeermarmelade und Clotted Cream passen würden.“

„Tee wäre wunderbar.“

Sie verließ den Frühstückssalon und begab sich in ihr Wohnzimmer, wo das neue Hausmädchen, entgegen ihrer Sorge, bereits das Feuer angezündet hatte und der kalte Raum daher schon ein wenig warm war. Lucy setzte sich an ihren Schreibtisch und ging den Briefstapel durch. Ein Schreiben ihres Bruders

Anthony, der derzeit im Ausland stationiert war, legte sie zur späteren Lektüre beiseite. Immerhin hatte er keine Ahnung, wie es ihr ergangen war. Von ihm würde sie daher zur Abwechslung von seinen Aussichten einer strahlenden Karriere im Regiment der 10. Husaren des Prinzen von Wales lesen. Er würde sich nur darüber Gedanken machen, wie er dies mit seinem begrenzten Budget würde erreichen können.

Sie brach das Siegel auf einer Rechnung ihrer Schneiderin in Hertford und überflog das Schreiben. Sie konnte den Betrag problemlos aus ihrem Taschengeld begleichen, das sie einmal pro Quartal erhielt. Sie ging immer gewissenhaft damit um, damit sie Robert nie nach zusätzlichem Geld fragen musste. Er war allerdings auch ein recht großzügiger Geldgeber. Im Gegensatz zum Großteil des Landadels stammte das meiste seines Vermögens aus dem industriellen Norden und dieses Erbe hatte in den letzten Jahren des Konflikts und der politischen Unruhen nur an Wert gewonnen.

Sie begutachtete den letzten Brief des Stapels. Darauf befand sich kein Poststempel und er war auch nicht per Unterschrift frankiert. Das Papier wirkte billig und die Handschrift war krakelig.

Lucy runzelte die Stirn, als sie das Blatt entfaltete und sich bemühte, das Geschriebene zu entziffern.

Du wirst allein und kinderlos sterben. Keiner deiner heidnischen Zaubersprüche wird funktionieren. Die Turners haben dich für immer mit einem Fluch belegt.

Lucy blinzelte verdutzt und las den kurzen Text erneut. Der Brief war nicht unterschrieben. Wer würde ihr so etwas schicken und *warum*? Hastig suchte sie nach ihrem Taschentuch, in der Angst, dass jemand sie weinen sehen könnte. Sie war entsetzt über ihre eigene Schwäche.

Eigentlich betrachtete sie die Heilerin im Dorf, Grace Turner, als ihre Freundin. Konnte es sein, dass Grace hinter ihrem freundlichen Äußeren noch immer Lucy die Schuld für die vergangenen Ereignisse gab? Lucy zwang sich dazu, tief durchzuatmen, um sich zu beruhigen.

„Dieser alberne Drang, wegen jeder Kleinigkeit zu weinen, muss aufhören", sprach Lucy laut zu sich selbst. „Du bist eine vom Glück begünstigte Frau, die in einem wunderschönen Haus lebt mit einem Mann, der ..." Sie hielt inne. „Der nicht einmal bemerkt hat, dass du vom Frühstückstisch aufgestanden bist."

Aber warum sollte er auch? Sie hatte ihn in den letzten Monaten bei jedem Versuch, mit ihr zu sprechen, nur angefahren. Kein Wunder, dass er sich hinter seiner Zeitung versteckte.

„Ihr Tee, Mylady."

Hastig sammelte sie sich und versteckte den Brief unter dem Stapel. „Vielen Dank, Foley."

„Und die Kutsche wird Sie um elf erwarten, wenn es Ihnen genehm ist."

„Das passt wunderbar."

Sie hielt ihr freundliches Lächeln aufrecht, bis der Butler wieder verschwunden war. Dann widmete sie sich ihrem Tagesplan und las nach, welche Aufgaben heute noch anstanden. Sie würde sich mit der Köchin und der neuen Haushälterin Mrs Cooper unterhalten und dann nach oben gehen, um sich wärmere Kleidung anzuziehen. Es war nicht ihre Art, Trübsal blasend herumzusitzen, außerdem gab es viel zu tun. Ihre Zwillingsbrüder würden Ende der Woche aus der Schule zurückkehren, was wahrscheinlich auch der Grund war, warum ihr Vater sie so dringend sprechen wollte. Ihre Brüder beschäftigt zu halten und anderen zu helfen, würde immerhin bewirken, dass Lucy sich zur Abwechslung wie ein nützliches Mitglied der Gesellschaft fühlen würde.

„Sir Robert."

„Was gibt es, Foley?"

Major Sir Robert Kurland ließ seine Zeitung sinken und blickte seinen alten Butler an, der ihn seinerseits ungehalten ansah.

„Wünschen Sie, dass ich damit beginne, den Tisch abzudecken?"

Mit einem Seufzen faltete Robert die Zeitung und sah sich im Frühstückszimmer um. „Wo zum Teufel ist Lady Kurland?"

„Sie hat sich vor etwa einer Viertelstunde vom Tisch verabschiedet, Sir." Foleys anklagender Blick wurde noch eine Spur intensiver. „Sie hat kaum einen Bissen gegessen."

„Wer sind Sie? Ihre *Krankenschwester*? Wenn sie keinen Hunger hat, dann hat sie eben keinen Hunger." Noch während Robert die Worte aussprach, wurde ihm klar, dass er vielleicht falsch lag. Es war ausgesprochen nachlässig von ihm, dass er nicht einmal gemerkt hatte, was um ihn herum passiert war. „Hat Lady Kurland Sie darum gebeten, mir etwas Bestimmtes auszurichten?"

„Nein, Sir. Aber ich finde, sie sah ein wenig müde aus. Die Dienerschaft ist schon ganz besorgt um sie."

„Ich bin mir sicher, dass meine Frau nie wollen würde, dass man sich wegen ihr Sorgen macht. Sie konzentriert sich lediglich darauf, wieder zu Kräften zu kommen."

„Indem sie nicht isst, Sir?"

Robert hob den Kopf. „Foley, ich respektiere Ihre Meinung ausgesprochen, aber bitte deuten Sie nicht an, dass ich keine Ahnung vom Gesundheitszustand meiner Frau habe."

„Ich würde mir nie anmaßen, mich zwischen einen Mann und seine Ehefrau zu stellen, Sir." Foley hob das Kinn. „Aber..."

Robert stand schwerfällig auf und nahm seinen Gehstock. „Wo ist die Dame des Hauses jetzt?"

„Sie war gerade noch in ihrem Wohnzimmer, aber ich glaube, sie ist nach oben gegangen, um sich umzuziehen, Sir Robert."

„Vielen Dank."

Robert machte sich an den langsamen Aufstieg ins obere Stockwerk. Morgens waren seine zusammengeflickten Knochen immer ein wenig steif, besonders in der Winterkälte. Je mehr er ging, desto einfacher wurde es – bis er sich irgendwann überanstrengte und wieder ganz von vorn beginnen musste. Immerhin konnte er inzwischen wieder reiten, auch wenn die Angst noch immer jedes Mal als bitterer Beigeschmack zu spüren war, wenn er sich auf einen Pferderücken schwang.

Dieser Winter war für ihn besonders hart gewesen, wodurch sein Gemüt ähnlich unstet war wie sein Gang. Er klopfte an die Tür ihres gemeinsamen Schlafzimmers und trat ein. Seine Frau stand vor dem

Spiegel und wollte sich offenbar gerade ihre Haube aufsetzen. Das Gewand, das sie trug, war in seinem liebsten Blauton gehalten und ihre Haare waren zu einer Krone geflochten.

„Ich dachte, Dr. Fletcher hätte dich angewiesen, dich auszuruhen."

„Er sagte, ich soll mich ausruhen, wenn ich mich müde fühle." Sie sah ihn nicht direkt an, da sie sich darauf konzentrierte, die Schnüre der Haube zuzubinden. „Es geht mir ausgezeichnet."

„Du siehst müde aus."

Sie wandte sich ihm zu und gestattete ihm, ihr beim Anziehen ihrer Pelisse zur Hand zu gehen. „Ich gehe ins Dorf, um mit meinem Vater zu sprechen. Ich bin heute Mittag wieder zurück." Sie nahm ihre Handschuhe und ihren Korb. „Kann ich sonst noch etwas für dich tun??"

Er blickte sie ungehalten an. „Vielleicht mir ein bisschen mehr als nur einen Moment deiner Zeit schenken??"

„Ich habe eine halbe Stunde mit dir am Frühstückstisch verbracht und du hast meine Anwesenheit kaum bemerkt."

„Ich ... Verdammt nochmal, Lucy. Ich habe gelesen und die Zeit vergessen und ..."

„Und jetzt muss ich mich auf den Weg machen. Sicherlich willst du nicht, dass ich das Pferd bei diesem Wetter draußen herumstehen lasse, oder?" Das Lächeln, das sie ihm schenkte, erreichte ihre Augen nicht. „Sophia kommt vorbei, um Anna im Pfarrhaus zu besuchen und über die Weihnachtsfeiertage zu sprechen."

„Sie und Andrew sind aus London zurückgekehrt?"

„Ja, und sie werden die Feiertage gemeinsam mit uns feiern." Sie zögerte. „Ich glaube, ich habe dich deswegen im September gefragt."

„Und seitdem ist viel passiert, sodass ich es vergessen habe", erwiderte Robert. „Ich freue mich schon darauf, die beiden wiederzusehen."

„Ich auch." Lucy strich ihre Kleider glatt. „Ich muss los."

„Bist du sicher, dass ich dich nicht begleiten soll?", fragte Robert, um einen weiteren Versuch der Wiedergutmachung zu starten. „Ich muss deinem Vater noch ein Buch zurückgeben."

„Ich könnte es für dich mitnehmen."

„Oder ich könnte mich mit dir am Pfarrhaus treffen, nachdem ich mich mit Dermot unterhalten habe."

Sie nickte und zog sich die Handschuhe an. „Ich bin mir sicher, dass mein Vater sich sehr freuen würde, dich zu sehen."

Er verneigte sich, trat einen Schritt zurück, öffnete die Tür und ließ sie aus dem Raum gleiten. Sobald sie auf der Treppe nach unten verschwunden war, richtete er seinen Blick gen Himmel.

„Du bist ein stümperhafter Dummkopf, Robert Kurland." Wieso hatte er sich hinter seiner Zeitung versteckt? Er wusste, dass sie unglücklich war, konnte aber seine Sorge um sie nicht richtig in Worte fassen und vermochte es nicht, die Distanz zwischen ihnen zu überwinden. Vielleicht war das Problem aber auch, dass sie nicht einmal *akzeptieren* wollte, dass er sich Sorgen um sie machte. Es fühlte sich an, wie einen zusammengerollten Igel in der bloßen Hand zu halten und ihn streicheln zu wollen.

Er würde sich noch einmal mit seinem Freund Dr. Fletcher unterhalten und ihn um weiteren Rat bitten. Bisher schluckte Lucy vorbildlich jede Pille und jede Tinktur, die der Doktor ihr verabreichte. Trotzdem sah sie müde, erschöpft und ... *traurig* aus. Ihr unbändiger Mut und grenzenloser Optimismus hatten ihm durch einige der furchtbarsten Momente seines Lebens geholfen. Ihr durch ihre eigene Krise hindurchzuhelfen, war das Mindeste, das er tun konnte.

Aber wie?

Als er sich zum Gehen wandte, steckte er die Hand in die Tasche, in der sich, wie er jetzt bemerkte, noch der Brief seiner Tante befand. Er zog ihn hervor und begutachtete die saubere Handschrift. Lucy schätzte seine Tante Rose sehr.

Vielleicht gab es ja doch etwas, das er tun konnte ...

Lucy nippte an ihrem Tee und nickte, während Anna ihre Pläne für die Weihnachtsgottesdienste erklärte. Ihre Schwester war ausgesprochen gut gelaunt, wenn man bedachte, dass sie täglich mit ihrem Vater zu tun hatte. Aber Anna war schon immer das Lieblingskind des Pfarrers gewesen. Abgesehen von vereinzelten Seitenhieben über ihre recht kostspielige Saison in London, während der es ihr nicht gelungen war, einen geeigneten Ehemann zu finden, ließ er sich nur zu gerne von ihr umsorgen.

Der Gedanke, dass ihre wunderschöne Schwester ihre Chance auf einen Ehemann und eine Familie verspielte, um sich um den Haushalt ihres Vaters zu kümmern, war Lucy ganz und gar zuwider.

Glücklicherweise besuchte der ebenfalls noch immer unverheiratete Nicholas Jenkins regelmäßig und zuverlässig das Pfarrhaus. Andernfalls hätte Lucy womöglich versucht, Anna davon zu überzeugen, sich mit ihr als Anstandsdame erneut in die Gesellschaft einführen zu lassen – entweder hier im Ort oder sogar für eine weitere Saison in London.

„Was meinst du, Lucy?" Anna sah sie erwartungsvoll an und Lucy hatte einen Moment lang Schwierigkeiten, sich zu sammeln.

„Entschuldige bitte. Ich war in Gedanken gerade woanders."

Ihre Schwester tätschelte ihr die Hand. „Du steckst heute mit dem Kopf in den Wolken. Das sieht dir gar nicht ähnlich. Bist du sicher, dass es dir gut geht?"

„Es geht mir ausgezeichnet." Lucy versuchte, die Besorgnis ihrer Schwester zu besänftigen. „Wozu wolltest du meine Meinung hören?"

„Zu meiner Idee, die Kinder aus der Dorfschule in der Woche vor Weihnachten im Gottesdienst singen zu lassen."

„Ich finde die Idee wunderbar. Hast du schon mit Miss Broomfield darüber gesprochen?"

Anna verzog die Miene. „Ich hatte gehofft, dass du das für mich übernehmen könntest, Lucy. Da du und Sir Robert die Schule ins Leben gerufen haben, ist sie vielleicht eher gewillt, mit dir zu sprechen. Sie ist ein *wenig einschüchternd*."

„Ich frage gerne für dich nach. Ich habe sie noch gar nicht persönlich kennengelernt und wollte sie daher ohnehin besuchen. Ich gehe auf meinem Weg zurück nach Kurland Hall bei ihr vorbei. Wie macht sich eure neue Küchenhilfe?“

„Sie ist sehr eifrig und kommt gut mit der Köchin und den anderen Bediensteten aus. Ich könnte mir niemand besseren wünschen.“

„Freut mich zu hören. Sie ist die Enkelin von Mr Coleman.“

„Ich weiß. Sie hat sich gerade mit ihm unterhalten, als ich in der Küche war. Es ist schön, endlich gut eingespielte Bedienstete zu haben.“

In der Ferne erklang eine Glocke und Anna erhob sich. „Das könnte Sophia sein. Ich lasse mehr Tee kommen.“

„Es könnte auch mein Ehemann sein“, rief Lucy ihr nach. „Ihm ist es in den Sinn gekommen, Vater zu besuchen, um ihm eines seiner Bücher zurückzubringen.“

„Dann sorge ich dafür, dass wir genug heißes Wasser haben. Oder glaubst du, dass die Gentlemen auf den Tee verzichten und lieber etwas Stärkeres haben möchten?“ Trotz Lucys Bedenken schien der Haushalt des Pfarrhauses unter der Führung einer Frohnatur wie Anna sehr gut zu laufen. Auch ihr Vater wirkte glücklicher. Er hatte einen Vikar, der gewillt war, viel Zeit in das geistliche Wohlergehen der Gemeinde zu investieren, was dem Pfarrer die Gelegenheit gab, seiner Leidenschaft für Pferde, die Jagd und andere Zeitvertreibe eines Gentleman auf dem Land nachzugehen.

„Lucy!”

Sophia Stanford trat in den kleinen Salon und stürmte auf Lucy zu, um sie in die Arme zu schließen.

Sie trug eine Haube mit langen, rosa Federn und eine luxuriöse Pelisse mit Pelzbesatz in einem ansprechenden Grünton.

„Ich war so enttäuscht, dass du uns im September nicht in London besucht hast“, sagte Sophia mit strenger Stimme, hakte sich bei Lucy ein und setzte sich mit ihr auf das Sofa. „Wir hatten uns alle schon so gefreut und dann kam die Nachricht von Sir Robert, in der er mitteilte, dass deine Gesundheit eine Reise nicht möglich mache. Ich habe den Kindern in Erinnerung gerufen, dass wir die Weihnachtszeit hier in Kurland St. Mary verbringen würden. Das hat die Enttäuschung ein wenig geschmälert.“

„Ist Mr Stanford heute mit dir gekommen?“, fragte Lucy.

„Nein, er ist in meinem alten Zuhause und befragt den Landverwalter meiner Mutter und passt auf die Kinder auf.“ Sophia lächelte. „Er kümmert sich wirklich sehr gut um mich *und* unsere Familie.“

Anna war kaum mit dem Teetablett zurückgekehrt, als auch schon die nächsten Gäste eintrafen.

„Mrs Fletcher und Miss Chingford“, verkündete das neue Hausmädchen, als Penelope und ihre Schwester hinter ihr den Salon betraten.

„Es ist nicht nötig, so förmlich zu sein, Fiona. Wir sind praktisch *Teil* der Familie“, sagte Penelope und machte einen Knicks. Sie nahm ihre Haube ab und gab damit die Sicht frei auf ihre blonden Locken und makellose Haut. „Guten Morgen, Mrs Stanford, Anna, Lucy. Wir haben die Kutsche der Stanfords gesehen und beschlossen, unsere Aufwartung zu machen.“

Anna, die hinter Penelope stand, blickte Lucy an, zog die Augenbrauen hoch und trat dann vor. „Gesellt euch doch auf einen Tee zu uns. Es ist immer schön, euch beide hier willkommen heißen zu dürfen."

Lucy war schon immer der Meinung gewesen, dass es ein Jammer war, dass Anna nicht als Mann geboren worden war. Sie hätte einen exzellenten Diplomaten abgegeben.

Kurz darauf entschuldigte Dorothea Chingford sich, um den Vikar, Mr Culpepper, aufzusuchen und um geistlichen Rat zu bitten. Damit war es an Anna und Lucy, sich um ihre weitaus gesprächigere Schwester zu kümmern.

Penelope zog die Handschuhe aus und machte es sich auf einem der Stühle bequem. Trotz ihres begrenzten Budgets als Frau eines Dorfarztes sah sie immer aus, als wäre sie gerade aus einer Modezeichnung entstiegen. „Wie mir scheint, hat meine Schwester den Vikar Mr Culpepper ins Visier genommen. Was wissen wir über seine Familie? Ist sie wohlhabend?"

„Ich glaube, sein Vater ist ein Vikar in Westengland und hat mehrere andere Kinder", erwiderte Lucy.

„Dann vermutlich überhaupt nicht wohlhabend." Penelope rümpfte die Nase „Eine Schande."

„Du hast doch selbst festgestellt, dass es eine wunderbare Idee sein kann, der Liebe und nicht des Reichtums wegen zu heiraten, Penelope. Wieso sollte deine Schwester nicht deinem Beispiel folgen?", fragte Lucy.

„Weil sie nicht so närrisch ist wie ich."

„Bist du in deiner Ehe etwa unglücklich?" Lucy zog die Augenbrauen hoch.

„Ich bin sehr zufrieden mit meiner Entscheidung, allerdings würde ich es nicht bereuen oder ablehnen, wenn mein liebster Dr. Fletcher plötzlich ein Vermögen erben würde.“ Penelope wandte sich zu Anna. „Hat Mr Culpepper euch oder eurem Vater gegenüber irgendetwas dazu gesagt, was er bezüglich Dorothea für Absichten hegt?“

„Er hat mir gegenüber nichts dergleichen angesprochen“, sagte Anna vorsichtig. „Soll ich Vater darum *bitten*, mit ihm darüber zu sprechen?“

„Das werde ich selbst machen.“ Penelope faltete die Hände im Schoß. „Ich kann es nicht dulden, wenn meine Schwester ihre Jugend an einen Mann verschwendet, der an ihr nicht interessiert ist. Wie ihr beide wisst, habe ich viel zu viele Jahre damit verschwendet, darauf zu warten, dass Major Sir Robert Kurland *mich* heiratet.“

Nach einem weiteren belustigten Blick zu Lucy reichte Anna Penelope eine Tasse Tee. „Ich glaube, du hast am Ende die richtige Wahl getroffen. Es ist sehr offensichtlich, dass Dr. Fletcher dich verehrt.“

Penelope strich sich über die goldenen Locken. „Das sollte er auch, wenn man bedenkt, dass ich auf das Ansehen und die Privilegien, die mir durch meine Schönheit zustanden, verzichtet habe, um einen *Niemand* zu heiraten.“

Sophia verschluckte sich an ihrem Tee und Lucy klopfte ihr auf den Rücken. Sekunden später fragte Penelope Sophia auch schon zu den neusten Londoner Modetrends aus, sodass Lucy in Ruhe daneben sitzen und zuhören konnte.

Dorothea Chingford würde eine exzellente Braut für den Vikar abgeben. Sie kannten sich bereits seit drei Jahren und hatten immer versucht, bei gesellschaftlichen oder kirchlichen Anlässen in der Nähe des jeweils anderen zu sein. Dorothea besaß nicht die Ambitionen ihrer Schwester und würde die Gelegenheit begrüßen, in dem Dorf bleiben zu können, das sie lieben gelernt hatte. Im Dorf gab es ein kleines Haus, das sich im Besitz der Kirche befand und sich hervorragend für das junge Paar eignen würde. Lucy nahm sich vor, ihren Vater daran zu erinnern, es George Culpepper anzubieten, wenn es zur Hochzeit kommen sollte.

„Lucy, erwartest du uns heute Nachmittag noch auf Kurland Hall, um über die Pläne für die Weihnachtsfeierlichkeiten zu sprechen?", fragte Penelope.

„Ja, in der Tat." Lucy stellte ihre Tasse auf dem Beistelltisch ab. „Tatsächlich sollte ich mich bald auf den Weg machen. Ich muss noch mit Miss Broomfield in der Schule sprechen."

Sophia zog einen Schmollmund. „Du gehst schon wieder? Ich hatte kaum Gelegenheit, mich mit dir zu unterhalten."

„Ich werde mich gerne heute Nachmittag in Kurland Hall zu dir gesellen. Wieso bleiben du und Andrew nicht im Anschluss zum Abendessen?"

„Was für eine wunderbare Idee." Lucy blickte auf, als Robert das Zimmer zusammen mit ihrem Vater betrat. Er beugte sich über Sophias Hand und platzierte dann einen Kuss darauf. „Ich wollte gerade die gleiche

Einladung aussprechen. Wie geht es Ihnen, meine liebe Mrs Stanford?“

„Mir geht es sehr gut.“ Sophia lächelte ihn an. „Ihr bester Freund gibt einen ausgezeichneten Ehemann ab.“

„Ich bin froh, das zu hören.“

Während Robert mit Sophia sprach, fühlte Lucy Groll in sich aufsteigen. Ihr Ehemann war erstaunlich charmant für einen Mann, der ihr gegenüber kaum drei Sätze am Frühstückstisch hervorgebracht hatte.

„Kann ich die Kinder heute mitbringen?“, fragte Sophia. „Sie freuen sich schon unglaublich, Sie beide zu sehen.“

Robert sah unsicher zu Lucy. „Ich ... bin mir nicht sicher.

Lucy geht es in letzter Zeit nicht so gut. Sie könnte...“

Lucy schnitt ihm das Wort ab. „Ich würde mich *sehr* freuen, eure Kinder zu sehen, Sophia. Wie kannst du nur etwas anderes denken, Robert?“

Sophia blickte unsicher von ihr zu Robert und wieder zurück. „Das freut mich zu hören, schließlich werde ich für noch mehr Nachwuchs sorgen.“ Sie klopfte vorsichtig auf ihren Bauch. „Allerdings nicht vor Ostern, glaube ich.“

Sofort wurde Sophia mit Glückwünschen überhäuft, während Lucy nur lächeln konnte. Um die Situation noch schlimmer zu machen, seufzte Penelope theatralisch und stellte sich an Sophias Seite.

„Ich wollte eigentlich bis nach den Feiertagen warten, um *meine* Nachrichten mitzuteilen“, verkündete Penelope feierlich. „Aber ich muss gestehen, dass auch ich mich in einem recht interessanten Zustand befinde."

Lucy brachte mühsam weitere Glückwünsche hervor und verließ dann, als sie schließlich unbeobachtet war, das Zimmer und ging die Treppe hinauf in ihr früheres Schlafzimmer. Sie kramte in ihrer Tasche nach ihrem Taschentuch, konnte es jedoch nicht finden. Schon fielen die ersten Tränen hinunter auf den gemusterten Musselin-Stoff ihres Korsetts. Als die Tür hinter ihr aufging, stürzte sie hastig zu ihrer alten Kommode, beugte sich tief über die oberste Schublade und gab vor, darin nach etwas zu suchen.

„Bist du das, Anna? Ich habe gerade nur nach einem sauberen Taschentuch gesucht."

„Lucy."

Sie erstarrte, als sich eine warme Hand in ihren Nacken legte. Sanft wurde sie herumgedreht in die trostspendende Wärme der Umarmung ihres Mannes. Ein großes Taschentuch wurde ihr in die Hand gelegt.

„Alles ist gut."

Einen langen Moment tat sie nichts, als seinen vertrauten Geruch einzuatmen und sich einfach nur festhalten zu lassen. Schließlich nutzte sie das Taschentuch, um sich die Nase zu schnäuzen, und löste sich aus seiner Umarmung.

„Bitte entschuldige. Es ist nicht so, dass ich mich nicht für Sophia und Penelope freuen würde. Ich habe nur das Gefühl, das *ich* diejenige hätte sein sollen, die die frohe Botschaft zu verkünden hat und ..."

„Ich bin mir sicher, dass keine der beiden bemerkt hat, dass es dich mitgenommen hat." Er musterte ihr

Gesicht eingehend. „Hast du Mrs Stanford erzählt, was passiert ist?“

„Ich habe mich nicht wohl dabei gefühlt, es in einem Brief mitzuteilen. Ich wollte es ihr bei ihrer Ankunft erzählen.“ Lucy tupfte ihre Augen ab. „Aber wie kann ich das jetzt tun, wo sie doch so glücklich ist?“

Eine kleine Sorgenfalte erschien auf seiner Stirn. „Sie würde es sicherlich wissen wollen.“

„Dass es mir unmöglich ist, ein Kind zu bekommen?“

„Lucy ... das hat Dr. Fletcher nie gesagt.“

Sein ungewohnt sanftes Benehmen ließ ein schmerzhaftes Gefühl in ihrer Brust hochsteigen. „Ich möchte in Sophia keine dummen Ängste über ihren eigenen Gesundheitszustand wecken.“

„Wenn sie wirklich deine Freundin ist, dann wird sie merken, dass du durcheinander bist und dich nach einer Erklärung fragen. Hast du vor, sie in dem Fall *anzulügen*?“

„Darüber habe ich mir noch keine Gedanken gemacht.“ Sie hob das Kinn. „Was schlägst du vor?“

„Es liegt nicht an mir, diese Entscheidung zu treffen, meine Liebe. Aber ich werde Andrew die Wahrheit sagen. Ich würde *meinen* ältesten Freund lieber nicht anlügen wollen.“

„Dürfte ich vorschlagen, dass du es nicht tust?“

Er trat einen Schritt zurück. „Ich will *nicht* mit dir darüber streiten.”

„Mir war nicht klar, dass wir gerade streiten.“

„Aber das werden wir bald. Immer, wenn ich versuche, darüber zu sprechen, was passiert ist, machst *du* daraus ein Reizthema.“

In ihren Augen sammelten sich erneut Tränen, aber sie unterdrückte mit eisernem Willen ein erneutes Weinen. „Willst du damit andeuten, dass alles meine Schuld ist?“

„Nein! Ich versuche ...“

„Denn damit hättest du recht. Das alles *ist* meine Schuld. Wärst du jetzt so gütig, dich aus meiner Gesellschaft zu entfernen, sodass ich mich sammeln kann?“

Robert biss sichtbar die Zähne zusammen. „Ich bin dein Ehemann. Ich habe doch sicherlich das Recht, dir meine Gefühle für dich auszudrücken und über das Vorgefallene zu sprechen.“

„Was mich angeht, hast du bereits alles getan, was man von einem Gentleman in dieser Situation erwartet.“

„Also soll ich einfach ignorieren, dass du müde bist und dich hundeelend fühlst?“

„Ja!“ Sie stampfte auf. „Es würde mir schon viel besser gehen, wenn alle es unterlassen würden, mich ständig darauf aufmerksam zu machen, und mich einfach in Ruhe ließen!“

„*Alle*?“ Er trat einen Schritt zurück. „Ah, ich verstehe.”

Sie sammelte ihre wenigen verbliebenen Kräfte. „Können wir nicht zu Hause darüber reden? Ich möchte nicht, dass mein Vater uns streiten hört.“

„Wir streiten nicht.“ Er fuhr sich mit der Hand durch die Haare. „Du bist lediglich auf einen Kampf aus und ich weigere mich, dir diesen Wunsch zu erfüllen.“

„Wenn du selbst nicht gehen möchtest, könntest du mir dann zumindest *den* Wunsch erfüllen, *mich* gehen zu lassen?“

Er musterte sie lange, bevor er zur Seite trat und sie passieren ließ. Er stieß die Tür auf und verbeugte sich tief. „Mylady."

Sie stürmte an ihm vorbei und rannte beinahe die Treppe nach unten und durch den Haupteingang hinaus. In ihrer Eile vergaß sie sogar ihre Haube. Sie wollte nicht, dass er freundlich und verständnisvoll war. Sie wollte, dass er ... Ja, *was* wollte sie eigentlich?

Mr Coleman kam ihr aus der Küche entgegen und half ihr in die Kutsche. „Major Kurland ließ mich wissen, dass Sie bereit sind aufzubrechen. Außerdem sollte ich Ihnen das hier geben." Er legte die Haube neben sie auf den Sitz. „Lassen Sie uns jetzt nach Hause fahren."

„Ich muss zuerst zum Schulhaus."

„Dann bringe ich Sie dort hin, aber ich möchte nicht, dass Sie zu lange in der Kälte bleiben, Mylady."

Kapitel 2

Die Schule von Kurland St. Mary gehörte der Familie Kurland und befand sich am Rand des Dorfes in der Nähe des Ententeichs und der offenen Felder. Einst hatte der Dorfschmied darin gewohnt, das Haus war jedoch langsam verfallen, nachdem die Familie nach Hertford weggezogen war. Das Gebäude war aus stabilen Ziegel- und Natursteinen gebaut. Das Innere war entkernt und der Raum neu eingeteilt worden in ein großes Klassenzimmer und eine Garderobe, wo die Schüler ihre Straßenkleidung aufhängen konnten.

Am hinteren Ende des Gebäudes befand sich der Eingang zum abgetrennten Wohnbereich der Lehrerin, der sich in die Etage über dem Klassenzimmer erstreckte. Während der Einrichtung der Schule durch die Familie Kurland hatte Lucy viele Monate damit verbracht, die Entwürfe für das Gebäude zu studieren und Vorstellungsgespräche mit möglichen Lehrerinnen zu führen. Die derzeitige Lehrerin Miss Broomfield hatte ihre Stelle erst kürzlich angetreten, nachdem die letzte Lehrerin, die Lucy ausgesprochen geschätzt hatte, gegangen war, um einen Bauern aus der Gegend zu heiraten.

Miss Broomfield war ihnen wärmstens von einem Bekannten des Pfarrers empfohlen worden, Lucy hatte sich bisher allerdings noch nicht selbst eine Meinung bilden können. Wie es in Dörfern auf dem Land üblich war, besuchten die meisten Kinder, die tatsächlich angemeldet waren, die Schule erst, wenn sie ihre alltäglichen Pflichten in ihren Familien erledigt hatten. Einige von ihnen arbeiteten auf den Bauernhöfen im Umland, während andere Aufgaben im Dorf oder zu Hause für ihre Eltern zu erfüllen hatten.

Robert hatte darauf bestanden, dass alle Kinder, die auf den Ländereien der Kurlands lebten, die Gelegenheit erhalten sollten, die Schule zu besuchen. Allerdings waren viele Eltern der Idee abgeneigt, ihre Kinder Zeit außerhalb des eigenen Haushalts verbringen zu lassen, und sahen Schulbildung als sinnlos an. Lucy wiederum hatte darauf bestanden, dass die Schule auch Mädchen offenstehen müsse, woran mit Ausnahme ihres Vaters und ihres Ehemanns alle in der Grafschaft Anstoß genommen hatten.

Tatsächlich kamen auch nur wenige der Mädchen, aber zwei der älteren waren eingestellt worden, um der Lehrerin zur Hand zu gehen. Die beiden wurden dabei so gut bezahlt, dass ihre Familien wenig Einwände vorzubringen hatten.

Lucy erklomm die Stufen und öffnete die Tür zur Garderobe des Schulhauses. Der Geruch von feuchter Wäsche und ungewaschenen Körpern schlug ihr entgegen, sodass sie darauf achtete, nicht zu tief einzuatmen.

Die Tür zum eigentlichen Klassenzimmer stand offen. Lucy konnte Stimmen hören, die im Chor das Einmaleins rezitierten. In den Wintermonaten waren häufig mehr Kinder in der Schule, da es für sie auf den

Bauernhöfen weniger zu tun gab. Die Schule war mit einem großen Kamin ausgestattet, der das Gebäude selbst an den kältesten Tagen warmzuhalten vermochte. Sie hatte den Verdacht, dass einige der Kinder nur zur Schule kamen, um sich für ein paar Stunden aufzuwärmen, was Lucy ihnen kaum zum Vorwurf machen konnte.

„John Thacker!“

Lucy zuckte zusammen, als sie den Stock der Lehrerin auf Holz schlagen hörte.

„Ja, Miss?“

„Schläfst du schon wieder?“

„Nein, Miss.”

Als Lucy die Tür öffnete, wurde sie vom Anblick der Lehrerin begrüßt, die den Stock über den Kopf erhoben hatte und offenbar kurz davorstand, den kleinen Jungen, der vor ihr kauerte, zu schlagen.

„Guten Morgen, Miss Broomfield“, rief Lucy ihr zu.

Die Lehrerin erstarrte und die Spitze des Stocks machte knapp vor dem Ohr des Jungen Halt.

„Wer sind Sie und was haben Sie in meinem Schulhaus verloren?“

Lucy zog die Augenbrauen hoch. „Ich bin Lady Kurland.“

„*Lady Kurland*!” Miss Broomfield ließ den Stock sinken und legte ihn auf ihrem Pult ab. „Ich habe nicht mit Ihnen gerechnet.“

„Offensichtlich nicht.“ Lucy schenkte der Lehrerin ihr formellstes Lächeln. „Dürfte ich mich kurz mit Ihnen unterhalten?“

„Wenn Sie darauf bestehen.“ Miss Broomfield zeigte auf eines der älteren Mädchen, das still an einem Pult am Rand des Klassenzimmers saß. „Rebecca, du übernimmst den Unterricht. Ich bin gleich zurück."

„Jawohl, Miss Broomfield."

Lucy tätschelte im Vorbeigehen Johns Kopf und folgte Miss Broomfield in den privaten Teil des Schulhauses. Die Lehrerin hielt Lucy die Tür auf und schloss sie hinter ihnen, bevor sie mit einem Rascheln ihrer schwarzen Röcke an ihr vorbei hinter den Schreibtisch eilte. Die Frau war kleiner als Lucy, besaß spitze Gesichtszüge und hielt sich jederzeit in kerzengerader Position wie ein Soldat beim Parademarsch.

„Ich würde es bevorzugen, wenn Sie sich das nächste Mal in einer Nachricht erkundigen würden, ob ich Zeit für ein Gespräch mit Ihnen habe, bevor Sie in meiner Schule erscheinen, Lady Kurland."

„Das werde ich künftig beachten." Lucy lehnte den ihr angebotenen Stuhl ab. „Ich bin hier, um zu fragen, ob die Kinder vielleicht bereit dazu wären, in einem der Weihnachtsgottesdienste zu singen."

„In der Kirche von Kurland St. Mary?"

„Ja. Haben Sie die Musikstunden, die Miss Brent angefangen hatte, fortgesetzt?" Miss Broomfields dunkle Augen verengten sich.

„Ich verschwende üblicherweise die Zeit im Klassenzimmer nicht für derart belanglose Dinge, Mylady."

„Dann sollten Sie sich das vielleicht noch einmal überlegen."

Lucys Lächeln war zwar weiterhin höflich, aber sie hatte nicht vor, von oben herab mit sich sprechen zu lassen. „Ich bin mir sicher, Ihnen wurde deutlich gemacht, dass wir für die Kinder eine *gut ausgewogene* Erziehung und Bildung erwarten."

„Obwohl die meisten von ihnen kaum das Alphabet beherrschen?", gab Miss Broomfield schnippisch zurück. „Und zu müde und träge in der Schule erscheinen, um sich vernünftig in den Unterricht einbringen zu können?"

„Die meisten von ihnen haben bereits einen harten Arbeitstag hinter sich, wenn sie herkommen", gab Lucy zu bedenken. „Ich stimme Ihnen zu, dass Lesen und Schreiben Priorität haben sollte, aber es gibt immer genug Zeit für Musik und Kunst."

„Hmpf." Miss Broomfields Miene war unverändert entschlossen. „Ich bin mir nicht sicher, dass man den Kindern erlauben sollte, vor einem Publikum aufzutreten. Wir wollen sie ja nicht auf dumme Gedanken bringen."

„Welche Gedanken wären das?", fragte Lucy.

„Gedanken an unsittliche Berufe wie eine Karriere auf der *Bühne* oder der Glaube, dass sie vielleicht irgendwie besonders sein könnten, nur weil sie vor Persönlichkeiten über ihrem Stand auftreten durften."

„Sie werden dabei auch vor ihren eigenen Eltern und Familien auftreten. Ich glaube kaum, dass ihnen das zu Kopf steigen könnte. Lucy tastete hinter sich und lehnte sich leicht mit einem Arm an das Bücherregal. Obwohl sie gegenüber anderen auf dem Gegenteil bestand, fühlte sie sich manchmal furchtbar müde.

„Dennoch, Lady Kurland ..."

„Vielen Dank, dass Sie sich die Zeit genommen haben." Lucy sammelte ihre Kräfte. „Wenn Sie glauben, mir in dieser Angelegenheit nicht helfen zu können, werde ich Sir Robert und meinen Vater über Ihre Entscheidung in Kenntnis setzen."

Miss Broomfield runzelte die Stirn. „Ich habe nicht gesagt, dass ich *nicht* helfen würde, Lady Kurland. Ich habe nur angemerkt, dass es meinem Gewissen widerstrebt. Ich bin mir allerdings sehr darüber im Klaren, dass meine Stelle hier davon abhängt, wie gut ich den Wünschen meiner Arbeitgeber nachzukommen vermag."

„So ist es in der Tat." Lucy nickte leicht. Wie hatten ihr Vater und Robert dieser furchtbaren Person nur die Stelle anbieten können? Wäre Lucy gesund genug gewesen, um selbst das Vorstellungsgespräch zu führen, wäre es zweifelhaft gewesen, ob Miss Broomfield *ihre* Zustimmung hätte gewinnen können. „Wenn Sie es bevorzugen, werde ich es selbst übernehmen, den Kindern die Weihnachtslieder beizubringen."

„Oh, nein. Das wird nicht notwendig sein, Mylady", sagte Miss Broomfield eilig. „Lassen Sie mich einfach in einer Nachricht wissen, was sie lernen sollen und ich werde eins der Mädchen damit betrauen."

„Vielen Dank." Lucy nickte. „Wo ich ohnehin hier bin: Gibt es sonst etwas, das Sie mit mir besprechen wollen, Miss Broomfield?"

„Nun, der Schornstein in meinem Teil des Schulhauses scheint teilweise verstopft zu sein", sagte Miss Broomfield sichtbar unerfreut über das Gespräch. „Ich traue mich nicht, dort ein Feuer zu entfachen."

„Ich werde umgehend jemanden vorbeischicken, der sich darum kümmert."

„Vielen Dank." Diesmal wirkte Miss Broomfields Lächeln weniger erzwungen.

„Ansonsten sind die Wohnräume, die Sie mir zur Verfügung gestellt haben, mehr als angemessen."

„Ich bin froh, das zu hören." Lucy wandte sich zum Gehen. „Schläft John Thacker wirklich jeden Tag im Unterricht ein?"

„In der Tat. Ich verstehe nicht, warum er überhaupt herkommt, wenn er die Augen nicht offenhalten kann!" Miss Broomfield kam hinter ihrem Schreibtisch hervor, um Lucy zu begleiten. Die Lehrerin roch nach feuchter Wolle und starker Laugenseife. „Seine Schwester ist fast genauso schlimm."

„Vielleicht liegt es daran, dass ihre Mutter gerade ein weiteres Kind bekommen hat."

Die Lehrerin schniefte ungehalten. „Wie viele Kinder sind es damit insgesamt? Es sind schon zehn, nicht wahr?"

„Es ist der Wille des Herrn, anzunehmen, was uns gegeben ist und uns daran zu erfreuen", merkte Lucy an. Sie nahm sich vor, der armen Mrs Thacker einige zusätzliche Vorräte aus der Küche von Kurland Hall zukommen zu lassen. Die Familie lebte auf einem der abgelegenen Höfe und das Haus musste inzwischen bis zum Bersten gefüllt sein. „Nun, was das angeht, gibt es auch die Möglichkeit der *Abstinenz*, Mylady."

„In der Tat, aber wer sind wir, darüber zu urteilen, was in der Ehe eines anderen Paares angebracht ist?", fragte Lucy mit süßlicher Stimme.

„Da ich nie verheiratet *war* oder mich auch nur nach einer derartigen Vereinigung gesehnt habe, kann ich dazu kaum etwas sagen, Lady Kurland."

„Exakt."

Lucy kehrte mit Miss Broomfield an ihren Fersen ins Klassenzimmer zurück. John Thacker lag bereits mit dem Kopf zwischen seinen Armen auf dem Pult und schlief tief und fest. Er war nicht das einzige Kind, das die Abwesenheit der Lehrerin genutzt hatte, um ein Nickerchen einzulegen. Lucy räusperte sich laut und ließ damit mehrere Köpfe emporschnellen.

Sie nickte Josephine Blake zu, die gerade einem der kleineren Kinder dabei half, aus der Bibel vorzulesen.

„Vielen Dank, dass ihr euch so gut um die Kinder gekümmert habt, während ich mich mit Miss Broomfield unterhalten habe, Rebecca und Josephine."

„Sehr gerne, Mylady." Rebecca Hall warf der Lehrerin einen ängstlichen Blick zu. „Ich habe mein Bestes getan, aber ..."

„Das genügt, Rebecca. Du kannst mit der Korrektur der Diktate fortfahren."

Miss Broomfield nahm wieder ihren Stock an sich und bezog Position vor den plötzlich aufmerksamen und leisen Kindern. „Wir setzen unser Einmaleins fort. Guten *Tag*, Lady Kurland."

Nach der brüsken Verabschiedung kehrte Lucy zur Kutsche zurück und ließ sich von Mr Coleman hineinhelfen. Sie würde mit Robert über Miss Broomfield sprechen müssen. Lucy glaubte nicht, dass die Frau dafür geeignet war, sich um junge, leicht beeinflussbare Gemüter zu kümmern. Auch ihre offensichtliche Abschätzigkeit gegenüber denjenigen, die sie als weniger gebildet oder wohlhabend erachtete, hatte sie Lucy nicht gerade sympathischer gemacht. Da ihr Ehemann noch viel ungewöhnlichere

Überzeugungen besaß als Lucy, was Bildung für das einfache Volk betraf, ging sie davon aus, dass er seine Personalwahl vielleicht noch einmal überdenken wollen würde.

Lucy ließ sich in das Polster der Kutschbank sinken und blickte zum grauen Himmel empor. Eine Spur von Frost lag in der Luft und eine winterliche Brise wehte über die kargen Felder. Während der Fahrt die Hauptstraße hinunter erwiderte Lucy die Knickse und gelüfteten Hüte der Dorfbewohner mit einem Lächeln, ließ aber nicht wie sonst üblich die Kutsche anhalten, um zu plaudern. Sie fühlte sich einfach nur müde, und wenn sie für ihre Gäste am Nachmittag noch eine passable Gastgeberin sein wollte, würde sie noch ein erholsames Nickerchen machen müssen.

Sowohl Grace Turner als auch Dr. Fletcher hatten darauf beharrt, dass sie mehr essen musste, aber der Appetit hatte Lucy verlassen. Ein Zittern packte sie, als die Kutsche von der Dorfstraße auf den Weg zu den Toren von Kurland Hall abbog. Vielleicht war es langsam an der Zeit, nicht länger mit der offenen Kutsche zu fahren und Coleman darum zu bitten, das ältere, geschlossene Gefährt bereit zu machen.

„Wir sind fast zu Hause, Mylady“, rief Coleman ihr zu, als sie auf die von Ulmen umsäumte Auffahrt zum Herrenhaus bogen.

„Vielen Dank.“

Für kurze Zeit war durch die kahlen Bäume hindurch die Rückseite des Hauses zu sehen, an der noch immer das ursprüngliche Fachwerk aus elisabethanischer Zeit zu erkennen war. Dann kam der Haupteingang in Sicht. Diese Seite des Hauses war von Roberts Vater umgebaut und modernisiert worden. Nach fünfhundert Jahren von Umgestaltungen durch die Familie, war der innere Aufbau des Hauses ein wenig verwirrend. Manchmal verirrten Gäste sich in den falschen Flügel des Hauses und mussten von den Bediensteten gerettet werden.

Robert liebte seinen Familiensitz und weigerte sich, einzugestehen, dass vielleicht Verbesserungen daran möglich wären. Obwohl ihr eigener Vater das mittelalterliche Pfarrhaus hatte abreißen und als eckiges Steinhaus im Adam-Stil neu hatte aufbauen lassen, bevorzugte Lucy insgeheim Kurland Hall. Sollte Robert keinen Erben hervorbringen, würde das Herrenhaus nach fünfhundert Jahren im Familienbesitz an seinen Cousin Paul gehen. Der verabscheuungswürdige Schurke, der aus dem Land verbannt worden war, würde alles erben.

Lucy erschauderte bei dem Gedanken. Als sie aus der Kutsche stieg, wurde sie bereits von Foley erwartet, der ihr die Eingangstür aufhielt. Es war ihre Pflicht, ihrem Mann einen Erben zu schenken, und bisher hatte sie ihn darin enttäuscht.

„Willkommen zurück, Mylady."

„Vielen Dank." Lucy zog die Handschuhe aus und trat ein. „Ich werde mit Mrs Cooper sprechen und mich dann in mein Schlafzimmer zurückziehen. Könnten Sie Betty darum bitten, mich dort aufzusuchen?"

„Sehr wohl, Mylady." Foley nahm ihr die Handschuhe ab. „Ich werde sie sofort suchen."

Um drei Uhr saß Lucy schon wieder in ihrem Gesellschaftszimmer und schenkte ihren Gästen – ihrer

Schwester Anna, Penelope Fletcher und Sophia – Tee ein.

Foley erschien in der Tür und rief einige Neuankömmlinge mit der Förmlichkeit einer großen Ballveranstaltung aus.

„Mr Nicholas Jenkins und Mrs Jenkins, Mylady."

Lucy erhob sich, um die alte Dame zu begrüßen und führte sie zum Stuhl, der dem Feuer am nächsten stand. „Vielen Dank, dass Sie gekommen sind, Mrs Jenkins. Kann ich Ihnen eine Tasse Tee anbieten?"

„Ich würde etwas Stärkeres bevorzugen." Mrs Jenkins zwinkerte Lucy zu. „Heißer Whiskey mit Ingwer würde meinem rauen Hals sicherlich guttun."

„Ich werde Foley anweisen, Ihnen umgehend ein Glas zu bringen." Lucy unterhielt sich kurz mit Foley und blieb dann bei Nicholas Jenkins stehen, der sich Anna zugewandt hatte. „Vielen Dank, dass Sie Ihre Großmutter begleiten, Nicholas."

„Es ist mir ein Vergnügen, Mylady." Er verbeugte sich über ihrer Hand. „Ich bin wie immer ihr ergebener Diener."

Anna berührte ihn am Ärmel. „Ich werde Ihre Großmutter heute nach Hause begleiten und Ihnen damit den erneuten Weg ersparen."

Nicholas lächelte Lucys Schwester an. Der hochgewachsene junge Mann hatte ein freundliches Gesicht und dunkle, braune Augen. „Das ist sehr aufmerksam von Ihnen, Miss Anna. Ich freue mich auf Ihre Ankunft." Er zwinkerte ihr zu. „Und vielleicht kann ich Sie davon überzeugen, noch ein wenig länger zu bleiben und uns beim Abendessen Gesellschaft zu leisten."

Anna erwiderte das Lächeln. „Vielen Dank, Nicholas, aber ich werde heute Abend zu Hause erwartet. Mein Vater will dringend die Pläne für die Gottesdienste in der Weihnachtszeit besprechen."

„Dann ein Andermal."

Anna ging weiter, um sich mit Mrs Jenkins zu unterhalten, sodass Lucy als Einzige zurückblieb, um die Frustration in Nicholas' Miene erkennen zu können. Kurz entschlossen sagte sie mit gesenkter Stimme: „Geben Sie sie noch nicht auf, Mr Jenkins."

„Das werde ich nicht." Er seufzte. „Aber ich muss gestehen, dass ich Ihren Vater manchmal verfluche."

„Das kann ich nur zu gut nachvollziehen", sagte Lucy.

„Sie will ihn nicht verlassen", sprach Nicholas weiter, die Augen auf Anna gerichtet. „Ich bin ratlos, wie ich sie vom Gegenteil überzeugen könnte."

„Uns wird schon etwas einfallen." Lucy klopfte auf seinen Ärmel. „Verzagen Sie nicht."

Sie begleitete ihn zur Tür und begegnete dort Foley, der mit weiteren Gästen eingetroffen war.

„Mrs Greenwell, Miss Greenwell und Miss Amanda Greenwell, Mylady", brachte Foley außer Atem hervor.

Nicholas verneigte sich vor den Neuankömmlingen. „Guten Tag."

Die älteste Tochter, Margaret, streckte ihre behandschuhte Hand aus und zog einen Schmollmund. „Sie gehen schon wieder? Aber *ich* bin doch gerade erst eingetroffen."

Lucy warf Miss Greenwell ob ihres verspielten Tonfalls und Augenzwinkerns einen überraschten Blick zu. Hatte Anna möglicherweise Konkurrenz um den begehrenswertesten Junggesellen des Dorfes?

„Leider muss ich aufbrechen.“ Nicholas küsste Miss Greenwells Hand und trat einen Schritt zurück. „Entschuldigen Sie mich bitte. Ich habe noch ein paar Erledigungen für meine Großmutter zu machen.“

Er nickte Lucy zu und machte sich auf den Weg den Flur hinunter. Nicholas war durch seine Zeit in London eindeutig reifer geworden und wirkte deutlich souveräner, als Lucy ihn in Erinnerung hatte. Wenn es einen Weg gab, Anna aus dem Pfarrhaus zu kriegen, war Lucy überzeugt, dass er ihn finden würde.

„Was für ein Jammer, dass Mr Jenkins nicht bleiben konnte“, bemerkte Mrs Greenwell, während Lucy sie in das Gesellschaftszimmer führte. „Er ist so ein angenehmer Gentleman, der sich wirklich rührend um seine Großmutter kümmert.“

„In der Tat.“ Lucy bot den Damen einen Platz auf dem Sofa neben Sophia an. „Seine Eltern sind verstorben, als er noch sehr jung war. Mrs Jenkins hat sich außerhalb des Internats um seine Erziehung gekümmert.“

„Ich kann Ihnen sagen, dass es eine schöne Überraschung war, hier auf dem Land einen so heiratswürdigen Gentleman anzutreffen.“ Mrs Greenwell lächelte ihre Töchter an. „Ich glaube, Margaret ist überzeugt, viel mit ihm gemeinsam zu haben.“

Lucy sah sich im Raum um, um herauszufinden, wo genau Anna sich gerade aufhielt, und lehnte sich dann zu Mrs Greenwell. „Ich habe den Verdacht, dass Mr Jenkins ein Auge auf meine Schwester Anna geworfen hat.“

„Sie ist eine ausgesprochene Schönheit", stimmte Mrs Greenwell mit einem Seufzen zu. „Aber er hat noch nicht offiziell um ihre Hand angehalten, nicht wahr?"

„Soweit ich weiß, nein."

Mrs Greenwells Miene erhellte sich merklich. „Dann könnte er seine Meinung vielleicht noch ändern, wenn er die Gelegenheit erhält, ein wenig mehr Zeit mit meiner Margaret zu verbringen."

Lucy konnte ihr für ihrem Optimismus kaum einen Vorwurf machen. Jede liebende Mutter war in erster Linie darauf bedacht, ihre Töchter zu verheiraten. Sie bezweifelte, dass die Greenwells über ausreichend Geld verfügten, um sich eine Saison in London für ihre Töchter leisten zu können. Daher hatten sie sich bisher damit zufriedengeben müssen, Bälle auf dem Land zu besuchen und junge Männer aus den Nachbarshäusern zu treffen.

Auch wenn sie Verständnis für ihr Ansinnen hatte, lag es Lucy fern, Margaret Greenwell zu gestatten, Nicholas Jenkins für sich zu gewinnen. Anna verdiente es, einen Mann zu heiraten, der sie nicht nur schon seit Jahren liebte, sondern auch noch der Erbe eines Viscounts war.

„Guten Tag, Lady Kurland."

Lucy wandte sich um und erblickte einen weiteren Gast, der unauffällig das Gesellschaftszimmer betreten hatte.

„Josephine, wie schön, dich zu sehen. Bist du mit den Greenwells gekommen?"

„Ja, Mylady." Sie machte einen Knicks.

Das Mädchen trug noch immer das triste, blaue Musselin-Kleid mit Schürze, das sie bereits in der

Schule getragen hatte. Lucy war sich nicht ganz sicher, welcher Art die Beziehung zwischen den Greenwells und Josephine Blake war, die zeitweise als Begleiterin der Töchter der Familie arbeitete und gleichzeitig ihre Pflichten in der Schule erledigte.

Lucy hatte Robert davon überzeugt, Josephine die bezahlte Stelle anzubieten. Sie wusste, wie schwer es war, von der Güte anderer Menschen leben zu müssen, und sie hoffte, dass Josephine mit dem Geld, das sie erhielt, zumindest ein kleines Stück Unabhängigkeit erlangen konnte. Nicht, dass es den Anschein machte, dass sie von den Greenwells schlecht behandelt wurde. Sie ließen nur keinerlei Zweifel daran, dass Josephine nicht als junge Dame oder auch nur als Teil der Familie anzusehen war.

Rebecca Hall, das andere Mädchen, das in der Schule arbeitete, stammte aus einer großen Familie, die die verbliebene Schmiede des Dorfes betrieb. Sie war nach Kurland Hall marschiert und hatte ihre Absicht erklärt, nicht als Dienstmädchen arbeiten zu wollen und stattdessen weiter zu lernen. Robert hatte dieser Wunsch zur selbstbestimmten Weiterentwicklung imponiert und so hatte er nicht gezögert, Rebecca die Stelle anzubieten.

„Komm und setz dich, Josephine. Du musst erschöpft von der Arbeit in der Schule sein."

„Erschöpft?" Mrs Greenwell blickte auf. „Sie muss doch nur Miss Broomfield zur Hand gehen, Lady Kurland. Das ist wohl kaum eine anstrengende Aufgabe."

Lucy lächelte ihren Gast an. „Allein der Gedanke, mich mit einem Dutzend Kinder herumzuschlagen, ermüdet mich. Ich war heute Morgen im Schulhaus. Ich habe nichts als Bewunderung für jemanden, der sich einer solchen Aufgabe annimmt."

Margaret erschauderte. „Ich würde keinen Fuß dort hinein setzen. Diese Kinder stinken furchtbar und ich habe den Verdacht, dass einige von ihnen *Flöhe* haben."

Anna schaltete sich ein, bevor Lucy antworten konnte. „Das liegt daran, dass sie oft keinen Zugang zu derartigen Annehmlichkeiten haben, die Sie als Selbstverständlichkeit ansehen, Miss Greenwell. Dazu gehören heißes Wasser, zum Waschen, Wechselkleidung und manchmal sogar ausreichend Essen", erklärte sie. „Setz dich zu uns, Josephine, und ich schenke dir etwas Tee ein."

„Ermutigen Sie sie nicht, sich hinzusetzen, Miss Harrington!" Das Lachen von Mrs Greenwell war spürbar aufgesetzt. „Sie wird sonst noch einschlafen und was machen wir dann? Ich dachte, sie könnte bei diesem Treffen im Hintergrund einige Notizen machen und ein wenig mithelfen, sonst hätte ich sie nicht mitgebracht."

Josephine, die schon der Aufforderung, sich zu setzen, folgen wollte, trat so hastig zurück, dass sie mit Lucy zusammenstieß. „Ich würde sehr gerne helfen."

„Dein Hilfsangebot nehme ich dankend an, aber setz dich zuerst einmal hin und trinke etwas Tee, während ich meine Gedanken ordne", sagte Lucy. Lucy nahm Josephine am Ellbogen und führte sie hinüber zu Anna. Anna klopfte auf den Platz neben sich auf dem Sofa und Josephine ließ sich mit unsicherem Blick in die Richtung von Mrs Greenwell, die noch immer ein wenig steif lächelte, auf dem Polster nieder.

Nachdem Lucy sicher war, dass Josephine sich in sicheren Händen befand, widmete sie sich wieder ihren anderen Gästen und sorgte dafür, dass alle ausreichend Tee, Kaffee und kleine Gebäckstücke hatten, die die Köchin hatte bringen lassen.

Nachdem alle versorgt waren, verschaffte sich Lucy mit einem Räuspern Gehör. „Sollen wir die Sitzung beginnen?"

Josephine setzte sich zu Lucy an den Schreibtisch und hielt ihre Feder bereit.

„Vielen Dank für Ihr zahlreiches Erscheinen." Lucy sah ihre Gäste mit einem Lächeln an. „Als Erstes möchte ich bekannt geben, dass Sir Robert und ich uns entschieden haben, an Heiligabend einen Ball auszurichten."

Mrs Jenkins meldete sich zu Wort: „Wie schön! Und wie ausgesprochen freundlich von Ihnen beiden."

„Ich freue mich jetzt schon darauf!", rief Margaret an ihre Schwester gewandt aus.

„Wir haben uns außerdem dazu entschieden, einen Tanz für alle Bediensteten des Anwesens und die Dorfbewohner abzuhalten. Es wird Spiele und Geschenke für alle Kinder geben."

„Eine sehr gute Sache." Anna klatschte aufgeregt in die Hände. „Wie können wir helfen?"

Lucy rollte ihre Liste aus. „Ich habe ein paar Vorschläge aufgeschrieben und ich würde natürlich die Hilfe von Ihnen allen sehr zu schätzen wissen. Vielleicht fangen wir mit den praktischen Fragen an und arbeiten uns dann weiter vor?"

Nach einer Stunde war jede der Frauen zu Wort gekommen und hatte Lucy versprochen, ihren Bitten nachzukommen. Lucy faltete die Liste wieder zusammen.

„Vielen Dank." Lucy setzte sich gerade hin. „Jetzt muss ich nur noch einhundertfünfzig Einladungen schreiben und dafür sorgen, dass sie auch rechtzeitig zugestellt werden."

„Damit kann ich dir helfen", boten Anna und Sophia gleichzeitig an.

„Und ich werde dir Dorothea ebenfalls zur Unterstützung schicken", fügte Penelope hinzu. „Sie muss sich einer anderen Beschäftigung widmen, als nur dem Vikar schöne Augen zu machen."

„Wo wir gerade von Briefen sprechen ..." Mrs Jenkins öffnete ihr Retikül. „Ich habe heute Morgen einen erhalten, der mich recht verunsichert hat."

„Eine Einladung?", fragte Lucy.

„Nein, ein Brief, der an mich adressiert war, allerdings keinen Absender trug. Der Inhalt war ausgesprochen impertinent!" Mrs Jenkins streckte ihn Lucy entgegen. „Bitte lesen Sie ihn für alle vor und ersparen Sie mir den Anblick."

Lucy setzte ihre Brille auf, entfaltete das Blatt Papier und begann laut vorzulesen. „Dein Enkel ist umtriebig und ein Dieb. Sieh dich vor dieser Schlange in deinem Schoß vor!"

Lucy ließ den Brief sinken und starrte die alte Dame an. Der Tonfall des Schreibens erinnerte Lucy an die Nachricht, die *sie* selbst heute Morgen erhalten hatte. „Was für eine alberne und verletzende Aussage! Ich hoffe, Sie haben nichts auf diesen Unsinn gegeben."

Mrs Jenkins legte eine Hand auf ihr Herz. „Ich muss gestehen, es hat mich doch ein wenig aufgewühlt. Wer würde so etwas Scheußliches sagen? Nicholas ist weder ein Dieb noch umtriebig."

„Er ist ein ausgesprochen aufrichtiger Gentleman", warf Anna ein. „Niemand würde etwas anderes glauben." Sie setzte sich auf den Stuhl neben Mrs Jenkins. „Madam, bitte lassen Sie sich nicht durch solchen Unsinn belasten. Offensichtlich wollte sich nur jemand einen schrecklichen Spaß auf Ihre Kosten erlauben. Ich habe keine Ahnung, warum."

Mrs Jenkins tupfte ihre Augen mit einem Taschentuch ab. „Aber es gab Gerüchte, dass sein Benehmen während seiner Zeit in London zu wünschen übrig ließ. Das wissen Sie selbst doch auch, Miss Anna. Tatsächlich haben Sie selbst ..."

Anna unterbrach rasch den Redefluss der alten Dame. „Ich selbst habe nichts von besonders großer Tragweite getan. Nicholas war jung und hat aus seinen Fehlern gelernt. Ich habe tiefstes Vertrauen in seine Aufrichtigkeit."

Margaret schniefte und flüsterte ihrer Schwester recht lautstark zu. „Als ob Sie eine Ahnung von Mr Jenkins innersten Gefühlen hätte."

Lucy warf den Schwestern einen Blick zu, entschied sich aber dagegen, etwas zu sagen, da Anna die unfreundliche Bemerkung offenbar nicht gehört hatte.

Margaret erinnerte Lucy an Penelope, wenn diese besonders biestig war.

„Ich würde nichts auf den Brief geben, Mrs Jenkins", sagte Lucy mit Nachdruck. „Haben Sie ihn gegenüber Ihrem Enkel erwähnt?"

„Nein, ich habe die Nachricht erst heute erhalten."

„Dann würde ich ihn nicht damit behelligen. Je konsequenter man solchen Unsinn ignoriert, desto schneller wird er wieder vorbei sein.“ Es war ein guter Ratschlag. Jetzt musste sie ihn nur noch selbst befolgen. „Natürlich geben Sie uns bitte Bescheid, wenn Sie weitere Korrespondenz in derselben Handschrift und mit dem gleichen niederträchtigen Vorsatz erhalten. Dann werde ich darüber mit Sir Robert sprechen. Ich versichere Ihnen, dass er über derartige Angelegenheiten sehr ungehalten sein wird.“

„Vielen Dank, meine Liebe.“ Mrs Jenkins steckte ihr Taschentuch wieder ein. „Ich muss gestehen, dass mich der Brief sehr erschreckt hat, aber ich kann von meinem geliebten Enkel nicht schlecht denken.“

Lucy sah Anna an. „Vielleicht könntest du Mrs Jenkins nach Hause begleiten und bei ihr bleiben, bis Mr Jenkins zurückkehrt?“

„Das wäre mir eine Freude, Madam.“ Anna erhob sich und half der alten Dame beim Aufstehen. „Foley hat bereits die Kutsche vorfahren lassen, wir können also aufbrechen, wann immer es Ihnen beliebt.“

„Dann können wir uns sofort auf den Weg machen. Es sieht ein wenig nach Regen aus.“ Mrs Jenkins verabschiedete sich von den anderen Frauen, sammelte Retikül, Mantel und Gehstock ein und wurde behutsam von Foley und Anna die Treppe hinunterbegleitet.

Die Greenwell-Damen erhoben sich ebenfalls und traten an Lucy heran. „Vielen Dank für Ihre Gastfreundlichkeit, Lady Kurland“, sagte Mrs Greenwell.

„Ich bin mir sicher, dass Mr Greenwell nur zu gerne bei der Feier für die Dienerschaft aushelfen wird. Er teilt die recht fortschrittlichen Ansichten über die Gleichheit der Menschen."

„Wie auch Sir Robert", erwiderte Lucy. „Es klingt, als würden die beiden gut miteinander auskommen."

„Ich hoffe doch, dass Mr Jenkins dem Ball beiwohnen wird", sagte Margaret Greenwell.

„Dessen bin ich mir sicher", stimmte Lucy zu. „Er ist sehr aufmerksam gegenüber seiner Großmutter und denjenigen, die er seine Freunde nennt."

„Das habe ich auch gehört." Margaret seufzte. „Ich wünschte, es wäre *mir* eingefallen, Mrs Jenkins nach Hause zu begleiten. Das war ein ausgesprochen einfallsreicher Schachzug."

Lucy erstarrte. „Anna und Mrs Jenkins sind alte Bekannte. Sie kommen sehr gut miteinander aus."

„Laut dem Tratsch im Ort ist Miss Harrington *scheinbar* die Güte in Person." Margarets Lächeln war verschwunden.

„Da sie meine Schwester ist, kann ich bestätigen, dass sie in der Tat, die freundlichste Person ist, der ich je begegnet bin. Es war *mein* Vorschlag, dass sie Mrs Jenkins begleiten solle, nicht der ihre. Sie ist nicht die Art von Mensch, die sich selbst in den *Vordergrund* drängt." Lucy sah die junge Dame an, bis Margaret errötete und den Blick abwendete.

Mrs Greenwell räusperte sich. „Wir sollten uns auf den Weg machen. Mein Ehemann schätzt es nicht, wenn die Pferde in einer solchen Kälte draußen stehen."

„Dann werde ich Sie zu Ihrer Kutsche begleiten.“ Lucy öffnete die Tür zum Gang.

Sie wartete, bis die Kutsche der Greenwells abgefahren war, bevor sie langsamen Schrittes in das Gesellschaftszimmer zurückkehrte, wo Sophia bereits auf sie wartete. Wäre es möglich, mit ihrer besten Freundin zu sprechen, ohne zu erwähnen, was sie von ihrem lang ersehnten Besuch in London abgehalten hatte?

Lucy blieb zögernd an der Tür stehen, doch Sophia kam ihr bereits mit besorgtem Blick und Tränen in den Augen entgegen. Sie streckte beide Hände aus und ergriff die von Lucy.

„Oh, meine *liebe* Lucy. Penelope hat mir die Neuigkeiten mitgeteilt. Es tut mir so leid, meine liebste Freundin. Wieso hast du mir nicht geschrieben, um mir davon zu *erzählen*?“

„Ich dachte, dass es besser wäre, es dir persönlich zu sagen. Jetzt sehe ich allerdings, dass Penelope in der gleichen Zeit offenbar damit beschäftigt war, es herumzutratschen.“

Lucy ließ sich von Sophia zum Sofa führen, wo sie starr neben ihrer Freundin saß.

„Das ist nicht wirklich Tratsch.“ Sophia drückte Lucys Finger. „Du weißt, dass sie eifersüchtig auf unsere Freundschaft ist, daher wollte sie lediglich demonstrieren, dass sie mehr über dich weiß als ich, indem sie mich über deinen Gesundheitszustand in Kenntnis setzte.“ Sie zögerte. „Ich wünschte trotzdem, du hättest mir geschrieben.“

„Es ging mir noch nicht gut genug, um zu schreiben. Ich musste sehr zu meinem Missfallen fast eine Woche lang das Bett hüten. Sir Robert hat schon gedroht, mich ans Bett zu fesseln, wenn ich Dr. Fletchers Empfehlung nicht nachkomme. Und ich hatte kaum die Absicht, ihm nicht zu gehorchen, weil ich mich schwach wie eine neugeborene Katze fühlte." Lucy versuchte ein Lächeln aufzubringen. „Es war die zweite Fehlgeburt innerhalb eines Jahres."

„Oh, Lucy." Sophia reichte Lucy ihr Taschentuch. „Es gibt keine Worte in dieser Welt, die mein Beileid ausdrücken könnten."

„Dr. Fletcher sagt, dass ich wieder zu Kräften kommen muss, aber es gibt so viel zu tun und ..."

„Du wirst mir und den anderen erlauben, dir zu helfen", sagte Sophia entschlossen. „Anna hat mir bereits anvertraut, dass sie sich Sorgen um dich macht. Sie befürchtet, dass du dir zu viel vornimmst mit dem Ball und dem Dorffest und ..."

„Ich ziehe es vor, beschäftigt zu sein. Wenn ich nur herumsitze und endlos Säume vernähe, geht es mir deutlich schlechter."

„Aber du musst uns gestatten, dir zu helfen." Sophia sah Lucy in die Augen. „Ein ‚Nein' lasse ich nicht gelten, meine Liebe, daher findest du dich besser *sofort* damit ab."

Zum ersten Mal seit Langem lächelte Lucy. „Danke. Ich gebe mir Mühe. Aber verausgabe *du* dich bitte nicht zu sehr."

„Ich fühle mich ausgesprochen gut, nachdem ich die ersten paar Monate der Übelkeit hinter mir habe. Ich fühle mich sogar, als hätte ich überschüssige Energie, und ich kümmere mich nur zu gerne um jeden deiner Nachbarn, der versuchen könnte, dich zu plagen."

Sophia hielt inne. „Ich kann nicht behaupten, dass ich die Greenwell-Schwestern besonders mochte. Ich habe schon gehört, dass die älteste Tochter ein Auge auf Nicholas Jenkins geworfen hat."

„Das glaube ich auch, aber da sie mit Anna kaum mithalten kann, bezweifle ich, dass sie damit Erfolg haben wird."

Lucy seufzte. „Natürlich nur, wenn ich Anna davon überzeugen kann, Nicholas Gehör zu schenken. Sie scheint entschlossen zu sein, im Pfarrhaus bei meinem Vater bleiben zu wollen."

„Dein Vater macht es seinen Töchtern sehr schwer, das Haus zu verlassen, nicht wahr?"

„Er braucht eine Ehefrau", sagte Lucy. „Vielleicht sollten wir Nachforschungen zu ein paar guten Kandidatinnen anstellen, wenn wir die Einladungen für den Ball schreiben."

„Was für eine ausgezeichnete Idee", erwiderte Sophia. „Dann wäre Anna frei, das Pfarrhaus zu verlassen und die Zwillinge bekämen eine neue Mutter, die sie umsorgen kann."

Lucy erhob sich. Allein die Anwesenheit von Sophia wirkte sich belebend auf ihren Geist aus. „Dann lass uns doch in mein Arbeitszimmer gehen und sofort eine Liste aufstellen."

***

„Robert, hast du das Vorstellungsgespräch mit Miss Broomfield geführt, als sie sich auf die Stelle an unserer Schule beworben hatte?"

„Miss Broomfield?“ Robert blickte von seinem Buch auf, legte einen Finger zwischen die Seiten und widmete ihr seine Aufmerksamkeit. „Was ist denn mit ihr?“ Sie saßen nach einem exzellenten Abendessen noch gemeinsam in seinem Arbeitszimmer. Nach seinem gedankenlosen Benehmen beim Frühstück war er darauf bedacht, Lucy die Aufmerksamkeit zukommen zu lassen, die ihr gebührte. „Dein Vater hat mit ihr gesprochen. Ich war zu der Zeit eher mit anderen Dingen beschäftigt.“

Tatsächlich hatte er sich mehr Sorgen um Lucy gemacht, die im dritten Monat ihrer Schwangerschaft eine Fehlgeburt erlitten hatte und sich davon im Bett erholte. Er hatte schon viele Schlachten durchlebt und dabei Dinge gesehen, die die meisten Männer verzagen lassen würden, aber das Leid seiner Frau zu sehen, war weit schrecklicher gewesen. Die Besetzung der offenen Stelle im Schulhaus war für ihn eher nebensächlich gewesen, sodass er dies seinem Schwiegervater überlassen hatte.

Trotz ihrer Auseinandersetzung im Pfarrhaus schien Lucy besseren Mutes zu sein, was er dem positiven Einfluss von Sophia Stanford zuschrieb. Dennoch war seine Frau recht still. Manchmal sehnte er sich fast danach, dass Lucy ihre besitzergreifende Art wiedererlangte. Allerdings hielt er sich zurück, sie in irgendeiner Form zu provozieren, solange es galt, bestimmte Themen nicht anzusprechen.

„Ich habe Miss Broomfield aufgesucht, um mich mit ihr über die Teilnahme der Kinder an einem der Weihnachtsgottesdienste zu unterhalten“, sagte Lucy weiter. „Es war unverkennbar, dass sie keinerlei Verständnis für die Kinder in ihrer Obhut hat."

„Inwiefern?"

„Sie sieht sie als faule und gleichgültige Schüler. Sie hatte nur Spott übrig, als ich sie darauf aufmerksam machte, dass die meisten ihrer Schützlinge nicht nur die Schule besuchen, sondern auch noch für ihren Lebensunterhalt arbeiten müssen."

„Miss Broomfield hat dich *verspottet*?" Robert zog eine Augenbraue hoch. „Eine mutige Frau."

„Sie hält mich offenbar für eine Schirmherrin, die keine Ahnung davon hat, wie eine Schule geleitet werden sollte."

„Dann ist sie selbst schuld. Hast du versucht, ihre Ansichten richtig zu stellen?"

„Das habe ich, aber sie war gleichgültig gegenüber meinen Vorschlägen. Sie ist meiner Forderung nach Musikunterricht für die Kinder nur nachgekommen, weil ich damit gedroht habe, mein Missfallen dir und meinem Vater mitzuteilen." Sie legte ihr Nähzeug beiseite. „Ich habe sogar angeboten, *selbst* den Kindern die Weihnachtslieder beizubringen, aber sogar von diesem Gedanken schien sie beleidigt gewesen zu sein."

Robert runzelte die Stirn. „Zur Abwechslung stimme ich Miss Broomfield zu. Es geht dir noch nicht gut genug, als dass du deine Tage in diesem zugigen Klassenzimmer umgeben von Kindern mit ewig laufenden Rotznasen verbringen solltest."

Sie hob das Kinn und in ihren Augen glänzte eine Spur ihrer gewohnten Entschlossenheit. „Ich dachte, du *wolltest*, dass ich mir neue Beschäftigungen suche?"

„Ich zahle dieser Frau ein beträchtliches Gehalt, um an unserer Schule zu unterrichten, daher erwarte ich, dass meine Frau ihr das Lehren nicht abnimmt." Robert zögerte. „Es gibt auf dem Anwesen viele andere Angelegenheiten, bei denen deine Fähigkeiten besser aufgehoben wären."

„Besser als beim Wohlergehen der Kinder im Dorf?"

„Ja, und darüber hinaus sind sie deiner Gesundheit derzeit deutlich zuträglicher."

„Aber Miss Broomfield ist inkompetent! Ich denke sogar, dass du sie entlassen und über die Feiertage nach einem geeigneten Ersatz suchen solltest."

„Weil sie in einer Sache anderer Meinung war als du? Das sieht dir gar nicht ähnlich, meine Liebe. Vielleicht sollten wir bis nach Weihnachten warten. Ich werde dann natürlich mit Miss Broomfield sprechen und darüber entscheiden, ob sie kompetent genug ist, um ihrer Aufgabe nachzukommen."

„Das ist sie nicht." Lucys Augen blitzten auf.

„Du bist ausgesprochen schnell in deinem Urteil."

„Nur weil sie so eine ... Kälte an sich hatte."

„Wie meinst du das?" Robert runzelte die Stirn. Im Laufe ihrer Beziehung hatte er gelernt, ihre Gefühle ernst zu nehmen.

„Ich habe den Verdacht, dass sie eine dieser Frauen ist, die aus den völlig falschen Gründen Lehrerin geworden ist. Hast du ihre Empfehlungsschreiben griffbereit?"

„Ich glaube, Dermot hat sie irgendwo, aber ..."

„Dann werde ich ihn darum bitten, sie für mich herauszusuchen. Ich möchte wetten, dass mein Vater sie vor ihrer Einstellung nicht gelesen hat."

„Wir hatten *tatsächlich* einige Probleme, als Miss Brent so plötzlich entschied, zu heiraten und ihre Stelle aufzugeben. Mitten im Schuljahr kann man kaum erwarten, eine große Auswahl wirklich guter Lehrkräfte zu haben", gab Robert zu bedenken.

Lucy lehnte sich vor. „Wir haben lange diskutiert, welche Art Schule wir gründen möchten, und noch länger besprochen, wie die perfekte Lehrerin dafür aussehen würde. Ich verstehe nicht, wieso das alles bei der Einstellung von Miss Broomfield ignoriert wurde."

Robert biss die Zähne zusammen. „Ich nehme deine Bedenken ernst, meine Liebste, und ich habe vor, so bald wie möglich mit Miss Broomfield zu sprechen. In der Zwischenzeit, hältst du dich bitte aus der Sache heraus, bis es dir besser geht." Er zog die Augenbrauen hoch. „Können wir uns darauf einigen?"

„Wie du wünschst." Lucy faltete die Hände in ihrem Schoß und hielt den Blick darauf gerichtet.

Nach drei Jahren Ehe und vielen weiteren Jahren, in denen sie sich bereits vorher kannten, ließ Robert sich von ihrer Zustimmung nicht täuschen.

„Ich möchte dein Wort darauf haben, wenn es dir nichts ausmacht."

„Mein Wort, dass ich die Kinder nicht selbst unterrichten werde?"

„Dass du dich *überhaupt* nicht in die Leitung der Schule einmischen wirst."

Sie seufzte. „Ich habe tatsächlich nicht die Kraft, mich jeden Tag mit einem Dutzend Kinder herumzuschlagen."

„Wieso bestehst du dann auf diesem verdammten Ball und der Feier für die Dorfbewohner?“, fragte Robert.

„Weil ich *irgendetwas* zu tun brauche. Wenn du mir gar nichts gestattest, schwöre ich, dass ich irgendwann an Langeweile sterbe.“ Sie streckte ihre Hand nach ihm aus. „Anna und Sophia haben angeboten, mir mit den Vorbereitungen zu helfen und Mr Greenwell will mit dir über die Ausrichtung der Aktivitäten für die Feier der Dorfbewohner sprechen. Es ist also nicht so, dass ich mich ganz allein um alles kümmere.“

Robert hielt inne und sie drückte sanft seine Finger. „Bitte, Robert. Lass mir zumindest das.“

„Das werde ich. Aber ich werde mit Anna und Sophia sprechen, um sicherzugehen, dass sie dir auch wirklich helfen und sich nicht dazu zwingen lassen, dich doch alles allein erledigen zu lassen.“

„Ich zwinge doch niemanden, Robert!“

„Dann bewegst du sie eben dazu. Darin bist du sehr gut.“

„Jemand muss es ja machen und du willst ja wohl kaum alle Aufgaben selbst übernehmen“, erwiderte Lucy.

„Wie ich bereits sagte, wenn es nach mir ginge, würde der Ball gar nicht erst stattfinden“, murmelte Robert und küsste die Hand seiner Frau. „Aber, wenn du dich aus dem Klassenzimmer heraushältst, bin ich gewillt, die ganze Grafschaft in meinem Haus zu empfangen und einen Tag im Jahr ihre Anwesenheit über mich ergehen zu lassen.“

Lucy schenkte ihm ein Lächeln. „Ich wusste, dass du meine Sichtweise irgendwann verstehen würdest.“

„Meine Liebste, nach drei Jahren Ehe hast du mich so gut erzogen wie einen Schoßhund."

„Wohl kaum wie einen Schoßhund, Sir. Eher wie einen missmutigen Straßenköter."

Er erwiderte ihr Lächeln. Es war schön, sie wieder lächeln zu sehen, auch wenn es auf seine Kosten war. Und wenn er sie davon überzeugen könnte, sich nicht in die Angelegenheiten der Schule einzumischen, war er mehr als gewillt, sich als Kompromiss auf den Ball einzulassen, der der ganzen Grafschaft zugutekommen würde. Den reichen wie den armen Bewohnern.

Kapitel 3

Lucy sortierte den Briefstapel, den Foley ihr gegeben hatte. Sie fragte sich, ob darunter erneut ein unfrankiertes Schreiben voller Behauptungen und Beleidigungen sein würde. Doch wie sich herausstellte, war nichts Ungewöhnliches dabei. Es war fast eine Woche seit dem ersten Brief vergangen und seitdem war kein weiteres derartiges Schreiben eingetroffen. Allerdings hatte Lucy sich gestern mit zwei Familien im Dorf unterhalten, die ebenfalls unangenehme Briefe erhalten hatten. Daher hatte sie beschlossen, Robert bei der ersten sich bietenden Gelegenheit davon zu berichten.

Zur Abwechslung saß sie heute allein am Frühstückstisch. Robert hatte etwas davon gemurmelt, dass er die Ställe besuchen wolle, und war recht rasch aufgebrochen. Es sah ihm gar nicht ähnlich.

Foley räusperte sich. „Möchten Sie noch etwas Tee, Mylady?"

„Ja, bitte, und vielleicht noch etwas Toast?"

„Das wäre mir eine Freude, Mylady." Er lächelte sie strahlend an. „Die Marmelade der Köchin ist in diesem Jahr ausgesprochen gut, nicht wahr?"

„In der Tat."

Aus der Eingangshalle ertönte eine Stimme. „Sind Sie hier, Lady Kurland?"

Die Tür öffnete sich und gab die Sicht auf eine unerwartete Besucherin frei. „Guten Morgen, Grace", sagte Lucy. „Und wie geht es Ihnen heute?"

„Mir geht es sehr gut." Grace Turner schenkte ihr und Foley ein Lächeln. „Ich war gerade spazieren und habe mich spontan dazu entschieden, durch den Park zu gehen und nach Ihnen zu sehen."

„Ich werde ein zusätzliches Gedeck bringen, Mylady", murmelte Foley, rückte den Stuhl neben Lucy unter dem Tisch hervor und verließ das Zimmer. Grace Turner ließ sich schwer auf den Stuhl fallen. Ihr dunkles Haar hatte sich aus dem unordentlichen Knoten gelöst und ihre Wangen waren gerötet vor Anstrengung und Kälte.

Mit ihren Stiefeln hatte sie Matsch über den gesamten Teppich verteilt, aber Lucy kümmerte das nicht.

„Ich habe hinter der unteren Mauer ein paar Pilze gefunden. Ich hoffe, es macht Ihnen nichts aus, dass ich mich daran bedient habe."

„Ganz und gar nicht." Lucy suchte das Gesicht ihrer Besucherin nach einer Spur von Feindseligkeit ab, konnte aber nichts dergleichen entdecken. Grace war immer offen und hatte Lucy ihre Ehrlichkeit bereits unter Beweis gestellt. Falls sie ihr noch immer etwas verübelte, wie der anonyme Brief nahelegte, hätte sie es sicherlich inzwischen ausgesprochen.

„Wollen Sie die Pilze in einem Ihrer widerlichen Gebräue verwenden?"

„Nein, diesmal landen sie im Suppentopf." Grace stellte ihre vollgepackte Tasche auf dem Teppich ab.

„Allerdings habe ich noch mehr Elixier für Sie zum Trinken.“

Lucy erschauderte. „Es schmeckt furchtbar.“

„Und wird Ihnen sehr guttun.“

„Wenn Sie das sagen.“ Lucy begutachtete misstrauisch das kleine Glasfläschchen, dass Grace auf den Tisch gestellt hatte. Foley brachte mehr Tee und Toast, von dem Lucy Grace etwas anbot.

„Ihr Blut ist zu dünn. Sie müssen es stärken“, erinnerte sie Grace. „Dann fühlen Sie sich auch nicht mehr so müde.“

„Das wäre wirklich sehr schön, besonders in dieser Jahreszeit, wo so viele festliche Anlässe anstehen.“

„Was denn zum Beispiel?“ Grace runzelte die Stirn.

„Gottesdienste, Nachbarsbesuche und ein Ball, der noch organsiert werden muss, um nur ein paar zu nennen.“

„Man betrachtet mich nicht als Lady, daher muss ich nichts dergleichen tun“, Grace grinste. „Was würde passieren, wenn Sie sich weigern würden, etwas davon zu tun?“

„Ich würde ein schlechtes Vorbild abgeben.“ Lucy spielte einen Moment mit dem befremdlichen Gedanken, bevor sie sich schnell davon verabschiedete. „Das könnte ich nicht. Ich bin die Herrin des Anwesens und Sir Robert verlässt sich auf mich, wenn es um die Leitung der Bediensteten geht. Ich würde ihn nicht enttäuschen wollen.“

„Ha! Sir Robert wäre der Erste, der derartigen Unsinn abschaffen würde“, beharrte Grace. „Er ist der unkonventionellste Landadelige, dem ich je begegnet bin.“

„Das stimmt", musste Lucy zugeben. „Das liegt an der industriellen Herkunft seiner Mutter. Er hat einige außergewöhnliche Ideen zur Gesellschaft und darüber, wie eine Nation geführt werden sollte, aber auch ein sehr starkes Pflichtgefühl."

„Das habe ich bereits zu spüren bekommen." Grace tätschelte Lucys Hand. „Versprechen Sie mir wenigstens, dass Sie den Trank zu sich nehmen werden. Und wenn Sie mich irgendetwas fragen wollen, wie und wann eine weitere Schwangerschaft am besten wäre ..."

„Das werde ich sicher tun", warf Lucy hastig ein, bevor die Konversation viel zu persönlich wurde. „Es *gibt* da etwas, das ich Sie fragen wollte. Haben Sie von Leuten im Dorf gehört, die anonyme Briefe erhalten haben?"

„Nein, wieso?"

„Mrs Jenkins hat Anfang der Woche einen erhalten, in dem der moralische Charakter ihres Enkels infrage gestellt wurde."

„Das ist doch Unsinn. Wer würde Papier verschwenden, um einer alten Dame so etwas Furchtbares zu schicken?", spottete Grace.

„Das hatte ich noch nicht bedacht", sagte Lucy langsam. „Papier *ist* teuer."

„Ich muss mich auf den Weg machen." Grace erhob sich und trank ihren Tee in einem langen Zug aus. „Oh, beinahe hätte ich es vergessen: Jon Hopewell hat Collie-Welpen. Er lässt fragen, ob Sir Robert einen der Welpen haben möchte."

„Was für eine ausgezeichnete Idee", sagte Lucy. „Ich werde später ausfahren und mich mit ihm treffen. Das könnte das perfekte Weihnachtsgeschenk für meinen Mann werden. Er beklagt sich ständig darüber, dass er zu wenige Hunde hat."

Grace verließ das Haus, erinnerte Lucy vorher allerdings noch einmal, dass sie den Trank zweimal am Tag einnehmen sollte. Lucy schenkte sich gehorsam eine Dosis davon ein. Das Gebräu roch nach rostigen Nägeln und Kohl. Sie schluckte es schnell herunter und spülte mit zahlreichen Schlucken Tee nach. Im Gegensatz zu Dr. Fletchers Tränken schien das Mittel tatsächlich zu helfen. Sie fragte Grace nicht nach den Zutaten, da Lucy beschlossen hatte, dass es vermutlich besser war, darüber nicht Bescheid zu wissen.

Die Tür wurde erneut geöffnet. Da Lucy davon ausging, dass Foley zurückgekehrt war, blickte sie kaum auf.

„Ah, gut. Du bist noch hier."

Sie drehte sich um und erblickte Robert, der in der Tür stand. „Gute Güte, hast du mich erschreckt!"

„Das tut mir leid." Robert öffnete die Tür, soweit es ging. „Ich hoffe, du freust dich über mein frühes Weihnachtsgeschenk. Ich habe es gerade aus dem Wirtshaus abgeholt."

„Ich bin kein ‚Es', mein lieber Robert." Die Stimme kam aus der Eingangshalle. „Das klingt so, als wäre ich ein halb vergessenes Paket!"

Lucy sprang auf und eilte Roberts Tante Rose entgegen, die sie freundlich anlächelte. Rose hatte ihren Reisemantel, die Haube und die dicke Pelisse noch nicht abgelegt.

„Lucy, meine Liebe. Es ist so schön, dich wiederzusehen.

Ich habe von Robert gehört, dass es dir nicht gut geht."

„Das stimmt. Ich ..." Lucy schluckte schwer und versuchte, die Tränen zu unterdrücken. Wenig später wurde sie in eine feste Umarmung gezogen, Tante Rose tätschelte ihren Kopf und murmelte beruhigend in ihr Ohr: „Alles ist gut, meine Liebe. Jetzt bin ich ja hier, um zu helfen."

Schließlich schaffte Lucy es, zu Robert aufzublicken, der an der Wand lehnte und die beiden mit einem Lächeln auf den Lippen beobachtete.

„Vielen Dank, dass du deine Tante zu uns eingeladen hast. Mir war bis gerade eben nicht bewusst, wie sehr ich sie vermisst habe."

Robert zuckte mit den Schultern. „Ich bin froh, dass dir meine spontane Entscheidung zusagt. Tante Rose hat vor, länger bei uns zu bleiben, während sich ihre Kinder in London entsetzlich benehmen."

„Robert ...", sagte Lucy ermahnend, aber Rose gluckste.

„Er hat durchaus recht. Da hätten wir meine beiden Töchter, die sich für zu wichtig halten, um mit ihrer eigenen Mutter gesehen zu werden, und meinen einzigen Sohn, der darauf bedacht ist, sein Erbe zu verspielen. Man kann durchaus sagen, dass ich von ihnen recht entsetzt bin. Ich würde mein Weihnachten lieber hier verbringen, zusammen mit Menschen, die mich zu *schätzen* wissen."

„Wir wissen dich mehr als zu schätzen." Lucy hakte sich bei Tante Rose ein und ging mit ihr in die Eingangshalle. „Ich nehme an, Foley hat bereits unsere neue Haushälterin dazu angewiesen, ein Zimmer zu lüften und herzurichten, daher werde ich dich nach oben begleiten."

Als sie zusammen die Treppen erklommen, lehnte Lucy sich zu Rose hinüber und flüsterte ihr ins Ohr: „Wenn du heute Nachmittag nicht zu müde bist, wärst du vielleicht für einen Ausflug zu einem unserer abgelegeneren Gehöfte zu begeistern? Ich habe vor, einen Welpen für Robert zu besorgen."

„Ich bin mir sicher, dass ich nach einem kurzen Nickerchen vollständig erholt sein werde", sagte Rose. „Und ich würde mich deiner Geheimexpedition nur zu gerne anschließen."

***

„Ich denke, das reicht für heute, Dermot." Robert unterzeichnete den letzten Brief, den sein Landverwalter ihm vorgelegt hatte, und stellte die Feder zurück ins Tintenfass. „Wir haben in diesem Jahr große Fortschritte gemacht und die Geschäftsbücher sehen sehr gut aus. Ich überlege, allen Arbeitern auf den Ländereien des Anwesens am zweiten Weihnachtsfeiertag einen Bonus auszuzahlen."

„Das würden sie sicherlich sehr zu schätzen wissen, Sir." Dermot Fletcher löschte umsichtig die frische Tinte und legte den Brief zu den anderen auf einen Stapel am Rand seines Schreibtischs. „Und die Kassen des Anwesens können es sicher verkraften."

„Ich werde mir morgen die Bücher noch einmal ansehen und dann entscheiden, wie hoch die Zusatzzahlung ausfallen wird." Robert lehnte sich zurück und dehnte seine verkrampften Finger. „Ich hoffe, dass Sie wie üblich den Weihnachtsfeierlichkeiten hier in Kurland Hall beiwohnen werden, Dermot?“

Sein Landverwalter grinste. „Da ich dabei helfe, sie zu organisieren, Sir Robert, werde ich in jedem Fall anwesend und vermutlich sogar omnipräsent sein. Sie und Lady Kurland werden am Ende meinen Anblick vermutlich leid sein.“

„Das bezweifle ich.“ Robert blickte aus dem Fenster. Es regnete nicht mehr, aber es wurde langsam dunkel. „Haben Sie mir Miss Broomfields Empfehlungsschreiben herausgesucht?“

„Ja, Sir, das habe ich.“ Dermot zögerte, bevor er fortfuhr. „Ich muss mich entschuldigen, dass ich sie nicht gründlicher studiert habe, aber als es darum ging, einen Termin für das Vorstellungsgespräch zu vereinbaren, hatte Mr Harrington mir versichert, dass sie über einen makellosen Ruf verfüge.“

„Und Sie wollten dem Pfarrer vermutlich nicht widersprechen? Das kann ich gut nachvollziehen.“ Robert dachte kurz nach. „Was genau stört Sie an ihr?“

„Sie hat nur ein Empfehlungsschreiben vorgelegt und das stammte von einem alten Freund von Mr Harrington und betraf eine Stelle, die schon drei Jahre zurücklag. Unglücklicherweise habe ich das Originalschreiben nicht, da Mr Harrington es behielt. Miss Broomfield beharrte darauf, dass das Empfehlungsschreiben ihres letzten Arbeitgebers bei ihrem Umzug verloren gegangen sei. Sie versprach, es uns zu übergeben, sobald sie es finden würde.“

„Das ist sehr ungewöhnlich.“ Robert runzelte die Stirn.

„Da ich nicht den Eindruck hatte, dass das Empfehlungsschreiben bald auftauchen würde, habe ich mir erlaubt, die Schule, die in dem Brief erwähnt wird, direkt anzuschreiben. Ich habe heute Morgen die Antwort erhalten.“ Dermot reichte Robert ein Blatt Papier.

Sehr geehrter Mr Fletcher,
vielen Dank für Ihre Erkundigungen bezüglich der Einstellung und des Charakters von Miss Martha Broomfield. Wir bedauern, Ihnen mitteilen zu müssen, dass sie aus ihrem Arbeitsverhältnis an unserer angesehenen Schule entlassen wurde. Grund war eine Untersuchung, bei der unnötig grausame Disziplinarmaßnahmen gegen bestimmte Schüler in ihrer Obhut festgestellt worden waren. Falls Sie auf der Suche nach einer geeigneten Lehrkraft sind, würden wir diese Person unter keinen Umständen empfehlen.
Hochachtungsvoll,
Agatha Pemberton
Schulleiterin, Pengaron School, Cornwall

„Guter Gott.“ Robert blickte auf. „Lady Kurland hatte recht.“

„Das hat sie recht häufig, Sir.“ Dermot nahm den Brief wieder an sich.

Robert seufzte schwer und erhob sich. „Dann schätze ich, dass ich hinunter zur Dorfschule gehen und ein Wörtchen mit Miss Broomfield reden sollte.“

Dermot erhob sich ebenfalls. „Ich fahre ohnehin ins Dorf, um meinen Bruder zu besuchen. Soll ich Sie zur Schule mitnehmen?“

„Das wäre sehr freundlich. Genau genommen, muss ich selbst auch noch mit dem guten Doktor sprechen. Würden Sie mich daher vielleicht mit in die Schule begleiten?“

„Um als Zeuge zu dienen?“

Robert verzog das Gesicht. „Ich hoffe, dass dafür keine Notwendigkeit bestehen wird. Aber nach allem, was man hört, könnte Miss Broomfield ihre Entlassung vielleicht nicht gerade gut aufnehmen.“

„Sie ist recht aufbrausend, wie man hört“, sagte Dermot, wie immer um eine diplomatische Antwort bemüht. „Ich begleite Sie gerne, wenn ich damit sicherstellen kann, dass Ihnen kein Tintenfass an den Kopf geworfen wird.“

Robert sah auf die Taschenuhr. „Die Kinder sollten inzwischen zu Hause sein. Immerhin bin ich mir sicher, dass zumindest sie sich freuen werden, wenn die Schule dieses Jahr früher schließt.“

Dermot nickte und ging Richtung Tür. „Ich hole meinen Hut und hole Sie dann mit der Kutsche am Haupteingang ab, Sir.“

Innerhalb einer Viertelstunde waren sie unterwegs. Robert ließ Dermot nur zu gerne fahren, da er so die Gelegenheit hatte, seine Ländereien im Vorbeifahren in Ruhe zu begutachten. Es war bitterkalt und die Sonne war hinter einer dicken Schicht dunkler Wolken versteckt. Auf dem Weg die Hauptstraße hinunter trafen sie kaum eine Seele an.

Er hoffte, dass Lucy und seine Tante bereits auf dem Rückweg von ihren nachmittäglichen Erledigungen waren. Er wollte nicht, dass sich eine der beiden noch eine Erkältung einfing. Aber immerhin hatte Lucy ausgesprochen erfreut auf die Ankunft seiner geliebten Tante reagiert. Robert vermutete, dass sie bei den Weihnachtsfeierlichkeiten eine große Hilfe sein würde.

Das Haus von Dr. Fletcher lag auf der dem Schulhaus gegenüberliegenden Seite des Ententeichs. Bei den Fletchers brannte bereits Licht hinter den beiden vorderen Fenstern, in der Schule war es hingegen dunkel. Robert sah hinauf zu den Wohnräumen der Lehrerin, aber auch dort war kein Licht zu sehen.

„Sollen wir zuerst im Haupthaus nachsehen, Sir?“, fragte Dermot.

„Ja, ich denke, das wäre ein guter Anfang.“

Dermot band das Pferd an und folgte Robert den Pfad zum Eingang des Gebäudes hinunter. Gerade als Robert die Tür öffnen wollte, stürmte jemand heraus und rannte ihm direkt in die Arme. Er hatte Mühe, das Gleichgewicht zu halten.

„Lassen Sie mich los! Bitte! Lassen Sie mich los!“

Robert blickte in das Gesicht einer völlig verschreckten Schülerin von Miss Broomfield. Er hielt sie sanft fest und versuchte, sie zu beruhigen.

„Es ist alles in Ordnung. Ich werde dir nicht wehtun. Was ist denn los?“, fragte er.

Das Mädchen zitterte so sehr, dass es kaum verständliche Worte hervorbringen konnte. „Miss Broomfield. Ich habe meinen Schal vergessen und bin zurückgegangen, um ihn zu holen, und sie ...“

„Sir Robert ...“

Robert sah an dem Mädchen vorbei zu Dermot, der ein paar Schritte ins Haus gegangen war und jetzt wieder zurückkehrte. Er sah zutiefst erschüttert aus.

„Was ist denn los?“ Robert legte eine Hand auf die Schulter des Mädchens. Das Gesicht kam ihm bekannt vor, aber er konnte sich nicht an den zugehörigen Namen erinnern. „Geh zum Haus von Dr. Fletcher. Sag ihm, dass ich dich geschickt habe, und bleibe dort, bis ich komme.“

„Ja, Sir.“

Robert ging durch die zweite Tür, die Dermot ihm aufhielt. Sie führte in das große Klassenzimmer. Abgesehen von der erlöschenden Glut im Kamin und einer einzelnen Talgkerze auf dem Pult der Lehrerin gab es im Raum kaum Licht.

Miss Broomfield saß aufrecht auf ihrem Stuhl hinter dem Pult, das Gesicht zur Tür gewandt. Sie saß da, als würde sie ein formelles Porträt von sich malen lassen. Robert hatte jedoch während seiner Karriere als Kavallerieoffizier den Tod in all seinen makabren Facetten gesehen, daher war ihm sofort klar, dass sie nicht mehr lebte.

„Hier ist etwas mehr Licht, Sir.“

Dermot und er schritten zum Kopfende des Klassenzimmers. Der Klang ihrer Stiefel auf dem steinernen Boden hallte laut durch den Raum.

„Guter Gott ...“, flüsterte Dermot, als er die zusätzliche Kerze auf dem Pult abstellte. Eine lange Spur aus getrocknetem Blut und Tinte lief die linke Seite des Gesichts von Miss Broomfield hinunter, genau da, wo ihr jemand die Schreibfeder ins Auge gerammt hatte. „Möge der Herr ihrer Seele gnädig sein.“

Während Dermot sich bekreuzigte und betete, untersuchte Robert die Leiche mit dem gefassten Blick eines Mannes, der jahrelange Schlachtfelderfahrung besaß. Vorsichtig berührte er ihre Hand, die mit der Handfläche nach unten auf dem Pult lag. Die Haut wurde bereits kälter.

„Die Schreibfeder ist ein verstörender Anblick, aber ich bezweifle, dass sie auch die Todesursache ist", sagte Robert. „Holen Sie bitte Dr. Fletcher? Ich werde hier auf Ihre Rückkehr warten."

Dermot eilte sofort zur Tür, hielt dort aber kurz inne. „Sind Sie sicher, Sir Robert?"

„Gehen Sie. Bis ich es zum Ententeich schaffen würde, wären Sie schon wieder mit ihm hier."

Robert wartete, bis er die Tür ins Schloss fallen hörte, und begann dann damit, mehr Kerzen zu entzünden, um die makabre Szene zu erleuchten. Es war noch immer zu dunkel, um zu erkennen, ob noch mehr Blut an der schwarzen Kleidung von Miss Broomfield klebte, aber er konnte den vertrauten metallenen Geruch an ihr wahrnehmen.

Ohne die Schreibfeder in ihrem Auge hätte sie von ihrem eigenen Tod völlig unbeeindruckt ausgesehen. Robert beugte sich näher heran, um die Papiere unter ihren Händen näher zu untersuchen. Sie schienen beschrieben worden zu sein.

Er ist schuldig.
Sie verdient es, davon zu erf–

Der zweite Satz war unfertig geblieben und ein Tintenstrich führte über das gesamte Weiß des Papiers zum Rand. Robert runzelte die Stirn. War dies eine Art bizarres Geständnis? Hatte Miss Broomfield sich selbst das Leben genommen?

„Und sich dann selbst die Schreibfeder ins Auge gerammt?“, fragte Robert laut sich selbst. „Ich bezweifle, dass sie dazu in der Lage oder willens gewesen wäre.“

„Sir Robert?“

Er wandte sich um und erblickte seinen alten Kameraden aus der Armee, Dr. Fletcher, der gerade das Zimmer betrat, gefolgt von Dermot.

„Ah, vielen Dank für Ihr schnelles Kommen, Patrick. Miss Broomfield scheint einer Art Unfall zum Opfer gefallen zu sein.“

„Das sehe ich.“ Dr. Fletcher stellte eine Laterne am Rand des Pults ab und studierte mit interessiertem Gesichtsausdruck die Leiche. Nach seiner Zeit als Feldchirurg war es ausgesprochen schwer, ihn zu schockieren. „Ich glaube nicht, dass die Schreibfeder sie sofort umgebracht hätte, aber man kann nie wissen.“ Er setzte seine oberflächliche Untersuchung fort. „Kein Anzeichen dafür, dass sie erschossen wurde, keine Hinweise auf einen Kampf. Ich schätze, sie könnte theoretisch auch eines natürlichen Todes gestorben sein und sich dabei in einem Anfall von Hysterie versehentlich selbst ins Auge gestochen haben.“

„Unwahrscheinlich“, stellte Robert fest.

„Das sehe ich auch so.“

„Wie sollen wir dann weiter vorgehen?“

„Sollen wir sie erst einmal hinüber zu meinem Haus bringen?“ Dr. Fletcher blickte auf. „Dort kann ich die Leiche genauer untersuchen.“

„Ich werde sie tragen.“ Dermot trat vor und zog seinen Mantel aus. „Ich bezweifle, dass bei diesem Wetter noch jemand unterwegs sein wird, der mich sehen könnte."

„Falls jemand Fragen stellt, können wir deine guten Absichten bezeugen." Dr. Fletcher klopfte seinem Bruder auf die Schulter. „Ich habe Penelope darum gebeten, den Seiteneingang zu entriegeln; du kannst die Leiche also dort hereinbringen."

Nachdem die Fletcher-Brüder gegangen waren, verblieb Robert noch im Klassenzimmer. Er sammelte die verstreuten Papiere auf dem Pult ein und steckte sie in die Manteltasche, um sie sich später genauer anzusehen. In einer der Schubladen fand er außerdem die Schlüssel zum Schulhaus. Er hatte sich bereits dazu entschlossen, Lucy zumindest *irgendeine* Version der Ereignisse zu erzählen. Würde er es ihr verschweigen, fürchtete Robert, dass sie wütend auf ihn sein würde, sobald sie es von einer anderen Person erfuhr.

Er begab sich in den hinteren Teil des Schulhauses, wo sich ein Arbeitszimmer, eine Küche und eine schmale Treppe hinauf in die Privaträume von Miss Broomfield befanden. Es gab keine Spuren, die darauf hingedeutet hätten, dass jemand die Hintertür aufgebrochen haben könnte. Robert musste davon ausgehen, dass die Person, die die Lehrerin umgebracht hatte, ohne Angst vor Entdeckung hereingekommen war und Miss Broomfield vermutlich kannte.

Er blickte die Treppe hinauf und machte sich an den anstrengenden Aufstieg. Das wenige Dämmerlicht, das noch in das Treppenhaus einfiel, malte Schatten an die Wände. Die Eichendielen am oberen Absatz ächzten lautstark unter seinen Stiefeln, als er endlich das Ende der Treppe erreichte. Robert zündete eine Kerze an. Er sah sich kurz in der oberen Etage um, konnte aber nichts Außergewöhnliches finden. Alles schien in völliger Ordnung zu sein: Das Bett war gemacht, das Wohnzimmer war aufgeräumt und die Vorhänge waren weit aufgezogen. Er bezweifelte, dass Miss Broomfield heute Nachmittag überhaupt schon in ihre Wohnräume zurückgekehrt war.

Er ging vorsichtig zurück nach unten. Er würde allen Familien mitteilen lassen müssen, ihre Kinder am Folgetag nicht zur Schule zu schicken. Damit hätte er genug Zeit, um die Situation besser einzuschätzen, bevor er als zuständiger Magistrat im Ort entscheiden musste, was nun geschehen sollte.

Es war inzwischen völlig dunkel draußen, als er die Eingangstür des Schulhauses absperrte und den Schlüssel aus dem Pult von Miss Broomfield wieder einsteckte. Das warme Licht aus dem Haus der Fletchers schien ihm einladend entgegen und er machte sich auf den Weg. Robert hatte Mühe, nicht den Halt zu verlieren, da immer wieder Eisstücke unter seinen Füßen knirschten. Er war froh, als er sah, dass jemand das Pferd bereits in den Stall hinter dem Haus geführt hatte.

Als er sich dem Vorgarten näherte, wurde die Tür aufgestoßen und Penelope Fletcher erschien und winkte ihm zu.

„Beeilen Sie sich und kommen Sie ins Warme, Sir Robert."

„Vielen Dank." Er trat sich die Stiefel auf der Fußmatte ab und legte Handschuhe und Hut ab, als er in den warmen Flur trat. „Ich muss mich dafür entschuldigen, Ihren Abend auf so unschöne Art zu stören."

„Das ist ja wohl kaum Ihre Schuld, nicht wahr?" Sie ging mit hoch erhobenem Kopf voraus durch den Flur in Richtung des Salons. „Aber wieder einmal typisch für diese lästige Frau, für so ein Durcheinander zu sorgen."

„Sie mochten Miss Broomfield nicht?"

„Sie war eine unangenehme Person, die sich für ebenbürtig mit mir hielt. Ich musste sie sehr häufig zurechtweisen."

„Aber deswegen hat sie es wohl kaum verdient, umgebracht zu werden, oder?", murmelte Robert.

„Da ich sie nicht umgebracht habe, kann ich diese Frage nicht wirklich beantworten, meinen Sie nicht, Sir?"

Und erneut kam Robert in den Sinn, wie dankbar er dafür war, dass die frühere Miss Penelope Chingford ihre Verlobung aufgehoben und stattdessen seinen Freund geheiratet hatte. Ihr Sinn für Humor war kaum ausgebildet, ihre Selbstgefälligkeit dafür umso größer.

„Wo ist das Mädchen?"

„Josephine? Sie ist im Salon. Dermot wird sie zurück nach Hause zu den Greenwells bringen, sobald er Sie zurück nach Kurland Hall gefahren hat."

„Kann ich mit ihr sprechen?"

„Natürlich. Dr. Fletcher ist in seiner Praxis und untersucht die Verstorbene." Penelope erschauderte sichtbar. Sie musste sich noch damit abfinden, dass ihr Ehemann der Arzt im Dorf und kein Mitglied des Landadels war. „Ich bin mir sicher, dass er zu Ihnen kommen wird, sobald er fertig ist."

Penelope betrat vor Robert den Salon und dieser schloss hinter ihnen die Tür. Josephine saß auf dem Sofa und hatte einen großen Schal um sich gewickelt und die Füße unter ihrem Kleid versteckt. Ihre Lippen bebten, als sie Robert erblickte und Penelope eilte zu ihr.

„Guter Gott. Bitte weine nicht schon wieder, meine Liebe! Wo ist dein Rückgrat? Sir Robert will nur sichergehen, dass es dir gut geht."

Robert setzte sich ans andere Ende des Sofas und lehnte seinen Gehstock an den Tisch. Josephine schien vor ihm zurückweichen zu wollen. Er sprach nur selten mit jungen Frauen und war sich darüber im Klaren, dass sein etwas grimmiger Ruf ihm vorauseilen könnte.

„Setz dich gerade hin, junge Dame!", ermahnte Penelope das Mädchen. „Und beantworte die Fragen von Sir Robert."

Robert seufzte innerlich. Es war unwahrscheinlich, dass er irgendetwas aus dem Mädchen herauskriegen würde, solange Penelope über sie wachte. „Könnte ich Sie vielleicht um eine Tasse Tee bitten, Mrs Fletcher? Sofern das nicht zu viel Aufwand ist."

„Selbstverständlich, Sir Robert." Penelope wandte sich ihm zu. „Bei ihrer angeschlagenen Gesundheit ist es nicht gut, wenn Sie in der Kälte herumstehen. Ich werde Ihnen gleich eine Tasse bringen."

„Vielen Dank."

Mit einem bestimmten Nicken verließ Penelope das Zimmer und Robert richtete seine Aufmerksamkeit auf Josephine.

„Würde es dir etwas ausmachen, wenn du mir erzählst, was heute Nachmittag vorgefallen ist?“

Sie sah ihn mit Tränen in den blauen Augen an. „Ich habe meinen Schal vergessen. Und es war so kalt auf dem Heimweg, dass ich umgedreht bin, um ihn zu holen. Als ich in die Garderobe kam, habe ich bemerkt, dass die Tür zum Klassenzimmer aufstand. Das war komisch, weil wir sonst versuchen, die Wärme drinnen zu halten. Also habe ich nach Miss Broomfield gerufen und um Verzeihung für die Störung gebeten, aber sie hat nicht geantwortet, also habe ich meinen Schal vom Haken genommen und wollte gerade gehen, als ich sie etwas sagen hörte.“

Josephine atmete unstet ein und tupfte ihre Augen ab. Robert bot ihr wortlos sein Taschentuch an.

„Und?“, fragte er mit sanfter Stimme.

„Ich habe meinen Kopf ins Klassenzimmer gestreckt und sah sie am Pult sitzen und ich *wusste*, dass etwas nicht in Ordnung war, aber ich bin weitergegangen und ...“ Sie erschauderte, tupfte mit dem Taschentuch ihre Tränen ab und schnäuzte sich. „Und dann habe ich ihr Auge bemerkt und ich bin sofort umgedreht und hinausgelaufen.“

„Wo du mir in die Arme liefst“, fügte Robert hinzu.

„Ja, aber das wusste ich ja nicht, Sir. Ich dachte, Sie wären derjenige, der Miss Broomfield *das* angetan hat.“

„Das kann ich vollkommen nachvollziehen.“ Robert versuchte, beruhigend zu klingen. „Hast du jemand anderen beim Schulhaus herumlungern sehen, als du zurückkamst, um deinen Schal zu holen?“ Josephine rümpfte die Nase. „Vielleicht war da jemand ... Ich dachte, ich hätte an der Rückseite des Hauses einen Mann gesehen, aber ich bin mir nicht sicher."

„Du würdest die Person auch nicht wiedererkennen, wenn du sie noch einmal sehen würdest?"

Josephine schüttelte den Kopf. „Um ehrlich zu sein, Sir, mir war so kalt und ich war so darauf konzentriert, meinen Schal zu holen, dass ich nicht wirklich aufgepasst habe." Sie schnäuzte sich erneut. „Tut mir leid, Sir."

„Das muss dir nicht leidtun. Das war ein furchtbarer Schock für dich. Und wenn du nicht zur Schule zurückgekehrt wärst, hätten wir vielleicht erst morgen erfahren, was Miss Broomfield widerfahren ist."

„Und da wären die ganzen kleinen Kinder in die Schule gekommen." Josephine erschauderte. „Das wäre *furchtbar* gewesen."

„In der Tat." Robert dachte einen Moment nach, bevor er seine nächste Frage stellte. „Hast du eine Ahnung, *warum* jemand Miss Broomfield hätte tot sehen wollen?"

Ihre Tränen liefen erneut und wurden diesmal zu einem endlosen Strom.

Penelope kehrte mit einem Tablett zurück und bedachte Robert mit einem verärgerten Blick. „Vielleicht möchten Sie sich überlegen, ob sie weitere Fragen nicht zu einem geeigneteren Zeitpunkt stellen möchten, Sir Robert. Josephine scheint ein wenig überreizt zu sein."

„Ich hatte nicht die Absicht, sie so aufzuwühlen." Robert entschied sich dazu, das Taschentuch, das Josephine ihm zurückgeben wollte, nicht anzunehmen.

„Als der zuständige Magistrat muss ich derartigen Fällen auf den Grund gehen."

„Ich bin mir sicher, dass Josephine das versteht, aber vielleicht haben Sie für einen Abend genug gesagt?"

Robert wollte noch eine Menge mehr fragen, spürte aber, dass die Gelegenheit dafür vorbei war. Er war schlau genug, um seine Gastgeberin nicht zu beleidigen und das Kind weiter aufzuwühlen. Er versuchte, sich krampfhaft an Josephines Familie zu erinnern, ihm fiel jedoch nur noch ein, dass diese im Ort Lower Kurland lebte, der fast zwei Meilen entfernt lag. Er konnte gut verstehen, warum sie zurückgekehrt war, um ihren Schal zu holen, wenn sie sich gerade erst auf den Heimweg gemacht hatte.

„Wohnst du in Lower Kurland, Josephine?"

Sie antwortete mit einem Nicken. Robert blickte Penelope fragend an.

„Sie lebt bei Familie Greenwell im alten Herrenhaus."

„Ah, daher kommt sie mir so bekannt vor. Ich werde sie nach Hause bringen, sobald ich mit Dr. Fletcher gesprochen habe."

„Dazu besteht kein Anlass, Sir Robert. Dermot kann sie bringen."

„Aber ihre Familie wird sich Sorgen machen und sie ist streng genommen meine Angestellte in der Schule, daher bin ich für ihr Wohlergehen verantwortlich", sagte Robert mit Nachdruck. „Es ist für mich kein Problem."

Er nippte am Tee und genoss einen Moment lang die Wärme des Hauses an seinen schmerzenden Gliedern. Es gab noch viel zu erledigen. Er musste Lucy eine Nachricht zukommen lassen, um sie über seinen

Verbleib in Kenntnis zu setzen, ohne sie dazu zu ermutigen, selbst in die Dunkelheit auszureiten, um ihn zu suchen.

Da er die neugierige Natur seiner Frau kannte, hielt er es für besser, den Brief an Tante Rose zu richten ...

Die Salontür öffnete sich und Dr. Fletcher streckte den Kopf hinein. „Sir Robert? Würden Sie mit mir kommen?“

Kapitel 4

„Ich glaube, Robert wird über das Geschenk hocherfreut sein.“ Tante Rose nahm ihre Haube ab und ging zum Feuer hinüber, um die Hände aufzuwärmen. „Mr Hopewell wird die Welpen am Heiligabend zu den Ställen bringen und Mr Coleman wird sich um sie kümmern, bis sie Robert übergeben werden können.“

„Ich konnte mich einfach nicht entscheiden, welcher der Welpen der schönste war.“ Lucy seufzte, während sie ihren Wintermantel aufknöpfte und den langen Strickschal um ihren Hals löste. Sie ließ sich auf einen der großen Ohrensessel sinken und streckte die Hände in Richtung des Feuers aus. Das Gesellschaftszimmer war gut erleuchtet und die schweren, roten Vorhänge waren vor dem heulenden Windverschlossen. „Ich hoffe doch, dass Robert es nichts ausmachen wird, wenn er *zwei* Hunde abrichten muss.“

„Die gegenseitige Gesellschaft wird ihnen guttun. Was könnte besser sein? Und wenn wir ehrlich sind, Lucy: Wie die meisten anderen ehemaligen Soldaten ist mein liebster Neffe voll in seinem Element, wenn er etwas herumkommandieren kann. Er wird es geradezu genießen.“ Rose glättete ihr Haar. „Wann essen wir heute zu Abend, meine Liebe?“

Lucy warf einen Blick zur Uhr auf dem Kaminsims. „Wir halten uns an die üblichen Zeiten auf dem Land und essen in der Regel um sechs. Wäre das für dich in Ordnung? Ich weiß ja, dass du schon einen sehr langen Tag hinter dir hast."

Tante Rose seufzte. „Ich muss gestehen, dass ich recht müde bin. Würde es dir etwas ausmachen, wenn ich auf meinem Zimmer zu Abend essen würde?"

„Ganz und gar nicht", sagte Lucy schnell. „Ich werde Foley wissen lassen, was er dafür vorbereiten soll." Sie zog an der Schnur für die Glocke. „Wieso gehst du nicht schon nach oben und ruhst dich ein wenig aus?"

Foley betrat das Gesellschaftszimmer und verbeugte sich so tief, wie seine Arthritis und sein hohes Alter es zuließen. Es war vermutlich langsam an der Zeit, ihn in den Ruhestand zu versetzen, aber weder Lucy noch Robert hatten es bisher übers Herz bringen können, darauf zu bestehen.

„Guten Abend, Mylady, Madam."

„Foley, könnten Sie der Köchin ausrichten, dass sie das Essen zu Mrs Armitage auf das Zimmer bringen möchte? Sie wird heute Abend nicht mit uns speisen."

„Natürlich, Mylady." Foley verbeugte sich und wandte sich Tante Rose zu. „Bevor Sie hochgehen, Madam, habe ich noch eine Nachricht von Sir Robert für Sie."

Rose blinzelte überrascht. „Für mich?" Sie warf Lucy einen Blick zu, als sie das gefaltete Stück Papier vom Butler entgegennahm. Sie suchte kurz in ihrem Retikül nach der Lesebrille, setzte sie auf und las die Nachricht.

„Robert lässt ausrichten, dass er es bedauert, beim Haus des Doktors aufgehalten worden zu sein. Er ist sich nicht sicher, ob er rechtzeitig hier sein wird, um mit uns zu essen." Rose blickte über die Brillengläser hinweg zu Lucy. „Ich frage mich, warum er mir das mitteilt und nicht dir.“

„Vielleicht wollte er dich nicht beleidigen, wenn er schon an deinem ersten Abend bei uns nicht anwesend sein würde.“

Noch während Lucy sprach, füllten sich ihre Gedanken mit hunderten anderen möglichen Erklärungen für seine Entscheidung. Warum war er überhaupt bei Dr. Fletcher? Stimmte mit ihm oder mit Penelope etwas nicht?

Sie setzte bereits an, sich zu erheben. „Ich frage mich, ob ich die Kutsche nehmen sollte und nach unten ...“

„Er hat noch ein Postskriptum angefügt, das vermutlich nur für meine Augen bestimmt war.“ Rose räusperte sich. „Erlaube Lucy nicht, mir nachzujagen. Ich möchte nicht, dass sie sich eine Erkältung holt.“

„Ihm *nachjagen*?“ Lucy hob das Kinn. „Ich bin nicht die Art Ehefrau, die nicht vom Hemdzipfel ihres Mannes ablassen kann. Ich habe mir nur Sorgen um sein Wohlergehen gemacht, aber offensichtlich war das nicht notwendig.“ Sie wandte sich an Foley, der noch immer in der Tür stand. „Ich werde um sechs Uhr speisen oder wann immer die Köchin bereit ist, das Essen zu servieren. Es ist noch unsicher, ob Sir Robert zu mir stoßen wird.“

***

Robert atmete tief durch und folgte Dr. Fletcher ins Hinterzimmer seiner Praxis, wo er die Toten aufbahrte und kleinere Eingriffe vornahm. Miss Broomfield lag auf dem Marmortisch, den der Doktor der örtlichen Metzgerei recht günstig abgekauft hatte.

„Ich bin bei dem Versuch, ihre Kleidung zu entfernen, auf etwas Interessantes gestoßen“, sagte Dr. Fletcher.

„Und das wäre?“

Robert trat einen Schritt weiter in den Raum und atmete widerwillig den stechenden Geruch von Laugenseife gemischt mit dem typischen Geruch des Todes ein, der immer in diesem Zimmer hing. Es erinnerte ihn nur allzu schmerzlich an seine eigene Erfahrung, als er nach der Schlacht von Waterloo nur um Haaresbreite der Verstümmelung durch einen inkompetenten Chirurgen entkommen war. Es war nur dem Einschreiten von Patrick Fletcher zu verdanken, dass Robert sein Bein noch hatte.

„Das hier.“ Dr. Fletcher hielt etwas hoch.

„Sieht aus wie eine Hutnadel.“

„Und genau das ist es auch. Beim Versuch, Miss Broomfields Gewänder zu entfernen, bemerkte ich, dass diese Nadel durch den Stoff gestochen worden war.“

„An welcher Stelle war das?“

Dr. Fletcher bewegte den Leichnam zur Seite und deutete auf die Rückseite des Nackens. Eine kleine Einstichwunde war deutlich zu erkennen. „Hier. Es ist nicht sicher zu sagen, aber ich vermute, dass die Nadel aus diesem Winkel lang genug gewesen wäre, um bis zum Herzen vorzudringen und innere Blutungen zu verursachen. Ich müsste den Leichnam öffnen, um das zu bestätigen, aber da so etwas nicht gerne gesehen ist, wirst du mich da beim Wort nehmen müssen.“

Während seiner Arbeit als Militärarzt und seiner Ausbildung in Edinburgh hatte Dr. Fletcher deutlich häufiger das Innere von Körpern gesehen, als es bei den meisten anderen Medizinern der Fall war. Es war eine Schande, dass die medizinische Elite Englands sich nicht auf die eingehendere Studie des menschlichen Körpers verständigen konnte, da dieser als heiliges und unantastbares Gefäß angesehen wurde.

„Dürfte ich?"

Robert nahm die Haarnadel an sich und untersuchte sie gründlich. Es gab keinerlei erkennbare Markierungen am Kopf der Nadel, daher konnte sie von jedem lokalen Schmied oder auch in einer der neuen Fabriken aus dem Norden hergestellt worden sein. Er schätzte, dass sie etwa zwölf Zoll lang war. Die Spitze war sehr scharf. Robert verglich die Länge mit dem Umfang von Miss Broomfields Oberkörper und nickte langsam.

„Sieht lang und spitz genug aus, um einigen Schaden anzurichten. Können wir also davon ausgehen, dass sich jemand von hinten genähert und sie erstochen hat? Vielleicht hat sie es nicht einmal bemerkt."

„Ja. Wie ich schon sagte, es gibt keine Anzeichen für einen Kampf und soweit ich bisher sehen konnte, gibt es auch keine Blutergüsse, die darauf hindeuten würden, dass sie auf irgendeine Art festgehalten wurde." Dr. Fletcher nahm die Nadel wieder an sich und legte sie auf einem Tablett auf dem Beistelltisch ab. „Sie trug außerdem ein goldenes Kreuz, das ich zu ihren anderen Kleidungsstücken gelegt habe. Wissen wir schon, an wen wir den Leichnam übergeben müssen?"

„Ich weiß es nicht, aber meine Frau vermutlich schon", sagte Robert geistesabwesend. In seinem Kopf stellte er sich die mögliche Szene vor und er überlegte, was eine solche Tat hatte provozieren können. „Ich frage mich, wer ein Motiv für den Mord an Miss Broomfield gehabt haben könnte."

„Sie war nicht gerade beliebt, Sir Robert, so viel kann ich Ihnen versichern." Dr. Fletcher bedeckte den Leichnam mit einem weißen Laken.

„Das habe ich auch schon gehört, aber jemanden nicht zu mögen, ist wohl kaum ein Mordmotiv."

„Miss Broomfield und ich haben uns mehr als nur einmal gestritten, weil diese einfach nicht einsehen wollte, dass die Kinder, die sich in ihrer Obhut befanden, nicht faul und dumm sind, sondern lediglich müde und manchmal auch hungrig. Ich hegte eine tiefe Abneigung gegen sie, aber es wäre mir nie in den Sinn gekommen, sie für ihre herzlose Einstellung umzubringen."

Robert runzelte die Stirn. „Das haben Sie mir gegenüber nie erwähnt, Patrick."

Der Doktor zuckte mit den Schultern und wusch sich die Hände. „Ich dachte mir, dass Sie sicherlich Ihre Gründe hatten, sie einzustellen. Und ich wollte nicht noch zusätzliche Probleme bereiten."

„Ich wünschte, Sie hätten es getan." Robert hielt seinem Freund die Tür auf. „Ich habe das Gefühl, meine Pflichten vernachlässigt zu haben."

„Wie ich schon sagte, Sie hatten in letzter Zeit einiges zu bewältigen. Wenn ich wirklich der Meinung gewesen wäre, dass sie eine Gefahr für auch nur eines der Kinder dargestellt hätte, dann wäre ich ohne

Umschweife zu Ihrem Anwesen marschiert und hätte mir Gehör verschafft."

„Ich bin es zu sehr gewohnt, dass meine Frau meine Augen und Ohren im Dorf ist." Robert ging den schmalen Flur hinunter, durch die Küche hindurch und in den repräsentativen Teil des Hauses. „Mir war nicht klar, dass ich mich inzwischen so sehr auf sie verlasse."

„Nun, Lady Kurland ist auf ihre Art ebenso fähig wie Sie es sind", sagte Dr. Fletcher diplomatisch. „Wie geht es ihr denn im Moment?"

„Sie wird schnell müde und ist ein wenig abgeschlagen."

„Durchaus verständlich, wenn man die Ereignisse des letzten Sommers bedenkt." Der Doktor sah ihn nachdenklich an. „Machen Sie sich um etwas Bestimmtes Sorgen?"

Robert blieb vor der Tür des Salons stehen und senkte die Stimme. „Ich hatte *tatsächlich* vor, Ihnen einen Besuch abzustatten, bevor ich im Schulhaus abgelenkt wurde."

„Worum ging es dabei?"

„Glauben Sie, ich sollte Lady Kurland davon abbringen, all diese Veranstaltungen zur Weihnachtszeit organisieren zu wollen?"

Der Doktor lächelte. „Den Versuch würde ich gerne sehen. Aber wenn Lady Kurland sich so einbringen möchte, würde ich sie auch dazu ermutigen. Es wird sie immerhin beschäftigt halten und damit dürfte sie weniger über die Vergangenheit nachgrübeln."

„Ich bin dem alten Dr. Baker gestern im Dorf begegnet", sagte Robert. „Er legte mir nahe, Lady

Kurland jegliche Aktivitäten zu untersagen und ihr Bettruhe für die nächsten sechs Monate zu verordnen. Ich solle sie unter keinerlei Umständen nach draußen lassen."

Dr. Fletchers Lächeln verblasste. „Zuerst einmal: Haben Sie ihn um Rat gebeten?"

„*Natürlich* nicht, aber ..."

„Und zweitens: Können Sie sich wirklich vorstellen, Lady Kurland zu *befehlen*, sechs Monate lang von der Außenwelt abgeschottet zu bleiben?"

Robert dachte darüber nach. „Nein."

„Mit allem gebührenden Respekt vor einem Kollegen meines Fachs: Dr. Baker gehört einer Generation an, die davon überzeugt ist, dass Frauen zarte Blümchen sind, die verhätschelt und vor dem kleinsten Gegenwind geschützt werden müssen. Sie und ich sind mit einem Heer marschiert und haben mit eigenen Augen gesehen, dass Frauen deutlich widerstandsfähiger sind, als den meisten Männern bewusst ist."

„Frauen vielleicht, aber was ist mit *Ladys*?"

Dr. Fletcher zog eine Augenbraue hoch. „Sie alle sind anatomisch gleich, Sir Robert. Um ehrlich zu sein, Lady Kurland wäre eine ausgezeichnete Offiziersehefrau gewesen."

„Ich vermute, da haben Sie recht."

Dr. Fletcher klopfte Robert unbeholfen auf die Schulter. „Sie wird schon wieder zu Kräften kommen, so viel kann ich Ihnen versprechen. Es wird seine Zeit brauchen, aber sie wird sich erholen. Bis zum Frühling wird sie wieder ganz sie selbst sein."

„Vielen Dank." Robert zwang sich zu einem Lächeln. „Sie liegt mir sehr am Herzen." Er räusperte sich. „Ich werde in Erfahrung bringen, wer Miss Broomfields nächste Verwandten sind und Sie dann so schnell wie möglich darüber informieren."

„Vielen Dank."

Dr. Fletcher öffnete die Tür zum Salon, wo Dermot zusammen mit Penelope saß. Immerhin hatte Josephine inzwischen offenbar aufgehört zu weinen.

Dermot sprang sofort auf. „Dr. Fletchers Bote hat Ihre Nachricht nach Kurland Hall gebracht, Sir. Bisher kam keine Antwort."

„Dann sollten wir uns auf den Weg machen." Robert verneigte sich vor seiner Gastgeberin. „Vielen Dank, dass Sie sich um Josephine gekümmert haben, Mrs Fletcher."

„Sehr gerne, Sir Robert", erwiderte Penelope. Robert zog sich die Handschuhe an, setzte den Hut auf und nahm zusammen mit Dermot und Josephine in der offenen Kutsche Platz. Robert bereute es, Coleman noch nicht angewiesen zu haben, die geschlossene Kutsche fertig zu machen, da die Temperaturen inzwischen deutlich gefallen waren. Es war dennoch nicht annähernd so kalt wie in den bergigen Regionen Frankreichs, in denen er und seine Kameraden während des Krieges stationiert gewesen waren, daher beschwerte er sich nicht.

Dermot setzte das Pferd mit einem Zungenschnalzen in Bewegung. Wenn beim Haus der Greenwells alles ohne Probleme verlief, würde Robert bis neun Uhr wieder zu Hause sein, um sich seiner Frau zu stellen. Er vermutete, dass sie mit einigen kritischen Fragen auf ihn warten würde.

***

Lucy wurde aus ihrem Nickerchen am Feuer vom Quietschen der Arbeitszimmertür geweckt. Sofort setzte sie sich auf, als Robert leise den Raum betrat.

„Wo bist du gewesen?“, fragte Lucy.

Er sah sie lange an, bevor er zu ihr hinüber humpelte und sich vor das Feuer stellte. Seine Miene wirkte erschöpft und sein Gesicht war von der Kälte gezeichnet. „Habt ihr meine Nachricht nicht erhalten?“

„Deine Tante *Rose* hat eine Nachricht erhalten und war so gütig, den Inhalt mit mir zu teilen, falls du das meinst.“

„Hat sie dir auch gesagt, warum ich ihr geschrieben habe?“

„Weil du nicht wolltest, dass ich dir nachspioniere.“

„Wohl kaum.“ Er deutete auf den Stuhl, der ihr gegenüber stand. „Macht es dir etwas aus, wenn ich mich zu dir setze? Ich habe einen langen Tag hinter mir und mein Bein schmerzt teuflisch.“

Sie bedeutete ihm mit einem Händewinken, sich zu setzen. „Es ist dein Haus. Du kannst sitzen, wo immer du willst.“ Sie war sich darüber im Klaren, dass sie vielleicht ein wenig eingeschnappt klang, aber er hatte sie bewusst über seinen Verbleib im Dunkeln und mit ihren Sorgen um ihn allein gelassen.

„Vielen Dank.“ Er blickte ins Feuer, während er es sich auf dem Stuhl gemütlich machte. „Es ist heute sehr kalt da draußen. Ich glaube, es könnte morgen früh schneien.“

„In der Tat.“ Lucy legte die Hände gefaltet in ihren Schoß und wartete geduldig darauf, dass er weitersprach.

„Ich war heute Nachmittag im Schulhaus, um mich mit Miss Broomfield zu unterhalten. Dermot hat mir ihr einziges Empfehlungsschreiben gezeigt und einen Brief den er gerade erst von ihrer letzten Arbeitsstelle erhalten hatte. Offenbar war sie dort ohne Empfehlungsschreiben entlassen worden."

„Ich *wusste* doch, dass sie irgendwie verdächtig wirkte." Lucy lehnte sich vor. „Hast du sie entlassen? Wurdest du deshalb aufgehalten?"

„Nicht ganz." Endlich sah er ihr in die Augen. „Das hatte ich eigentlich vor, aber offenbar war schon vor mir jemand beim Schulhaus gewesen und hat Miss Broomfield das Leben genommen."

Lucy starrte ihn fassungslos an. „Du willst sagen, dass sie *tot* ist?"

„Es ist noch schlimmer. Ich bin der Meinung, dass jemand sie umgebracht hat. Sie wurde mit einer sehr langen Hutnadel erstochen."

Lucy schlug die Hand vor den Mund. „Das ist ja ... furchtbar."

„Ja." Seine blauen Augen wirkten gedankenverloren. „Ich verstehe zwar, dass sie im Dorf nicht besonders beliebt war, aber jemand hat ihr auf bösartige und eindeutig vorsätzliche Art das Leben genommen."

Lucy erschauderte und zog ihr Tuch enger um die Schultern. „Hat sie Familie im Dorf?"

„Ich wollte dir gerade die gleiche Frage stellen."

„Da ich an ihrer Einstellung nicht beteiligt war, weiß ich nur sehr wenig über sie. Mein Vater könnte mehr Informationen haben. Ich werde morgen mit ihm sprechen."

„Das werde ich ebenfalls." Robert seufzte und fuhr sich mit der Hand durchs Haar. „Damit müssen wir uns noch um den Verbleib des Leichnams und ihrer Besitztümer kümmern."

„Das werde ich übernehmen." Lucy überlegte einen Moment. „Vielleicht war es ja ein Raubüberfall. Hast du nachgesehen, ob irgendetwas entwendet wurde?"

„Soweit ich bei meinen kurzen Ermittlungen feststellen konnte, gab es keine Anzeichen für einen Einbruch. Und weder im Klassenzimmer noch in ihren Privaträumen schien irgendetwas durcheinander gebracht worden zu sein. Ich muss davon ausgehen, dass die verantwortliche Person einfach durch den Haupteingang gekommen ist. Miss Broomfield saß bei ihrem Tod am Pult."

„An ihrem Pult?" Lucy runzelte die Stirn. „Also hat sich ihr Angreifer von hinten angeschlichen oder sie kannte ihn und hatte keine Angst vor ihm."

„Oder beides. Dr. Fletcher sagte, dass die Nadel an der Rückseite des Nackens eindrang und leicht nach unten geneigt war. Es gab keine Spuren eines Kampfes." Robert verzog das Gesicht. „Daher gehe ich davon aus, dass sie mit dem Mörder vertraut war und sie ihn nicht als Bedrohung wahrnahm." Er räusperte sich. „Und noch etwas ... Jemand hat ihr eine Schreibfeder ins Auge gerammt."

Lucy starrte ihn lange an und hatte Mühe, ihre Abscheu zu unterdrücken. „Dadurch wirkt der Mord viel persönlicher als irgendeine wahllos ausgeübte Gewalttat."

„Das sehe ich auch so." Robert griff in seine Tasche und zog einige gefalteten Briefe hervor. „Die hier lagen unter ihren Händen auf dem Pult." Er reichte sie Lucy.

„Er ist schuldig", las Lucy vor. „Sie verdient es, davon zu erf–" Sie blickte zu Robert auf. „Was um alles in der Welt soll das bedeuten?"

„Ich habe keine Ahnung, aber das war das Letzte, das sie geschrieben hat."

Lucy strich über das Papier, während hunderte Gedanken durch ihren Kopf schossen. Sollte sie ihm von dem Brief erzählen, der an sie adressiert war? Oder würde das Gespräch so auf einen gefährlichen Pfad abschweifen, den sie nicht zu gehen bereit war?

„Mrs Jenkins hat letzte Woche einen unangenehmen Brief über Nicholas erhalten."

Robert blinzelte sie verdutzt an. „Was hat das hiermit zu tun?"

„Vielleicht nichts, aber sie war nicht die Einzige, die so eine Nachricht erhalten hat. Ich habe von mehreren im Dorf im Laufe der Woche ähnliche Beschwerden gehört. Es stellt sich die Frage, ob Miss Broomfield irgendetwas über diese bösartigen, anonymen Schreiben wusste."

Robert zog eine Augenbraue hoch. „Du ziehst voreilige Schlüsse."

„Ich weiß, aber es ist doch", Lucy las erneut die Worte auf dem Papier, *„merkwürdig,* dass die Leute in unserem Dorf diese unangenehmen Briefe erhalten und unsere Schulleiterin ermordet und mit einer Schreibfeder im Auge aufgefunden wird. Das musst du doch zugeben, oder?"

„Wenn du das sagst, meine Liebste.“ Er lächelte müde. „Über die Jahre habe ich gelernt, deine Intuition nicht zu ignorieren, aber das scheint mir recht weit hergeholt.“

„Dann werde ich in der Sache Nachforschungen anstellen, bis ich meine Bedenken ausräumen kann.“ Lucy nickte.

„Du wirst nichts Dergleichen tun“, gab Robert zurück.

„ *Wie* bitte?”

„Dein Gesundheitszustand erlaubt es nicht, dass du auf dem Land herumstromerst und nach einem Mörder suchst.“ Ihr Mann spannte seinen Kiefer trotzig an; Mimik, die Lucy mit den Jahren zu fürchten gelernt hatte. „Ich würde es deutlich bevorzugen, wenn du deine beträchtlichen Fertigkeiten dazu nutzen würdest, um die Familie von Miss Broomfield aufzuspüren und dich um ihre Besitztümer zu kümmern.“

„Wie du wünschst.“ Lucy presste ihre Lippen fest zusammen. „Das werde ich natürlich tun.“

„Und du wirst das auch nicht als Entschuldigung nehmen, um in der Schule Unterricht zu geben.“

Sie hatte keine Lust auf einen Streit, wo er doch so freundlich gewesen war, seine Tante zu einem Besuch bei ihnen zu überreden, nur um Lucy aufzumuntern. Sie würde die Sache einfach auf ein Andermal aufschieben oder ignorieren.

Sie erhob sich. „Ich denke, ich werde dann zu Bett gehen. Ich bin recht müde.“

Auch er erhob und verneigte sich. „Ich muss mich noch um ein paar Angelegenheit kümmern, bevor ich zu dir komme.“ Er küsste ihre Finger. „Schlaf gut, meine Liebste.“

Sie war schon fast an der Tür, als er noch etwas sagte.

„Wenn es für dich in Ordnung ist, können wir deinen Vater morgen nach dem Frühstück besuchen?“

Lucy wandte sich dankbar für die Gelegenheit, die Konversation fortzusetzen, ohne zur Abwechslung über ihre Gesundheit oder Stimmung reden zu müssen, zu ihm. „Ja. Wir können deine Tante fragen, ob sie uns vielleicht begleiten möchte. Mein Vater freut sich immer über ihre Gesellschaft.“

„Solange er ihre ‚einfache‘ Herkunft vergessen kann.“

„Er kann manchmal ein wenig hochnäsig sein“, seufzte Lucy.

„Als Sohn eines Earls hat er dazu vielleicht auch einen guten Grund.“ Robert humpelte zu seinem Schreibtisch. „Als Enkel eines wohlhabenden, aber einfachen Braumeisters bin ich dieser Seite der Familie allerdings vor allem dankbar für meinen finanziellen Grundstein, anstatt sie für ihre Herkunft zu verachten.“

„Benehmen sich die Kinder deiner Tante ihr gegenüber wirklich so schlecht?“, fragte Lucy.

„Ja, in der Tat. Sie hat ihre Töchter mit so großzügigen Mitgiften ausgestattet, dass sie in den Adel einheiraten konnten. Und jetzt blicken sie als Dank auf ihre eigene Mutter herab.“

„Das ist ja furchtbar“, sagte Lucy. „Ich würde so etwas *niemals* tun.“

„Ich weiß.“

Sein Lächeln war so voller Wärme und Wertschätzung, dass sie versucht war, zurück zu ihm zu gehen, ihn an der Hand zu nehmen und ins Bett zu führen. Sie verweilte einen Augenblick mit den Fingern am Türknauf.

„Bist du sicher, dass du nicht mit nach oben kommen möchtest, Robert? Du siehst ebenfalls müde aus.“

Sein Lächeln verblasste und er blickte von ihr zu dem großen Bücherstapel auf seinem Schreibtisch. „Leider habe ich noch zu viel zu erledigen. Gute Nacht, meine Liebste.“

„Gute Nacht.“

Lucy schloss leise die Tür und ging durch den Korridor zum Fuß der Haupttreppe. Das Haus war still, aber Foley hatte zwei Kerzen am Fuß der Treppe brennen lassen. Lucy nahm eine davon und ging die niedrigen, eichenen Stufen hinauf bis zum ersten Absatz. Dort hielt sie einen Moment inne und blickte hinaus ins Mondlicht, das durch die Rautenfenster fiel.

Schon wieder überkam sie der schreckliche Drang, zu weinen. Es gab einfach keine andere Erklärung. Nach drei Jahren Ehe mied ihr Mann ihre Gesellschaft. Es war Monate her, seit er das letzte Mal zur gleichen Zeit wie sie zu Bett gegangen war. Sie vermisste es, ihre letzten schläfrigen Gedanken mit ihm zu teilen und in der Geborgenheit seiner Arme zu liegen ...

Sie ging weiter. Es war nicht ungewöhnlich, dass Ehepaare getrennte Leben führten. Sie hatte selbst genug adelige Verwandte, um so viel zu wissen. Nur hatte sie sich närrischerweise vorgestellt, dass es bei ihr und Robert anders sein würde, da sie beide sich aufrichtig wertschätzten und liebten. Aber die Spannungen zwischen ihnen ... Die Distanz schien mit jedem Tag zu wachsen. Das Schlimmste war, dass sie niemanden sonst um Rat fragen konnte, wie diese

Distanz zu überwinden wäre, denn ihr bester Freund *war* derjenige, der auf der anderen Seite stand ...

Lucy schob diese unproduktiven und finsteren Gedanken beiseite und betrat ihr Schlafzimmer, wo sie nach Betty läutete. Morgen würde es viel zu tun geben. Wenn sie Glück hatte, würde sie nicht genug Zeit haben, um sich um irgendetwas anderes Gedanken zu machen, als die ehrbare und christliche Aufgabe, die letzten Angelegenheiten der wenig geschätzten und unter tragischen Umständen verschiedenen Miss Broomfield zu regeln.

Lucy setzte sich an ihre Frisierkommode und entfernte ihre Haarnadeln. Sie hielt einen Moment inne und betrachtete die Nadeln in ihrer Hand. Sie waren viel kürzer als die, die man nutzte, um Hüte zu fixieren. Aber falls nötig würden auch sie gute Waffen abgeben. Hatte Miss Broomfield überhaupt eine Haube getragen? Lucy glaubte nicht, die Lehrerin je in der Kirche oder in ihrer Straßenkleidung gesehen zu haben, aber es war davon auszugehen, dass sie mindestens eine lange Hutnadel besessen hatte.

Wer hatte Miss Broomfield ermordet? Was Robert auch denken mochte, Lucy war überzeugt, dass sie mehr Informationen über die ungewöhnlichen Todesumstände sammeln musste. *Natürlich* unauffällig, da ihr Mann nicht wollte, dass sie sich in solche Dinge einmischte.

Die mögliche Verbindung zwischen der Schreibfeder und den bösartigen Briefen konnte sie nicht auf sich beruhen lassen – auch wenn Robert recht damit hatte, sie vor vorschnellen Urteilen zu warnen. Wenn es bei Miss Broomfield noch andere unfertige Briefe oder andere Beweise auf eine Straftat gab, würde Lucy sie morgen aufspüren.

„Guten Abend, Mylady“, begrüßte Betty sie mit fröhlicher Stimme, als sie den Raum betrat. „Ist es nicht schön, dass Mrs Armitage bei uns sein wird?“

„Das ist es in der Tat.“ Lucy wandte sich dem Dienstmädchen mit einem Lächeln zu.

Betty nahm Lucys Haarbürste. „Dann bereiten wir mal alles für die Nacht vor.“

Kapitel 5

„Willkommen, meine liebe Mrs Armitage!“

Lucys Vater erhob sich von seinem Schreibtischstuhl und kam seinen Besuchern entgegen. Er war offenbar in seinem Arbeitszimmer damit beschäftigt gewesen, wie üblich die Morgenpost durchzuarbeiten. Da er ein recht bekannter Amateur-Historiker war, der regelmäßig Artikel zu obskuren Themenfeldern veröffentlichte, wurde er häufig um seine Einschätzung gebeten. „Du hast mir ja gar nicht gesagt, dass Sir Roberts Tante uns mit ihrer Anwesenheit beglücken würde, Lucy.“

„Es war auch für mich eine Überraschung, Sir.“ Lucy bedachte erst ihren Vater und dann Rose mit einem Lächeln. „Aber natürlich eine schöne.“

„In der Tat. Vielleicht kann Mrs Armitage dabei helfen, dir wieder ein wenig Farbe ins Gesicht zu bringen. Sonst wirst du noch zu einer dieser Ladys, die nur herumliegen und sich über ihre Gesundheit beklagen.“

Lucys Lächeln fror ein. „Ich habe nicht die Absicht, so zu werden, Vater, das kann ich dir versichern.“

Er tätschelte ihre Wange. „Natürlich nicht, meine Liebe. Ich habe nur gescherzt. Du weißt, dass es deine Pflicht ist, Sir Robert einen Erben zu schenken. Ich bin mir sicher, dass du dieses Ziel mit Gottes Segen erreichen wirst, wenn du nur hartnäckig bleibst."

Robert räusperte sich. „Ihre *Pflicht* ist es, gesund und glücklich zu sein und mein Leben weiterhin zu bereichern. Das ist alles, was ich von ihr erwarte."

Der Pfarrer runzelte die Stirn. „Aber Ihre Familie lebt seit fast fünfhundert Jahren in Kurland Hall! Es kann doch nicht Ihr Wunsch sein, eine solche Linie einfach aussterben zu lassen."

„Ich *habe* noch einen Cousin, Sir."

„Ein Schurke, dessen Ruf zerstört ist und der gezwungen wurde, das Land zu verlassen." Der Pfarrer schüttelte den Kopf. „Das ist nicht gerade die Art Mann, von der irgendjemand möchte, dass sie in Kurland Hall einzieht."

Bevor Robert antworten konnte, lächelte Tante Rose den Pfarrer an und legte eine Hand auf seinen Arm. Sie führte ihn sanft in Richtung der Tür und in den dahinterliegenden Salon. „Und wie ist es Ihnen ergangen, Mr Harrington? Sie sehen sehr gut aus."

„Vielen Dank, Madam. Ich versuche, gut auf meine Gesundheit achtzugeben."

Ihr Vater schien sich durch das Kompliment geradezu aufzuplustern. Lucy war ein weiteres Mal daran erinnert, wie gut Rose mit schwierigen Männern umzugehen wusste. Lucy fehlte diese Fähigkeit, besonders in der jetzigen Situation. Sie atmete tief durch und bemerkte, dass Robert ihr noch immer die Tür aufhielt.

Die raffte ihre Röcke und ihren Mut zusammen und machte sich daran, hinauszuschreiten, doch seine

Finger schlossen sich im Vorbeigehen sanft um ihren Oberarm und hielten sie zurück.

„Ich habe das gerade ernst gemeint, musst du wissen."

Sie sah in seine blauen Augen und fühlte sich unfähig, den Blick abzuwenden. Tausend Fragen drohten ihren Geist zu überwältigen, aber sie schaffte es, sie für den Moment hinunterzuschlucken. „Vielen Dank."

Er platzierte einen Kuss auf ihrer Nase und ließ sie los. „Sehr gerne. Lass uns ihnen einen Moment zum Unterhalten geben, dann können wir ihm den Grund für unseren Besuch mitteilen."

Es fiel Lucy schwer, aber schließlich fand sie ihre Stimme wieder. „Ich werde kurz in die Küche gehen und mich mit dem neuen Hausmädchen unterhalten. Ich fürchte, dass es ihr obliegen wird, den Krach und die Unordnung zu unterbinden, die die Zwillinge mitbringen werden, wenn sie nach Hause kommen."

„Die arme Frau." Robert erschauderte.

„In der Tat. Ich sollte Anna vielleicht nahelegen, über die Feiertage ein weiteres Hausmädchen einzustellen." Lucy runzelte die Stirn. „Aber es ist schwer, so kurzfristig jemanden für so wenige Tage zu finden."

„Wieso stellen wir ihr dann nicht eins unserer Hausmädchen zur Verfügung?", schlug Robert vor. „Wir haben so viele auf dem Anwesen, dass ich ihnen kaum aus dem Weg gehen kann."

„Das ist eine exzellente Idee." Sie schenkte ihm ein Lächeln.

Robert wartete, bis Lucy sicher außer Sichtweite in der Küche verschwunden war, dann wandte er sich zum Salon und sein Lächeln verpuffte. Wieso verdammt hatte Mr Harrington das Thema Kinder ansprechen müssen? Gerade er hätte es besser wissen müssen, schließlich war seine eigene Frau, Lucys Mutter, bei der Geburt der Zwillinge gestorben. Der Pfarrer war erstaunlich blind dafür, welchen Schmerz er seiner ältesten Tochter bereitete. Vielleicht war es an der Zeit, dass Robert ein ernstes Gespräch mit ihm führte.

Er kehrte in den Salon zurück und verbeugte sich vor Anna Harrington, die gerade ihrem Vater und Tante Rose Tee einschenkte. Annas sonniges Gemüt war eine angenehme Abwechslung von der ungeschickten Direktheit des Pfarrers. Sie war eine wunderschöne Frau und er war sich darüber bewusst, dass Lucy sich sehr um ihre Zukunft sorgte. „Guten Morgen, Miss Anna." Er nahm dankend eine Tasse Tee von ihr an und ließ sich auf dem Sofa nieder.

„Stimmt es, dass die Schule geschlossen ist?", fragte Anna. „Geht es Miss Broomfield nicht gut?"

Robert stellte die Tasse ab. Vielleicht sollte er die Sache einfach hinter sich bringen. „Das ist tatsächlich der Grund für meinen heutigen Besuch."

„Benötigt sie etwa Unterstützung?" Anna setzte sich auf, als bereitete sie sich darauf vor, umgehend Miss Broomfield zu Hilfe zu eilen. „Ich habe noch etwas gut bekömmliche Hühnerbrühe und Gerstenwasser, wenn sie sich nicht gut fühlt."

„Ich fürchte, das wird nichts nützen." Robert wandte sich an den Pfarrer. „Ich bedaure, Ihnen mitteilen zu müssen, dass Miss Broomfield tot ist."

„Guter Gott", sagte der Pfarrer.

„Du meine Güte!", stieß Anna erschrocken aus. „Wie ist das passiert?"

„Ich ging gestern Nachmittag ins Schulhaus, um mich mit ihr über ihr Empfehlungsschreiben zu unterhalten“, erklärte Robert. „Dort musste ich feststellen, dass man sie umgebracht hatte.“

„*Umgebracht*?“ Das Gesicht des Pfarrers lief rot an. „Sie ist also nicht durch natürliche Umstände ums Leben gekommen? Sind Sie sich da ganz sicher?“

„Ja. Auf mein Bitten hin, untersuchte Dr. Fletcher die Leiche und stellte ihren Tod fest.“

„Aber sie war doch eine junge Frau“, warf Anna halb flüsternd ein. „Was ist denn nur passiert?“

„Man hat sie mit einer langen Nadel erstochen. Dr. Fletcher geht davon aus, dass das die alleinige Todesursache war.“ Robert erwähnte nicht, was er sonst noch vorgefunden hatte. Es gab keinen Grund, die Harringtons noch weiter zu bekümmern. „Er verwahrt den Leichnam, falls Sie wünschen, ihn zu sehen, Mr Harrington.“

Der Pfarrer erschauderte und tupfte sein Gesicht mit einem Taschentuch ab. „Ich werde den Vikar zu ihm schicken, um ein Gebet für die Seele der Verstorbenen zu sprechen.“

Robert blickte auf, als Lucy hereinkam und sich neben ihn setzte. „Ich habe deinem Vater gerade die traurige Nachricht von Miss Broomfields Tod überbracht.“

„Das ist eine wirklich schreckliche Angelegenheit“, erwiderte Lucy. „Weißt du etwas über ihre Angehörigen, Vater?“

„Wieso sollte ich so etwas wissen?“ Der Pfarrer runzelte die Stirn. „Sie gehört nicht zu den

Gemeindemitgliedern, die sich regelmäßig an mich wenden."

„Aber Sie hatten sie doch für die Stelle als Lehrerin vorgeschlagen", erinnerte ihn Robert.

„Habe ich das? Wenn ich mich recht entsinne, musste dringend Ersatz gefunden werden, als die alte Lehrerin so plötzlich aus unseren Diensten trat. Auf deine Bitte, Lucy, habe ich einigen meiner Bekannten aus meiner Zeit in Cambridge geschrieben, um sie nach möglichen Kandidatinnen zu befragen."

„So ist es, Sir." Robert sah den Pfarrer erwartungsvoll an. „Könnten Sie uns vielleicht den Namen der Person verraten, die Miss Broomfield empfahl?"

Der Pfarrer sah beunruhigt aus. „Ich kann natürlich meine Korrespondenz aus der Zeit noch einmal durchsehen, aber erwarten Sie bitte keine schnelle Antwort."

Anna ergriff das Wort. „Ich werde dir bei der Suche helfen, Vater. Ich habe deine Korrespondenz katalogisiert, daher sollte es nicht allzu schwer sein, herauszufinden, wer genau sich auf deine Bitte um Hilfe gemeldet hat." Sie nickte Robert zu. „Ich werde Ihnen die Information so schnell wie möglich beschaffen, Sir."

„Vielen Dank", sagte Robert. „In der Zwischenzeit wird Lucy dafür sorgen, dass alle Besitztümer von Miss Broomfield zusammengetragen werden, falls es jemanden geben sollte, der Anspruch darauf erhebt."

„Und was ist mit dem Umstand, dass sie umgebracht wurde?" Anna blickte reihum in die Augen der Anwesenden. „Sollte uns *das* nicht auch Sorge bereiten? Ist unser Dorf damit plötzlich zu einem unsicheren Ort geworden?“

„Ich werde dafür Sorge tragen, dass das Dorf sicher ist. Ich werde in Erfahrung bringen, ob jemand in letzter Zeit Landstreicher gesehen hat oder ob etwas gestohlen wurde“, erwiderte Robert mit entschlossener Stimme. „Seien Sie sich gewiss, dass ich dieser Sache meine volle Aufmerksamkeit widmen werde.“

Während Lucy sich um die Schule kümmerte, wollte er noch heute alle Haushalte im Dorf und dem Umland befragen. In einer so kleinen Gemeinde würde die Anwesenheit eines Fremden schnell auffallen und sich herumsprechen. Aber er teilte Lucys Gefühl, dass der Mord an Miss Broomfield mehr als nur finanzielle Motive haben musste. Wenn er mit seinem Instinkt richtig lag, würde es vielleicht eine ganze Weile dauern, bis sie herausfinden würden, wer dahintersteckte.

***

„Soll ich dich und Tante Rose beim Schulhaus absetzen, Lucy?“

„Ja, bitte.“

Lucy schnürte die Bänder ihrer Haube zu und ließ sich von ihrem Ehemann in ihren dicken Wintermantel helfen. Der Regen war inzwischen in Graupel übergegangen und der Himmel war mit schwarzen Wolken verhangen. Sie war froh, dass sie nun endlich die überdachte Kutsche nutzten, aber sie hatte Mitleid mit Coleman, der auf dem Kutschbock sitzen musste.

Robert sprach noch immer, als sie sich dem Gefährt näherten. „Ich kehre zum Anwesen zurück, nehme Dermot mit und frage herum, ob noch jemand gestern einen Mann vor dem Schulhaus herumlungern gesehen hat."

Lucy blinzelte ihn fragend an. „Hast du etwa jemanden *gesehen*?"

„Das leider nicht. Aber Josephine hat mir gesagt, dass *sie* dort jemanden beobachten konnte, als sie zurückkam, um ihren Schal zu holen."

Lucy ließ sich von Robert beim Einsteigen helfen, blieb aber auf dem Tritt an der Kabinentür stehen. „Josephine Blake?"

„Ja. Sie war im Schulhaus, als wir eintrafen und hatte Miss Broomfields Leiche zuerst entdeckt."

„Das arme Mädchen! Wieso hast du das nicht schon vorher erwähnt?", fragte Lucy.

„Wieso hätte ich das tun sollen?", fragte Robert. „Ihr fehlte nichts. Dermot und ich haben sie nach Hause zu den Greenwells begleitet und Dermot hat ihren Vormunden erklärt, was vorgefallen war."

„Dann werde ich ihnen heute Nachmittag einen Besuch abstatten, um sicherzugehen, dass sie sich von dem Schock erholt hat." Lucy trat in die Kabine der Kutsche und setzte sich neben Tante Rose. „Das muss ein schrecklicher Anblick für ein so junges Mädchen gewesen sein."

„Wie alt ist sie genau?", fragte er. „Fast sechzehn."

„Ich hätte sie jünger geschätzt. Sie ist noch recht klein." Als Robert in die Kutsche kletterte, quietschte und schwankte die Kabine unter seinem Gewicht.

Er setzte sich auf den Platz gegenüber von Lucy und streckte das kaputte Bein aus, wobei er sich versehentlich in ihren Röcken verfing. Stöhnend rieb er sich das Knie und zog vorsichtig den bestiefelten Fuß zurück zu sich. „Ich muss mich entschuldigen. Dieses Wetter tut meinen alten Knochen nicht gut."

Lucy nahm sich vor, am Abend für ausreichend warme Wickel und Wärmequellen im Herrenhaus zu sorgen, um Roberts Schmerzen zu lindern.

Nach wenigen Minuten Fahrt kam die Kutsche vor dem Schulhaus zum Stehen. Lucy beugte sich hinüber zur Tür, bevor ihr Ehemann die Gelegenheit dazu hatte.

„Bleib sitzen, Robert. Tante Rose und ich schaffen das auch ohne Probleme allein. Wir können dann zu Fuß zum Haus zurückgehen."

„Wie du wünschst."

Allein der Umstand, dass er ihr nicht widersprach, verriet Lucy, dass er starke Schmerzen haben musste. Kurz überlegte sie, ihm vorzuschlagen, die Befragung der Dorfbewohner Dermot zu überlassen, aber sie vermutete, dass er die Idee sofort ablehnen würde. Roberts Engagement für seine Pächter und diejenigen, die unter seinem Schutz standen, war unbestreitbar.

Lucy ging die Stufen zum Eingang des Schulhauses hoch und sperrte die Tür mit dem Schlüssel auf, den Robert ihr gegeben hatte. Die Tür schwang mit einem lauten Knarren auf und sie trat zügig ein. Es dauerte eine Weile, bis sich ihre Augen an die Lichtverhältnisse gewöhnt hatten. Abgesehen von ein paar Wollhandschuhen und einer Mütze, die jemand auf dem dreckigen Steinfußboden fallen gelassen hatte, war das Garderobenzimmer leer.

Die innere Tür, die zum großen Klassenzimmer führte, war einen Spalt breit geöffnet. Lucy stieß sie auf und trat ein. Kälte schlug ihr entgegen, daher machte sie sich eilig daran, ein Feuer im großen Kamin zu entfachen und einige Lampen zu entzünden. Das Zimmer war makellos sauber und es roch nach feuchter Wolle, Kindern und einer Spur von verbranntem Holz in der Nähe des Kamins.

Tante Rose, die ihr gefolgt war, schritt den Rand des Zimmers ab, wo Miss Broomfield einige reich verzierte Bibelauszüge platziert hatte, die von Höllenfeuer und Verdammnis handelten. „Das ist ein schönes Haus, Lucy. Du und Robert habt gute Arbeit geleistet."

„Ich würde dir ja zustimmen, wenn wir nur mehr Glück mit unseren Lehrerinnen gehabt hätten." Lucy richtete sich auf, wischte die Hände an ihrem Mantel ab und zog sich dann die Handschuhe aus. „Es ist furchtbar kalt hier."

Rose öffnete die Tür am hinteren Ende des Raumes. „Ich nehme an, hier geht es zu den Räumlichkeiten von Miss Broomfield?"

„Dahinter befinden sich das Lehrerzimmer und eine Küche sowie die Treppe in den ersten Stock", rief Lucy ihr geistesabwesend zu. Ihre Aufmerksamkeit galt dem Pult, an dem Miss Broomfield offenbar ermordet worden war.

An einer Ecke lagen mehrere aufeinander gestapelte Schiefertäfelchen neben vier Bibeln, die starke Gebrauchsspuren aufwiesen. An der anderen Ecke lagen mehrere Blatt Papier, die mit einem Tintenfass beschwert waren. Allerdings fehlte die Schreibfeder.

Lucy nahm eine der Lampen mit zum Pult, ging systematisch die Schubladen durch und entleerte deren Inhalt. Die gesammelten Gegenstände nahm sie mit in die Küche am hinteren Ende des Hauses.

„Eure Miss Broomfield war in jedem Fall eine sehr ordentliche Person", bemerkte Tante Rose, während sie die Küchenschränke und die Vorratskammer durchsuchte. „Es erschaudert mich, mir vorzustellen, was man wohl von mir denken mag, wenn ich unerwartet sterben sollte. Ich würde eine *ungeheure* Unordnung hinterlassen. Soll ich die verderblichen Lebensmittel mitnehmen oder besser hierlassen?"

„Ich werde jemanden herschicken, um die Räume gründlich auszuräumen", antwortete Lucy, während sie den Inhalt des Pults auf dem Küchentisch ausbreitete. „Ich denke, im Moment sollten wir uns darauf konzentrieren, Miss Broomfields persönliche Besitztümer zusammenzusuchen und mit zum Herrenhaus zu nehmen."

„Wie du wünschst." Tante Rose schritt hinüber ins Nebenzimmer und begutachtete die dortigen Bücherregale. „An diesem düsteren Tag ist es schwer, hier drin überhaupt etwas zu erkennen. Das Licht in Kurland Hall ist viel besser."

Auch im geschlossenen Herd in der Küche brannte kein Feuer mehr, aber Lucy machte keine Anstalten, es zu entzünden. Es graute ihr vor dem Gedanken, jedes einzelne Buch im Arbeitszimmer durchzugehen, um herauszufinden, ob es der Lehrerin oder der Schule gehörte, insbesondere in dieser Kälte. Vielleicht konnte das noch ein paar Tage warten oder sie könnte Rebecca oder Josephine darum bitten, diese Aufgabe für sie zu erledigen.

„Du hast recht“, stimmte Lucy ihr mit einem Seufzen zu. „Es ist unmöglich, hier drin vernünftig zu sehen.“

„Vielleicht sollten wir uns auf die Privaträume oben konzentrieren.“

Sie ging die schmale Treppe hinauf und hielt dann am Absatz inne. Von dem kleinen Flur gingen drei Türen ab, die jeweils zu einem Schlafzimmer, einem Wohnzimmer und einer großen Besenkammer führten. In Letzterer befand sich auch eine Zinnwanne. Außen am Schulhaus schloss sich außerdem ein Plumpsklo an, das getrennt von dem für die Kinder war.

„Wo sollen wir anfangen?“ Tante Rose war ihr gefolgt.

„Im Wohnzimmer?“ Lucy trat einen Schritt vor. „Hier sind noch mehr Bücher, die vermutlich Miss Broomfield gehören.“

„Und ein sehr schönes Nähkästchen.“ Tante Rose blieb stehen und bewunderte das mit Walnuss furnierte Kästchen, das neben dem Stuhl am Kamin stand. „Das sieht recht alt aus. Vielleicht ein Erbstück von ihrer Mutter.“

Lucy kniff die Augen zusammen, um die Gravur auf dem kleinen Messingplättchen auf dem Deckel besser entziffern zu können. „Kannst du erkennen, welcher Name hier stehen soll?“ Sie kratzte über die Oberfläche. „Das könnte ein *H* sein.“

Rose gluckste. „Wenn du es nicht lesen kann, habe ich nicht die geringste Chance.“

Lucy öffnete das Kästchen und zog eine fast fertige Stickarbeit hervor. Lucy las die Schrift laut vor. „Und ich will ihn richten mit Pestilenz und Blut und will regnen lassen Platzregen mit Schloßen, Feuer und Schwefel über ihn und sein Heer und über das große Volk, das mit ihm ist. Ezekiel achtunddreißig, zweiundzwanzig."

Rose erschauderte. „Das würde ich nur ungerne jeden Tag über meinem Kamin hängen sehen." Sie schritt mit prüfendem Blick durch den Raum und blieb an der Feuerstelle stehen, um die Uhr auf dem Sims zu untersuchen.

„Ist dir etwas Ungewöhnliches aufgefallen, Tante Rose?", fragte Lucy langsam. „Es gibt nirgendwo Familienporträts, Bilder oder sonst irgendwelche Dekorationen."

„Du hast recht." Rose wandte sich um. „Wie merkwürdig. Vielleicht finden wir ja etwas in ihrem Schlafzimmer. Das ist schließlich ein etwas privaterer Ort."

Sie gingen zusammen in den Nebenraum, in dem es noch dunkler war als im Wohnzimmer.

„Ich sehe hier ebenfalls keine persönlichen Dinge", bemerkte Rose.

„Vielleicht hat sie sich von ihrer Familie entfremdet." Lucys Blick fiel auf das perfekt gemachte Bett. Daneben stand ein Waschtisch mit Schüssel und Wasserkrug, eine Kommode mit Schubladen und ein Wandschrank an den der Kamin anschloss. Sie öffnete die Türen des Schranks und untersuchte die Kleidungsstücke, die sauber gefaltet in den Fächern lagen. Die meisten davon waren schwarz. Die einzigen anderen Möbelstücke im Raum waren ein kleiner Ankleidetisch und ein Stuhl. „Lass uns das Bett abziehen und alle ihre Besitztümer auf der Matratze sammeln."

Rose zog ihre Pelisse aus und krempelte die Ärmel hoch. Trotz ihres großen Reichtums, zierte sie sich nicht, sich die Hände schmutzig zu machen.

Während Lucy die Besitztümer von Miss Broomfield sortierte, wurde deutlich, dass die Lehrerin mit nur wenigen Freuden gelebt hatte. Beim Lesematerial schien sie sich hauptsächlich auf Predigtsammlungen und andere belehrende Werke beschränkt zu haben. Selbst ihre Stickarbeiten waren auf biblische Themen vor allem aus dem Alten Testament ausgerichtet.

Miss Broomfields freudloses Leben war genau so, wie Lucy es einst für sich selbst befürchtet hatte. Auch wenn die standhafte Moral der Lehrerin und ihr Verzicht auf Frivolitäten vielen imponiert hätte, löste ihr Lebenswandel bei Lucy vor allem unerwartetes Mitleid aus. Was hatte dazu geführt, dass Miss Broomfield einsam und offenbar ohne Freunde in diesem kleinen Dorf in Hertfordshire ihr Ende gefunden hatte?

Lucy faltete einen geflickten Unterrock zusammen und legte ihn auf den wachsenden Stapel auf dem Bett. Die Lehrerin hatte drei schwarze Alltagskleider und ein blaues Gewand für den Kirchgang besessen.

„Den Verfärbungen auf den Knöpfen nach zu urteilen, vermute ich, dass Miss Broomfield diese Kleider irgendwann gefärbt haben muss", sagte Tante Rose.

Lucy hielt inne und dachte über Roses Entdeckung nach. „Hat sie vielleicht um jemanden getrauert? Nicht jeder kann es sich leisten, sich ein schwarzes Gewand anfertigen zu lassen. Möglicherweise hat sie ihren Verlobten in den zurückliegenden Kriegen verloren."

„Ich schätze, das ist möglich", stimmte Rose ihr zu. „Aber wenn sie *tatsächlich* trauerte, würde man erwarten, dass sie ein Abbild von ihm bei ihrem Bett aufbewahrt hätte."

„Vielleicht war ihre Familie mit ihrer Wahl nicht einverstanden und es war ihr nicht gestattet, Erinnerungsstücke an ihn zu behalten."

„Aber da sie offensichtlich mit ihrer Familie gebrochen hat, gibt es eigentlich keinen Grund, ihre Zuneigung weiterhin geheim zu halten", gab Rose zu bedenken.

„Es ist schon rätselhaft." Lucy entdeckte beim Durchsuchen des Schranks eine Kiste hinter einem Paar Wanderstiefel. Sie nahm die Stiefel heraus und zog sie hervor, was sich als schwerer entpuppte als erwartet. „Was könnte da drin sein?"

„Ihr Goldschatz?", schlug Rose mit einem Lächeln vor, während Lucy die stabile Kiste zum Bett trug. „Vielleicht haben wir sie falsch eingeschätzt und sie hatte bisher einfach nicht die Zeit, um zu entscheiden, wo sie ihre persönlichen Sachen platzieren sollte. Möglicherweise hat sie noch alles hier drin."

„Sie war hier schon seit mindestens fünf Monaten angestellt", gab Lucy zu bedenken. „Man möchte meinen, dass sie sich in der Zeit hätte einrichten müssen." Sie versuchte, die Kiste zu öffnen. „Sie ist abgeschlossen."

„Dann stellt sich mir die Frage, wo sie den Schlüssel haben könnte."

„Ich sehe im Schrank nach.“ Lucy durchsuchte die Fächer gründlich. „Hier kann ich nichts finden.“

„Dann nehmen wir die Kiste einfach mit zum Anwesen. Vielleicht kann einer von Roberts Bediensteten sie für uns öffnen. Soweit ich weiß, hat Foley ein Talent dafür, Schlösser zu öffnen.“

„Nur, weil er jeden Tag mit den Schlössern in Kurland Hall zu tun hat. Ich schwöre, dass kein einziges Schlüsselloch in dem Haus einem anderen auch nur ähnelt.“ Mit einem Seufzen gab Lucy ihre Versuche, die Kiste zu öffnen, auf. „Ich werde jemanden herschicken, um die ganzen Sachen abzuholen, dann können wir sie in aller Ruhe katalogisieren. Gibt es sonst noch etwas, das wir vielleicht übersehen haben?“

„Ich glaube nicht.“ Rose schüttelte den Kopf. „Sofern Miss Broomfield nicht die Angewohnheit hatte, Dinge zu verstecken.“

„Wer weiß, was sie hier getrieben hat?“ Lucys Blick ruhte auf der Holzkiste. „Nach dem, was man hört, hat sie keinerlei Anstalten gemacht, sich im Dorf mit jemandem anzufreunden oder sich jemandem anzuvertrauen. Vielleicht hat sie nie ausgepackt, weil sie sich schon entschieden hatte, wieder zu gehen.“

„Das kann schon sein, aber nach dem, was Robert uns gesagt hat, bezweifle ich, dass sie ohne Empfehlungsschreiben so leicht eine neue Stelle als Lehrerin gefunden hätte.“

„Es sei denn, sie hatte vor, zu dem Gentleman zurückzukehren, der sie meinem Vater empfohlen hatte. Ich kann es kaum erwarten, was *er* zu der Sache zu sagen hat.“ Lucy stand auf und strich ihre Röcke glatt. „Wir sollten zum Herrenhaus zurückkehren. Ich würde Josephine Blake und den Greenwells heute Nachmittag gerne noch einen Besuch abstatten."

Rose zog sich ihren Mantel wieder an und folgte Lucy in die Küche. „Fühlst du dich imstande, zu Fuß zurückzukehren, meine Liebe? Oder soll ich vorgehen und Coleman darum bitten, mit der Kutsche herzukommen?"

Lucy warf einen Blick nach draußen und zum grauen Himmel hinauf. „Wenn wir uns jetzt auf den Weg machen und es noch vor dem Regen schaffen, bin ich mir sicher, dass es schon gehen wird."

Zu Lucys Erleichterung ließ Rose die Sache damit auf sich beruhen, knöpfte den Mantel zu, nahm ihren Regenschirm und folgte Lucy ins Klassenzimmer. Nachdem sie das Feuer und sämtliche Kerzen gelöscht hatten, schlossen sie die Eingangstür hinter sich ab. Sie nahmen den Weg am Ententeich vorbei auf die Hauptstraße von Kurland St. Mary. Sie hatten weniger als eine halbe Meile mit einer leichten Steigung vor sich und Lucy hatte die Strecke schon unzählige Male zurückgelegt.

Allerdings wurden sie ein wenig gebremst, da ihnen zahlreiche Leute begegneten, die Rose im Dorf willkommen hießen oder sich nach Lucys Gesundheit erkundigten. Es war nicht leicht, bei all den Bemerkungen über das empfindliche Thema ihr Lächeln zu bewahren, aber Lucy hatte inzwischen gelernt, die gut gemeinte Besorgnis auszuhalten. Zu ihrer Erleichterung drehte es sich bei der Plauderei viel um die unerwartete Schließung der Schule. Sie hatte nicht vor, jemandem von dem Vorfall zu erzählen, bevor sie sich nicht mit Robert unterhalten hatte.

„Lady Kurland?"

Rebecca Hall, die Tochter des Schmieds, die auch in der Schule gearbeitet hatte, kam ihnen aus der Schmiede entgegengeeilt. Sie wischte die Hände an der Schürze ab und machte einen Knicks vor Lucy.

„Guten Morgen, Rebecca." Lucy senkte die Stimme. „Fragst du dich, warum die Schule geschlossen ist?"

„Ja, Mylady. Geht es Miss Broomfield nicht gut?" Rebeccas Haar war zerzaust und ihre Wangen von der Kälte gerötet. „Als ich sie das letzte Mal gesehen habe, war sie sehr schlecht gelaunt. Sie hat mir fast den Kopf abgerissen, weil ich zu viel Holz ins Feuer gelegt hatte."

„Ich würde es begrüßen, wenn du mich morgen früh um zehn Uhr am Schulhaus treffen würdest, Rebecca", sagte Lucy. „Kann deine Mutter dich so lange entbehren?"

„Ja, Mylady. Ich bin unter der Woche meist so oder so nicht da, daher war sie jetzt über ein Paar helfende Hände mit den Kleinen sehr dankbar." Rebecca verzog die Miene. „Es gefällt mir zwar nicht besonders, weil ich schließlich nicht dafür bezahlt werde, aber Familie bleibt Familie."

Lucy hatte Rebeccas ehrliche Art immer bewundert und wusste, dass sie Stillschweigen bewahren konnte.

„Dann erwarte ich dich morgen um zehn."

Rebecca machte erneut einen Knicks und grinste. „Ja, Mylady." Sie zog das Halstuch über den Kopf und ging zurück in Richtung der Schmiede und dem dahinterliegenden Haus ihrer Familie.

Als Lucy und Rose schließlich das Gasthaus *Queen's Head* passierten und auf die Durchgangsstraße bogen, die nach Lower Kurland und Kurland St. Anne führte, war Lucy sehr erschöpft. Die Torpfosten zum Grundstück um Kurland Hall waren ein willkommener Anblick, auch wenn die lange Ulmenallee hinauf zum Herrenhaus endlos schien. Der gewundene Weg wirkte düster im Schatten der Bäume.

Sie stählte sich innerlich und blickte entschlossen nach vorn, während Rose, die mindestens zwanzig Jahre älter war als sie, noch immer fröhlich plauderte und nicht das geringste Anzeichen von Erschöpfung zeigte.

„Wir sind fast da, meine Liebe.“ Rose tätschelte ihr den Arm. „Eine schöne Tasse Tee und eins der frischen Rosinenbrötchen aus der Küche werden dich wieder zu Kräften kommen lassen.“

„Das hoffe ich sehr“, erwiderte Lucy. „Sofern es mir gelingt, nach dem Tee wach zu bleiben.“

„Es spricht nichts gegen ein kleines Nickerchen, wenn sich die Gelegenheit dazu bietet.“ Rose zwinkerte ihr zu. „Ich mache das ständig. Allein zu leben, hat seine Vorteile.“

„Vermisst du deine Familie?“

„Ich vermisse die Zeit, als meine Kinder noch jung waren und Mr Armitage noch lebte.“ Rose seufzte. „Ich fürchte, ich habe nach seinem frühen Tod die Kinder zu sehr verwöhnt. Und jetzt verlieren sie kaum ein gutes Wort über mich. Bei meinem letzten Besuch habe ich einen meiner Schwiegersöhne sagen hören, dass ich ‚niederen Standes aber nützlich‘ sei. Kurz zuvor hatte ich mal wieder seine Spielschulden beglichen, nachdem meine Tochter mich angefleht hatte, sie vor dem Ruin zu bewahren.“

„Dann würde ich sicher nicht noch einmal anbieten, für sie zu bezahlen“, sagte Lucy erbost. Ihre Erschöpfung war plötzlich vergessen. „Was für ein undankbarer *Gauner*.“

„In der Tat“, pflichtete Rose ihr bei. „Es ist so eine Erleichterung, hier bei dir und Robert sein zu können, wo ich so geschätzt werde, wie ich bin, und um nichts gebeten werde außer meine Gesellschaft.“

„Deine Kinder sind sehr töricht. Wenn ich je hören sollte, wie sie schlecht von dir sprechen, werde ich dich bis zum Äußersten verteidigen“, versprach Lucy.

„Danke. Robert sagte mir, dass du geradezu furchteinflößend sein kannst. Ich muss gestehen, dass ich nur zu gerne sehen würde, wie du meinen Schwiegersohn zurechtstutzt.“ Rose deutete zum Tor, das in den ummauerten Gemüsegarten führte. „Sind wir schneller am Haus, wenn wir hier abkürzen?“

„Ja. Das wollte ich auch gerade vorschlagen.“

Lucy entriegelte das Tor und betrat den Gemüsegarten. Die Beete waren als Frostschutz mit Stroh bedeckt. Die hohen Ziegelmauern schirmten sie vom aufkommenden Wind ab und dämpften die Geräusche der Außenwelt. Es war ein sehr friedlicher Ort, den Lucy oft aufsuchte, wenn sie Zeit zum Nachdenken brauchte.

„Ich werde mit der Köchin sprechen und eins der Dienstmädchen anweisen, die Kutsche zum Schulhaus zu nehmen, um Miss Broomfields Sachen abzuholen. Dann können wir zu den Greenwells gehen.“ Lucy schüttelte ihre Müdigkeit ab.

„Vergiss nicht, uns eine Kanne Tee und einen Happen zu essen zu besorgen.“ Rose öffnete die Tür und die

Stimmen der viel beschäftigten Bediensteten durchdrangen die Stille des Gartens. „Das Nickerchen dürften wir allerdings selbst schaffen."

Zum ersten Mal am heutigen Tag musste Lucy lächeln, als sie die vertraute Dunkelheit des Hauses betrat. Sie nahm sich vor, Robert noch einmal zu danken. Seine Tante Rose war besser für ihre Stimmung als jede Medizin, die man ihr bisher verschrieben hatte.

Kapitel 6

Der Morgen hatte sich ausgesprochen frustrierend gestaltet. Robert kletterte zurück in die Kutsche und wartete, bis Dermot sich zu ihm gesetzt hatte. Sie hatten fast alle Dorfbewohner befragt und mehrere der außerhalb gelegenen Bauernhöfe besucht. Zwar hatten einige tatsächlich Fremde im Dorf gesehen, aber niemand konnte so recht sagen, wann es gewesen war und wie sie ausgesehen hatten.

Dermot nahm die Zügel in die Hand. „Sollen wir zu Kurland Hall zurückkehren, Sir Robert?"

„Wieso nicht ..." Robert seufzte. Sein Atem kondensierte in der Kälte zu einer kleinen Wolke. „Wir haben kaum etwas erreicht und vermutlich mehr Sorge ausgelöst als Ängste beschwichtigt."

„Ich weiß nicht, wie wir das hätten vermeiden sollen, Sir." Dermot setzte das Pferd mit einem Zungenschnalzen in Bewegung. „Und vielleicht denken einige Leute jetzt genauer darüber nach, was sie vielleicht gesehen haben und erinnern sich doch noch an etwas."

„Ich weiß Ihren Optimismus immer zu schätzen, Dermot." Robert lehnte den Gehstock gegen die Sitzbank. Sein Oberschenkel hatte sich schon wieder verkrampft und seine Stimmung war dementsprechend wenig sonnig. „Ich bin immer wieder erstaunt, wie wenig die Leute davon bemerken, was um sie herum vor sich geht."

„Mir ist noch ein weiterer Ort eingefallen, an dem wir herumfragen könnten, Sir."

„Und zwar?"

„Im *Queen's Head*."

„Ein ausgezeichneter Vorschlag. Das können wir heute Nachmittag machen. Erst möchte ich mich vergewissern, dass Lady Kurland und meine Tante sicher vom Schulhaus nach Hause gekommen sind."

„Selbstverständlich, Sir." Dermot lenkte die Kutsche in Richtung des Anwesens und deutete nach vorn. „Da drüben ist einer der Wagen vom Gutshof. Soll ich zu ihnen aufschließen, für den Fall, dass Lady Kurland darauf mitfährt?"

„Dazu besteht kein Grund."

Robert wusste, wie seine Frau reagieren würde, wenn sie das Gefühl hatte, dass er sie nicht aus den Augen lassen wollte. Manchmal machte sie es ihm sehr schwer, ihr zu zeigen, dass er sich um sie sorgte. Er bewunderte zwar ihren Mut, aber ab und zu wünschte er sich, dass sie ihn an sich heranlassen würde, damit er sie trösten konnte.

Dermot lenkte die Kutsche zu den Stallungen. Robert betrat das Herrenhaus über den Haupteingang. In der Eingangshalle lief ihm Foley mit einem Teetablett über den Weg.

„Ist das für Lady Kurland?", fragte Robert.

„Ja, Sir. Sie und Mrs Armitage sind im Gesellschaftszimmer."

„Dann lassen Sie mich das zu ihnen bringen." Er nahm Foley das Tablett aus den Händen. Robert hoffte inständig, dass er durch sein Humpeln nicht den ganzen Tee unterwegs verschütten würde. „Wann gibt es Essen?"

„In einer halben Stunde, Sir." Foley verneigte sich.

„Tragen Sie bitte auch ein Gedeck für Mr Fletcher auf."

Robert ging vorsichtig ins Gesellschaftszimmer. Am Feuer saßen sich seine Frau und seine Tante gegenüber.

„Robert!" Rose schenkte ihm ein Lächeln. „Was für eine angenehme Überraschung."

Er stellte das Tablett mit Bedacht auf dem Tisch neben seiner Tante ab. Unauffällig musterte er dabei Lucys blasses Gesicht. „Ich dachte, ich schließe mich euch zum Mittagessen an. Habt ihr schon alle Besitztümer von Miss Broomfield sichergestellt?"

„In der Tat." Lucy nahm von Rose eine Tasse Tee entgegen. „Wir haben beschlossen, alles hierher bringen zu lassen. Im Schulhaus war es viel zu kalt, um dort alles zu sortieren."

„Das klingt nach einer ausgezeichneten Idee." Robert nahm ebenfalls dankend eine Tasse Tee von Rose entgegen. „Habt ihr irgendetwas Interessantes gefunden?"

„Nichts, was darauf hindeuten würde, warum sie jemand tot sehen wollte", antwortete Lucy.

„Keine Notizen mit irgendwelchen Hinweisen? Kein Geständnis oder etwas in der Art?"

„Leider nicht, nein."

Robert konnte in Lucys Augen einen Funken Interesse erkennen, wie er ihn schon lange nicht mehr gesehen hatte. Es war zu schade, dass es dieser Mord war, der sie so aufgeweckt hatte, denn er hatte keinerlei Absicht, ihr zu gestatten, dazu Nachforschungen anzustellen.

„Wie du nur zu gut weißt, Robert, braucht es oft seine Zeit, um solche Angelegenheiten aufzuklären.“ Lucy nippte an ihrem Tee.

„In der Tat. Welche Pläne habt ihr für heute Nachmittag?“

„Ich möchte Josephine Blake besuchen.“

„Dürfte ich mich da anschließen? Ich muss mit Mr Greenwell noch über die Dorffeier sprechen. Und dabei könnten wir ihnen gleich Tante Rose vorstellen.“

„Ausgezeichnet.“ Rose setzte ihre Tasse ab. „Ist die Familie nett?“

„Durchaus“, sagte Robert. „Mr Greenwell war mehrere Jahre als Diplomat im Ausland. Seine Frau hat das Landhaus in dieser Zeit vermietet, da sie lieber in der Nähe ihrer Familie in Südlondon leben wollte. Da er gerade darauf wartet, einen neuen Posten zugeteilt zu bekommen, haben sie sich dazu entschlossen, das Haus in Lower Kurland wieder zu beziehen. Sie denken darüber nach, sich hier dauerhaft niederzulassen.“

„Ich frage mich, wieso er sich dazu entschieden hat“, warf Lucy ein. „Seine Töchter sind doch gerade im heiratsfähigen Alter.“

„Was hat das damit zu tun?“ Robert runzelte die Stirn.

„Wenn man seine Tochter verheiraten möchte, ist es nicht gerade förderlich, sich mit ihnen auf dem Land zur Ruhe zu setzen. Das hilft ihnen kaum dabei, geeignete Partner zu treffen.“ Lucy stellte ihre Tasse auf dem Tablett ab. „Allerdings könnte das erklären, warum die Greenwell-Frauen so verstimmt sind und sich offenbar unbedingt in die Beziehungen *anderer* einmischen müssen."

Robert wandte sich an seine Tante. „Lucy glaubt, das älteste Mädchen der Greenwells ..."

„Margaret", warf Lucy ein.

„... hat ein Auge auf Nicholas Jenkins geworfen."

Rose lehnte sich zurück. „Natürlich hat sie das, wenn sie nur einen Funken Verstand besitzt! Er ist die beste Partie in der ganzen Grafschaft."

„Und er ist verliebt in meine Schwester Anna", sagte Lucy bestimmt.

„Dann sollte sie sich besser schnell über ihre Gefühle klar werden und ihn zum Mann nehmen, sagte Robert und erhob sich, als der Gong erklang, der sie zum Essen rief. „Andernfalls wird es Miss Margaret vielleicht gelingen, ihn umzustimmen."

„Wenn er derart sprunghaft ist, dann verdient er Anna nicht."

„Das werde ich ihm ausrichten, falls er mich um Rat fragt." „Sehr gerne."

Lucy ergriff die Hand, die Robert ihr anbot und stand ebenfalls auf. Er freute sich, dass ihre Haut ein wenig Farbe bekommen hatte. Das Gespräch schien sie angeregt zu haben. Sein derzeit innigster Wunsch war es, ihre Aufmerksamkeit bei ihrer Schwester und Annas Liebesleben zu halten – Hauptsache weit weg von Miss Broomfields Mörder.

***

Lucy hatte das Gesellschaftszimmer kaum betreten, als sie und Robert auch schon von der gesamten

Familie Greenwell umzingelt und mit enthusiastischen Grüßen überhäuft wurden. Sie vermutete, dass ihnen nach dem Trubel von London ein wichtiger Teil ihres Soziallebens fehlte und ihnen daher jeder beliebige Besucher willkommen gewesen wäre. Das Anwesen der Greenwells bestand aus einem kleinen, kompakten Haus, das Ende des letzten Jahrhunderts gebaut worden war, umgeben von einem weitläufigen Grundstück. Es befand sich am Rand des Dorfs von Lower Kurland. Über viele Jahre war es an einen Colonel im Ruhestand und dessen Frau vermietet gewesen, doch die beiden waren vor kurzem verstorben.

Robert verbeugte sich vor den Damen und begann dann eine Unterhaltung mit Mr Greenwell und dessen ältestem Sohn, während Lucy und Rose zusammen mit den weiblichen Mitgliedern des Haushalts Platz nahmen. Lucy stellte ihnen Rose vor und hörte geduldig zu, während sie über gemeinsame Bekannte aus London und die Vorzüge des Lebens in einer kleinen Gemeinde sprachen.

„Meine liebe Lady Kurland, es ist so freundlich von Ihnen, Mrs Armitage mitzubringen“, sagte Mrs Greenwell. „Sind Sie hier, um die Einzelheiten zum anstehenden Ball zu besprechen?“

„Eigentlich bin ich hier, weil ich mich erkundigen wollte, wie es Josephine heute geht.“ Lucy hoffte, dass sie ihre Überraschung gut unterdrückt hatte.

„Josephine?“ Mrs Greenwell sah sich um, als fragte sie sich, von wem um alles in der Welt Lucy sprechen mochte. „Es war sehr gütig von Sir Robert, dass er sie gestern nach Hause begleitet hat. Diese Aufmerksamkeit stand ihr nicht zu.“

Lucy zog die Augenbrauen hoch. „Hätten Sie es bevorzugt, wenn sie nach einem solchen Schock allein im Dunkeln nach Hause gegangen wäre?“

„Sie geht normalerweise nicht ganz allein nach Hause, Lady Kurland“, widersprach Mrs Greenwell. „Sie fährt bei einem der Bauern aus dem Ort mit, der am späten Nachmittag Milch nach Kurland St. Mary liefert und dann mit ihr ins Dorf zurückkommt.“

„Ich bezweifle, dass der Bauer gestern Abend noch so lange auf sie gewartet hätte“, erwiderte Lucy. „Josephine war ganz außer sich, als Sir Robert sie fand.“

„Eine … Verstorbene zu sehen muss in der Tat sehr beunruhigend für sie gewesen sein. Aber sie ist ein Kind mit sehr wenig Fantasie, die ihre Mutter bereits während einer tödlichen Krankheit gepflegt hat. Ich bezweifle, dass sie wirklich so aufgelöst war, wie Sie vielleicht denken.“

„Ich würde mich dennoch gerne mit ihr unterhalten, wenn das möglich ist.“ Lucy versuchte, ihr freundliches Lächeln aufrecht zu erhalten. „Ich könnte unter Umständen auch weiterhin ihre Hilfe gebrauchen, während wir in der Schule aufräumen.“

„Nun, wenn sie Ihnen zu Diensten sein kann, Lady Kurland, dann müssen Sie sie *natürlich* sehen.“ Mrs Greenwell sah zu ihrer jüngeren Tochter hinüber. „Amanda, würdest du bitte Josephine darum bitten, ins Gesellschaftszimmer zu kommen?“

„Ja, Mama.“

Während sie warteten, nahm Lucy eine Tasse Tee entgegen und ließ die Greenwells und Tante Rose das

Gespräch zu gefälligeren Themen lenken. Da aus Richtung der Gentlemen immer wieder vereinzeltes Lachen kam, war offensichtlich, dass Lucys Ehemann dort weniger Probleme hatte, als Lucy mit den weiblichen Mitgliedern der Greenwell-Familie.

Als Josephine eintrat, erhob sich Lucy. Das Mädchen trug das schwarze Haar zu einem Zopf gebunden und es waren dunkle Schatten unter ihren Augen zu erkennen. Lucy hatte das bestimmte Gefühl, dass sie nicht das zu hören kriegen würde, was sie wollte, wenn Mrs Greenwell während ihres Gesprächs mit Josephine anwesend wäre.

„Ich bin mir sicher, dass sie die Geschichte von Josephines schrecklicher Erfahrung nicht noch einmal hören möchten.“ Lucy warf ihrer Gastgeberin und ihrer jüngsten Tochter, die sich gerade wieder neben ihr hingesetzt hatte, ein Lächeln zu. „Könnte ich vielleicht unter vier Augen mit ihr sprechen?“

„Aber ...“, setzte Margaret an, verstummte aber nach einer energischen Geste von ihrer Mutter.

„Das ist natürlich kein Problem.“ Mrs Greenwell deutete zur anderen Seite des Gesellschaftszimmers, wo ein Pianoforte und ein kleines Sofa mit hoher Lehne stand. „Wäre das ausreichend? Falls Sie meine Hilfe in der Sache brauchen, dann bin ich jederzeit hier.“

„Vielen Dank.“ Lucy ging hinüber zu Josephine, die nicht nur müde, sondern auch überraschend angespannt aussah, und nahm sie am Arm. „Wie geht es dir heute, meine Liebe?“

„Recht gut, Mylady.“ Josephine senkte die Stimme. „Ich hatte ein paar schlechte Träume über ... *sie* ... Sie wissen schon.“

Da Lucy selbst schon viel mehr Leichen gesehen hatte, als ihr lieb war, konnte sie mitfühlen. Sie setzte sich mit dem Mädchen auf das mit Satin bezogene Sofa. Lucy konnte die neugierigen Blicke von Mrs Greenwell auf ihnen spüren, doch sie ignorierte das einfach.

„Kannst du mir erzählen, was gestern passiert ist?", fragte Lucy mit sanfter Stimme. „Ich weiß, dass du bereits mit Sir Robert gesprochen hast, aber manchmal erinnert man sich erst im Nachhinein an Dinge, die man ansonsten während einer solchen Ausnahmesituation leicht vergisst."

„Ich erzähle Ihnen nur zu gerne alles, Mylady", sagte Josephine. „Weiß Sir Robert schon, wer es getan hat?"

„Noch nicht, aber bald", versuchte Lucy sie zu beruhigen. „Ich kann dir versichern, dass er alles in seiner Macht Stehende tun wird, um die Person zu verhaften, die Miss Broomfield umgebracht hat." Sie hielt inne. „Sorgst du dich um deine eigene Sicherheit? Du sagtest, du hättest einen Mann hinter der Schule herumlungern sehen, als du wieder zurückkehrtest."

„Ja, was, wenn er mich *gesehen* hat?" Josephine erschauderte sichtbar. „Was, wenn er denkt, dass ich ihn erkannt haben könnte?"

„Hast du ihn denn so gut sehen können?", fragte Lucy zweifelnd. „Wenn du ihn nicht gut sehen konntest, dann ist fraglich, ob er dich besser erkannt hat."

„Ich schätze, das stimmt." Josephine sah wenig überzeugt aus. „Ich kann mich nur erinnern, dass er groß war und eine Mütze getragen hat. Und er hatte etwas in der Hand, das wie ein Knüppel aussah."

„Ein Knüppel? Vielleicht wollte er ins Schulhaus einbrechen, bemerkte, dass die Tür unverschlossen war, und ist einfach eingetreten." Lucy klopfte auf Josephines Knie. „Bist du dir sicher, dass ansonsten niemand im Schulhaus war, als du in die Garderobe kamst?"

Josephine schien in weite Ferne zu blicken, als ob sie die Szene vor ihren Augen noch einmal abspielte. „Es war unheimlich still. Deswegen war ich so nervös. Sonst ist es so ein lauter Ort, wo die Kinder spielen und Miss Broomfield herumbrüllt ..." Sie schüttelte den Kopf. „Ich glaube nicht, dass noch jemand dort war, aber ich schätze, es *könnte* sich jemand in der Küche versteckt haben."

„Als du dich dem Schreibtisch von Miss Broomfield genähert hast, ist dir da aufgefallen, ob die Hintertür offen oder geschlossen war?"

Josephine runzelte die Stirn. „Ich *glaube*, sie stand offen, aber ich bin mir nicht sicher. Ich hatte das Gefühl, dass es im ganzen Gebäude sehr zugig war. Ich wusste, dass Miss Broomfield das nicht gefallen hätte. Sie hat uns immer wieder ermahnt, alle Türen zu schließen, um die Wärme drinnen zu halten."

Da es sehr teuer war, das Schulhaus zu beheizen, konnte Lucy Miss Broomfields Gründlichkeit zumindest in dieser Hinsicht gutheißen.

„Wie war Miss Broomfield an dem Tag gestimmt?"

„Sie wirkte sehr abgelenkt." Josephine biss sich auf die Lippe. „Ich möchte nicht in Schwierigkeiten kommen, wenn ich das Falsche sage und schlecht von den Toten rede. Aber sie war sehr schwer zufriedenzustellen. Rebecca und ich haben die meiste Zeit damit verbracht, die kleineren Kinder vor ihr zu beschützen."

„Sie hat sie angeschrien?"

„Sie hat geschrien und ihre Rute eingesetzt." Josephine krempelte einen Ärmel hoch und zeigte ihr einen leuchtend roten Striemen. „Das hier hat sie mir verpasst, als ich versucht habe, sie davon abzuhalten, den kleinen Tommy Higgins zu schlagen."

Lucy studierte die Verletzung und spürte die Wut in sich aufsteigen. Mit jedem Wort, das Josephine sprach, verlor sie auch den kleinsten Rest Mitgefühl, den sie für die Verstorbene hegte.

„Also war sie offensichtlich wegen etwas aufgebracht." Lucy dachte kurz über ihre nächste Frage nach. „Hat sie sich anders verhalten, nachdem sich die anderen Kinder auf den Heimweg gemacht hatten?"

Josephine erstarrte. „Jetzt, wo ich darüber nachdenke ... Sie hat darauf bestanden, dass Rebecca und ich unsere Arbeit so schnell wie möglich beenden und gehen sollten. Das war einer der Gründe, warum ich so viel Angst hatte, zurückzugehen, um meinen Schal zu holen."

Lucy musterte das Mädchen. „Hast du dir keine Sorgen gemacht, deine Mitfahrgelegenheit nach Hause zu verpassen, wenn du zur Schule zurückkehren würdest?"

„Nein, denn Miss Broomfield hat ja darauf beharrt, uns früher als sonst nach Hause zu schicken. Ich wusste, dass ich es noch zurückschaffen würde, um meinen Schal zu holen, und dann Mr Mathias immer noch im Dorf treffen konnte." Josephine atmete lange aus. „Ich wünschte, ich wäre *nicht* zurückgegangen."

„Da bin ich mir sicher." Lucy schenkte ihr ein mitfühlendes Lächeln. Josephine sah nicht aus, als würde sie zur Greenwell-Familie passen. Lucy fragte sich, wie ihre Beziehung zueinander wohl war. „Ich hatte gehofft, dass du die nächsten paar Tage weiter in der Schule arbeiten würdest, aber ich hätte volles Verständnis, wenn dir der Gedanke daran, zurückzukehren, Unbehagen bereitet."

Josephine warf einen schnellen Blick über die Schulter und senkte die Stimme. „Ich würde gerne weiter in der Schule arbeiten, aber ich weiß nicht, ob Mrs Greenwell mir das erlauben würde."

„Mach dir darüber keine Sorgen, meine Liebe." Lucy war sich recht sicher, dass sie Mrs Greenwell dazu überreden konnte, ihrer ausgesprochen angemessenen Bitte nachzukommen. „Ich werde sie um Erlaubnis fragen."

Damit erhob sich Lucy und kehrte zur am Kamin versammelten Gesellschaft zurück. Josephine machte einen Knicks und verschwand umgehend aus dem Zimmer, vermutlich, weil sie vermeiden wollte, mit Mrs Greenwell sprechen zu müssen.

„Vielen Dank, dass Sie mir gestattet haben, mich mit Josephine zu unterhalten, Madam." Lucy nahm neben Rose Platz. „Ich hoffe, Sie gewähren mir ihre Dienste, damit wir die Angelegenheiten in der Schule noch vor Weihnachten erledigen können."

„Ich bin mir sicher, dass sie nur zu gerne helfen würde", sagte Mrs Greenwell. „Ich glaube, sie hat sich vorgenommen, in zwei Jahren, wenn sie achtzehn wird, selbst Gouvernante zu werden."

„Eine respektable Arbeit, die ihr bestimmt gut liegen würde", sagte Lucy. „Zu schade, dass sie zu jung ist, um *unsere* Dorfschule zu übernehmen."

Mrs Greenwell gluckste. „Ich bezweifle, dass sie jemals die nötige Autorität haben wird, um mit einer ganzen Klasse zurechtzukommen, Lady Kurland. Sie ist viel zu zurückhaltend. Ihre Mutter war genauso."

„Sie kannten ihre Mutter?"

„In der Tat. Ihr Ehemann war entfernt mit Mr Greenwell verwandt. Und als sie eine schwere Zeit durchmachten, fühlte mein Mann sich verpflichtet, ihr und ihrer Tochter ein Zuhause anzubieten."

Aus Mrs Greenwells säuerlichem Ton war zu hören, dass sie die großzügige und gastfreundliche Geste ihres Mannes gegenüber der Familie nicht guthieß.

„Es war sehr gütig von Ihnen, die beiden aufzunehmen", sagte Lucy hastig, um ihre Gastgeberin zu bestätigen. „Ich bin sicher, dass Josephine ihre Großzügigkeit sehr zu schätzen weiß."

„Sie lässt es sich jedenfalls nicht zu Kopf steigen und sieht sich nicht als Teil der Familie", sagte Mrs Greenwell. „Sie weiß, wo ihr Platz ist."

„In der Tat", murmelte Lucy. „Ich werde morgen um zehn jemanden vorbeischicken, um sie abzuholen, falls das für Sie genehm ist?"

„Sie ist durchaus imstande, zwei Meilen zu Fuß zu gehen, Mylady, aber wenn Sie darauf bestehen, Sie zu verwöhnen, werde ich dafür sorgen, dass sie abfahrbereit ist."

Robert sah zu den anderen hinüber und bemerkte, dass Lucy sich wieder zu den anderen Damen gesellt und Josephine das Gesellschaftszimmer verlassen hatte. Er konnte nur vermuten, warum seine Ehefrau beschlossen hatte, dass es nötig war, sich allein mit dem Mädchen zu unterhalten, aber er hatte da einen Verdacht.

Mr Greenwell räusperte sich. „Eine traurige Sache das, mit dieser Lehrerin, nicht wahr, Sir Robert? Und dass das arme Mädchen den Leichnam fand ..." Er schüttelte den Kopf. „Der Anblick hat sie sehr erschüttert, das kann ich Ihnen sagen."

„Das überrascht mich nicht. Der Tod ist nie schön anzusehen."

„Sie waren bei der Kavallerie im letzten Krieg, nicht wahr?", fragte Mr Greenwell.

„Ja. Ich habe es bis zum Major bei den 10. Husaren des Prinzregenten gebracht."

„Und wie ich höre, hat der Prinz selbst Sie in den Adelsstand erhoben."

Robert versuchte, nicht die Miene zu verziehen. „Ich würde es nicht *adelig* nennen, aber ich bin jetzt Baronet, Dank der Güte seiner Majestät."

„Und das ist wohlverdient, wenn die Geschichten stimmen, die ich gehört habe." Mr Greenwell trank seinen Brandy aus und stellte das Glas dann auf der Kommode ab. „Werden Sie die Schule komplett schließen, jetzt, da Sie Ihre Lehrerin verloren haben, oder wollen Sie die Stelle erneut ausschreiben?"

„Da die Schule für mich und Lady Kurland eine Art Herzensprojekt ist, bezweifle ich, dass wir sie schließen werden. Ich bin sehr davon überzeugt, dass Bildung für die Massen für uns alle nur positiv sein kann."

„Ein radikaler Gedanke, dem viele Ihres Standes nicht zustimmen dürften, wie ich vermute." Mr Greenwells braune Augen leuchteten. „Nach meinen Reisen in der ganzen Welt bin ich der Überzeugung, dass eine gebildete Nation eine mächtige Nation ist."

„Sind Sie dann vielleicht daran interessiert, unserem Schulausschuss beizutreten?", fragte Robert. „Wie Sie sich vielleicht vorstellen können, ist es nicht immer leicht, auf dem Land Unterstützer für ein solches Unterfangen zu finden."

„Es wäre mir eine Ehre." Mr Greenwell verneigte sich. „Dürfte ich Sie und Lady Kurland vielleicht diesen Freitag zum Abendessen einladen, um die Sache näher zu besprechen?"

„Das wäre sehr genehm." Robert dachte kurz nach. „Allerdings muss ich Sie warnen, dass meine Frau bei dem Projekt meine ebenbürtige Partnerin ist und sie selbst einige sehr starke Meinungen vertritt."

„Ich habe schon von vielen Bewunderern gehört, dass Lady Kurland eine Naturgewalt ist, Sir Robert. Ich würde mich gerne mit ihr über Themen unterhalten, die auch mir sehr am Herzen liegen."

„Ausgezeichnet." Robert warf seiner Frau einen weiteren Blick zu und bemerkte, dass sie sich erhoben hatte und zu ihm herübersah. „Ich werde die Einladung zum Abendessen mit Lady Kurland absprechen, und Ihnen dann Bescheid sagen, ob wir an diesem Abend bereits Pläne haben."

„Vielen Dank." Mr Greenwell verneigte sich. „Es war eine Freude, mich mit Ihnen zu unterhalten, Sir Robert."

„Das kann ich nur erwidern." Robert verneigte sich seinerseits.

Er hätte sich nur gewünscht, dass sein Gastgeber Platz genommen hätte, um auch ihm die Gelegenheit dazu zu geben. Fast eine halbe Stunde auf der Stelle zu stehen, war nie gut für sein kaputtes Bein. Er musste sich schwer auf den Gehstock stützen, als er zu Lucy herüberhumpelte. Er war sich nur zu bewusst, dass er von den Greenwell-Damen mit verschiedenen Ausprägungen von Mitleid und Abscheu beäugt wurde.

„Bist du soweit, meine Liebste?“, fragte er Lucy. Sie antwortete mit einem breiten Lächeln und ihrem üblichen, entschlossenen Nicken. „Dann sollten wir uns vielleicht wieder auf den Weg machen.” Er wartete noch, um Rose die Gelegenheit zu geben, sich zu verabschieden, dann verließen sie zusammen das Haus durch den Haupteingang, wo die Kutsche auf sie wartete. Robert brauchte zwei Versuche, um in die Kabine zu steigen, was seiner Laune nicht gerade förderlich war. Aus irgendeinem Grund fühlte es sich an, als würde sich der Zustand seiner Verletzungen verschlechtern statt verbessern. Er sollte seine Sorgen wirklich endlich mit Patrick besprechen, aber bisher hatte ihm dazu der Mut gefehlt. Der Gedanke daran, noch mehr Untersuchungen und gut gemeinte Ratschläge ertragen zu müssen, war nicht auszuhalten.

Erst jetzt fiel ihm auf, dass Lucy ihm gerade eine Frage zum zurückliegenden Besuch stellte, sodass seine Aufmerksamkeit in die Gegenwart zurückkehrte.

„Ja, Mr Greenwell hat mir sehr zugesagt. Er ist ein intelligenter, prinzipientreuer und scharfsinniger Mann. Ich habe ihn darum gebeten, darüber nachzudenken, unserem Schulausschuss beizutreten.“

„Nun, wir werden sicher Hilfe dabei brauchen, *noch* eine Lehrerin zu finden.“ Lucy seufzte.

„Dem muss ich zustimmen. Aber wir hätten nicht damit rechnen können, dass jemand Miss Broomfield ermorden würde." Robert hielt sich fest, als sich die Kutsche in der Auffahrt des Greenwell-Anwesens in Bewegung setzte. „Hast du dich mit Josephine unterhalten?"

„Das habe ich. Sie war noch immer sehr erschüttert von dem, was passiert ist."

„Das ist verständlich."

„Nicht, dass das Mrs Greenwell auch nur im Entferntesten interessiert hätte", fügte Lucy hinzu. „Sie kümmert sich nicht im Geringsten um Josephine. Sie hat sogar angedeutet, dass das arme Mädchen nicht in der Lage sei, tiefe Gefühlsregungen zu empfinden, und daher keinerlei Sonderbehandlung bedürfe."

„Ich höre heraus, dass du von den Greenwell-Damen nicht gerade begeistert bist. Das ist schade, denn ich habe eine Einladung für uns beide zum Abendessen am Freitag angenommen, um über das Schulausschuss zu sprechen."

„Ich schätze, da werde ich mitkommen müssen", sagte Lucy. „Die Gelegenheit, Mr Greenwell im Komitee aufnehmen zu können, hat Vorrang vor meiner persönlichen Abneigung gegenüber Mrs Greenwell und ihren albernen Töchtern."

„Ich bin froh, zu hören, dass du zu einem Kompromiss bereit bist." Als die Kutsche die letzte Abzweigung auf die Landstraße nahm, blickte Robert aus dem Fenster. „Haben wir einen Moment Zeit, auf dem Rückweg beim *Queen's Head* Halt zu machen?"

Lucy sah Tante Rose an. „Ich habe den Rest des Tages nichts Dringliches zu tun, du vielleicht?"

„Ganz und gar nicht. Willst du nachfragen, ob der Rest meines Gepäcks eingetroffen ist, Robert?“

„Das werde ich sicher tun. Eine Hutschachtel fehlt noch, nicht wahr?“

„So ist es, mein Lieber. Ich habe sie in London vergessen und Genevieve hat versprochen, sie mir nachzuschicken.“

Mit einiger Mühe öffnete Robert das Fenster und streckte den Kopf hinaus, um Mr Coleman zu informieren. „Machen Sie bitte am Gasthaus halt, in Ordnung?“

„Sehr wohl, Sir Robert.“

Zehn Minuten später fuhren sie auf den Hof des Gasthauses und kamen neben dem mit Rüben beladenen Wagen eines Bauern zum Stehen.

„Ihr könnt ruhig sitzen bleiben“, sagte Robert, während er aus der Kutsche stieg. „Ich werde nicht lange brauchen.”

Lucy öffnete den Mund, als wolle sie ihm widersprechen, schien es sich jedoch anders zu überlegen und ließ sich zurück auf den Sitz sinken.

Tatsächlich hatte er nur vor, kurz mit dem Wirt über die Hüte von Rose zu sprechen und sich über die verschiedenen Neuankömmlinge und Reisenden in der viel besuchten Gaststätte zu erkundigen, bevor sie weiterfahren würden.

Er bahnte sich seinen Weg durch den engen Flur des Gasthauses, wo ihm die viel jüngere zweite Frau des Wirtes die Treppe herunter entgegenkam. Ihr tief ausgeschnittenes Korsett setzte ihren Busen sehr vorteilhaft in Szene, der direkt auf Roberts Augenhöhe verweilte. Er sah zu ihr auf und bemerkte, dass sie ihm ein Lächeln schenkte.

„Major Sir Robert Kurland!“ Sie nahm die letzte Stufe und machte einen Knicks vor ihm, was ihm erneut die Sicht auf ihr üppiges Dekolletee freigab. „Was für eine *Ehre*! Was kann ich heute für Sie tun, Sir?“

„Guten Tag, Madam. Ist Mr Jarvis abkömmlich?“

„Er ist gerade im Keller, Sir. Soll ich ihn holen gehen?“

Robert dachte kurz darüber nach, selbst nach unten zu gehen, bezweifelte aber, dass sein Bein die klapprige Kellertreppe schaffen würde. „Bitte stören Sie ihn nicht meinetwegen. Vielleicht können Sie mir stattdessen weiterhelfen.“

„Ich würde Ihnen nur zu gerne mit *jedwedem* Anliegen helfen, Sir. Egal, was es sein sollte.“ Sie zwinkerte ihm zu. „Sie erinnern sich nicht an mich, Sir, oder?“

„Wir sind uns bereits begegnet?”

„In der Tat. Allerdings ist das schon recht lange her und es war in London.“ Sie befeuchtete ihre Lippen. „Sie und Ihre Offizierskameraden waren nach der Vorstellung hinter der Bühne im Theater, wo ich als Tänzerin arbeitete.“ Sie raffte ihren Rock und zeigte auf ihren Zeh.

„Ich kann nicht behaupten, dass ich mich erinnere ...“

„Sie müssen nicht so schuldbewusst dreinblicken, Sir.“ Sie gluckste. „Nein, Sie haben nur einigen der hübschen Mädchen schöne Augen gemacht. Nicht so wie Ihre Freunde, die *viel* weiter gegangen sind.“

„Wie interessant.“ Robert trat unwillkürlich einen Schritt zurück und stieß dabei gegen den Treppenpfosten. „Meine Tante erwartet noch eine

Hutschachtel per Postkutsche. Wissen Sie zufällig, ob sie vielleicht schon eingetroffen ist?“

„Das ist sie in der Tat, Sir. Ich habe sie sicher in meinem Salon aufbewahrt. Lassen Sie sie mich schnell holen.“

Sie wollte sich gerade auf den Weg machen, als Robert sich räusperte. „Bevor Sie das machen, hätte ich noch ein weiteres Anliegen ...“

„Nur nicht schüchtern sein, Sir.“ Sie stieß ihm spielerisch in die Rippen. „Heraus damit. Peg kann nichts erschrecken.“

Er hatte das Gefühl, dass hinter ihrem verspielten Benehmen eine tiefere Absicht lag, die sich ihm nicht ganz erschloss und so sprach er unbekümmert weiter. „Es geht um eine recht einfache Sache. Haben Sie innerhalb der letzten Woche Zimmer an irgendwelche Fremden vermietet oder hat sich jemand im Gasthaus auffällig verhalten?“

„Es sind diese Woche einige neue Gesichter hier gewesen, aber davon war niemand besonders auffällig.“ Sie spitzte die Lippen. „Vielleicht fragen Sie dazu besser Ed. Ich verbringe die Zeit meistens in der Küche und leite die Angestellten und habe weniger mit den Gästen zu tun. Ed mag es nicht, wenn die Gäste meinen Charme zu spüren bekommen. Er ist recht eifersüchtig, wissen Sie?“ Sie stieß Robert mit dem Ellbogen in die Seite. „Und machen Sie sich keine Sorgen, ich werde ihm nicht sagen, woher ich *Sie* kenne, Sir. Ich würde nicht wollen, dass es wegen mir eine Prügelei gibt.“

„Würden Sie ihn dann vielleicht für mich fragen?“, fragte Robert eilig. „Ich werde dann morgen meinen

Landverwalter vorbeischicken, um mit Mr Jarvis zu sprechen."

„Dieser Mr Fletcher sieht gut aus für einen Iren", bemerkte Mrs Jarvis. „Er ist noch nicht verheiratet, oder?"

„Soweit ich weiß, nein." Robert ging in Richtung der Tür. „Wahrscheinlich ist er in diese Miss Anna aus dem Pfarrhaus verliebt, wie vermutlich die Hälfte der Grafschaft."

Robert hielt inne und sah zu ihr hinunter. „Denken Sie wirklich?"

Sie lächelte ihn kokett an. „Ich habe ein Näschen für Romantik, Sir. Das liegt an meinem Roma-Blut."

„In der Tat." Er erwiderte unsicher ihr Lächeln. „Könnten Sie die Hutschachtel wohl hinaus zu meiner Kutsche bringen?"

„Natürlich, Sir." Sie machte einen Knicks und wandte sich zur Tür zum Salon. „Ich bringe sie gleich hinaus."

Robert ließ sich Zeit für den Weg zurück zur Kutsche. Auf dem Hof war viel los und das Gemisch aus Stroh und Schlamm auf dem Boden bot einen rutschigen Untergrund. Er sprach kurz mit Alf Smith, dem Stallvorsteher, und erkundigte sich nach dessen Familie. Robert war froh zu hören, dass einer seiner Enkel eine Stelle in den Kurland-Stallungen anstrebte. Robert bestätigte ihm, dass noch eine Stelle frei war und bat dann Mr Coleman vom Kutschbock herunterzusteigen, um sich selbst mit dem Stallvorsteher des Gasthauses zu unterhalten.

Als sich das Gespräch dem Ende zuneigte und sie aufbruchbereit waren, trat Mrs Jarvis aus dem Haus und kam mit einer sehr großen Hutschachtel auf dem

Arm auf sie zu. Er entriegelte die Tür zur Kabine und hielt sie weit auf.

„Deine Hüte, Tante Rose." Er nahm die Schachtel von der Wirtin entgegen und verstaute die Box sicher in der Kabine. „Vielen Dank, Mrs Jarvis."

„Sehr gerne, Sir." Sie blickte mit schwingenden Locken kurz ins Innere der Kutsche. „Guten Tag, Lady Kurland, Mrs Armitage!"

Lucy lehnte sich vor. „Mrs Jarvis. Haben Sie sich gut eingelebt?"

„Sehr gut, vielen Dank, Mylady." Mrs Jarvis machte einen Knicks. „Und wie geht es Ihnen, Mylady? Wie ich hörte, ging es Ihnen nicht gut."

Lucy errötete. „Ich habe mich gut erholt, vielen Dank. Ich weiß Ihre Sorge zu schätzen."

Mrs Jarvis musterte sie von Kopf bis Fuß. „Sie sehen noch ein wenig blass aus. Sie müssen mehr essen, würde ich sagen."

Robert trat heran und ergriff Mrs Jarvis sanft aber bestimmt am Ellbogen. „Nun, vielen Dank für Ihre Hilfe. Und bitte denken Sie daran, Mr Jarvis zu den Vorgängen im Gasthaus in letzter Zeit zu befragen."

„Ich werde es nicht vergessen, Sir."

Sie raffte ihre Kleider, zeigte dabei viel zu viel ihrer Waden und kehrte zum Wirtshaus zurück. Ihr Hüftschwung hätte in bestimmten Londoner Kreisen sehr gut eine bestimmte Art von Kunden anzulocken vermocht.

Robert kletterte in die Kutsche und erwiderte Roses amüsierten Blick.

„Mrs Jarvis wirkt ein wenig fehl am Platz in einem ländlichen Wirtshaus", sagte sie.

„Wie ich höre, hat *Mr* Jarvis sie in London getroffen, wo sie eigentlich Schauspielerin werden wollte“, sagte Lucy. „Sie wirkte jedenfalls sehr … *freundlich*.“

„So könnte man es sagen.“ Robert spielte an seinem Kragen herum. Genau genommen hatte sie ihm Unwohlsein beschert.

„Hast du sie gefragt, ob es hier in letzter Zeit merkwürdige Gäste gegeben hat?“, erkundigte sich Lucy. „Ich vermute, du willst herausfinden, ob der Mann, den Josephine gesehen hat, aus dem Ort stammte oder ein Fremder war.“

„Leider war Mr Jarvis nicht abkömmlich, aber ich hoffe, dass er meine Nachricht erhalten wird. Ich werde Dermot morgen zu ihm schicken, um sicherzugehen“, erwiderte Robert.

„Hast du dich mit den Dorfbewohnern unterhalten, die in der Nähe der Schule wohnen?“, bohrte Lucy weiter nach. „Wobei in den meisten Häusern im Umfeld nur unsere Feldarbeiter wohnen, die zu der Zeit nicht zu Hause gewesen sein dürften. Aber was ist mit der Familie Hall in der Schmiede? Die müssten doch jeden sehen, der vorbeigeht.“

„Lucy …” Robert blickte ihr in die Augen. „Ich bin mir sicher, dass meine Tante nicht wünscht, von diesen Dingen zu hören. Ich kann dir versichern, dass ich alles gut im Griff habe.“

„Aber …“

Robert wandte sich Tante Rose zu und schenkte ihr ein Lächeln. „Was hast du denn Wunderbares in deiner Hutschachtel, Tante, dass es so wichtig war, sie dir aus London hinterherschicken zu lassen?“

Zu seiner Erleichterung unternahm Lucy keinen weiteren Versuch, die Unterhaltung in andere Bahnen zu lenken, während Rose ihre zwei neuen Hüte und eine Spitzenhaube beschrieb. Sie war sich sicher, dass die Kopfbedeckungen alle anderen Damen in der Nachbarschaft vor Neid erblassen lassen würden.

Als sie das Anwesen erreicht hatten, wartete Lucy, bis Rose nach oben gegangen war, bevor sie Robert den Gang hinunter zu seinem Arbeitszimmer folgte. Sie machte sich nicht die Mühe zu klopfen, sondern marschierte direkt hinein. Ihr Mann humpelte gerade zu seinem Schreibtisch hinüber.

„Hast du Schwierigkeiten mit deinem Bein?"

Er blitzte sie mit funkelnden Augen an, antwortete jedoch nicht. Sie konnte an seinem angespannten Kiefer erkennen, dass er Schmerzen hatte, sich jedoch weigerte, dies zuzugeben.

„Robert ..."

„Es geht mir gut", bellte er. Nachdem er sich auf seinen Schreibtischstuhl gesetzt hatte, spielte er mit seinen Schreibfedern herum. „Würdest du bitte aufhören, dir Sorgen um mich zu machen?"

Sie blieb vor seinem Schreibtisch stehen und wartete, bis er ihr, wenn auch widerwillig, seine volle Aufmerksamkeit zuteilwerden ließ. „Ist mir nicht gestattet, die Angelegenheit von Miss Broomfields Tod mit dir zu besprechen?"

„Das habe ich nie gesagt", widersprach Robert. „Ich habe nur sagen wollen, dass es so etwas wie den richtigen Ort und die richtige Zeit für derartige Unterhaltungen gibt. Und meine Tante würde sicher nicht daran teilnehmen wollen."

„Also *wärst* du gewillt, meine Meinung dazu zu hören?“

„Selbstverständlich.“ Er legte die Schreibfeder ab. „Ich weiß deine Beiträge immer zu schätzen.“

„Unsinn. Du hast mich nicht einmal *gefragt*, ob Josephine sich an irgendetwas der gestrigen Vorfälle erinnert hat.“

Er lehnte sich zurück und sah mit gehobener Augenbraue zu ihr auf. „Vielleicht, weil ich davon ausgegangen bin, dass du mir ohnehin davon erzählen würdest, wenn es dir genehm wäre.“

„Nein, du hast gehofft, dass ich es auf sich beruhen lassen würde“, konterte Lucy. „Du hast *gehofft*, dass ich ab jetzt still und leise herumsitze und niemanden jemals wieder irgendetwas frage!“

„Das ist ein wenig übertrieben, meine Liebe.“ Er ordnete die Schreibfedern auf seinem Tisch. „Es geht dir nicht gut. Du hast mir zugestimmt, dass du dich in diese Sache nicht zu sehr involvieren würdest. Genau genommen hast du mir *versprochen* …“

„Ich habe nichts dergleichen getan! Ich habe versprochen, dass ich nicht versuchen würde, die Schule zu leiten.“

„Du wusstest, was ich gemeint habe.“ Seine blauen Augen sahen sie ruhig und entschlossen an. „Du verausgabst dich ja schon mit der Planung des Balls und des Dorffestes. Du hast Gäste, um die du dich kümmern musst, und deine Zwillingsbrüder kommen über die Feiertage her. Dank der recht selbstsüchtigen Einstellung deines Vaters vermute ich, dass wir sie hier auf dem Anwesen beherbergen dürfen, während sie hier sind.“

„Ich bin durchaus in der Lage, mich um all diese Dinge zu kümmern“, sagte Lucy bestimmt.

„Das weiß ich doch, deshalb lege ich dir ja nahe, deine Kräfte darauf zu fokussieren, anstatt einem Mörder hinterherzujagen!“ Er fuhr sich mit der Hand durch die dunklen Haare. „Ist es so ungebührlich, dass ich von dir erwarte, dich um dich *selbst* zu *kümmern*?“

Sie hob das Kinn. „In jedem Fall bist du sehr selbstherrlich.“

„Ich bin dein Ehemann. Wenn *ich* dir nicht sagen darf, dass du dir zu viel vornimmst, wer darf es dann?“

„Vielleicht solltest du einmal darüber nachdenken, ob ich mich nicht selbst gut genug kenne, um solche Entscheidungen ohne deine Hilfe treffen zu können.“

Er machte eine frustrierte Geste. „Was so viel heißen soll wie, dass du – egal, was ich dazu denke – wie üblich tust, was du möchtest, und mich ignorierst.“

Gute Güte. Jetzt war er genau so wütend, wie sie sich fühlte. Lucy legte eine Hand auf ihr Herz und atmete tief durch. Hatte er vielleicht recht? Ihr Vater hätte vermutlich viele Bibelstellen zitieren können, die ihr gesagt hätten, wem ihr Gehorsam zu gelten hatte. Aber wenn sie nachgeben und still bleiben würde, würde sie auf Dauer eingehen. Was sollte sie dann machen?

„*Befiehlst* du mir, mich nicht für Miss Broomfields Tod zu interessieren?“

Er schwieg so lange, dass sie beinahe vergas, weiter zu atmen.

„Nein.“ Er lehnte sich zurück und legte einen Arm über seine Stuhllehne. „Ich weigere mich, in diesem Theaterstück den Bösewicht zu spielen.“

Er klang so geschlagen, dass ihre eigene Entschlossenheit brüchig wurde. „Zumindest dafür, vielen Dank."

Sein Blick fiel auf die Geschäftsbücher auf seinem Schreibtisch. „Hast du mir sonst noch etwas zu sagen? Ansonsten würde ich gerne weiterarbeiten. Ich muss mich noch mit den Jahresabschlussberichten herumschlagen."

„Ich weiß, dass du mir nicht glauben wirst, aber ich möchte mich wirklich nicht mit dir streiten." Er sah nicht auf, daher sprach Lucy weiter. „Ich möchte nur dafür sorgen, dass der Mörder von Miss Broomfield seiner gerechten Strafe zugeführt wird."

„Wie du schon sagtest." Er blickte nicht von seinen Geschäftsbüchern auf. „Ich bin mir sicher, dieses Ziel verfolgen wir alle."

„Und ich weiß, dass du alles in deiner Macht Stehende tun wirst, um dafür zu sorgen."

„In der Tat."

„Kannst du mich dann nicht zumindest ein bisschen an diesem Unterfangen beteiligen?"

„Ich habe doch schon gesagt, dass ich dich nicht abhalten werde, was auch immer du vorhast, zu tun."

Sie biss sich auf die Lippe. „Du lässt mich so ... trotzig klingen."

„Du bist trotzig." Er sah noch immer nicht zu ihr auf. „Du machst aus meiner Sorge einen Streitpunkt und diskutierst sie zu Tode."

„Nein", flüsterte sie. „Das wollte ich ganz und gar nicht erreichen."

Es klopfte kurz an der Tür und Dermot trat mit einem Stapel Papiere ein. Er blieb wie angewurzelt stehen und ließ den Blick zwischen Lucy und ihrem Ehemann hin und her schweifen.

„Tut mir leid, dass ich störe, Lady Kurland, Sir Robert. Ich werde später zurückkommen." Er wollte sich gerade umdrehen, als Lucy schon an ihm vorbeigestürmt war.

„Ich war so oder so gerade auf dem Weg nach draußen. Bleiben Sie doch bitte. Ich bin mir sicher, dass Sir Robert nur zu gerne mit Ihnen reden möchte."

Kapitel 7

„Darf ich eintreten?"

Lucy sah von dem Brief, an dem sie gerade schrieb, auf und erblickte Robert in der Tür ihres Wohnzimmers stehen. Er sah genau so müde aus, wie sie sich fühlte. Sie war überrascht, ihn zu sehen, schließlich hatten sie seit ihrem furchtbaren Streit am Vortag kaum ein Dutzend Worte miteinander gewechselt. Sie hatte absichtlich darauf gewartet, bis er mit dem Frühstück fertig gewesen war, bevor sie selbst ihre Mahlzeit zu sich nahm. Normalerweise sah es ihr nicht ähnlich, so feige vorzugehen, aber sie hatte das Gefühl, dass sie ihn tief getroffen hatte. Und sie hatte keine Ahnung, wie sie die Sache lösen sollte, ohne seinen Forderungen nachzugeben.

„Selbstverständlich."

Er trat ein und bezog Stellung auf dem Kaminvorleger, was sie unwillkürlich an ihren Vater erinnerte. „Ich würde gerne etwas von dem klarstellen, das ich gestern gesagt habe."

Lucy wandte sich auf ihrem Stuhl um und sah zu ihm hinauf, antwortete aber nicht. Sie hasste es, sich mit ihm zu streiten und hatte sich die ganze Nacht über schlecht gefühlt.

„Tante Rose hat mich daran erinnert, dass du Miss Broomfields Besitztümer hergebracht hast und vorhattest, sie heute den ganzen Tag durchzusehen.“

„So ist es.“ Lucy hob das Kinn. „Möchtest du, dass ich diese Aufgabe ganz an sie abtrete, oder soll ich einfach ein großes Feuer entfachen und alles auf einmal entsorgen?“

In seinem Gesicht zuckte ein Muskel. „Ich wollte eigentlich sagen, dass ich kein Problem damit habe, dass du dich um ihre Sachen kümmerst. Tatsächlich würde ich dabei deine Hilfe sehr schätzen.“

„Oh.“ Lucy knetete peinlich berührt ihre Hände. „Das ist sehr ... freundlich von dir.“

„Wie du gestern gesagt hast: Auch ich möchte nicht, dass wir streiten.“ Er neigte leicht den Kopf. „Wenn du etwas Interessantes bei deiner Suche findest, dann würde ich es zu schätzen wissen, wenn du mich das wissen lassen würdest.“

„Das werde ich tun“, sagte sie schnell. „Und noch einmal, danke.“

Er wollte gerade gehen, als sie ihre Hand erhob. „Eine Sache noch ... Ich habe mich heute Morgen mit Josephine und Rebecca beim Schulhaus verabredet, damit sie mir helfen, die restlichen Bücher im Arbeitszimmer und oben durchzugehen.“

„Dann triff dich mit ihnen. Sorge nur dafür, dass die beiden die Arbeit übernehmen und du sie nur beaufsichtigst.“ Er nickte und wandte sich um.

Lucy sprang auf, eilte zu ihm hinüber und nahm Roberts Hand. „Vielen Dank.“

Er führte ihre Hand an seine Lippen und platzierte einen Kuss darauf. „Und zieh dich warm an. Da draußen ist es bitterkalt."

Sie legte eine Hand auf seine Wange. „Es tut mir leid, dass ich so eine schwierige Ehefrau bin."

„Das bist du nicht." Er lächelte zögerlich, aber es war dennoch schön zu sehen. „Und ich kann nicht behaupten, dass ich nicht wusste, worauf ich mich einließ, als ich dir den Antrag gemacht habe, oder?"

„Du warst dir über meine Fehler ganz sicher bewusst."

„Und so ging es dir mit mir auch." Seine blauen Augen blickten ihr plötzlich ernst entgegen. „Wir wären eigentlich zu viel mehr imstande, das weißt du, oder?"

Lucy schluckte schwer. „Mir ist klar, dass ich im Moment nicht die umgänglichste Partnerin bin. Ich werde versuchen, mich zu bessern."

„Das werde ich auch. Meine Stimmung lässt in den Wintermonaten immer zu wünschen übrig." Er ließ ihre Hand los. „Wenn du dich mit deinen jungen Schützlingen in der Schule treffen willst, dann solltest du dich besser auf den Weg machen. Hast du schon dafür gesorgt, dass du mit der Kutsche fahren kannst oder möchtest du zu Fuß gehen?"

„Ich nehme die Kutsche." Sie lächelte ihn warm an. „Tante Rose besucht heute Anna im Pfarrhaus, daher werde ich sie vorher dort absetzen."

„Ausgezeichnet. Vielleicht sehe ich dich dann heute Nachmittag?" Er nickte und verließ das Zimmer, während Lucy sich wieder ihrer Arbeit am Schreibtisch zuwandte.

Sie versuchte, den Brief noch zu Ende zu schreiben, aber sie konnte die nötige Konzentration nicht mehr aufbringen. Unter seinem manchmal recht mürrischen Äußeren war Robert ein guter Mann. Es war dumm von ihr, ihn wegen jeder Kleinigkeit herauszufordern. Das Problem war, dass sie nicht wusste, *warum* sie es dennoch immer wieder tat.

Sie hatte ihren Vater ebenfalls immer wieder herausgefordert und in der Folge seine Verärgerung ertragen müssen. Sowohl in ihrer Kindheit als auch darüber hinaus. Er bevorzugte Anna, die sich viel einfühlender um ihn kümmerte. Auch wenn er Lucy dazu ermutigt hatte, sich weiterzubilden und über jedes Thema zu lesen, hatte er es nie zu schätzen gewusst, wenn sie ihr Wissen auch zur Schau gestellt hatte.

Robert schätzte sie so, wie sie war. Oder zumindest war das bis vor kurzem noch so gewesen, bevor sie zweimal darin versagt hatte, ihre Pflicht als Ehefrau zu erfüllen und ihm einen Erben zu schenken. Auch wenn er ihr das natürlich nie sagen würde, aber der Gedanke, dass sein unausstehlicher Cousin Paul Kurland Hall erben könnte, musste ihm zu schaffen machen. Sie war schon beinahe dreißig. Die meisten ihrer Freundinnen hatten inzwischen schon drei oder mehr Kinder. Selbst Penelope und Sophia, die ähnlich spät geheiratet hatten wie sie, waren erfolgreich gewesen, wo sie es nicht war.

Grace und Dr. Fletcher hatten ihr zwar versichert, dass sie trotz ihrer Fehlgeburten noch Kinder bekommen könnte, sie war allerdings nicht überzeugt, dass das auch stimmte. Und da Robert es über die letzten Monate vermieden hatte, das Bett mit ihr zu teilen, war es nicht möglich, sicher zu sein.

Mit einem Seufzen gab Lucy ihren Brief auf und legte die Schreibfeder weg. Sie hatte vor Weihnachten noch viel zu erledigen. Es mussten Einladungen geschrieben und die Festlichkeiten organisiert werden. Wenn sie sich auf die Dinge konzentrierte, die sie *sicher* schaffen konnte, würde sie sich vielleicht weniger schlecht wegen der Dinge fühlen, die außerhalb ihrer Macht lagen.

Nachdem sie Rose beim Pfarrhaus abgesetzt hatte, wo diese herzlich von Anna und dem Pfarrer empfangen worden war, wurde Lucy weiter nach Lower Kurland gefahren. Josephine war abfahrbereit, sodass Lucy sich nicht mit den Greenwell-Damen herumschlagen musste. Sie hinterließ nur eine Nachricht, um die Verabredung zum Abendessen am nächsten Freitag zu bestätigen.

Josephine war sehr warm angezogen und schien nicht besonders erpicht auf ein Gespräch zu sein, während sie die kurze Strecke zurück ins Dorf fuhren. Lucy kam der Gedanke, dass das Mädchen vielleicht Angst davor hatte, die Schule wieder zu betreten. Sie entschied sich aber dazu, die Sache nicht anzusprechen, für den Fall, dass sie es damit nur noch schlimmer machen würde.

Nachdem sie aus der Kutsche gestiegen waren, stellten sie überraschenderweise fest, dass die Tür des Schulgebäudes bereits aufgesperrt worden war. Lucy öffnete sie und trat gefolgt von Josephine ein. Sie fanden Rebecca Hall im Klassenzimmer vor, wo diese bereits ein Feuer entfacht hatte.

„Guten Morgen, Lady Kurland," rief ihr Rebecca fröhlich entgegen. „Ich dachte mir, dass ich schon mal ein Feuer anzünde. Hier ist es kalt wie in einem Grab."

„Ich wusste nicht, dass du einen Schlüssel für das Gebäude hast, Rebecca", sagte Lucy.

„Mein Vater hat eine Kopie von der Vorder- und Hintertür für Miss Brent gemacht", sagte Rebecca mit einem Grinsen. „Sie hatte immer Angst, sich irgendwann versehentlich auszusperren. Wir bewahren die Schlüssel in der Schmiede auf, für den Fall, dass sie mal gebraucht werden."

Lucy fragte sich, ob Robert darüber Bescheid wusste, beschloss aber, Rebecca nicht weiter dazu zu befragen. Schließlich gab es noch eine Menge anderer Dinge zu tun.

„Ich habe auch versucht, das Feuer in der Küche anzuzünden, Mylady, aber der Kamin hat den Rauch nicht richtig abziehen lassen, also habe ich es wieder gelöscht."

„Ich erinnere mich daran, dass Miss Broomfield mir erzählt hatte, dass einer der Schornsteine verstopft sei", sagte Lucy. „Ich hatte ihr versprochen, jemanden herzuschicken, der sich das ansehen sollte."

„Wahrscheinlich ist ein Vogelnest hineingefallen oder etwas darin verendet", schlug Rebecca mit völlig unbekümmert klingender Stimme vor. Als Mädchen, das in einer so ländlichen Gemeinde aufwuchs, hatte sie vermutlich allerhand Erfahrung mit derartigen Dingen. „Es riecht allerdings nicht, als würde etwas verwesen."

„Gott sei Dank“, murmelte Lucy, während sie durch das Klassenzimmer weiter in die dahinterliegende Küche ging. „Komm mit, Josephine.“

Rebecca plauderte weiter, während sie sich auf einem der Stühle niederließ und darauf wartete, dass Lucy und Josephine sich zu ihr an den kleinen Tisch aus Pinienholz setzten. Sie streckte die Hand aus und pikste ihre Freundin in den Arm. „Stimmt es, dass du die Leiche gefunden hast, Josie? War das nicht gruselig?“

Josephine erschauderte, was Lucy dazu bewog, schnell einzuschreiten. „Ja, Josephine war die Erste, die den Tod von Miss Broomfield bemerkte. Es war ganz und gar keine schöne Erfahrung.“

Rebecca nickte mitfühlend. „Ist ihr Herz stehen geblieben, Mylady? Mein Vater hat immer gesagt, dass ihr hitziges Gemüt sie irgendwann umbringen würde. So rot wie sie immer im Gesicht anlief und dann herumgeschrien hat ...“

„Ich glaube nicht, dass sie so gestorben ist, Rebecca“, sagte Lucy. „Tatsächlich vermutet Dr. Fletcher, dass sie umgebracht wurde.“

Rebecca schlug die Hand vor den Mund. „Oh Gott! Wer hätte gedacht, dass so etwas hier in Kurland St. Mary passieren könnte?“

„Es ist in der Tat sehr ungewöhnlich“, gestand Lucy ein. „Sir Robert versucht herauszufinden, wer der Täter sein könnte. Ich habe vollstes Vertrauen in seine Fähigkeit, die Sache zu einem zufriedenstellenden Ergebnis zu bringen.“

„Natürlich, Mylady.“ Rebecca nickte. „Darf ich meinen Eltern davon erzählen?“

„Ich würde es bevorzugen, wenn du es für dich behalten würdest, bis wir den Schurken gefasst haben, der dafür verantwortlich ist." Lucy sah tief in Rebeccas braune Augen. „Denkst du, du schaffst das?"

„Ich werde es versuchen, Mylady, aber ich bin nicht besonders gut darin, Geheimnisse zu bewahren." Rebecca wirkte unruhig. „Mein Vater sagt, ich hätte ein großes Maul."

„Nun, wenn du kein Schweigen bewahren kannst, vielleicht kann ich es dann deinen Eltern selbst sagen und sie zur Geheimhaltung verpflichten."

Lucy war sich recht sicher, dass die Nachricht sich ohnehin schon im gesamten Dorf verbreitet hatte. In Kurland St. Mary ein Geheimnis zu bewahren, war praktisch unmöglich.

„Das könnten Sie versuchen, Mylady, aber meine Mutter tratscht gerne." Rebecca wirkte noch zweifelnder, als Lucy sich fühlte.

„Was ist mit Josephines Familie? Weiß man da Bescheid?"

„Sir Robert hat die Greenwells in Kenntnis gesetzt, als er Josephine nach Hause gebracht hat. An dem Tag, als sie die tote Miss Broomfield entdeckt hat." Lucy lehnte sich zurück. „Meint ihr, wir können das Thema wechseln und uns darüber unterhalten, was hier im Schulhaus zu tun ist?"

Sie setzte Rebecca und die kleinlaute Josephine daran, die Bücherregale im Arbeitszimmer durchzugehen, während Lucy sich nach oben in die Privaträume der Lehrerin begab. Sie hatte das Gefühl, dass sie etwas Wichtiges übersah, irgendeinen Hinweis, der Aufschluss über die geheimnisvolle

Persönlichkeit von Miss Broomfield geben könnte. Irgendetwas musste doch über diese Frau in Erfahrung zu bringen sein, die hier ohne Freunde oder Bekannte gelebt hat, die ihren Tod hätten bemerken können.

Am oberen Treppenabsatz schritt sie langsam im Kreis und ließ die Stille auf sich wirken. In der Luft hing nicht einmal ein Geruch, der an die Lehrerin erinnert hätte. Es war fast so, als hätte Miss Broomfield sich allem entledigt, was auch nur entfernt darauf schließen ließ, wer sie gewesen war, bevor sie die Stelle als Lehrerin im Dorf angenommen hatte. Vielleicht war es auch nur ein albernes Gefühl von Lucy und sie würde ein ganz anderes Bild von Miss Broomfield erhalten, wenn sie erst ihre persönlichen Besitztümer sortiert hatte. Letzte Nacht, nachdem sie sich mit Robert unterhalten hatte, hatte sie den Brief von der Schule in Cornwall gelesen, den Dermot ihr auf dem Schreibtisch hinterlassen hatte. Darin hieß es, dass sie wegen ungebührlichem Verhalten entlassen worden war. Durch den Brief war in Lucy nur noch stärker das Verlangen geweckt worden, herauszufinden, was *genau* vorgefallen war. Sicherlich würde es Robert nichts ausmachen, wenn sie der Schulleiterin schrieb und ihr einige Fragen stellte.

Sie ging nachdenklich ins Schlafzimmer und betrachtete das stabile Bett und die unbezogene Matratze. Über dem Bett hing ein kleines Kruzifix. Das gehörte sicher nicht zur Ausstattung, die Lucy für die Wohnräume gekauft hatte. Es musste ihr gestern im Dämmerlicht entgangen sein. War Miss Broomfield vielleicht Katholikin gewesen? Das würde womöglich erklären, warum Lucy sie so selten in der Kirche der

Gemeinde gesehen hatte. Um das Kruzifix von dem Nagel an der Wand zu entfernen, musste sie auf das Bett steigen. Um das untere Ende war ein kurzes Stück Kordel gewickelt, das ein in Papier gewickeltes Etwas auf der Rückseite fixierte.

Lucy steckte das Kruzifix in die Tasche, um es sich später genauer anzuschauen. Sie konnte nur hoffen, dass sie gerade den Schlüssel für die verschlossene Kiste gefunden hatte, die sie am Vortag aus dem Schrank mitgenommen hatten. Gerade wollte gerade wieder vom Bett klettern, als ihr von der erhöhten Position etwas auf dem Schubladenschrank ins Auge fiel.

Sie stieg vom Bett und überlegte einen Moment, wie sie das Objekt erreichen könnte. Am Ende entschied sie sich dazu, sich auf den recht wackligen Stuhl zu stellen, der vor dem Ankleidetisch stand. Lucy war sich sicher, dass Robert ihre aktuelle Position alles andere als gutheißen würde, aber da er sie nicht sehen konnte, würde er auch nie davon erfahren. Vorausgesetzt natürlich, dass sie nicht stürzte und sich das Genick brach.

Das Objekt entpuppte sich als eine flache, mit Samtstoff bespannte Kiste. Lucy setzte sich damit auf das Bett und öffnete sie. Die Verschlussschnalle ließ sich leicht lösen. Lucy keuchte auf, als sie eine Halskette und zwei Ohrringe darin entdeckte, die mit Diamanten und Rubinen besetzt waren. Warum sollte eine Frau, die sich dazu entschlossen hatte, in einem Dorf auf dem Land zu unterrichten, derart teuren Schmuck besitzen? Hatte sie ihn vielleicht von einem

Familienmitglied geerbt oder steckte etwas Finsteres dahinter?

Wenn jemand von dem Schmuck gewusst hatte, wäre ein Raub vielleicht lohnend erschienen.

„Lady Kurland?"

Lucy ließ den Deckel eilig zufallen, versteckte die Kiste hinter ihrem Rücken und wandte sich in Richtung der Treppe, auf der in diesem Moment Rebecca in Sicht kam.

„Ja, Rebecca? Stimmt etwas nicht?"

„Nein, Mylady. Ich wollte Sie nur fragen, wie es jetzt mit der Schule weitergeht." Rebecca strich sich die Schürze glatt. „Ich und die meisten anderen Kinder in der Gegend wollen nicht, dass sie geschlossen wird. Selbst mit einer Lehrerin wie Miss Broomfield hat es sich gelohnt, jeden Tag herzukommen, den Kleinen zu helfen und auch selbst immer etwas Neues zu lernen."

„War es schwer, mit Miss Broomfield zu arbeiten?" Rebecca biss sich auf die Lippe, während Lucy weitersprach. „Ich würde es sehr zu schätzen wissen, wenn du mir eine ehrliche Antwort geben würdest. Egal, was du sagst, es kann Miss Broomfield nicht mehr schaden."

„Sie war leicht reizbar, Mylady, und das Unterrichten schien ihr nicht zu gefallen, wenn Sie verstehen, was ich meine." Rebecca verlagerte unruhig das Gewicht von einem Bein auf das andere. „Sie hat immer wieder gesagt, dass wir alle zu dumm seien, um zu lernen, und dass es zwecklos sei, dass wir versuchten, uns zu verbessern."

Lucy gelang es mit einiger Mühe, die Beherrschung zu bewahren. „Ich hoffe, du weißt, dass das, was sie da gesagt hat, nicht stimmt."

„Oh, das war mir klar, Mylady." Rebecca machte eine entschlossene Geste. „Miss Brent hat mir etwas anderes gesagt und ich besuche sie immer noch manchmal in ihrem neuen Zuhause. Wussten Sie schon, dass sie Nachwuchs erwartet? Nach einem Jahr Ehe schon ein Kind." Rebecca gluckste. „Sie ist sehr glücklich."

„Ich bin froh, das zu hören," erwiderte Lucy. „Hast du ihr gesagt, dass Miss Broomfield einen schädlichen Einfluss auf die Kinder in der Schule hatte?"

„Ich hab' es ihr irgendwann erzählt." Rebecca fasste sich unwillkürlich an die Wange. „Ich hatte einen Schnitt unter dem Auge, weil Miss Broomfield mich mit ihrem Stock geschlagen hatte. Miss Brent hat mich gefragt, wie das passiert sei. Sie wollte darüber mit Ihnen und Sir Robert beim Weihnachtsgottesdienst sprechen." Rebecca hielt inne. „Oh, Mylady! Was machen wir denn jetzt wegen der Weihnachtslieder? Die Kinder haben sich doch schon so darauf gefreut, vor dem ganzen Dorf singen zu dürfen."

„Wirklich?", fragte Lucy.

„In der Tat. Es wird einigen der Kleinen das Herz brechen, wenn sie nicht auftreten dürfen." Rebecca dachte kurz nach. „Denken Sie, Josephine und ich dürften weiter mit den Kindern die Weihnachtslieder üben? Es würde nur noch etwa eine Woche oder ein bisschen länger dauern. Und wir würden auch nicht versuchen, ihnen irgendetwas anderes beizubringen."

„Mir fällt nichts ein, was dagegensprechen würde. Solange ihr jemanden habt, der euch beaufsichtigt."

Lucy dachte darüber nach. „Und solange es Sir Robert nichts ausmacht, die Schulräume dafür zu nutzen."

Das würde auch bedeuten, dass sie von Zeit zu Zeit vorbeischauen musste, um nach den Kindern und den Mädchen zu sehen. Dem konnte Robert kaum widersprechen oder etwa doch?

„Wie wirkte Miss Broomfield auf dich an dem letzten Tag, an dem du sie gesehen hast?", fragte Lucy.

Rebecca sah nachdenklich aus. „Sie war furchtbar schlecht gelaunt. Die kleinen Kinder haben sich geradezu auf ihren Stühlen zusammengekauert, während sie durch das Klassenzimmer gestreift ist wie eine in die Enge gedrängte Katze, die sich darauf vorbereitet, ihre Krallen in jemandem zu versenken."

„Hat sie gesagt, warum sie so wütend war?"

„Mir zumindest nicht. Nachdem mein Vater in die Schule gekommen ist, um sich mit ihr darüber zu unterhalten, wie sie ihren Stock einsetzte, war sie nicht mehr so gemein zu mir wie zu Josephine."

Da Josephine keine Familie hatte, die sie beschützen konnte, fürchtete Lucy, dass Rebecca damit richtig lag.

„Hat sie irgendetwas zu Josephine gesagt, an das du dich noch erinnern kannst?"

Rebecca warf einen Blick über die Schulter, als fürchtete sie, die Lehrerin oder Josephine könnte sie belauschen. „Miss Broomfield sagte, dass Josephine die Bastardin irgendeines reichen Gentleman sein musste, und sie und ihre Mutter damit sündig waren."

Lucy runzelte die Stirn. „Wieso sollte sie so etwas Furchtbares zu ihr sagen?"

„Nun, Josephine lebt bei den Greenwells, die zum Landadel gehören, und sie selbst gibt offen zu, dass sie nicht eng mit ihnen verwandt ist.“ Rebecca senkte die Stimme. „Miss Broomfield hat gerne dem ganzen Tratsch gelauscht. Einige der jüngeren Kinder haben ihr alle möglichen Dinge erzählt.“

Lucy dachte über Rebeccas Worte nach. Tatsächlich hatte Miss Broomfield über die Kinder in ihrer Obhut Zugang zu den privatesten Vorgängen in fast jeder Familie in der Gegend.

Wenn sie die Art von Person war, die Geheimnisse liebte, musste sie voll in ihrem Element gewesen sein. Aber hatte sie diese Informationen noch zu anderen Zwecken missbraucht?

„Hat Miss Broomfield dich je Briefe überbringen lassen?“, fragte Lucy.

„Manchmal, Mylady, aber nur hier im Dorf.“

„Wurdest du je zum Haus von Mrs Jenkins oder Kurland Hall geschickt?“

„Ich glaube nicht“, sagte Rebecca mit Zweifel in der Stimme. „Aber ich war nicht die Einzige, die Briefe für sie überbracht hat. Soll ich Josephine fragen?“

„Dazu besteht keine Notwendigkeit. Ich kann sie gleich selbst fragen, wenn ich runter in die Küche gehe. Seid ihr schon mit den Büchern im Arbeitszimmer fertig?“

„Es sind noch ein paar übrig. In einigen davon stehen Namen und wir sind uns nicht sicher, wem sie gehören könnten.“

„Ich werde zu euch kommen und sie mir ansehen. Viele Leute haben Bücher aus ihren Bibliotheken gespendet, um die Schule zu unterstützen, daher sollte ich die Namen erkennen.“

„Wie es wohl ist, eine ganze Bibliothek zu haben." Rebecca seufzte. „Ich habe drei Bücher auf einem Regalbrett versteckt, wo meine Brüder nicht drankommen."

„Du bist jederzeit in Kurland Hall willkommen, um dir ein Buch aus unserer Bibliothek auszuleihen, Rebecca."

„Wirklich, Mylady?" Rebeccas braune Augen wurden groß. „Sie müssen *hunderte* Bücher da drin haben! Ich habe sie gesehen, als ich da war, um mit Sir Robert zu sprechen."

„Und sie stehen dir allesamt zur Verfügung." Lucy hielt kurz inne und erinnerte sich an einige der lebhaften klassischen Werke, die sich in der Bibliothek befanden. „So lange ich oder Sir Robert mit deiner Wahl einverstanden sind."

„Vielen Dank, Mylady!" Rebecca machte einen Knicks. „Ich kann es kaum erwarten, meinem Vater davon zu erzählen. Er wird so stolz auf mich sein."

„Was hältst du davon, wenn du schon mal unten mit deiner Aufgabe weitermachst und ich in ein paar Minuten nachkomme?"

Rebecca trampelte die Treppen wieder hinunter. Lucy nutzte die Zeit, um die Schmuckschatulle in ihre Tasche zu stecken und Miss Broomfields Schlafzimmer vollständig zu durchsuchen. Nun, da Lucy wusste, dass die Lehrerin dazu neigte, Dinge zu verstecken, schaute sie auch in weniger offensichtlichen Winkeln der Möbelstücke nach. Allerdings war das Interessanteste, das sie fand, ein besticktes Taschentuch, das hinter dem Bett auf den Boden gefallen war.

Als nächstes widmete sie sich dem Wohnzimmer. Sie warf alle Formalitäten über Bord und setzte sich auf den Boden, um die Bücher von den Regalbrettern unter dem Fenster durchzugehen. Die Bücher hier schienen persönlicher zu sein. Darunter befanden sich einige Bände mit Predigten, eine viel benutzte Bibel und ein Reiseführer über Hertfordshire. Zwischen den Büchern am Ende der Reihe steckte eine in Leder gebundene Ausgabe der illustrierten Monatszeitschrift *Ackermann's Repository*, die sich mit Kunst, Literatur, Wirtschaft, Mode und Politik befasste. Im Vergleich zu den anderen Büchern wirkte diese fast frivol. Wieso hatte Miss Broomfield das hier behalten?

Nachdem Lucy sichergestellt hatte, dass auch alle anderen Bücher der persönliche Besitz von Miss Broomfield waren, stapelte sie sie in einer Kiste, um sie hoch nach Kurland Hall bringen zu lassen, wobei sie *Ackermann's* an oberste Stelle legte. Ansonsten gab es in den Privaträumen nichts zu untersuchen, also ging Lucy nach unten, um den Mädchen zu helfen.

Bewundernswerterweise hatten diese ihre Aufgabe schon fast vollständig erledigt. Nur ein kleiner Stapel Bücher lag noch für Lucy auf dem Küchentisch. Sie konnte leicht die meisten davon als Spenden von Familien aus der Gegend identifizieren. Nur zwei der Namen sagten ihr nichts. Sie wies die Mädchen an, alles außer den Büchern, die Miss Broomfield gehört hatten, zurück in die Regale zu stellen. Dann ließ sie Rebecca die Kiste holen, die Lucy oben am Treppenabsatz hingestellt hatte.

Es war inzwischen fast Mittag und Mr Coleman würde sie bald zurück nach Kurland Hall abholen. Da sie die Vorliebe ihres Vaters für Besuch kannte, ging Lucy davon aus, dass Rose bei den Harringtons zu Mittag essen und es auch danach noch eine Weile dauern würde, bis sie nach Hause zurückkäme. Der Pfarrer sah Roberts Tante als vernünftige und hochintelligente Frau und schien ihre Gesellschaft sehr zu genießen. Zu Lucys Überraschung ging es Rose offenbar ähnlich.

„Die Kutsche ist hier, Mylady." Josephine sprach das erste Mal seit Langem.

„Vielen Dank." Lucy deutete auf die gesammelten Kisten auf dem Küchentisch. „Könntet ihr zwei mir wohl helfen, die hier nach draußen zu tragen?"

Lucy hatte kaum das Schulgebäude verlassen, als Mr Coleman ihr auch schon die Kiste, die sie trug, abgenommen hatte.

„Lassen Sie mich das nehmen, Mylady. Sir Robert wünscht, dass Sie sich nicht verausgaben."

„Vielen Dank." Sie überließ dem Kutscher die schwere Last ohne Widerworte. Egal, was Robert befürchten mochte, sie hatte nicht vor, sich jedes Mal mit den Bediensteten zu streiten, wenn diese ihre Besorgnis für sie zeigten.

Sie wartete, bis Rebecca die Tür des Schulhauses hinter sich geschlossen hatte, und streckte ihr die Hand entgegen.

„Du hast deinen Schlüssel?"

„Ja, Mylady." Rebecca zog ihn aus der Tasche. „Soll ich die Tür zuschließen?"

„Ja, bitte, und gib mir dann bitte den Schlüssel. Ich würde ihn lieber sicher in Kurland Hall aufbewahren. Du kannst mit mir in der Kutsche fahren, Rebecca, und dann werde ich deinem Vater einen Besuch abstatten, um den anderen abzuholen."

„In Ordnung, Mylady." Rebecca ging zur Kutsche. „Komm schon, Josephine. Steh hier nicht in der Kälte rum."

Mr Coleman zwinkerte den Mädchen zu, während er ihnen in die Kabine half. „Miss Blake, Miss Hall."

Rebecca gluckste und sogar Josephine musste lächeln. „Lady Kurland."

„Vielen Dank, Mr Coleman. Können wir zuerst bei der Schmiede Halt machen und dann weiter zu den Greenwells fahren?"

„Wie Sie wünschen, Mylady." Er schloss die Tür und bestieg dann den Kutschbock.

Es dauerte nur etwa eine Minute, bevor sie vor der Schmiede zum Stehen kamen. Rebecca sprang direkt auf und versuchte vergeblich, die Tür der Kutsche zu öffnen.

„Ich hole Ihnen den Schlüssel, Mylady. Sie brauchen nicht extra aufstehen", sagte sie.

Lucy legte ihre Hand auf die von Rebecca und zeigte ihr, wie sich die Tür öffnen ließ. „Josephine kann auf jeden Fall hier im Warmen bleiben, aber ich habe vor, mich mit deinem Vater zu unterhalten. Vielleicht kannst du währenddessen den Schlüssel holen?"

„Wie Sie wünschen, Mylady." Rebecca eilte hinaus, ohne darauf zu warten, von Mr Coleman beim Aussteigen unterstützt zu werden, und rannte laut rufend in Richtung der Schmiede. „Vater! Lady Kurland möchte sich mit dir unterhalten!"

Lucy verzog die Miene. Obwohl sie wusste, dass Rebecca derart schrie, damit ihr Vater sie über den

Krach seines Schmelzofens hören konnte, war sie dennoch extrem laut.

Das metallene Hämmern verstummte und der Schmied erschien aus seiner Werkstatt. Er wischte sich die Hände an der fleckigen Schürze ab.

„Miss Lucy! Ich meine, Lady Kurland. Wie geht es Ihnen, meine Liebe?"

„Sehr gut, danke der Nachfrage." Lucy kannte die Familie Hall schon ihr ganzes Leben und war sehr gut mit ihnen vertraut. „Ich wollte mich dafür bedanken, dass Sie mir Rebecca als Assistentin in der Schule überlassen haben. Sie war wirklich eine große Hilfe."

Mr Hall grinste. „Freut mich, das zu hören. Sie beschert uns eine Menge Arbeit, aber sie ist auch schlau wie ein Fuchs. Nur zu schade, dass sie kein Junge ist, sonst wüsste ich zumindest, dass die Schmiede in guten Händen ist, wenn ich einmal nicht mehr bin."

„Ich bin mir sicher, dass Sam sich sehr gut machen wird."

„So Gott es will." Mr Hall klang nicht überzeugt. Er beugte sich näher an sie heran. „Stimmt es, dass die Lehrerin tot ist?"

„Das stimmt in der Tat", antwortete Lucy.

„Sie war zwar nicht besonders alt, aber Krankheiten können jederzeit zuschlagen. War es ein Lungenleiden?"

„Nein, jemand hat ihr von hinten in den Nacken gestochen."

„Nun, das hätte ich nie ..." Mr Halls Mund blieb offen stehen. „Gleich hier in Kurland St. Mary. Direkt unter unserer Nase?"

„Offenbar. Haben Sie in den letzten Tagen hier irgendwelche Fremden herumlungern sehen, Mr Hall?"

„Es kommen immer mal wieder welche ins Dorf, aber die meisten sind nur auf der Durchreise und bleiben nicht lange. Vor kurzem war ein Gentleman hier bei der Schmiede, um sein Zaumzeug reparieren zu lassen. Während ich daran gearbeitet habe, hat er sich im Dorf umgesehen."

„Ein Gentleman?", fragte Lucy. „Hat er gesagt, wo er herkam?"

„Er sagte, er sei auf dem Weg nach London. Ich habe ihm natürlich nicht gesagt, dass das bei diesem Wetter sehr töricht ist, aber dem Zustand seines Pferds nach habe ich mich tatsächlich gefragt, ob er das überhaupt schaffen würde."

„Haben Sie gesehen, in welche Richtung er verschwand, nachdem er die Schmiede verlassen hatte?"

Mr Hall kratzte sich am Kopf. „Das kann ich nicht sagen, Miss Lucy. Ich habe ihm gesagt, dass am anderen Ende des Dorfes ein Gasthaus sei, falls er es sich anders überlegen sollte und doch über Nacht bleiben wollte. Es wurde schon dunkel, als er ging."

„Vielen Dank für die Auskunft."

„Wenn es sonst etwas gibt, werde ich sofort Ihnen und Sir Robert Bescheid geben." Mr Hall warf einen Blick über die Schulter, als Rebecca heraustrat und sich zu ihnen gesellte. „Mylady sagt, dass du heute sehr hilfreich warst, meine Liebe. Zu schade, dass die Schule jetzt schließen wird, wo die Lehrerin nicht mehr da ist."

Rebeccas Lächeln verblasste, sodass Lucy eilig antwortete.

„Die Schule wird nur vorübergehend geschlossen. Wir haben vor, so schnell wie möglich eine andere Lehrkraft zu finden, sodass wir nach Weihnachten wieder öffnen können." Mr Hall setzte zu sprechen an, aber Lucy redete weiter. „Und tatsächlich werde ich Rebeccas Hilfe auch in der nächsten Woche oder ein wenig länger brauchen. Die Kinder müssen doch noch die Weihnachtslieder für den Gottesdienst zu den Feiertagen üben. Ich hoffe, Sie werden mir gestatten, dass Rebecca dabei aushilft?"

„Das hängt von ihrer Mutter ab, Mylady."

„Mama ist damit einverstanden", warf Rebecca grinsend ein. „Ich habe sie gerade gefragt."

„Dann ist ja alles beschlossen." Lucy schenkte Mr Hall ihr entschlossenstes Lächeln. „Wir werden Rebecca natürlich ihr volles Gehalt für die nächsten zwei Wochen zahlen." Sie nickte dem Mädchen zu. „Ich werde dir eine Nachricht zukommen lassen, sobald ich mit Sir Robert über die Weihnachtslieder gesprochen habe."

„Vielen Dank, Mylady."

„Jetzt muss ich aber wieder los. Es ist immer schön, mit Ihnen zu reden, Mr Hall. Hast du den Schlüssel für mich, Rebecca?"

Rebeccas Lächeln verschwand. „Das wollte ich Ihnen gerade sagen, Mylady. Er ist nicht mehr da. Jemand muss ihn mitgenommen haben."

Kapitel 8

Nachdem sie Josephine bei den Greenwells abgesetzt hatte, kehrte Lucy nach Hause zurück und nahm ein herzhaftes Mittagsmahl zu sich. Robert war noch immer mit Dermot unterwegs und Rose hatte ausrichten lassen, dass sie zum Abendessen zurückkehren würde und man ihr keine Kutsche schicken solle. Das erste Mal seit Langem fühlte Lucy sich nicht so müde, dass sie einen Mittagsschlaf brauchte. Daher beschloss sie, sich Miss Broomfields Besitztümer vorzunehmen.

Sie hatte darum gebeten, die Kisten mit den Sachen aus dem Klassenzimmer und den Privaträumen der Lehrerin in ihr Wohnzimmer bringen zu lassen. Das Haus war still und es schien zur Abwechslung die Sonne, sodass alles gleich viel fröhlicher wirkte. Lucy entschied sich zuerst dazu, der Leiterin der Schule in Cornwall zu schreiben, die Miss Broomfield entlassen hatte. Es würde vermutlich eine Weile dauern, bis der Brief in den abgelegenen Ort zugestellt wurde, daher wollte sie ihn so schnell wie möglich abschicken.

Auf ihrem Schreibtisch lag ein frischer Stapel Briefpapier vom Schreibbedarfsladen in Hertford, was sie daran erinnerte, dass sie sich noch um die Einladungen für den Ball kümmern musste. Wäre sie jetzt in London gewesen, hätte sie sich die Zeit sparen können, indem sie sie einfach drucken ließ, aber hier auf dem Land stand ein solcher Dienst nicht zur Verfügung und es musste alles per Hand geschrieben werden.

Der Gedanke brachte sie auf etwas anderes. Sie setzte ihre Lesebrille auf. Sie schob ihr Tagebuch beiseite und nahm den darunter verborgenen anonymen Brief an sich, den sie letzte Woche erhalten hatte. Sie glich die Schrift mit der auf dem Schreiben ab, das Mrs Jenkins ihr gezeigt hatte. Das verwendete Papier war ein anderes, aber die Handschrift war ähnlich genug, um Lucys Neugier zu wecken. Sie öffnete die Schublade ihres Schreibtischs und fand darin die Papiere, die Robert unter Miss Broomfields Händen am Tag ihres Todes gefunden hatte. Erneut verglich sie die Handschrift.

„Gute Güte", stieß Lucy aus. „Die Handschrift ist sehr ähnlich."

War es möglich, dass Miss Broomfield, die so gerne Geheimnisse gesammelt hatte, hinter den boshaften Briefen steckte? Hatte sie jeden Tag hinter ihrem Pult gesessen, den Kindern in ihrer Obhut beim Tratschen zugehört und die so gewonnenen Informationen für ihre eigenen niederträchtigen Zwecke missbraucht?

„Aber *wieso*?", flüsterte Lucy.

Was hatte es Miss Broomfield gebracht, den Bewohnern von Kurland St. Mary wehzutun? Lucy nahm ihre Lesebrille ab. Wer würde so etwas Schreckliches tun? Hatte Miss Broomfield Lucy und Mrs Jenkins beneidet? Sie hatte erst ein paar Monate im Dorf gewohnt und war Lucy persönlich erst kurz vor dem Mord begegnet.

Nachdem sie die Briefe gestapelt hatte, erhob sich Lucy und suchte sich die Kiste heraus, in der die Inhalte von Miss Broomfields Pult lagen. Wenn es noch mehr Hinweise zu diesem Rätsel gab, wären sie sicher dort zu finden.

Robert streckte den Kopf durch die Tür von Lucys Wohnzimmer, wo er seine Frau mit der Brille auf der Nase und von Papierstapeln umgeben auf dem Boden sitzend vorfand. Sie blickte auf und rief ihn zu sich. Sie wirkte so enthusiastisch, dass er beinahe jubeln wollte.

„Robert, komm doch bitte rein. Ich habe die letzte Stunde damit verbracht, die Inhalte von Miss Broomfields Pult durchzugehen und ich habe ein paar interessante Dinge entdeckt."

Er setzte sich auf den Stuhl, der ihr am nächsten stand, und nahm die Papiere an sich, die sie ihm hinhielt. In seinem jetzigen von Schmerz geplagten Zustand, würde er vermutlich nie wieder aufstehen, wenn er sich auf den Boden setzte.

„Was haben wir denn hier?"

„Die Papiere, die du am Tag von Miss Broomfields Tod gefunden hast, ein Brief, der an Mrs Jenkins gerichtet war, und einer, der an mich ging. Vergleiche die Handschriften. Wirken die auf dich auch so ähnlich?"

Robert nahm sich einen Moment, um die Briefe durchzulesen, und sah dann mit strengem Blick seine Frau an. Seine gute Laune war verflogen. „Wann hast du diesen abscheulichen Brief erhalten?"

Sie biss sich auf die Lippe. „Ich glaube, das war letzte Woche."

„Und warum hast du mir davon nichts *erzählt*?"

„Das hatte ich vor, aber ..."

Er unterbrach sie. „Erst wolltest du herausfinden, wer der Absender war? Lucy, um Himmels Willen! Wann wirst du denn endlich lernen?"

„So einfach ist das nicht, Robert." Sie hob das Kinn. „Ich war *verletzt*. Ich wollte nicht, dass irgendjemand den Inhalt des Briefes zu sehen kriegt. Erst als Mrs Jenkins mir verriet, dass auch *sie* eine so unschöne Nachricht erhalten hatte, stellte sich mir die Frage, ob hier vielleicht etwas Verdächtiges vor sich ging."

Um keinen Streit anzufangen, versuchte er seine Enttäuschung und den Impuls, Lucy zu versichern, dass der Absender des Briefs unrecht gehabt hatte, zu unterdrücken. Er konzentrierte sich stattdessen sachlich auf das jetzige Anliegen. „Offenbar lagst du mit deiner Vermutung richtig."

„Ja. Und würdest du nicht auch sagen, dass die Briefe, die du bei Miss Broomfield sichergestellt hast, sehr ähnlich geschrieben sind?" Er nahm sich das letzte Blatt vor und studierte die Schrift. „Das ist bei so wenigen Worten schwer zu sagen, aber ich würde da deinem Urteil vertrauen. Möchtest du also sagen, dass es Miss Broomfield gewesen sein könnte, die dir und Mrs Jenkins diese unschönen Briefe geschrieben hat?"

„Ja." Sie blickte ihn forschend mit ernster Miene an. „Es könnte auch erklären, warum sie gestorben ist."

„Du glaubst, Nicholas Jenkins hat Miss Broomfield ermordet?"

„Nein! Natürlich nicht."

„Also hast du sie getötet? Oder war ich es, um deine Ehre zu verteidigen?" Robert legte die Papiere auf Lucys Schreibtisch.

„Was, wenn wir nicht die Einzigen waren, denen sie geschrieben hat?“, fragte Lucy. „*Irgendjemand* hat sie ermordet und ihr dann mit einer Schreibfeder ins Auge gestochen. Wirkt das nicht so, als wollte jemand damit eine Botschaft senden?“

„Heimliche, boshafte Briefe sind vielleicht verletzend, aber sie sind normalerweise kein Grund, jemanden zu ermorden, oder?“, gab Robert zu bedenken. „Wenn du direkt das Richtige getan und mir die Briefe gezeigt hättest und ich dahintergekommen wäre, dass sie von Miss Broomfield stammten, dann wäre ich runter zum Schulhaus gegangen, um sie zur Rede zu stellen. Ich hätte vielleicht mit einer Klage gegen sie gedroht, aber ich hätte sie sicher nicht ermordet.“

„Aber was, wenn die anderen Briefe, die sie schrieb, nicht so einfach zu ignorieren gewesen sind?“

„Das könnte natürlich sein“, gestand Robert ein. „Vielleicht sollten wir fragen, ob sonst noch jemand einen Brief von ihr erhalten hat.“

„Als ob sich jetzt noch jemand melden würde“, sagte Lucy grimmig. „Jeder weiß, dass Miss Broomfield tot ist und sie damit zum Hauptverdächtigen in ihrem Mordfall aufsteigen würden.“

„Damit hast du unglücklicherweise recht.” Er seufzte. „Vielleicht sollten wir versuchen, die Sache mit den Briefen getrennt von Miss Broomfields Tod zu betrachten, bis wir sicher sind, dass sie hinter den Schreiben steckte.“

„Das erscheint mir sinnvoll.“ Lucy nickte. „Um ehrlich zu sein, kann ich mir nicht erklären, warum sie Mrs Jenkins und mich nach einer so kurzen Bekanntschaft schon derart hassen sollte. Ich bezweifle, dass eine von uns ihr etwas angetan hat."

„Nach allem, was man so hört, war Miss Broomfield die Art Frau, die einfach jeden verabscheute. Sie hat es sogar geschafft, Dermot zu verärgern, was wirklich eine Leistung ist. Hast du sonst noch etwas gefunden, was deine Vermutung untermauern könnte?"

„Nicht wirklich." Sie verzog das Gesicht und deutete mit einer ausladenden Geste auf die am Boden verstreuten Papiere. „Das hier war alles in ihrem Schreibtisch, das meiste davon sind Listen und Notizen für ihre Arbeit."

„Das wäre auch zu erwarten gewesen. Ich bezweifle, dass sie Kopien ihres beleidigenden Gekritzels in ihrem Schreibtisch aufbewahrt hätte."

„Was die Frage aufwirft, warum du sie dort beim Schreiben einer solchen Nachricht vorgefunden hast." Lucy runzelte die Stirn. „Miss Broomfield hatte an dem Tag darauf bestanden, dass Josephine und Rebecca früher nach Hause gehen sollten. Vielleicht schrieb sie an einem Brief, den sie der Person übergeben wollte, die sie am Ende umgebracht hat."

„Das ist möglich", stimmte Robert ihr zu. „Oder vielleicht schrieb sie einfach gerade und hatte gar nicht damit gerechnet, dass sie jemand besuchen würde. Bisher können wir nichts mit Sicherheit sagen."

„Mehrere Leute haben an dem Tag einen Mann in der Nähe der Schule herumlungern sehen. Mr Hall, der Schmied, hat ausgesagt, dass er das Zaumzeug für einen Gentleman reparierte, der während der Wartezeit im Dorf herumspazierte", sagte Lucy.

„Das könnte der gleiche Mann sein, der letzte Woche im *Queen's Head* zu Gast war", sagte Robert. „Dermot und ich haben uns gerade genau darüber unterhalten. Der Name des Mannes war Mr John Clapper. Mr Jarvis dachte, er besuche seine Familie in der Gegend und war auf dem Rückweg nach London, als das Zaumzeug seines Pferdes riss."

„Clapper?" Lucy dachte über den Namen nach. „Ich kenne in der Gegend keine Familie mit diesem Namen, aber wir könnten meinen Vater fragen. Er ist im Besitz der Kirchenbücher."

„Bei allem Respekt, George Culpepper, der Vikar, ist mit der örtlichen Bevölkerung weitaus besser vertraut, als es dein Vater je sein wird."

„Das ist wahr. Ich werde ihn fragen, ob er irgendwelche Clappers kennt, wenn ich das nächste Mal im Pfarrhaus bin." Lucy wollte sich erheben, und Robert nahm ihre Hand, um ihr aufzuhelfen. „Ich muss dir noch etwas zeigen." Sie ging zu ihrem Schreibtisch und nahm eine flache mit Samt bespannte Kiste in die Hand. „Das habe ich in Miss Broomfields Schlafzimmer versteckt gefunden."

„Versteckt?" Robert öffnete den Deckel und blinzelte, als die Diamanten und Rubine im Inneren das Sonnenlicht einfingen. „Guter Gott."

„Ich weiß." Lucy stand neben ihm und beide starrten auf die Juwelen hinunter. „Ich frage mich, warum sie sie versteckt hat."

„Möglicherweise, um sie zu schützen", sagte Robert.

„Oder um sie vor ihrem rechtmäßigen Besitzer zu verstecken", schlug Lucy vor.

Robert sah sie stirnrunzelnd an. „Ich weiß, dass du Miss Broomfield nicht mochtest, aber du scheinst furchtbar erpicht darauf zu sein, einer toten Frau, die sich nicht verteidigen kann, einige sehr schwere Vergehen anzudichten."

„Ich sage ja nicht, dass sie sie *tatsächlich* gestohlen hat. Ich spekuliere nur darüber, warum sie sie versteckt gehalten haben könnte."

Robert holte seine Brille hervor, setzte sie auf und untersuchte den Verschluss der Halskette genauer. „Wahrscheinlich ist hier irgendwo eine Herstellermarke zu sehen. Es gibt nur sehr wenige Juweliere, die in der Lage wären, Schmuck dieser hohen Qualität zu fertigen. Ich vermute, dass wir mit ein wenig Nachforschung herausfinden könnten, wer sie hergestellt hat und an wen sie ursprünglich verkauft wurden. Ich werde Dermot heute Nachmittag darauf ansetzen."

„Das wäre sicherlich hilfreich." Lucy nickte. „Könntest du in der Zwischenzeit die Juwelen in deinem Tresor aufbewahren?"

„Gewiss. Was hast du sonst noch in der Schule gefunden? Einen versteckten Durchgang und eine Schatztruhe?"

Lucy erschauderte. „Gott bewahre." Sie zeigte auf den Tisch. „Da ist noch eine Kiste, die allerdings verschlossen ist. Wer weiß, was wir darin finden werden."

Robert runzelte die Stirn. „Wenn Miss Broomfield die Mittel hatte, den Schmuck sicher zu verstecken, warum hat sie es dann nicht getan?"

„Das ist ein interessanter Gedanke.“ Lucy verbarg ein Gähnen hinter ihrer Hand, als sie zur Tür ging. „Ich bin in weniger als einer Stunde mit Anna und Tante Rose verabredet, und ich fürchte, meine Nachforschungen über das verschlossene Kästchen müssen warten.“

„Dann solltest du dich vielleicht ein wenig ausruhen, bevor sie kommen?“, schlug Robert vor.

„Eigentlich fühle ich mich recht gut ausgeruht.“

Robert konnte sich nicht entscheiden, ob er erfreut war, Lucy so lebhaft zu sehen, oder ob er sich über die Gründe dafür Sorgen machen sollte. Wenn sie ihr Versprechen einhielt und sich nicht zu sehr anstrengte, hätte er sicher nichts zu beanstanden. Und wenigstens hatten sie damit etwas anderes zu besprechen als ihren Gesundheitszustand.

„Und noch etwas ...” Lucy blieb an der Tür stehen.

„Was denn?“

„Rebecca hat mir gesagt, dass die Kinder furchtbar enttäuscht sein werden, wenn sie nicht die Gelegenheit bekommen, beim Weihnachtsgottesdienst zu singen.“

„Und?“

Sie lächelte zu ihm auf, ihre braunen Augen blickten so süß, dass er sofort misstrauisch wurde. „Ich habe gesagt, wenn du deine Zusage gibst, können sie und Josephine den Schulraum benutzen, um weiter zu proben.“

„Das klingt ... vollkommen akzeptabel.“

„Vielen Dank.“ Ihr Lächeln war einfach nur wunderschön. „Ich werde es den Mädchen ausrichten.“ Sie blies ihm einen Kuss zu und verließ in Windeseile den Raum.

Er hatte das Gefühl, hereingelegt worden zu sein, konnte aber nicht genau sagen, inwiefern. Es war kein unbekanntes Gefühl in seiner langen und manchmal streitreichen Beziehung zu seiner Frau, aber er war beinahe froh, dass sie wieder mit ihm das Schwert schwang. Alles, was er tun konnte, war, sie weiterhin im Auge zu behalten und auf das Beste zu hoffen.

***

„Papier ist teuer.“ Lucy blickte vom Schreiben ihrer zigsten Einladung auf. Sie saß mit Anna, Sophia und Rose im Salon, während sie mühsam die Einladungen für den Weihnachtsball schrieben. Es war keine besonders mühsame Aufgabe, aber sie musste gemacht werden.

„Wie bitte, meine Liebe?“ erkundigte sich Tante Rose.

„Ich habe nur laut nachgedacht.“ Lucy legte ihre Feder weg. „Wenn du einen Brief schreiben musst und dein Briefpapier nicht in der Stadt bestellst, wie wir es tun, woher bekommst du dann das Papier?“

„Man kann es bogenweise im Dorfladen kaufen“, sagte Anna. „Aber du hast recht. Es ist sicher nicht billig. Und selbst wenn man es sich leisten kann, das Papier zu kaufen, viele unserer Gemeindemitglieder können nicht gut genug schreiben, um einen ganzen Brief zu verfassen.“

„Und es ist auch nicht billig, einen Brief zu verschicken“, warf Sophia ein. „Es sei denn, man kann ihn von einem Mitglied der Oberschicht freimachen lassen.“

„Das hatte ich vergessen“, sagte Lucy. „Vater hat oft Briefe für Leute geschrieben und dafür bezahlt, dass wir sie mit unserer eigenen Post im Pfarrhaus verschicken.“

„Mr Culpepper tut das auch weiterhin“, sagte Anna. „Er hat auch einen Abendkurs ins Leben gerufen, in dem er einigen Männern aus der Gegend Lesen und Schreiben beibringt.“

„Das ist eine ausgezeichnete Idee.“ Lucy streckte ihre verkrampften Finger aus. „Ist unser Vater nicht dagegen, dass George sein Haus mit einfachen Arbeitern füllt?“

Anna lächelte. „Der Unterricht findet zweimal im Monat abends in der Schule statt. Dein reizender Mann hat seine Erlaubnis dazu gegeben.“

„Ist das so?“ Lucy schüttelte den Kopf. „Ich hatte ja keine Ahnung. Ich frage mich, was Miss Broomfield davon gehalten hat!“

„Sie war lautstark und vehement gegen die Idee.“ Annas Lächeln verschwand. „Ich weiß, dass man nicht schlecht über Tote sprechen sollte, aber sie hat ihre Gefühle zu diesem Thema sowohl Vater als auch mir gegenüber sehr deutlich gemacht.“

„Vater mochte sie also auch nicht besonders“, meinte Lucy.

„Ich glaube nicht, dass er das tat, meine Liebe.“ Rose faltete ein weiteres Blatt und schrieb die Adresse auf die Außenseite, bevor sie die Ränder zu einem ordentlichen Päckchen faltete. „Der Pfarrer hat einige sehr fortschrittliche Vorstellungen von der Erziehung des Menschen. Ich glaube, dass er im Nachhinein seine

Entscheidung, Miss Broomfields Anstellung an der Schule zu unterstützen, bereut hat."

Es war wahrscheinlicher, dass ihr Vater die Aufmerksamkeit bedauerte, die wegen seines schlechten Urteils auf ihn gelenkt worden war. Es war sehr unwahrscheinlich, dass er sich bei seiner Familie entschuldigen würde. Lucy hielt es nicht für nötig, dies Rose zu erklären, die wie Anna immer das Beste in jedem Menschen sah.

Wenn Mr Culpepper die Schule für seine Treffen genutzt

und Miss Broomfield dagegen Einspruch erhoben hatte, bedeutete das, dass nicht nur die Dorfkinder ihrem unangenehmen Verhalten ausgesetzt waren. Hatte jemand, der sich Zugang zur Schule verschafft hatte, die Gelegenheit genutzt, um die Wohnung der Lehrerin zu durchsuchen, und vielleicht entdeckt, dass sie es wert war, ausgeraubt zu werden?

Lucy wollte sich nicht vorstellen, dass jemand, den sie kannte, sich so verhalten konnte, aber sie hatte die Erfahrung gemacht, dass Menschen manchmal zu allem bereit waren, um sich selbst und ihre Geheimnisse zu schützen. Oder hatte die Lehrerin oben gesessen, den Gesprächen der Männer zugehört und weitere Geheimnisse gesammelt, um sie gegen ihre Nachbarn zu verwenden? Es wäre zumindest möglich.

Sie hatte das Gefühl, dass Robert sie daran erinnern würde, nicht zu voreilig zu sein, aber es war schwer, nicht zu spekulieren, wenn sie so wenig wussten.

„Hat Miss Broomfield Ihnen gegenüber jemals ihre Familie erwähnt, Anna?", fragte Lucy, als sie ihren Stift wieder zur Hand nahm.

„Nein. Wie ich bereits erwähnt habe, hat sie meine Anwesenheit kaum geduldet oder ein Wort mit mir gesprochen. Sie hielt mich für dumm und leichtsinnig." Anna erschauderte. „Ich glaube, sie hatte keine Familie in dieser Gegend. Sie beklagte sich oft, dass es in Kurland St. Mary nichts von Wert gäbe."

„Abgesehen von einer gut bezahlten Stelle und der dazugehörigen Unterkunft", schimpfte Lucy. „Man könnte meinen, dass sie mit ihrer unrühmlichen Vergangenheit dankbar für diese Gelegenheit gewesen wäre."

„Ich glaube, sie hat geglaubt, dass wir alle unter ihr stehen – sogar Vater, der der Sohn eines Earls ist. Sie hat zwar erwähnt, dass sie irgendwann einmal in London gelebt habe, aber das ist alles, woran ich mich erinnere." Anna schaute hinüber, als die Uhr auf dem Kaminsims zur vollen Stunde schlug. „Mr Culpepper wird mich bald abholen, Lucy. Wir haben einige kirchliche Angelegenheiten in Lower Kurland zu erledigen."

„Dann werde ich die Gelegenheit nutzen, um mit ihm zu sprechen." Lucy zählte die Einladungen. „Ich danke euch allen für eure Hilfe. Bis morgen werden wir damit fertig sein."

„Gott sei Dank." Sophia stöhnte auf. „Ich hatte vergessen, wie langweilig das ist. Andrews Sekretärin erledigt jetzt all diese Dinge für mich."

„Ich hätte Mr Fletcher fragen können", räumte Lucy ein. „Aber er schreibt schon alle Einladungen für das Dorffest und ich hielt es nicht für gerecht, ihn auch noch damit zu behelligen."

„Zu viert haben wir das ganz gut hingekriegt“, sagte Rose. „Und noch dazu einen schönen Nachmittag verbracht.“

„Das ist wahr“, stimmte Sophia zu. „Ich bin gerne bereit, morgen erneut vorbeizukommen und meine Pflichten wieder aufzunehmen. Andrew bringt die Kinder zum Reiten her, sodass ich viel Zeit haben werde, während sie gemeinsam übers Land jagen. Es war sehr nett von Robert, ihnen seine Pferde anzubieten.“

Foley kam herein und verbeugte sich vor Lucy. „Mr Culpepper ist hier für Miss Anna, Mylady.“

„Ich danke Ihnen, Foley. Würden Sie ihn bitten, einen Moment hereinzukommen?“

„Wenn Sie es wünschen, Mylady. Soll ich noch etwas Tee machen?“

„Das wäre sehr freundlich.“ Lucy vergewisserte sich, dass ihr Tintenfass verschlossen war, und setzte sich ans Feuer.

George Culpepper kam herein und verbeugte sich unbeholfen vor den versammelten Damen, bevor er sich an Lucy wandte. Er war ein schlanker junger Mann mit einem freundlichen Gesicht und einem Schopf rotbraunen Haares, das er nie ganz gebändigt bekam.

„Sie wollten mich sprechen, Lady Kurland?“

„In der Tat.“ Lucy bedeutete ihm, sich auf den Stuhl ihr gegenüber zu setzen. „Ich wollte Ihnen versichern, dass Sie trotz des Todes von Miss Broomfield Ihre Arbeit an der Schule ohne Unterbrechung fortsetzen können.“

„Das sind ausgezeichnete Neuigkeiten, Mylady." Er setzte sich. „Ich war ziemlich besorgt, dass meine Schüler wegen der Schließung des Gebäudes nicht mehr lernen könnten."

„Wie viele Männer unterrichten Sie im Moment, Mr Culpepper?", fragte Lucy.

„Das hängt von der Jahreszeit und der Wetterlage ab. Viele der Männer kommen aus der Umgebung und wenn die Straßen nicht befahrbar sind, dann können sie nicht kommen. Aber normalerweise sind es mindestens sechs von ihnen."

„Benutzen Sie die Materialien der Schule? Wie zum Beispiel Tinte, Papier und Bücher?"

„Ja, Mylady. Gibt es ein Problem?" Mr Culpepper schlug die Hände über dem Kopf zusammen. „Sir Robert und der Pfarrer haben gesagt, dass ich das tun darf."

„Woher bezieht die Schule diese Materialien?"

„Ich glaube, einige werden von Sir Robert und dem Pfarrer bestellt, andere werden von örtlichen Familien gespendet. Ich benutze die Schiefertafeln der Kinder, um ihnen die Grundlagen der Schreibkunst beizubringen, und gehe dann zum Schreiben auf Altpapier über, das ich in den Dörfern sammle." Er zögerte. „Mache ich etwas falsch? Hat sich Miss Broomfield wieder über mich beschwert?"

„Ich hörte, dass sie nicht wollte, dass das Schulgebäude für ein solches Vorhaben genutzt wird", sagte Lucy.

„Ich bete für ihre Seele, aber sie war gewiss keine große Verfechterin der Idee von Bildung für die Massen, das kann ich Ihnen sagen." Er beugte sich nach vorne, sein Gesichtsausdruck war eifrig. „Es gibt nichts Bemerkenswerteres, als zu beobachten, wie ein Mann lernt, eine Zeitung zu lesen oder seine Briefe zu formulieren. Dann wird er zum Bestimmer seines eigenen Schicksals."

„In der Tat." Lucy dachte über ihre nächste Frage nach. „Hatte Miss Broomfield jemals Kontakt zu einem Ihrer Schüler, oder blieb sie für sich?"

Mr Culpepper verzog die Miene. „Sie kam gelegentlich herunter, um uns zu tadeln, weil wir zu laut oder zu derb seien, aber ansonsten blieb sie für sich."

„Kannte sie alle Männer, die anwesend waren?"

„Die meisten von ihnen hatten Kinder, die die Schule besuchten, aber nicht alle. Die Männer, die Kinder hatten, bemühten sich, ihr gegenüber respektvoll zu sein. Aber einige der Jüngeren hörten weniger auf ihre Worte und verspotteten sie gelegentlich – nicht, dass ich ein solches Verhalten in ihrer Gegenwart erlaubte, Mylady – aber hinter ihrem Rücken ..."

„Haben Sie eine Liste mit den Namen der Männer, die Ihren Unterricht besuchen?"

„Ich kann Ihnen sicher eine zusammenstellen, aber bei allem Respekt, ich frage mich, wozu Sie diese Informationen benötigen." Er senkte die Stimme. „Hat das irgendetwas mit dem Ableben von Miss Broomfield zu tun?"

Lucy nahm es ihm nicht übel, dass er seine Schüler verteidigte. In Wahrheit bewunderte sie seine Hartnäckigkeit und seinen Wunsch, die Männer zu schützen, die er unterrichtete.

„Es handelt sich eher um eine Vorsichtsmaßnahme, damit wir sicher wissen, wer alles Zugang zum Klassenzimmer hatte. Ich verspreche Ihnen, dass Sir Robert die einzige Person sein wird, die die Informationen zu Gesicht bekommt. Und Sie können sicher sein, dass er sie mit Bedacht einsetzen wird."

„Ich bin sicher, dass er das wird. Ich werde Ihnen die Liste bis zum Ende des Tages zukommen lassen." Mr Culpepper lehnte sich zurück. „Kann ich Ihnen sonst noch irgendwie behilflich sein, Mylady?"

„Kennen Sie eine Familie namens Clapper in den Dörfern?", fragte Lucy.

„Clapper?" Mr Culpepper überlegte. „Ich glaube nicht, aber ich kann mich erkundigen, wenn Sie es wünschen."

„Neulich übernachtete ein Gentleman dieses Namens im Gasthaus. Er sagte, er besuche Verwandte in Kurland St. Mary." Lucy lächelte den Vikar an. „Ich wusste nicht, wer das sein könnte. Wenn Sie den Namen irgendwo hören oder lesen, wäre ich Ihnen für eine Auskunft dankbar."

„Wie Sie wünschen, Mylady. Ich kann auch in den Kirchenbüchern nachsehen, wenn das hilfreich ist. Sind Sie besorgt, dass dieser Mann Böses im Schilde führte? Mir wäre es viel lieber, wenn irgendein unbekannter Besucher unseres Dorfes Miss Broomfield überfallen und ermordet hätte als einer aus unseren Reihen, nicht wahr?"

„Absolut."

Mr Culpepper machte Anstalten, sich zu erheben, doch Lucy hob einen Finger. „Es gibt noch eine Sache, die wir besprechen müssen: Miss Dorothea Chingford."

„Ah, ja." Eine leichte Röte stieg auf den glatten Wangen des jugendlichen Vikars auf. „Glauben Sie, dass Dr. Fletcher und seine geschätzte Frau bereit wären, meinen Antrag zu akzeptieren?"

„Ich wüsste nicht, was dagegenspräche. Sie sind ein Mann von aufrechtem Charakter, mit einer sicheren Stellung und einem ausgezeichneten Ansehen in Ihrer Gemeinde. Sie können den Fletchers sagen, dass Sie den Segen von Sir Robert und mir haben. Ich denke, Dorothea kann sich sehr glücklich schätzen."

„Vielen Dank, Mylady." Mr Culpepper lächelte zum ersten Mal richtig. „Der Pfarrer hat sich auch bereit erklärt, als Leumundszeuge für mich zu fungieren."

„Was hält Sie dann davon ab?" Lucy konnte sich die Frage nicht verkneifen.

„Es ist Mrs Fletcher, Mylady. Sie sagt Dorothea ständig, dass sie jemand viel Besseren haben könnte."

„Mrs Fletchers bissige Natur führt dazu, dass sie nie mit etwas zufrieden ist. Ich würde ihre Meinung ignorieren und beharrlich bleiben." Lucy beschloss, bei nächster Gelegenheit mit ihrer streitlustigen Freundin zu sprechen. „Warum regeln Sie die Sache nicht mit Dr. Fletcher und machen Dorothea dann während des Weihnachtsballs einen Antrag?"

Mr Culpeppers Gesicht wurde noch röter, als er über diese Idee nachdachte. „Das ... werde ich tun!" Er sprang von seinem Stuhl auf. „Ich werde sofort zu Dr. Fletcher gehen!"

Lucy erhob sich ebenfalls. „Darf ich Ihnen einen Vorschlag machen? Mrs Fletcher wird mich in etwa einer Stunde hier besuchen. Vielleicht wäre es besser, bis dahin zu warten."

Kapitel 9

„George Culpepper kennt keine Familie in der Gemeinde, die Clapper heißt."

„Dermot auch nicht." Robert spießte sich eine Scheibe Schweinebraten auf. Er und Lucy aßen gemeinsam zu Mittag, bevor die Familie Stanford eintraf, um den Nachmittag mit ihnen zu verbringen. „Ich nehme an, der oder *die* Verwandte von Mr Clapper könnte den Namen im Zuge einer Ehe geändert haben."

„Er hat gesagt, er wird für mich die Kirchenbücher prüfen und dir eine Nachricht mit den Namen aller Männer, die in seiner Klasse im Schulhaus waren, zukommen lassen."

„Das ist sehr tüchtig von ihm. Ich vermute, dein Vater wäre ohne ihn verloren."

Seine Frau sah heute viel besser aus. Sie hatte wieder Farbe auf den Wangen und sie war bemerkenswert lebhaft. Trotz seiner anhaltenden Bedenken musste er zugeben, dass die Untersuchung sie sich sichtlich hatte erholen lassen.

„Mr Culpepper beabsichtigt außerdem, Dorothea Chingford während unseres Balls einen Antrag zu machen."

„Meine Güte. Er ist ein viel beschäftigter Mann. Weiß *Mrs* Fletcher davon?"

„Das tut sie. Ich habe Mr Culpepper angewiesen, mit Dr. Fletcher zu sprechen, wenn Penelope nicht zu Hause ist."

„Eine kluge Entscheidung." Robert legte sein Messer ab. „Soweit ich sehe, wird Dorothea George Culpepper eine sehr gute Ehefrau sein."

„Das sehe ich auch so. Ich habe vor, Vater zu bitten, ihnen das Häuschen im Dorf neben dem des Küsters anzubieten."

„Gehört das nicht mir?" Robert blickte von seinem Teller auf.

„Nein. Es ist Teil des Kirchenbesitzes und somit kann nur der Pfarrer darüber verfügen." Lucy schenkte ihnen beiden eine Tasse Kaffee ein.

„Da du ja gerade damit beschäftigt bist, Ehen zu schließen: Bist du mit deiner Schwester und Nicholas Jenkins schon weitergekommen?"

„Nein, noch nicht." Lucy seufzte. „Nicholas ist kein Mann, der sich zu irgendetwas drängen lässt, und mein Einfluss auf ihn ist sehr begrenzt. Mrs Jenkins möchte, dass er Anna heiratet, aber auch sie ist besorgt, ihn zu sehr zu drängen."

„Glaubst du, Anna wäre derzeit geneigt, seinen Antrag anzunehmen, oder nicht?"

„Ich bin mir nicht sicher ...", sagte Lucy zurückhaltend. „Sie hält ihn sicherlich für einen guten Freund und einen hervorragend beispielhaften Gentleman. Warum fragst du?"

„Weil mir neulich jemand sagte, dass Dermot in deine Schwester verliebt sei."

„Mr *Fletcher*? Wer in aller Welt hat das behauptet?"

„Mrs Jarvis im *Queen's Head*."

„Und du hast ihr das geglaubt?“

Robert zuckte mit den Schultern. „Sie schien sich ziemlich sicher zu sein und zu ihrer Verteidigung muss ich sagen, dass Dermot, seit sie es erwähnt hat, kaum die Augen von deiner Schwester lassen konnte, wenn sie zusammen im selben Raum waren.“

„Du liebe Güte.“ Lucy schüttelte den Kopf. „Wer hätte das gedacht? Wenn sie das nächste Mal beide zusammen sind, werde ich sie genauer beobachten müssen.“

„Behalte sie einfach im Auge. Aber erwähne es Anna gegenüber nicht, ja? Der arme Dermot würde sich zu Tode schämen.“

„Ich bin nicht *ganz* so unbedarft, Robert.“ Sie überlegte kurz. „Allerdings würde mein Vater eine solche Verbindung nicht gutheißen. Die Fletchers sind katholisch.“

„Das stimmt.“

„Ich habe in Miss Broomfields Schlafzimmer ein Kruzifix gefunden.“ Robert blinzelte verdutzt angesichts des plötzlichen Themenwechsels. „Du meinst, sie könnte Katholikin gewesen sein? Ich hatte viele Soldaten dieser Konfession in meinen Reihen und sie haben genauso gut gekämpft wie jeder andere auch. Solange Miss Broomfield nicht versucht hat, die Eltern der Kinder zu bekehren, indem sie die Kinder manipulierte, halte ich das nicht für ein Problem.“

„Ich denke, wir hätten von den Dorfbewohnern gehört, wenn so etwas passiert wäre.“ Lucy bediente sich ihrer Serviette. „Ich war nur überrascht, das Kruzifix dort zu finden. Es war der einzige persönliche

Gegenstand, den Miss Broomfield in ihren Zimmern sichtbar platziert hatte."

„Kein Schnickschnack? Keine Dekorationen oder Bilder?", fragte Robert. „Das ist *in der Tat* seltsam."

Ein Klopfen an der Scheibe lenkte seine Aufmerksamkeit auf die großen Fenster, die auf den Garten hinaus gingen.

„Ist das Grace Turner?" Robert bedeutete ihr, einzutreten.

Lucy drehte sich auf ihrem Stuhl um. „Ich glaube, das ist sie in der Tat."

Robert erhob sich, kam um den Tisch herum und verbeugte sich. „Guten Tag, Miss Turner."

Grace blieb stehen und musterte ihn, als würde sie ein Pferd bei Tattersalls kaufen. „Guten Tag, Sir Robert. Macht Ihnen Ihr Bein heute zu schaffen?"

Er sah sie stirnrunzelnd an. „Himmel, nochmal. Fangen Sie nicht auch noch damit an. Wie Sie wissen, schmerzen meine Gelenke in den Wintermonaten immer."

Sie beäugte ihn weiter, legte den Kopf zur Seite. Dabei rutschte ihre Haube beinahe von den Haaren, die ihr weit den Rücken hinab hingen. „Aber es steckt mehr dahinter, nicht wahr? Sie sehen aus, als ob Sie Angst hätten."

Er sah sie mit finsterem Blick an. „Machen Sie sich nicht lächerlich."

Sie zog die Augenbrauen hoch und wandte sich an Lucy. „Denken Sie, er hat Schmerzen?"

„Nun, er war in letzter Zeit wirklich sehr jähzornig", stimmte Lucy zu.

„Wenn mein Gemüt *gereizt* ist, Madam, dann nur, weil Sie es ständig beanspruchen.“ Er verbeugte sich. „Wenn Sie beide damit fertig sind, mich zu sezieren, werde ich Sie dann allein lassen, damit Sie weiter über mich reden können, wie es Ihnen beliebt.“

Grace lächelte ihn an. „Meine Güte, Sie reden heute aber besonders hochgestochen, Sir. Ich bin geradezu demütig.“

„Das *war* meine Absicht.“

Sie deutete einen Knicks an. „Ich bitte zutiefst um Verzeihung.“

„In der Tat.“ Robert hob eine Augenbraue. „Warum sind Sie überhaupt hier?“

Sie holte etwas aus ihrer Tasche. „Ich dachte, das hier sollten Sie sehen.“

Robert nahm das gefaltete Papier, öffnete es und las den Inhalt laut vor. „Jeder weiß, dass du eine Hexe und eine Verräterin an deiner Familie bist. Eines Tages wirst du in der Hölle schmoren.“

Grace zuckte mit den Schultern. „Es steckte neulich unter meiner Tür.“ Sie hob den Blick zu Robert, sodass er den Schmerz in ihren Augen erkennen konnte. „Es ist die Wahrheit, aber es tut trotzdem weh.“

„Es ist eine stark verzerrte Version der Wahrheit“, erwiderte Robert. „Das wissen Sie doch.“

Lucy trat zu Grace und legte ihr zaghaft eine Hand auf die Schulter. „Wann genau haben Sie es gefunden?“

„Vor etwa fünf Tagen, kurz nachdem wir über den anderen Brief gesprochen hatten. Wieso?“

Lucy wechselte einen Blick mit Robert, der Grace antwortete. „Weil Miss Broomfield vor vier Tagen ermordet wurde.“

„Davon habe ich gehört." Grace nickte. „Sie war weder bei den Dorfbewohnern noch ihren Kindern besonders beliebt. Sie trug viel Dunkelheit in ihrem Herzen." Sie hielt inne. „Was hat sie mit diesem unschönen Brief zu tun?"

„Wir fragen uns, ob sie die Verfasserin der Briefe gewesen sein könnte", sagte Robert. „Was die meisten Leute nicht wissen, ist, dass Miss Broomfield an ihrem Schreibtisch gestorben ist, mit ihrer eigenen Schreibfeder im Auge."

„Das reicht wohl kaum aus, um sie zu töten." Grace klang nicht besonders beeindruckt.

„Das war nur das Finale. Sie wurde mit einer Hutnadel in den Rücken gestochen. Es gab keine Spuren eines Kampfes."

„Also wurde sie wahrscheinlich von jemandem ermordet, der einen persönlichen Groll gegen sie hegte, und nicht von einem unbekannten Durchreisenden oder einem Räuber?"

„Davon gehen wir auch aus. Ihr Brief hat einen sehr ähnlichen Tonfall wie der, den Mrs Jenkins und meine Frau erhalten haben. Darf ich das behalten, damit wir die Handschrift vergleichen können?"

„Natürlich können Sie das. Ich will dieses widerliche Ding nicht in meinem Haus haben." Grace warf einen neugierigen Blick auf Lucy, die ganz still geworden war. „Sie hatten nicht erwähnt, dass Sie auch einen Brief erhalten hatten."

„Ich wollte es Ihnen sagen", sagte Lucy zögernd. Erst nach einigen Momenten fiel Robert ein, was in dem Brief über Graces Abneigung gegen Lucy gestanden hatte. „Ich war mir nur nicht sicher ..."

„Der Brief meiner Frau hat angedeutet, dass Sie sie hassen und auf Rache aus sind“, sagte Robert. Seiner Meinung nach hatte es keinen Sinn, dem Thema auszuweichen.

Grace ergriff Lucys Hand. „Sie wissen doch, dass das eine Lüge ist, nicht wahr?“

„Natürlich.“ Lucy drückte die Finger von Grace. „Ich muss zugeben, dass ich anfangs etwas schockiert war, aber ich habe bald gemerkt, dass Sie nicht in der Lage wären, vor jemandem einen solchen Hass zu verbergen, geschweige denn vor mir.“

„Wie schrecklich, Ihnen so etwas zu schreiben!“, rief Grace aus. „Wenn Miss Broomfield *tatsächlich* die Verfasserin dieser Notizen war, ist es gut, dass sie verstorben ist. Ansonsten würde ich ihr demonstrieren, dass ich tatsächlich eine Hexe bin.“

„Das ist nicht nötig, Miss Turner“, warf Robert hastig ein. „Wir hatten in diesem Dorf schon genug Probleme mit Hexerei, ohne dass Sie wieder damit anfangen.“

Der Blick, den sie ihm zuwarf, war nicht gerade beruhigend. Aber er war Grace Turner etwas schuldig und er war sich dessen in seinem Umgang mit ihr stets bewusst. Ihre Beziehung war sicherlich unorthodox, aber er vermutete, dass sie beide das Geplänkel genossen. Sie besaß ihr eigenes Haus, verdiente ihren eigenen Lebensunterhalt und hatte wenig Interesse am Lebenswandel des Adels, sodass er auf alles, was sie tat, keinen Einfluss hatte. Und Lucy mochte sie und vertraute ihr, was noch viel wichtiger war.

„Ich lasse die Damen dann alleine, damit sie sich unterhalten können.“ Robert verbeugte sich. „Vergiss nicht, dass die Stanfords um eins hier sein werden, ja, meine Liebste?“

„Ich habe ohnehin nicht die Absicht zu bleiben, Sir Robert.“ Grace lächelte ihn an. „Ich muss ins Dorf gehen und Ihren Freund, den Arzt, besuchen. Manchmal besprechen wir unsere Patienten und streiten uns darüber, wie wir sie am besten behandeln sollen.“

„Nun, um Himmels willen, lassen Sie meinen Namen da raus“, erwiderte Robert, auf ein Zwinkern von ihr. „Ein Bündnis zwischen Ihnen beiden ist das Letzte, das ich brauche.“

Er verließ den Raum, aber ihre Stimme hallte ihm noch bis in den Flur hinterher.

„Was wollen Sie denn noch, wo Sie unseren Rat doch ohnehin beharrlich ignorieren?“

„Dass man mir in meiner eigenen Gemeinde ein wenig Respekt entgegenbringt?“, murmelte Robert, während er sich auf den Weg in sein Arbeitszimmer machte und Foley bei der Haupttreppe begegnete.

„Ah, Foley. Haben Sie sich erkundigt, ob Mr Coleman in den Ställen für die Ankunft unserer Gäste bereit ist?“

„Das habe ich in der Tat, Sir.“ Foley verbeugte sich. „Er wartet auf die Kinder und freut sich sehr darauf. Ich nehme an, die Stanfords haben in London nicht viel Gelegenheit, ausgiebig zu reiten.“

„Deshalb werden sie es genießen, mit ihrem Vater auf dem Land herumzutollen, während Mrs Stanford bei meiner Frau zu Besuch ist.“

„Beabsichtigen Sie, mit ihnen auszureiten, Sir?“

Roberts Lächeln verblasste. „Heute nicht. Mein Bein verweigert die Kooperation.“

Manchmal war er das Interesse an seinen Unzulänglichkeiten leid. Er nickte und ging weiter, bis er die Sicherheit seines Arbeitszimmers erreichte, wo Dermot der einzige Mensch sein würde, der ihn vor der Verabredung zum Abendessen mit den Greenwells stören würde. Und das war auch gut so.

***

Lucy zog den Stoff ihres pelzgefütterten Abendmantels fester um die Schultern, als ein eisiger Luftzug durch die Kutsche zog. Foley hatte darauf bestanden, Fußwärmer auf den Boden zu legen, und ausnahmsweise war sie dankbar für seine Rücksichtnahme.

Robert setzte sich mit einer Hand auf der Rückenlehne des Sitzes gestützt neben sie, während Andrew Stanford neben Sophia Platz nahm. Sie hatten beschlossen, gemeinsam zum Haus der Greenwells zu fahren, um weniger Pferde nehmen zu müssen. Lucy hoffte außerdem, dass dies Robert von der Notwendigkeit ablenken würde, in einem geschlossenen Raum zu reisen, was ihm nie recht behagte, seitdem er in Waterloo beinahe von seinem eigenen Pferd erdrückt worden war.

Die höfliche Konversation mit ihren Gästen würde seine Unruhe vermutlich lindern und die Reise praktisch verfliegen lassen. Sie hatte keine Ahnung, wen die Greenwells noch zum Essen eingeladen hatten, aber sie hoffte, dass es keine allzu große Gesellschaft sein würde. Sie hatte bereits einen langen Tag hinter sich und sie wollte sich lieber nicht überanstrengen.

Robert hatte die Angewohnheit, ein wenig ungeduldig mit einigen der örtlichen Adligen zu werden, die sich mehr um ihre Pferde kümmerten als um die aktuelle Lage ihres Landes. Und Lucy war nicht in der Stimmung, sich für sein Benehmen entschuldigen zu müssen. Aber zumindest schien er in Mr Greenwell einen Verbündeten gefunden zu haben. Wenn das der Fall war, dann würde Lucy die weiblichen Mitglieder der Familie bereitwillig ertragen.

Die Kutsche kam am Haus der Greenwells an, sie stiegen aus und betraten das Haus. Es war überraschend warm und Lucy war fast bereit, auf ihren Mantel zu verzichten. Zu ihrer Erleichterung war im Salon eine nicht allzu große Gruppe von Menschen versammelt. Sie erkannte unter ihnen Mrs Jenkins und Nicholas. Nachdem sie ihre Gastgeberin begrüßt hatte, ging sie hinüber zu den beiden, um sich mit ihrer älteren Nachbarin zu unterhalten.

„Wie schön, Sie hier anzutreffen, Madam." Lucy lächelte zu der zierlichen alten Dame hinab, die ein violettes Satinkleid und einen dazu passenden Turban trug. „Hat Mr Greenwell Sie zum Essen eingeladen, weil Sie auch Mitglied unseres Schulausschusses sind?"

„Das nehme ich an, ja." Mrs Jenkins nickte in Nicholas' Richtung. „Obwohl ich vermute, dass Mrs Greenwell damit ebenfalls eine bestimmte Absicht verfolgt."

Die beiden Greenwell-Schwestern standen auf jeweils einer Seite von Nicholas und redeten wie Wasserfälle. Margaret, die ältere der beiden, hatte sogar ihre Hand auf eine übermäßig vertraute Weise auf seinen Ärmel gelegt.

„Wird Ihre Schwester Anna heute Abend anwesend sein?“, fragte Mrs Jenkins. „Ich weiß, dass der Pfarrer kommt.“

„Mein Vater bringt nur Mrs Armitage mit. Sie sollten in Kürze eintreffen.“

„Wie freundlich von ihm.“

„Wir konnten nicht alle in einer Kutsche unterbringen, also sprang er für uns ein und bot an, sie stattdessen herzufahren.“

Just in diesem Moment kam ihr Vater in Begleitung von Rose zur Tür herein und Mrs Jenkins ging hinüber, um sie zu empfangen.

Die Tischglocke läutete zum Abendessen und Mrs Greenwell nahm Roberts Arm, während Mr Greenwell auf Lucy zuging.

„Guten Abend, Lady Kurland. Dürfte ich Sie zum Essen begleiten?“

„Vielen Dank.“

Lucy legte ihre Hand auf seinen Ärmel, und sie schritten durch die Flügeltüren in das Esszimmer, in dem leicht ein Dutzend Personen Platz fanden. Mr Greenwell zog ihr den Stuhl hervor und wartete, bis Lucy sich auf ihrem Platz niedergelassen hatte. Ihr gegenüber saß ein älterer Mann, den sie nicht kannte.

„Darf ich Ihnen den Onkel meiner Frau, Frederick Halston, vorstellen, Lady Kurland? Er ist Friedensrichter in London und verbringt die Feiertage bei uns.“

„Es ist mir ein Vergnügen, Ihre Bekanntschaft zu machen, Sir.“

Lucy lächelte ihn über die Kerzen hinweg an, aber der Mann grunzte nur etwas Unverständliches zurück. Da sie aus ihrer Zeit, in der sie noch die Gemeinde ihres Vaters gehütet hatte, im Umgang mit mürrischen Menschen geübt war, wandte sie ihre Aufmerksamkeit ihrem Gastgeber zu und begann ein sehr angenehmes Gespräch über den Zustand der Schule von Kurland St. Mary und die Suche nach einer neuen Lehrkraft.

„Ja, Sir Robert und ich sind uns einig, dass die Fähigkeit, lesen und schreiben zu können, der Schlüssel zur Weiterentwicklung eines jeden Menschen ist."

Lucy stellte ihren Dessertteller beiseite und wartete, bis der Diener ihr Glas Madeirawein nachfüllte.

„Was für eine außerordentlich gefährliche Aussage, Lady Kurland."

„Wie bitte?" Lucy blickte in die Augen von Frederick Halston, der ihr gegenübersaß. Es war das erste Mal, dass er sie an diesem Abend direkt angesprochen hatte.

„Ich habe gesagt, dass Ihre naiven Bemerkungen über den Nutzen von Bildung gefährlich sind."

„*Gefährlich*? Inwiefern?"

„Der einzige Grund, warum man den Armen das Lesen beibringen sollte, ist, damit sie selbst die Heilige Schrift lesen und ihren Platz in einer gottgefälligen Gesellschaft verstehen können." Er sah sie über den Rand seiner Brille hinweg an. „Was das Schreiben und Rechnen angeht, so könnte ein solches Wissen in ihnen eine Abneigung gegen die mühsameren Tätigkeiten des Lebens hervorrufen."

„Und warum sollte das ein Problem sein, Sir?", fragte Lucy, die bemerkte, dass die anderen Gäste ihre

Unterhaltungen eingestellt hatten und ihrem Gespräch lauschten. „Sicherlich ist es zum Wohl der Gesellschaft, wenn *alle* ihre Mitglieder gut informiert sind."

„Meine liebe Lady Kurland, Ihre Einstellungen dazu machen Ihnen natürlich alle Ehre, aber vielleicht übersteigt die Komplexität der Angelegenheit Ihr weibliches Verständnis." Sein Lächeln war freundlich. „Bei allem Respekt, aber Damen sind nicht gerade für ihre Logik bekannt und so soll es ja auch sein."

„Oh, guter Gott. Jetzt ist er dran." Lucy war sich ziemlich sicher, dass die gemurmelte Bemerkung von Robert kam. Sie erwiderte das Lächeln des älteren Herren.

„Was genau befürchten Sie von einer gebildeten Bevölkerung, Sir?", fragte sie.

„So etwas wäre schädlich für die Moral und das Lebensglück der Arbeiterklasse. Wenn wir sie ausbilden, Lady Kurland, würden wir sie lehren, ihr Schicksal zu hassen. Und wer würde dann ihre Arbeit erledigen? Wie würden sie überleben?"

„Indem sie Tätigkeiten ausüben, die höhere Qualifikationen erfordern? Es gibt immer genug Arbeit für die Verzweifelten, also vermute ich, dass diese niederen Arbeitsstellen leicht zu besetzen wären."

„Ich stimme zu, dass es bereits genug Arbeit für die unteren Schichten gibt", sagte Mr Halston mit entschlossener Stimme. „Anstatt sie zu lehren, sich ihren Vorgesetzten unterzuordnen, werden sie durch solche Fähigkeiten noch schwerer zu kontrollieren sein. Wo sollen wir *dann* hinkommen?"

„An einen Punkt, an dem wir gezwungen wären, uns ihre Anliegen anzuhören? An dem wir gezwungen wären, die Ungleichheit in unserem derzeitigen politischen System anzuerkennen?“ Roberts unvermittelte Einmischung durchbrach die Stille „Es gibt Schulen in den Fabriken im Norden. Ich habe sie in meinen eigenen Betrieben mitbegründet. Warum sollte es nicht auch Schulen in den *ländlicheren* Gegenden des Landes geben?“

„Und was haben diese Schulen im Norden gebracht, Sir Robert? Männer, die aufrührerische Pamphlete, verruchte Bücher und Publikationen gegen das Christentum lesen. Ist es das, was Sie wollen? Eine Arbeiterklasse, die ihren Vorgesetzten gegenüber unverschämt auftritt und die Männer über ihrem Stand stürzen will? Das ist *Verrat*, Sir. Ich kann mir nicht vorstellen, dass Sie ernst meinen, was Sie da sagen.“

Robert beugte sich vor, sein Blick war fest auf den älteren Mann gerichtet. „Ich will absolut ein gleichberechtigteres Regierungssystem. Und wenn die Bildung der Bürger eines Landes dazu beiträgt, dann bin ich für meinen Teil, dafür.“

„Das ist einfach falsch“, schimpfte Mr Halston. „Herr Pfarrer, ich appelliere an Sie. Steht in der Bibel nicht ganz klar, dass jeder Mensch seinen Platz hat?“

„Der reiche Mann in seinem Schloss, der arme Mann an dessen Pforte?“ Mr Harrington lächelte. „In der Tat. Aber ich muss zugeben, dass ich wie Sir Robert nicht glaube, dass es das Ende der Zivilisation, wie wir sie kennen, bedeuten würde, wenn man Kindern Lesen und Schreiben beibringt.“

„Ich nehme an, dass Sie beide als Nächstes vorschlagen werden, dass wir Frauen unterrichten sollten“, sagte Mr Halston düster. „Oder wie wäre es mit dem Wahlrecht für jedermann?“ Er blickte zu seinem Neffen hinüber. „Du hast erstaunlich radikale Freunde, Edward.“

„Offenbar.“ Mr Greenwell verbeugte sich vor Lucy, seine Augen funkelten zufrieden. „In der Tat revolutionär.“

Mrs Greenwell erhob sich abrupt und richtete ihren Blick auf Lucy. „Vielleicht sollten sich die *Damen* zurückziehen und die Herren mit ihrer Politik allein lassen.“

Mit einem resignierten Seufzer stand Lucy auf und schritt zur Tür. Als sie an Roberts Stuhl vorbeikam, ergriff er ihre Hand und küsste ihre behandschuhten Finger.

„Gut gemacht, meine Liebe. Ich entschuldige mich für die Einmischung, aber ich wollte, dass der arme Mann sein Gesicht wahrt, bevor du ihn noch ausweidest.“

Sie blieb nicht stehen, um sich weiter mit ihm zu unterhalten, aber seine Zustimmung zu ihrer Offenheit wärmte ihr das Herz und stählte sie gegen die Empörung, die sie von den Greenwell-Damen erwartete.

Als sie den Salon erreichte, bemerkte sie Josephine, die gerade Tee und Kaffee einschenkte, und unterhielt sich demonstrativ erst mit ihr, bevor sie zum Sofa ging, wo zweifellos eine Flut von Missbilligung auf sie wartete. Es war beruhigend, dass Rose und Sophia zu beiden Seiten von ihr saßen. Mrs Jenkins war bereits am Feuer eingeschlafen. Mrs Greenwell plusterte sich auf und war sichtlich aufgeregt. „Wie ich gerade zu Margaret sagte, Lady Kurland – und ich bin sicher, Sie werden meine Einschätzung bestätigen – sind solche politischen Ausbrüche von Damen bei Tisch *ganz und gar nicht* üblich."

„Ich bin ganz Ihrer Meinung." Lucy nippte am Tee. „Ich entschuldige mich, wenn ich Sie damit beleidigt habe."

„Dann könnten Sie uns vielleicht aufklären, warum Sie überhaupt das Bedürfnis verspürten, eine solche Meinung zu äußern?"

„Warum sollte ich es denn nicht tun? Meine Meinung ist sicher genauso gültig wie die eines jeden Mannes." Margaret Greenwell kicherte hinter vorgehaltenem Fächer und Lucy fuhr fort. „Sowohl mein Vater als auch mein Ehemann saßen mit am Tisch und keiner von beiden wollte mir das Wort verbieten."

„Aber halten Sie es nicht für unpassend, dass eine Frau die Ansichten eines Mannes *nachplappert*, wenn sie offensichtlich nicht über das Wissen verfügt, um die Nuancen einer solchen Angelegenheit selbst zu verstehen?" Mrs Greenwell blieb hartnäckig.

„Warum sollte Lady Kurland das nicht verstehen?", fragte Sophia sanft. „Sie ist bemerkenswert intelligent, wissen Sie."

„Das habe ich gehört." Mrs Greenwell war alles andere als erfreut. „Lady Kurland ist so etwas wie ein ‚Original'. Aber als Mutter müssen Sie mir doch zustimmen, meine liebe Mrs Stanford, dass man solche Äußerungen nicht von den eigenen unverheirateten Töchtern hören möchte."

„Warum eigentlich nicht?", fragte Sophia.

„Weil Männer im Allgemeinen keine Blaustrümpfe oder Radikalen heiraten wollen."

„Da verpassen Sie was“ Sophia lächelte. „Ich kann Ihnen versichern, dass es durchaus Herren gibt, die intelligente Frauen heiraten wollen. Ich bin der Beweis dafür und Lady Kurland sicherlich ebenfalls. Keiner unserer Ehemänner hat das Bedürfnis, unsere Meinung zu unterdrücken.“

„Dann sollten Sie sich vielleicht privilegiert fühlen, dass Ihre Ehemänner Ihnen eine solche Unabhängigkeit der Gedanken *gestatten*.“ Mrs Greenwells Lächeln war schmallippig. „Ich werde meinen Töchtern dennoch beibringen, dass Gehorsam gegenüber ihren Eltern und ihren treuen Ehemännern das Wichtigste für ihren Erfolg im Leben ist.“

Sophia zwinkerte Lucy zu, als Mrs Greenwell hinüberging, um nach den Dienern zu läuten, und flüsterte: „Ich vermute, ich werde nicht noch einmal eingeladen werden.“

„Wie schön für dich. Ich werde sie und ihre Töchter noch jahrelang ertragen müssen“, beschwerte sich Lucy leise. „Ich muss mich offenbar bei meinem Mann dafür bedanken, dass ich überhaupt eigene Gedanken haben darf.“

Sophia unterdrückte ein Kichern, während Margaret sie anfunkelte. „Ich bin mir ziemlich sicher, dass Sir Robert das sehr zu schätzen wüsste.“

Auf dem Rückweg nach Kurland Hall begleiteten diesmal die Stanfords den Pfarrer, während Rose bei Robert und Lucy in der Kutsche mitfuhr. Nach dem fröhlichen Tagesausritt hatte Mr Coleman die Kinder bereits zu Sophias Mutter nach Hause gebracht. Es war bitterkalt und helles Mondlicht fiel vom tintenschwarzen Himmel herab auf die kargen Felder und Bäume, die den Rückweg von Lower Kurland säumten.

Robert war insgeheim sehr angetan von Andrews beiden Kindern und freute sich über die Gelegenheit, einige Zeit mit ihnen verbringen zu können. Alex hatte sich zu einem versierten Reiter entwickelt und auch seine kleine Schwester, die einst genauso viel Angst vor Pferden gehabt hatte wie Robert, machte gute Fortschritte.

Während seiner Karriere bei der Kavallerie hatte er sich nie wirklich Gedanken über Kinder gemacht. Er hatte sich darauf konzentriert, die nächste Schlacht zu überleben, und nicht darauf, was zu Hause passierte. Er konnte nicht leugnen, dass ihn der Gedanke an seinen nichtsnutzigen Cousin Paul als Erbe des Kurland-Anwesens und seines Titels mit Grauen erfüllte. Das Anwesen wäre innerhalb eines Jahres verspielt und heruntergewirtschaftet und seine Pächter würden in alle Winde zerstreut werden. Lucy gegenüber würde er es zwar nie zugeben, aber sie kannte ihn gut genug, um zu wissen, dass die Vorstellung eine bittere Pille für ihn war, die es zu schlucken galt.

Sie seufzte und lehnte sich näher an ihn, legte ihren Kopf an seine Schulter und schloss die Augen. Ihr vertrauter Lavendelduft umgab ihn, als er einen Arm um ihre Schultern legte und sie fest an seiner Seite hielt. Nur ein einziges Mal hätte er seinen Schwiegervater beinahe geschlagen, als dieser Robert nahegelegt hatte, sich keine Gedanken über die gesundheitlichen Folgen einer weiteren

Schwangerschaft für seine Frau zu machen. Denn ein Mann könne ja „immer wieder heiraten".

Aber er wollte nicht noch einmal heiraten. Er wollte *diese* Frau, diesen eigensinnigen, furchtlosen, intelligenten Schatz von Frau.

Manchmal musste man im Leben eine Entscheidung treffen. Das hatte er auf den Schlachtfeldern Frankreichs gelernt und nach diesem Prinzip würde er Lucy immer einem imaginären Kind vorziehen.

Er beugte sich vor, um ihr einen Kuss auf den ahnungslosen Kopf zu geben und fing dabei Tante Roses anerkennenden Blick auf.

Er zuckte mit den Schultern. „Ich habe gelernt, die Momente zu schätzen, in denen sie schläft."

Roses warmes Kichern und der Ellbogenstoß in die Rippen durch seine offensichtlich noch nicht ganz schlafende Frau brachten ihn zum Lächeln und ließen ihn hoffnungsvoll in die Zukunft blicken.

Kapitel 10

„Ich habe das hier für dich von Vater.“ Anna hielt ihr ein Blatt Papier hin. „Das ist der Name und die Adresse des Professors in Cambridge, der Miss Broomfield für die Lehrerstelle empfohlen hat.“

„Bitte bedanke dich in meinem Namen bei Vater für diese Information. Obwohl ich vermute, dass du sie für ihn herausgesucht hast.“ Lucy nahm das Papier entgegen. „Ich werde diesem Professor umgehend schreiben.“

Sie saßen in ihrem Wohnzimmer, schrieben die letzten Einladungen fertig und sortierten sie in Stapel, die die Stallburschen überbringen würden. Dermot hatte ihr mitgeteilt, dass die Einladungen für das Dorffest ebenfalls verschickt worden waren und dass sich alle schon sehr auf einen Nachmittag voller Unterhaltung freuten.

„Hat Dermot bereits erwähnt, wo er all die Spielsachen für die Geschenke an die Dorfkinder zu kaufen gedenkt?“, fragte Anna.

„Ich nahm an, er würde dafür nach Hertford fahren. Wieso?“

Anna deutete auf die Adresse, die sie Lucy gerade gegeben hatte. „Ich frage mich, ob wir stattdessen nach Cambridge fahren könnten? Das sollte an einem Tag zu schaffen sein, selbst bei diesem Wetter.“

„Das ist ein ausgezeichneter Vorschlag." Lucy dachte einen Moment über die Idee nach. „Ich bin mir sicher, Robert würde verstehen, dass ich Dermots Entscheidungen und Ausgaben überwachen muss."

„Ich bin sicher, dass es ihn sehr misstrauisch machen könnte. Aber solange ich dich begleite, kann er sich kaum beschweren."

Lucy wägte die Optionen ab, blieb aber bei ihrer ursprünglichen Entscheidung. „Ich werde diesem Professor erst einmal schreiben. Wenn er geneigt ist, mir zu helfen, werde ich deinen Plan, nach Cambridge zu fahren, in Betracht ziehen."

„Es wäre auch schön, die Weihnachtseinkäufe in einer richtigen Stadt zu machen", sagte Anna wehmütig. „Hast du selbst noch Geschenke zu kaufen?"

„Für Tante Rose habe ich nichts, weil ich nicht mir ihrer Anwesenheit gerechnet hatte, aber alles andere habe ich gut im Griff."

„Natürlich hast du das. Du bist eine der am besten organisierten Personen, die ich kenne." Anna legte den letzten Brief auf den Stapel. „Ich freue mich darauf, die Zwillinge zu sehen. Ich frage mich, ob sie schon wieder gewachsen sind."

„Es würde mich nicht überraschen." Lucy lächelte liebevoll bei dem Gedanken an ihre ungestümen Zwillingsbrüder. „Entgegen all meiner damaligen Sorgen scheint ihnen die Schule zu gefallen. Ich vermute, dass sie die meiste Zeit ihres Besuchs in unseren Ställen verbringen werden, um Mr Coleman zu ärgern. Aber zumindest wird er sie an die Grenzen der Höflichkeit erinnern."

„Wenigstens haben sie einander in der Schule." Anna seufzte und legte ihren Stift beiseite. „Das muss tröstlich sein."

Lucy betrachtete die niedergeschlagene Miene ihrer Schwester. „Stimmt etwas nicht, Anna?"

„Vater hat einen furchtbaren Brief bekommen", sprudelte es aus Anna hervor. „Die Nachricht war auf einem Stück Papier geschrieben, das irgendwie in Georges Post gelandet ist. George hat mir den Brief heute Morgen gegeben."

„Du hast also keine Ahnung, wann er tatsächlich zugestellt wurde?"

„Nein."

„Was stand denn drin?"

Anna schluckte schwer. „Dass Vater ein herzloser Sünder sei, der für seine Laster in der Hölle schmoren werde."

„Hast du ihm die Nachricht gezeigt?", fragte Lucy.

„Nein. Ich wollte ihn nicht beunruhigen. Ich hielt es für das Beste, zunächst dir von der Sache zu erzählen." Anna legte eine Hand auf ihr Herz. „Als Mrs Jenkins ihren ähnlichen Brief erhielt, hast du versprochen, dass Robert der Sache nachgehen würde."

„Robert ermittelt schon, aber wir sind immer noch nicht näher dran, den Schuldigen zu finden", sagte Lucy und wägte ihre nächsten Worte gründlich ab. „Wir haben uns schon gefragt, ob es Miss Broomfield gewesen sein könnte."

Anna blinzelte verblüfft. „Die *Lehrerin*? Aber sie ist doch tot."

„Deshalb habe ich dich gefragt, wann der Brief zugestellt worden ist." Lucy öffnete ihren Schreibtisch und holte die anderen drei Briefe heraus. „Bis jetzt wissen wir von diesen hier." Sie reichte sie an Anna weiter. „Sie alle sind inhaltlich recht ähnlich."

„Sie sind in jedem Fall alle furchtbar." Anna gab sie ihr zurück, als ob sie sie nicht in Händen halten wollte. „Warum sollte jemand so ... *boshaft* sein?" Sie sah Lucy mit ihren schönen Augen an. „Soll ich Vater den Brief zeigen und ihm auch von den anderen erzählen?"

„Das brauchst du nicht, Anna. Sobald Robert herausfindet, wer sie geschrieben hat, wird er natürlich unseren Vater in Kenntnis setzen."

„Vielen Dank." Anna holte tief Luft. „Ich hasse es, wenn Menschen, die ich liebe, durch solche unnötigen Dinge verletzt werden. Vater ist sehr gut zu mir gewesen, seit ich unverheiratet aus London zurückgekehrt bin. Er hat es nicht verdient, so grob behandelt zu werden."

Lucy verkniff sich ihren ersten Impuls und bemühte sich, diplomatisch zu bleiben. „In Wahrheit, Anna, verdienst du *seinen* Dank dafür, dass du die Verantwortung für das Pfarrhaus übernommen hast, obwohl du eigentlich einen eigenen Haushalt und eine Familie gründen solltest."

„Ich bin mehr als bereit, zu Hause zu bleiben." Anna zögerte kurz, bevor die Worte aus ihr hervorsprudelten. „Ich weiß, dass du denkst, ich sollte Nicholas heiraten, aber ich habe Angst vor der Verantwortung, die eine Ehe mit sich bringt."

Lucy nahm Annas zitternde Hand in die eigene. Sie hatte ihre lebensfrohe Schwester noch nie so aufgewühlt gesehen. „Was genau macht dir daran Angst?"

„Der *eheliche* Teil ... der Gedanke, ständig Kinder haben zu müssen ... zu *sterben*, wie unsere Mutter. Ich erinnere mich an diesen Tag, Lucy. Ich erinnere mich an den widerlichen, metallischen Geruch des Todes, daran wie sie *schrie* und Gott anflehte, ihrem Leid ein Ende zu bereiten. Ich erinnere mich daran, wie unser Vater auf seinem Pferd davongaloppierte und uns mit allem allein ließ."

„Ich wusste nicht, dass dich das Geschehene so tief getroffen hat", sagte Lucy zögerlich. „Du warst noch so *jung*. Aber du musst wissen, dass Geburten nicht immer so enden."

„Ich habe, seit ich wieder zu Hause bin, schon bei zahlreichen Geburten geholfen. Das hat mich nicht gerade denken lassen, dass es eine besonders erfreuliche Erfahrung ist oder mir Anlass gegeben, meine Meinung zu ändern", sagte Anna entschieden. „Schau doch nur dich selbst an, Lucy. Als du das letzte Mal versucht hast, Robert einen Erben zu schenken, bist du fast verblutet! Und ich wette, du bist trotzdem mehr als bereit, es noch einmal zu versuchen."

„Verbluten ist das falsche Wort", protestierte Lucy. „Ich will nicht lügen und behaupten, dass die Erfahrung angenehm war. Aber der Gedanke, Roberts Kind zu bekommen, macht das, was ich erlitten habe, wieder wett."

Anna erschauderte. „Ich verstehe nicht, wie du den Mut dafür aufbringen kannst."

„Das ist keine Frage des Mutes", stellte Lucy fest. „Frauen bringen schon seit Adam und Eva Kinder zur Welt. Und wenn du in einer Beziehung mit einem bestimmten Mann ... *zufrieden* bist, überwiegt der

Gedanke, ein Kind von ihm zu bekommen, die Gefahren. Vielleicht hast du einfach noch nicht die richtige Person getroffen."

„Es gab da einen Mann ... einen Gentleman in London ..., von dem ich dachte, dass ich Gefühle für ihn entwickeln könnte." Anna schaute an Lucy vorbei zum Fenster hinaus.

„Ist es der Marineoffizier, den Tante Jane in ihren Briefen erwähnt hat?", fragte Lucy.

„Ja. Kapitän Harry Akers."

„Dann sollten wir vielleicht in Betracht ziehen, nächstes Jahr für eine Saison nach London zurückzukehren, damit du diesen Mann wiedersehen kannst."

„Im Moment kommt er nur noch selten nach England." Anna seufzte. „Und ehrlich gesagt, glaube ich nicht, dass er mich sehen wollen würde. Ich habe ihm gesagt, dass er nie wieder versuchen solle, mich zu kontaktieren."

Lucy erstarrte. „Hat er sich dir gegenüber ungebührlich verhalten?"

„Nein. Er hat mich nur geküsst."

„Und so etwas hältst du nicht für ungebührlich?"

„Nicht, wenn der Mann um Erlaubnis gebeten hat und ich sie gewährt habe." Annas schwaches Lächeln erstarb.

„Hat er versucht, dich in irgendeiner Weise zu zwingen?"

„Keineswegs. Er war der perfekte Gentleman."

Lucy versuchte, ihre Gedanken zu sammeln. „Manche Küsse können anfangs ... ziemlich intim wirken, aber ..."

Anna winkte ihre Worte ab. „Das weiß ich doch."

„Was ist denn dann passiert, dass du ihn so entschieden abweisen musstest?“

„Sein Kuss hat mir *gefallen*. Das ist es, was mir Angst gemacht hat, Lucy.“ Anna schluckte schwer. „Es hat in mir die Befürchtung geweckt, dass ich mich von meinem eigenen Verlangen zu einer Beziehung überreden lassen könnte und ich dann genau so ende, wie ich es immer befürchtet habe: schwanger und voller Angst.“

Lucy starrte ihre Schwester einen langen Moment an. Was um alles in der Welt konnte sie sagen, um Annas sehr reale Ängste zu beschwichtigen? Sie hatte viele Frauen bei der Geburt sterben sehen und konnte die Risiken nicht von der Hand weisen.

„Wenn du jemals schwanger werden solltest, weißt du, dass Dr. Fletcher und Grace alles in ihrer Macht Stehende tun würden, um sicherzustellen, dass du die Geburt überlebst.“

„Ich weiß.“ Anna rang sich ein Lächeln ab. „Vielleicht hast du recht, Lucy, und ich habe nur noch nicht den richtigen Mann gefunden. Es muss doch einen Gentleman geben, der schon genug Kinder hat und mit einer Freundin und Begleiterin zufrieden wäre.“

„Wenn du dich dein Leben lang um so einen Mann kümmern willst, kannst du genauso gut im Pfarrhaus bleiben“, sagte Lucy sarkastisch. „Du verdienst mehr als das.“

„Und ein Mann – vor allem einer unseres Standes – verdient einen Erben“, erwiderte Anna schroff, wobei ihre Gesichtsfarbe sichtlich röter wurde. „Gerade du solltest das wissen.“

„Ja, in der Tat." Lucy ließ den Blick hinunter auf ihre Stifte und das Papier fallen. „Hast du den Brief, den Vater erhalten hat, dabei?" Anna erhob sich von ihrem Platz und ging zum Sofa hinüber, wo sie ihr Retikül abgelegt hatte.

„Ich habe ihn hier." Sie brachte den Zettel zurück zu Lucy und griff nach ihrer Hand. „Es tut mir leid. Das war gemein. Ich wollte dich nicht verletzen."

„Das hast du nicht." Lucy tätschelte die Hand ihrer Schwester. „Und ich war ein bisschen schroff zu dir, also habe ich es wahrscheinlich auch verdient. Hast du schon einmal daran gedacht, einem Mann, den du vielleicht heiraten möchtest, zu sagen, dass du keine Kinder möchtest?"

„Ich bezweifle, dass ein solches Gespräch gut verlaufen würde." Anna ließ sich mit einem dumpfen Geräusch auf das Sofa fallen. „Aber ich werde deinen Vorschlag im Hinterkopf behalten. Es würde sicherlich einige meiner Verehrer abschrecken, was schon einmal nicht schlecht wäre. Manchmal frage ich mich, ob ich Lehrerin oder Gouvernante wie Miss Broomfield werden sollte. Damit könnte ich einfach in den Hintergrund treten."

„Ich bezweifle, dass das den gewünschten Effekt hätte. Alle Damen wären weiterhin eifersüchtig auf deine Schönheit und die Söhne würden dich als leichtes Ziel betrachten."

„Ich nehme an, das stimmt", sagte Anna. „Dann vielleicht eher Lehrerin als Gouvernante."

„Miss Broomfield schien die Erfahrung nicht sehr zu genießen. Ich würde es nicht gerne sehen, wenn dir es ebenso ergehen würde."

„Ich frage mich, *warum* sie so verbittert war“, überlegte Anna laut. „Hat sie vielleicht die Liebe ihres Lebens verloren, war sie ruiniert oder lief sie vor etwas davon?“

„Du liest zu viele Schauerromane“, tadelte sie Lucy. „Vielleicht wollte sie einfach nur Lehrerin werden, um unabhängig von ihrer Familie zu werden.“

„Frauen unserer Klasse werden nicht gerade dazu ermutigt oder es wird ihnen sogar verboten, Unabhängigkeit anzustreben. Das weißt du doch selbst, Lucy. Und Miss Broomfield drückte sich immer sehr gehoben aus und hatte eine ausgesprochen gebieterische Ausstrahlung.“

„Ja, nicht wahr?“, sagte Lucy und erinnerte sich plötzlich an den üppigen Diamant- und Rubinschmuck. „Vielleicht ist sie ja doch vor etwas geflohen.“

„Hast du Miss Broomfields Besitztümer fertig sortiert?“ Anna deutete auf den Stapel von Kisten auf dem Tisch. „Ich kann noch etwa eine Stunde bleiben, falls du Hilfe brauchst.

Vater nimmt Mrs Armitage heute mit auf eine Rundfahrt, um ihr die drei Kirchen zu zeigen, und ich erwarte sie erst am späten Nachmittag zurück.“

„Ich wäre wirklich dankbar für ein wenig Hilfe.“ Lucy verließ ihren Schreibtisch und setzte sich mit Anna an den Tisch. „Es gibt eine große Kiste, die ich noch nicht geöffnet habe, weil es keinen Schlüssel gibt. Aber ich habe auch das hier gefunden.“ Sie hielt das Kruzifix hoch.

„Das wirkt aber sehr katholisch.“

„Da ist etwas auf der Rückseite festgebunden, sodass es zwischen Wand und Kruzifix versteckt war.“ Lucy zupfte geduldig an der Schnur, die um den Sockel gewickelt war, bis es ihr gelang, das in Papier geschlagene Etwas zu lösen. Sie entfaltete das Blatt und brachte damit einen Schlüssel zum Vorschein. Sie präsentierte ihn Anna, die damit beschäftigt war, den schweren Tresor an die Tischkante zu ziehen. „Hab‘ ich es mir doch gedacht – es ist ein Schlüssel.“

„Dann wollen wir mal hoffen, dass er auch passt.“ Anna trat zurück, während Lucy den Schlüssel in das Schloss steckte.

„Er ist zu klein.“ Lucy versuchte es erneut, aber ohne Erfolg. „Ich werde Foley fragen müssen, ob er uns helfen kann. Er ist so etwas wie ein Experte für Schlösser.“

Als hätte er gewusst, dass seine Dienste benötigt wurden, trat Foley in diesem Moment mit dem Teetablett und einer Auswahl an Kuchen, die die Köchin angeblich Anna probieren lassen wollte, ins Zimmer.

Nachdem Lucy ihm das Problem geschildert hatte, näherte er sich dem Kästchen und studierte es; den Kopf hatte er zur Seite geneigt wie ein Vogel.

„Wenn Sie erlauben, Mylady?“ Foley zog einen Schlüsselbund aus seiner Tasche, der mit Schlüsseln in allen Formen und Größen behangen war. „Einer von ihnen könnte funktionieren. Wenn nicht, brauchen wir die Hilfe von James, unserem obersten Kammerdiener. Sein Vater war Schlosser und der junge James hat die Grundzüge des Handwerks gelernt.“

„Und wenn James nicht helfen kann, gibt es immer noch Joseph Cobbins aus den Ställen“, murmelte Lucy ihrer Schwester zu. „Sein nichtsnutziger Vater war ein Experte für Einbrüche.“

Keiner von Foleys Schlüsseln funktionierte, daher läutete Lucy nach James und wartete geduldig, während Anna ihnen beiden Tee einschenkte. Lucy konnte nicht umhin, sich zu fragen, was in der Kiste war und wozu der Schlüssel diente, den sie gefunden hatte. Da sie Miss Broomfields Gewohnheit kannte, etwas zu verbergen, musste Lucy annehmen, dass sie beim Durchsuchen des Schulgebäudes etwas übersehen hatte.

Sie hatte sich mit Josephine und Rebecca für den nächsten Tag in der Schule verabredet, um mit den jüngeren Kindern die Weihnachtslieder zu proben. Während sie die Sitzung beaufsichtigte, würde sie genug Zeit haben, die Wohnräume der Lehrerin noch einmal zu durchsuchen und zu sehen, ob ihr vielleicht etwas entgangen war. Der Schlüssel war nicht sehr groß, aber der Umstand, dass Miss Broomfield ihn offenbar mit Bedacht versteckt hatte, ließ ihn wichtig erscheinen.

Es sei denn, er war für eine andere Kiste, die wiederum in der Kiste versteckt war, die James gerade mit einer Kombination aus einem von Foleys Schlüsseln und einem Hufpickel erfolgreich geöffnet hatte.

„Vielen Dank, James.“ Lucy schenkte dem Diener ein Lächeln.

„Gern geschehen, Mylady.“ Er trat einen Schritt zurück und nickte Foley zu. „Ich gehe dann mal zurück in die Küche und helfe bei den Vorbereitungen für das Abendessen."

„Nochmals vielen Dank." Lucy wartete, bis Foley James durch die Tür gefolgt war, bevor sie vorsichtig den Deckel der Schachtel öffnete.

„Das fühlt sich an wie Samt." Lucy zog etwas heraus, das eine Art dunkelgrüner Schulterumhang zu sein schien, und rümpfte die Nase. „Es riecht ziemlich muffig." Sie legte den Umhang neben der Kiste auf dem Tisch ab und blickte ins Innere des Behälters. „Ach du meine Güte."

„Was ist denn drin?", rief Anna aus.

„Sieh nur." Lucy griff hinein und hob vier flache, aber erstaunlich schwere Schachteln heraus. „Ich glaube, das sind Schmuckkästchen."

Lucy ignorierte Annas überraschtes Quietschen und fuhr damit fort, eine weitere Schicht flacher Kisten und eine große, tiefe, verzierte Holzkiste herauszunehmen.

„Sollen wir hineinschauen?", fragte Anna.

„Ich sehe keinen Grund, der dagegenspräche." Lucy öffnete das erste Kästchen und brachte einen doppelten Perlenstrang mit einem geschnitzten Elfenbeinanhänger in der Mitte der Kette zum Vorschein. „Das ist ja wunderschön."

Während sie der begeistert seufzenden Anna die kleineren Kästchen überließ, widmete Lucy ihre Aufmerksamkeit dem verzierten Holzkästchen. Das sah schon viel eher aus wie eine richtige Schmuckschatulle und war mit einem Schloss versehen, in dem ein kleiner Schlüssel steckte. Auf dem blauen Satinfutter im Inneren lagen eine Vielzahl von Ringen, Ohrringen und Broschen, die selbst in der

Tristesse des Winternachmittags funkelten und leuchteten.

Anna erwiderte Lucys Blick. „Woher in aller Welt hat Miss Broomfield diese Schmuckstücke?“

„Vielleicht hat sie sie von ihrer Mutter geerbt.“

„Aber warum hat sie dann als Lehrerin gearbeitet? Ein einziges dieser Stücke ist so viel wert wie fünf *Jahre* ihres Gehalts. Warum hat sie nicht einfach alles verkauft und von den Erlösen gelebt?“

„Ich weiß es nicht“, sagte Lucy schließlich. „Das ergibt alles überhaupt keinen Sinn.“

Stunden später, nachdem Anna ins Pfarrhaus zurückgekehrt war und Lucy und Robert mit Tante Rose zu Abend gegessen hatten, war Lucy der Lösung des Rätsels um Miss Broomfields Verhalten immer noch kein Stück nähergekommen.

Sie wartete ungeduldig, während Robert methodisch die Schmuckstücke durchging und bei einigen der aufwändigeren Stücke, wie einem zarten Diadem, anerkennend pfiff.

Schließlich musste sie doch fragen. „Was glaubst du, warum Miss Broomfield diese ganzen Reichtümer in ihrem Schrank versteckt hielt?“

„Ich habe keine Ahnung.“ Er legte das letzte Stück ab. „Ich nehme an, sie wollte den Schmuck für ihre zukünftigen Kinder aufbewahren.“

„Während sie an einer Schule unterrichtete und keinerlei Anstalten machte, überhaupt einen Ehemann zu finden?“

„Oder vielleicht wollte sie einfach nur ihre Erbstücke sicher verwahren.“

Lucy setzte sich an ihren Schreibtisch. „Ich nehme an, das wäre ein guter Grund, sie töten zu wollen."

„Aber niemand in dieser Gemeinde hätte gewusst oder auch nur vermutet, dass sie reich war", konterte Robert.

„Was ist mit diesem Mr Clapper, der am Tag ihres Todes die Schmiede besuchte?"

„Wir wissen nicht einmal, ob er mit Miss Broomfield bekannt war. Mr Hall hat nicht erwähnt, dass dieser Clapper versucht hat, die Wohnorte oder andere nützliche Informationen über die Bewohner von Kurland St. Mary in Erfahrung zu bringen."

„Ich sollte Mr Jarvis fragen, ob er sich vielleicht an etwas erinnert, das Mr Clapper gesagt hat, während dieser im *Queen's Head* wohnte."

„Er schien nicht besonders viel zu wissen." Robert lächelte. „Frag lieber Mrs Jarvis. Sie ist diejenige, die über den ganzen Klatsch und Tratsch Bescheid weiß."

„Das werde ich." Lucy starrte auf die Kisten, die sich auf dem Tisch stapelten. „Eine Sache ist allerdings merkwürdig."

„Was denn?"

„Die Diamant- und Rubinkette und die Ohrringe, die ich auf ihrer Kommode gefunden habe."

„Ach ja." Robert lehnte sich an die Kante des Schreibtisches und sah zu ihr hinunter. „Warum lag dieses Schmuckstück an einem anderen Ort als der Rest ihrer Beute?"

„Vielleicht wollte sie nur dieses eine Stück verkaufen oder es jemandem geben."

Robert hob eine Augenbraue. „Vermutest du, dass sie jemanden bestechen wollte? Nur wen? Den mysteriösen Mr Clapper, vielleicht?"

Lucy schniefte. „Du bist derjenige, der das Wort *Beute* benutzt hat, als ob sie die ganzen Wertsachen irgendwie auf eine nicht ganz ehrliche Weise angehäuft hätte."

„Wenn wir, wie du es so gerne tust, unerhörte Szenarien diskutieren wollen, meine Liebste, dann können wir die Möglichkeit nicht außer Acht lassen, dass sie alles gestohlen und sich damit aus dem Staub gemacht haben könnte."

„Ich nehme an, das würde erklären, warum sie ihren Reichtum geheim hielt." Lucy seufzte. „Das ist *sehr* verwirrend. Ich muss heute Abend an den Freund meines Vaters in Cambridge schreiben und hoffen, dass er uns mehr Informationen geben kann."

„In der Zwischenzeit bitte ich Dermot, mir dabei zu helfen, diese Schatztruhe in unserem Tresorraum wegzuschließen." Langsam richtete Robert sich auf und griff nach seinem Gehstock. „Wir können uns auf seine Diskretion in der Sache verlassen."

„Brauchst du meine Hilfe?", erkundigte sich Lucy.

„Nein. Schreib du deinen wichtigen Brief und ich werde dafür sorgen, dass er am nächsten Tag so schnell wie möglich zugestellt wird."

„Vielen Dank." Lucy zögerte. „Ich hatte heute ein langes Gespräch mit Anna über ihre Heiratsaussichten."

„Und?"

„Sie hat Angst, ein Kind zu bekommen."

„Ein verständliches Dilemma.“ Er ging auf die Tür zu, sein Gang war selbst unter Zuhilfenahme seines Stocks unsicher.

„Ich glaube, ich habe sie auch nicht gerade beruhigen können, was die Sache angeht.“

„Wie auch, wenn man bedenkt, was du im letzten Jahr durchgemacht hast?“ Er sah sie von der Tür aus an, sein Gesicht im Schatten.

„Ich bedaure nicht, was geschehen ist.“ Sie erwiderte seinen Blick. „Ich wünschte nur, es hätte einen ... besseren Ausgang genommen.“

„In der Tat.“

„Glaubst du, es gibt Herren, die eine Frau heiraten und dabei nicht von ihr erwarten, Kinder zu bekommen?“

„Ich bezweifle es. Welcher Mann würde eine Frau heiraten, wenn er *keine* Erben haben will?“

„Ich verstehe.” Lucy schaute nach unten auf ihren Schoß. „Was ist mit Gesellschaft und Respekt und ... Liebe?“

Er kam wieder herein und schloss sanft die Tür. „Wenn du mir etwas sagen willst, könntest du dich dann etwas genauer ausdrücken?“

Sie blinzelte ihn erstaunt an. „Was meinst du damit?“

„Wenn du andeuten willst, dass unsere Ehe auf Freundschaft, Respekt und Liebe aufgebaut ist, dann stimme ich dir zu. Ich würde dir außerdem zustimmen, wenn du dich dazu entscheiden solltest, alles so zu belassen, wie es jetzt ist.“

„Ich habe von *Anna* gesprochen.“

„Bist du dir da ganz sicher?“ Er sah nicht wütend aus, nur müde. „Ich verspreche dir, dass ich nicht aufhören werde, dich zu lieben und zu schätzen, egal, wie du dich entscheidest. Lass es mich einfach wissen, in Ordnung?“

Mit einer abrupten Kopfbewegung machte er kehrt, verließ das Zimmer und ließ Lucy mit offenem Mund zurück.

Hatte er gedacht, sie wolle nicht mehr mit ihm das Bett teilen? War er wirklich so dumm? Er war doch derjenige, der ihr in den letzten Monaten aus dem Weg gegangen war! Sie erhob sich halb von ihrem Stuhl und überlegte, ihm nachzulaufen, doch dann erinnerte sie sich daran, was passiert war, als sie ihn das letzte Mal in seinen Rückzugsort verfolgt hatte.

Sie setzte sich wieder, verschränkte die Hände in ihrem Schoß und begann, am ganzen Körper zu zittern. Sollte sie auf sein Angebot eingehen? Schlug er ihr lediglich ein Arrangement vor, mit dessen Umsetzung er bereits auf seine eigene subtile Art und Weise begonnen hatte? Ein Arrangement, das viele Paare ihrer Gesellschaftsschicht getroffen und sich damit abgefunden hatten?

Lucy atmete tief durch und wandte sich dem Brief zu, den sie schreiben musste. Wenn Robert mit Dermot zurückkam, um die Kisten wegzubringen, würde sie einfach so tun, als würde sie ihn gar nicht sehen.

Kapitel 11

Am nächsten Morgen beschloss Lucy, ihren Tag mit einem Besuch im *Queen's Head* zu beginnen. Sie hatte in der vergangenen Nacht schlecht geschlafen. Zu sehr drehten sich ihre Gedanken um Robert, der auf seiner Seite des Bettes leise schnarchte, als ob er sich um nichts in der Welt sorgte. Sie kannte ihn gut genug, um zu wissen, dass er sie nicht dazu zwingen würde, erneut darüber zu sprechen, ob sie künftig eine enthaltsame Ehe führen wollte. Er würde davon ausgehen, dass sie ihre eigene Entscheidung treffen und sie ihm mitteilen würde, wenn sie dazu bereit war.

Aber sie hatte keine Antwort für ihn, sondern nur das Gefühl, dass ihr das Herz wehtat und dass es schwierig war, sich zu konzentrieren. Sie mochte es nicht, bei irgendetwas zu versagen, und die Ehe war da keine Ausnahme.

Da heute kein Markttag war, war es relativ ruhig im Gasthaus. Es war ein kühler, aber heller Morgen, und sie hatte sich entschieden, zu Fuß ins Dorf zu gehen. Damit hatte sie etwas zu tun und musste Mr Coleman im Stall nicht behelligen. Nachdem Tante Rose im Bett gefrühstückt hatte, hatte sie zugestimmt, Lucy mittags im Pfarrhaus zu treffen, wenn die Zwillinge nach Hause kommen würden.

Sie freute sich darauf, ihre Brüder zu sehen, auch wenn sie sie mit ihrer unbändigen Energie und ihrer Neigung, sich in Schwierigkeiten zu bringen, sicher auf Trab halten würden. Früher hatten sie in Robert so etwas wie einen Helden gesehen, wahrscheinlich weil er sie im Gegensatz zu ihrem trägen Vater gerne herumkommandierte und sofortigen Gehorsam erwartete. Aus irgendeinem Grund schätzten sie das. Lucy würde Männer nie ganz verstehen.

„Lady Kurland?"

Lucy betrat das Gasthaus und traf dort auf Mrs Jarvis, die gerade aus der Küche kam. Das Gebäude war über zweihundert Jahre alt und hatte zwischen den schwarzen Balken und Fachwerkwänden nicht auch nur eine gerade Decke oder ebenen Boden.

„Guten Morgen, Mrs Jarvis. Hätten Sie vielleicht einen Moment Zeit für mich?"

„Du liebe Güte, Mylady, natürlich habe ich das!" Mrs Jarvis machte einen Knicks. „Ich wollte gerade zum Anwesen gehen, um selbst mit Major Kurland zu sprechen." Sie öffnete die Tür zu einem der privaten Salons und führte Lucy hinein. „Jetzt ist er ja nicht mehr Major Kurland, nicht wahr? Natürlich war er das auch *noch* nicht, als ich ihn kennengelernt habe!" Sie kicherte, wodurch die blonden Locken, die unter ihrer Spitzenhaube hervorschauten, auf und ab federten.

Lucy drehte sich zu ihr um. „Sie kannten Sir Robert, bevor Sie nach Kurland St. Mary zogen?"

„Oh, ja, Mylady. Hat er es Ihnen gegenüber nicht erwähnt? Was für ein ungezogener Junge. Ich habe ihn vor etwa sechzehn Jahren in London kennengelernt, als ich Tänzerin beim Theater war. Er und seine

Offiziersfreunde kamen hinter die Bühne, um den Darstellerinnen schöne Augen zu machen."

Lucy rang sich ein Lächeln ab. „Wie merkwürdig, dass Sie nun im selben Ort leben."

„Ich weiß." Mrs Jarvis zwinkerte. „Ich kann nicht behaupten, dass er besonders erfreut war, mich zu sehen, aber ich bin nicht hier, um Ärger zu machen. Darauf haben Sie mein Wort, Mylady."

„Das ist ... sehr nett von Ihnen." Lucy ließ sich in einen Stuhl vor dem Kamin sinken. „Haben Sie denn eine Nachricht für Sir Robert, die ich für Sie überbringen kann?"

„Das ist jetzt nicht mehr nötig." Mrs Jarvis nahm den Platz gegenüber von Lucy ein. „Sie können es ihm selbst sagen. Er hatte über Mr Fletcher fragen lassen, ob dieser Mr Clapper, der hier übernachtet hat, etwas darüber gesagt hat, warum er im Dorf war. Denn der Name war Sir Robert nicht geläufig."

„Soweit mein Mann mich informiert hat, hatten Sie bestätigt, dass Mr Clapper hier übernachtet hat, aber in der Zeit niemand mit ihm viel mehr als Höflichkeiten ausgetauscht hat."

„Davon war ich auch ausgegangen, bis Bertha, mein zweites Zimmermädchen, heute zur Arbeit erschien. Sie war zu Hause geblieben war, um sich um ihre arme Mutter zu kümmern." Mrs Jarvis schüttelte den Kopf. „Neununddreißig Jahre alt mit dem jetzt fünfzehnten Kind und Bertha ist die Älteste und erst siebzehn."

„Die Familie Pilcher?"

„Ja, Mylady, genau die. Nun, wie ich schon sagte, Bertha ist heute zurückgekommen. Sie war diejenige, die in der Nacht, in der Mr Clapper hier war, hinter ihm aufgeräumt hat. Sie erzählte mir, dass er ein recht gesprächiger Mann sei, aber die unangenehme Neigung hatte, ihr in den Hintern zu kneifen, wenn Sie verstehen, was ich meine, und ..."

In einem Versuch, den Redefluss zu stoppen, hob Lucy die Hand. „Bertha hat also mit Mr Clapper gesprochen. Was hat er zu ihr gesagt?"

„Dazu wollte ich gerade kommen, Mylady. Bertha sagte mir, Mr Clapper sei Anwalt und wohne in Cheapside, in London."

„Cheapside?" Lucy strengte ihre Erinnerung an. „Ich glaube nicht, dass ich dort jemals jemanden besucht habe."

„Das wäre auch unwahrscheinlich, Mylady. Es ist nicht gerade ein prachtvoller Teil der Stadt, nicht wahr? Nur einfache Bürger, Kaufleute und Bankiers dort."

„Hat Mr Clapper erwähnt, warum er nach Kurland St. Mary gekommen war?"

„Nun, Bertha hat ihn gefragt, was sie eigentlich nicht hätte tun sollen, da ich meinen Mädchen eintrichtere, dass sie nicht zu neugierig sein sollen, wenn es um unsere Kunden geht. Nur damit sie sich nicht in Schwierigkeiten bringen natürlich. Und er sagte, dass es um eine vertrauliche Angelegenheit eines Kunden gehe. Was auch immer das heißen soll."

„Vermutlich wollte er jemanden im Dorf in einer Rechtsangelegenheit besuchen", sagte Lucy. „Ich frage mich, wer das gewesen sein könnte. Könnte ich selbst mit Bertha sprechen? Mrs Jarvis, würde Ihnen das etwas ausmachen?"

„Ich werde sehen, ob ich sie für Sie auftreiben kann." Mrs Jarvis stand auf und band sich die Schürze um die üppige Taille. „Bleiben Sie am Feuer sitzen und ich werde Ihnen etwas Heißes und Wärmendes bringen, damit Sie wieder Farbe auf die Wangen kriegen. Ich habe Ihre Kutsche nicht gehört, sonst wäre ich gleich nach draußen gekommen, um Sie zu begrüßen. Sind Sie zu Fuß hier? Ich wette, Major Kurland mag es nicht, wenn Sie das tun, wo es Ihnen doch nicht gut geht."

„Mir geht es ausgezeichnet", erwiderte Lucy.

Mrs Jarvis schnalzte mit der Zunge. „Typisch für eine Lady, einfach so zu tun, als ob alles in Ordnung wäre. Das ganze Dorf weiß von Ihrem traurigen Erlebnis, Lady Kurland. Wir alle wünschen Ihnen für das kommende Jahr nichts als beste Gesundheit."

„Vielen Dank. Es besteht wirklich ..."

„Und machen Sie sich keine Sorgen, dass Major Kurland sich anderweitig die Hörner abstoßen könnte. Denn wenn das der Fall wäre, würde ich es als Erste erfahren und ich habe nicht auch nur Gerüchte dieser Art gehört, also ist er Ihnen immer noch so treu ergeben, wie man es von einem Gentleman seines Standes erwarten würde. Und Sie sind erst seit drei Jahren verheiratet. Geben Sie ihm noch zehn Jahre, dann könnte er vielleicht mit Ihrem Segen durch die Grafschaft ziehen." Mrs Jarvis zwinkerte ihr zu, bevor sie durch die Tür verschwand und Lucy wie ein Schiff im Sturm zurückließ. Hatte Mrs Jarvis ihr sagen wollen, dass Robert keine Geliebte hatte – zumindest *noch* nicht? Sie hatte vergessen, dass die Dorfschule nicht der einzige Ort war, an dem sich Tratschtanten trafen.

Es war Lucy gar nicht in den Sinn gekommen, dass Robert sich bereits selbst um seine Bedürfnisse gekümmert haben könnte ... und sie konnte sich überhaupt nicht vorstellen, dass er dies in seinem eigenen Dorf tun würde. Aber ihr Vater hatte viele Jahre lang mit einer ähnlichen Regelung gelebt, also lag sie vielleicht falsch.

Lucy öffnete die Knöpfe ihrer Pelisse, da die Wärme des Feuersganze Arbeit leistete. Und warum hatte Robert seine frühere Bekanntschaft mit Mrs Jarvis nicht erwähnt? Das letzte Mal, als sie beim Gasthaus gewesen waren, hatte er in der Tat etwas unangenehm berührt gewirkt. Welcher Natur war ihre damalige Beziehung gewesen? Das konnte sie wohl kaum Robert selbst fragen. Die Tatsache, dass Mrs Jarvis in Kurland St. Mary gelandet war, konnte man entweder als unglücklichen Zufall oder als durchaus beabsichtigt sehen.

Lucy tadelte sich selbst für den unsinnigen Pfad, den ihre Gedanken ganz von selbst eingeschlagen hatten. Als die Tür hinter ihr aufging, wandte sie sich um. Eine kleine, rundliche Frau trat ein und machte einen Knicks vor ihr.

„Lady Kurland? Ich bin Bertha Pilcher."

Lucy lächelte. Bertha hatte das unverwechselbare rote Haar ihres Vaters und die dazu passenden Sommersprossen. „Wie geht es Ihrer Mutter nach der Geburt des Kindes?"

„Ach, Sie kennen sie ja, Mylady. Sie arbeitet schon wieder auf den Feldern und trägt dabei den Kleinen auf den Rücken geschnallt."

„Ich werde sie besuchen, sobald ich kann."

„Das wird sie freuen, Mylady. Sie ist immer froh, Sie zu sehen. Miss Anna hat heute Morgen einen schönen Korb mit gestrickter Kinderkleidung aus dem Pfarrhaus geschickt."

„Ich werde ihr ausrichten, dass die Sachen sicher angekommen sind." Lucy lenkte ihre Gedanken zurück zum Wesentlichen. „Ich wollte Sie nach einem Herren fragen, der letzte Woche hier im Gasthaus übernachtet hat – Mr Clapper. Erinnern Sie sich an ihn?"

„Ja, in der Tat, Mylady. Ich habe Mrs Jarvis gerade erzählt, dass er mir immer den Hintern tätschelte und zwickte. Schließlich bin ich ihm auf den Fuß getreten und danach wurde er ein wenig höflicher!"

„Ich hörte, er war Anwalt aus Cheapside in London."

„Ja, so ist es, Mylady. Er prahlte damit, in was für einem schönen Haus er wohnte und wie viele aristokratische Klienten er doch habe." Bertha schniefte abschätzig. „Nicht, dass ich ihm auch nur irgendetwas davon geglaubt hätte, Mylady. Er war nicht gerade eine modische Erscheinung. Seine Hemdmanschetten waren ausgefranst und sein Mantel war so alt, dass er an den Ellbogen Flicken hatte."

„Hat er Ihnen irgendeinen Hinweis darauf gegeben, warum er hier in Kurland St. Mary war?"

„Er sagte nur, dass er geschäftlich hier sei, um eine Lady zu besuchen."

„Eine *Lady*? Sind Sie sich ganz sicher, dass er das so gesagt hat?"

„Ja, ganz sicher. Spielt das denn eine Rolle?", fragte Bertha. „Ich glaube, die meisten hier im Dorf lassen ihre Geschäfte über Jacksons Solicitors in Hertford abwickeln. Wer braucht schon einen schicken Anwalt aus London?"

„Ich vermute, damit liegen sie richtig." Lucy runzelte die Stirn. „Hat er sonst noch etwas gesagt?"

„Darüber, warum er hier war?" Bertha schüttelte den Kopf. „Nicht wirklich. Er schien sich aber wie ein Schneekönig darüber zu freuen, dass er Geheimnisse zu bewahren hatte."

„Er klingt wirklich wie ein äußerst unangenehmer Mann", murmelte Lucy. „Danke für Ihre Hilfe, Bertha, und bitte richten Sie Ihrer Mutter und Ihrem Vater meine besten Grüße und Glückwünsche zur Geburt ihres jüngsten Kindes aus."

„Das werde ich tun, Mylady. Gibt es noch etwas, womit ich Ihnen behilflich sein kann?"

„Sie waren schon ausgesprochen hilfreich." Lucy lächelte dem Mädchen zu, als dieses einen Knicks machte und den Raum verließ. Mrs Jarvis erschien fast sofort danach und stellte Lucy ein Glas mit einer dampfenden, heißen Flüssigkeit hin. „Whiskey und Honig mit einem Hauch von meinem eigenen Apfelwein und Ingwer, um Sie aufzuwärmen, Mylady."

„Das riecht wirklich köstlich." Lucy nahm das Glas in die behandschuhten Hände und schnupperte genüsslich daran. „Vielen Dank."

„Und jetzt trinken Sie alles aus, bevor Sie gehen", befahl Mrs

Jarvis. „Kehren Sie zum Anwesen zurück oder haben Sie im Dorf noch etwas zu erledigen?"

„Ich treffe mich mit meiner Schwester und Mrs Armitage im Pfarrhaus, ich habe also keinen weiten Weg mehr vor mir." Lucy vermutete, dass die Wirtin etwa in ihrem Alter war, wenn nicht sogar jünger. Aber sie konnte es nicht über sich bringen, sich dagegen zu wehren, einen Moment lang von ihr bemuttert zu werden. „Meine jüngeren Brüder kommen heute von der Schule nach Hause."

„Ach ja, richtig. Major Kurland hat es mir erzählt, als er das letzte Mal auf ein Gespräch hier war. Wie schön für Sie." Sie strahlte Lucy an. „Mein Sohn kommt dieses Jahr aus London her, um die Festtage mit uns zu verbringen. Sie werden ihn bei der Feier am Heiligabend kennenlernen."

„Ich wusste gar nicht, dass Sie einen Sohn haben, Mrs Jarvis."

„Er arbeitet in einer Brauerei in London. So habe ich Mr Jarvis kennengelernt. Ich habe dort eines Tages meinen Sohn besucht und er hat mich Mr Jarvis vorgestellt, der ein Witwer war und eine Frau suchte." Sie zwinkerte Lucy zu. „Und da ich schon immer mit einem Umzug aufs Land geliebäugelt hatte, war ich mehr als gewillt, seinen Antrag anzunehmen."

„Wie ... praktisch für Sie beide."

„Da Mr Jarvis keinen Sohn hat, der das Gasthaus übernehmen könnte, hofft er, dass mein Junge Interesse haben würde. Er ist ein großer Bursche von fast sechzehn Jahren und für diese Art von Arbeit gut geeignet. Außerdem kennt er sich mit Bier aus."

„Das klingt nach einem ausgezeichneten Plan." Lucy trank ihr Getränk mit einem großen, viel zu heißen Schluck aus. Der Whiskey lief mit einem angenehmen Brennen die Kehle hinunter in ihren Magen. „Ich sollte mich besser auf den Weg machen. Ich danke Ihnen vielmals für Ihre Gastfreundlichkeit."

„Gern geschehen, Lady Kurland." Mrs Jarvis öffnete die Salontür und bedeutete Lucy, ihr in den Hauptflur zu folgen. Der wohltuende Duft von gebackenen Kuchen wehte ihr aus den Tiefen des Gasthauses entgegen, gefolgt von einer Welle von abgestandenem Bier und Hopfen aus der Schankstube.

„Passen Sie auf sich auf, Mylady." Mrs Jarvis klopfte Lucy auf die Schulter. „Der Boden ist vereist."

„Das werde ich. Vielen Dank." Lucy knöpfte den Mantel zu und vergewisserte sich, dass die Bänder ihrer Haube festgebunden waren, bevor sie sich nach draußen wagte. Der Wind hatte aufgefrischt, aber es gab keinen Schneeregen oder Schnee, um den sie sich hätte sorgen müssen. „Auf Wiedersehen, Mrs Jarvis."

Sie ging die Straße hinunter in Richtung Pfarrhaus und beugte sich zum Schutz vor dem Wind, der an ihrer Kleidung zerrte, leicht nach vorn. Auf der Einfahrt zum Pfarrhaus war keine Kutsche zu sehen. Das bedeutete, dass ihr Vater und ihre Brüder noch nicht zurückgekehrt waren.

Mr Clapper hatte sich entweder in Kurland St. Mary oder in einem der umliegenden Dörfer getroffen mit einer Frau. Da die einzigen Frauen mit Vermögen, die Lucy kannte, alle schon so lange in der Gegend lebten wie sie selbst, war Lucy ziemlich sicher, dass Mr Clapper keine von ihnen besucht hatte. Das ließ nur noch Miss Broomfield, die die Schule früher als sonst geschlossen hatte und den ganzen Tag über schlecht gelaunt gegenüber ihren Schülern gewesen war.

Es schien nur logisch, dass es die Lehrerin war, die sich mit dem angeblichen Anwalt getroffen hatte, aber zu welchem Zweck? Sicherlich würde sie bei Mr

Clapper anfragen können, um herauszufinden, ob er im Dorf gewesen war, um Miss Broomfield zu treffen. Aber wie konnte man ihn ausfindig machen? Würde ein Brief ausreichen oder müsste sie jemanden damit beauftragen, nach London zu fahren und nach ihm und seinem Büro in Cheapside zu suchen?

Robert würde es sicher nicht gutheißen, dass sie bei dem derzeitigen Wetter nach London reiste. Aber würde er es ebenfalls für nötig halten, jemanden auszusenden, um den zweifelhaften Hinweisen nachzugehen, die Lucy bisher hatte sammeln können? Normalerweise hätte sie ihn davon *überzeugt*, aber sie war sich nicht sicher, ob sie zu diesem Zeitpunkt die Energie für einen weiteren Streit aufbringen konnte.

Sie betrat das Pfarrhaus und trat die schlammigen Stiefel auf der abgenutzten Matte in der Spülküche ab, bevor sie ihre Haube und Pelisse auszog und die Küche betrat. Ihre Schwester Anna saß der Köchin am Küchentisch gegenüber und hielt eine Liste in der Hand. Sie blickte auf, als Lucy eintrat, und schenkte ihr ein strahlendes Lächeln.

„Guten Morgen, Lucy. Mrs Armitage arrangiert gerade die Blumen im Esszimmer und ich berate mich mit der Köchin, damit wir ausreichend Vorräte haben, um zwei heranwachsende Jungen zu verpflegen."

„Machen Sie sich darüber keine Sorgen, Miss." Die Köchin lächelte. „Ich habe genügend Vorräte für die nächsten Tage und auch für die Weihnachtszeit auf Lager."

„Gott sei Dank."

Lucy setzte sich zu ihnen und nahm sich eine Tasse Tee aus der Kanne auf dem Tisch. Sie wohnte schon seit drei Jahren nicht mehr im Pfarrhaus und hatte sich allmählich mit dem Gedanken angefreundet, sich nicht in Annas ausgesprochen lockere Art der Personalführung einzumischen.

Anna drehte sich um und blickte auf die Küchenuhr. „Vater sagte, er hoffe, je nach Zustand von Straße und Wetter gegen Mittag zurück zu sein. Mr Pugh, der Schafhirte, hat mir gesagt, dass er jederzeit mit dem ersten Schnee rechnet."

„Und Mr Pugh hat in solchen Dingen meistens recht." Lucy nippte an ihrem Tee. „Solange wir die Feier am Nachmittag und den Ball am Heiligabend abhalten können, soll es mir recht sein."

„Ich nehme an, einige der Gäste werden nach dem Ball über Nacht bleiben?", fragte Anna. „Ich weiß, dass Robert Vater gefragt hat, ob er einige seiner Freunde unterbringen kann. Denkst du immer noch über eine Reise nach Cambridge nach?"

„Der Brief ist erst heute abgeschickt worden. Ich werde abwarten, ob ich in den nächsten Tagen eine Antwort erhalte. Ich vermute, dass der Professor über Weihnachten verreist sein könnte."

„Das hoffe ich nicht." Anna wandte sich zum Fenster. „Ich glaube, ich höre die Kutsche." Sie stand auf und legte ihre Schürze ab, während sie sich durch die Haare strich. „Komm schon, Lucy. Lass uns Mrs Armitage suchen und die Zwillinge auf der Eingangstreppe begrüßen."

Nach einer turbulenten Stunde mit ihren Zwillingsbrüdern und einem Mittagessen zusammen mit ihrem Vater war Lucy erschöpft, aber zufrieden.

Ihre Brüder waren noch größer geworden und hatten sich kein bisschen verändert, was sie sehr glücklich stimmte. Nach dem Tod ihrer Mutter bei der Geburt hatte Lucy die beiden praktisch großgezogen und betrachtete sie insgeheim als ihre eigenen Kinder. Sie in die Schule zu schicken, war ihr anfangs grausam vorgekommen, aber sie schienen sich gut zu entwickeln.

Sie hatte bereits arrangiert, dass sie den nächsten Tag auf Kurland Hall verbringen würden, wo Robert sich schon Pläne zu ihrer Unterhaltung überlegt hatte. Ihr Lächeln verblasste, als sie aus dem Tor des Pfarrhauses trat und durch das Dorf in Richtung der Schule ging. Obwohl er behauptete, keine Zeit für Kinder zu haben, war Robert sowohl mit den Zwillingen als auch mit den Kindern der Stanfords bemerkenswert geduldig. Er würde einen hervorragenden Vater abgeben ...

Lucy schob den Gedanken beiseite und dachte an ihr Gespräch mit Mrs Jarvis im *Queen's Head* zurück. Andrew Stanford war Anwalt in London. Vielleicht wüsste er eine Möglichkeit, um herauszufinden, ob Mr Clapper wirklich ebenfalls dort als Anwalt tätig war und in Cheapside wohnte. Sie würde Sophia eine Nachricht schreiben, sobald sie nach Hause kam, und ihn um seine Meinung zu dieser Angelegenheit bitten.

„Guten Tag, Lady Kurland."

Erschrocken blickte Lucy über ihre Schulter und erkannte einen der Bauern vom Kurland-Anwesen, der sie von seinem Wagen aus angrinste.

„Guten Tag, Mathias. Sind Sie auf dem Weg nach Hause?"

„Nein. Ich bin auf dem Weg zum Schmied, Mylady. Ich wollte fragen, ob ich Sie mitnehmen soll?“

Lucy blickte die lange Hauptstraße hinunter und lächelte Mathias dankbar an. „Da ich auf dem Weg zur Schule bin, würden Sie mir damit einen Gefallen tun.“

Er stieg ab und half ihr auf die Kutscherbank, dann schnalzte er mit der Zunge und setzte damit das Pferd in Bewegung.

„Mein Pferd verliert ein Hufeisen. Ich will nicht, dass es noch lahm wird. Sir Robert würde das nicht gefallen.“

„Nein, in der Tat, das würde es nicht.“ Lucy zupfte ihre Röcke zurecht und hielt ihr Retikül fest umklammert. Der Wind hatte beträchtlich zugenommen, und jetzt lag ein Hauch von Regen in der Luft. „Meinen Sie, Sie könnten auf Ihrem Rückweg etwas beim Herrenhaus ausrichten?“

„Natürlich, Mylady.“

„Sagen Sie bitte Foley, er soll die Kutsche zur Schule schicken und mich um fünf Uhr abholen lassen?“

„Das werde ich tun.“

„Vielen Dank.“

Von ihrem hohen Sitzplatz aus hatte sie bereits ein paar Kinder auf das Schulhaus zusteuerten sehen und erkannt, dass die Eingangstür geöffnet war. Sie hatte den Schlüssel schon in die Schmiede bringen lassen. Rebecca Hall war sehr tüchtig und würde eines Tages eine bemerkenswert gute Lehrerin abgeben. Lucy war sich nicht so sicher, ob die arme Josephine die nötige Durchsetzungskraft besaß, um einen Raum voller Kinder zum Gehorsam zu bewegen. Vielleicht wäre sie als Gouvernante besser geeignet. In zwei Jahren, wenn die Mädchen achtzehn waren, würde Lucy dafür sorgen, dass sie die nötige Unterstützung und Empfehlungsschreiben erhielten, um zu tun, was immer sie sich vornahmen.

„Bitte sehr, Mylady." Mathias hielt den Wagen an und half Lucy hinunter. „Ich werde Ihre Nachricht ausrichten."

„Vielen Dank." Lucy blieb einen Moment neben dem Karren stehen. „Wenn Sie noch in der Nähe sind, wenn die Kinder aus der Schule kommen, zögern Sie bitte nicht, eines von ihnen nach Hause zu bringen."

„Sehr gerne, Mylady." Er zog seinen Hut vor ihr. „Guten Tag."

Lucy machte sich auf den Weg in die Schule und hielt kurz hinter der Tür inne, damit sich ihre Augen an das dämmrige Licht gewöhnen konnten. Zum ersten Mal seit über einer Woche ertönte der fröhliche Klang von Kinderstimmen im Gebäude. In der Mitte des Klassenzimmers hatte Rebecca Platz freigeräumt, damit die etwa ein Dutzend anwesenden Kinder in einer Gruppe zusammenstehen konnten. Das Alter reichte von fünf oder sechs bis etwa vierzehn Jahren.

Josephine stand neben Rebecca und versuchte mit ernster Miene, einige der lautstarken Kinder zu beruhigen. Sie lächelte zu einem der kleinen Mädchen hinunter und nahm sie an der Hand.

Rebecca klatschte in die Hände. „Seid bitte alle still und lasst uns mit *Als Hirten Nachtwache bei ihrer Herde hielten* beginnen."

„Nacktwache bei ihrer Herde", rief einer der Jungen dazwischen und löste damit allgemeines Gekicher aus.

Rebecca ließ dem kleinen Jungen einen strengen Blick zuteilwerden. „Sing das bloß nicht in der Kirche, sonst schimpft Sir Robert mit dir."

„Und dann würdest du weinen wie ein Kleinkind und dir in die Hosen machen", sagte der Junge neben ihm.

Es wurde noch mehr gelacht, und zum zweiten Mal an diesem Tag ließ sich Lucy von der guten Laune anstecken und stimmte mit ein.

Rebeccas Kopf schoss hoch, als sie Lucy an der Tür bemerkte.

„Lady Kurland!"

Alle Kinder drehten sich um und starrten sie an. Die meisten von ihnen lächelten, aber ein paar versteckten sich hinter ihren größeren Mitschülern. Vielleicht, weil sie befürchteten, dass sie in Begleitung des bereits erwähnten Sir Robert gekommen war.

„Bitte macht weiter." Lucy bedeutete Rebecca mit einer Geste fortzufahren. „Ich würde euch gerne alle singen hören." Sie ging zu einem der Tische und ließ sich mit gefalteten Händen darauf nieder.

„Also, seid ihr bereit?" Rebecca zählte bis drei.

Zu Lucys Belustigung stellte sich heraus, dass der kleine Junge, der den Witz über die nackten Hirten gemacht hatte, die schönste Stimme besaß, die die anderen übertönte wie der Gesang einer Lerche. Das zweite Lied, *Adeste Fideles*, erwies sich für die Kinder wegen der lateinischen Sprache als etwas schwieriger, aber sie schlugen sich ganz gut durch.

Als sie fertig waren, zog Lucy ihre Handschuhe aus und applaudierte ihnen. „Das war sehr schön. Noch ein bisschen mehr Übung und ich glaube nicht, dass Sir

Robert mit irgendjemanden schimpfen wird. Vielleicht bringt ihr ihn sogar zum Lächeln."

„Danke, Lady Kurland", riefen die Kinder im Chor.

Lucy erhob sich von ihrem Platz. „Ich lasse euch jetzt allein, damit ihr weitermachen könnt, während ich mich um einige Dinge im Arbeitszimmer der Lehrerin kümmere. Lass den Schlüssel auf dem Schreibtisch liegen, Rebecca. Ich werde dann die Tür abschließen, wenn ich gehe."

„Wir brauchen nicht mehr lange, Mylady", sagte Rebecca. „Es wird schon dunkel und ich habe versprochen, dass wir die Kleinen sicher nach Hause bringen, bevor es anfängt zu regnen."

„Mr Wilson ist mit seinem Karren in der Schmiede. Er ist gerne bereit, jeden mit nach Hause zu nehmen, sobald das Hufeisen seines Pferdes repariert ist."

„Vielen Dank, Mylady."

Lucy ging zum hinteren Teil der Schule und ließ die Tür einen Spalt offen, während die Kinder erneut den Refrain des zweiten Liedes anstimmten. Nach einem flüchtigen Blick in das Arbeitszimmer stieg sie die Treppe zu den Privaträumen der Lehrerin hinauf und überlegte, was sie als nächstes tun sollte. Der leise Klang des Kindergesangs drang noch eine Weile durch den Holzboden und verstummte dann. Im schwachen Licht warfen die kleinsten Objekte lange Schatten.

Wenn Miss Broomfield etwas versteckt hatte, wo mochte es wohl sein? Lucy ging ins Schlafzimmer, nahm den Stuhl vom Ankleidetisch und stellte ihn wieder vor die Kommode. War es möglich, dass sie oben auf dem Schrank etwas übersehen hatte? Sie stieg auf den Stuhl und tastete mit einer Hand auf der

Oberseite des Möbelstücks herum, aber ihre Finger kriegten nichts als die dicke Staubschicht zu fassen. Enttäuscht stieg sie wieder herunter. Sie suchte erneut in der Kommode und dem Wandschrank, aber auch da war nichts.

Der Gesang setzte wieder ein und sie summte mit, während sie sich der Besenkammer zuwandte. Darin hing eine Sitzbadewanne an einem Haken an der Wand hing und zahlreiche andere sperrige Gegenstände waren in den Regalen verstaut. Bei ihrem letzten Besuch hatte sie den Schrank nicht durchgesehen, aber sie wusste, dass ihr keine andere Wahl blieb, als das jetzt nachzuholen. Mit einem Seufzer begann sie, die Dinge aus den Regalen zu räumen.

Nach einer langen Weile, als sie schon deutlich Anzeichen von Erschöpfung spürte, trat sie zurück ins Treppenhaus, ohne etwas Wichtiges gefunden zu haben. Aber sie hatte den Schrank bis zur Unkenntlichkeit umgekrempelt. In der Schule war es inzwischen völlig still, die Kinder waren längst weg und die Dämmerung brach herein.

Mit einem müden Seufzer machte sich Lucy auf den Weg in das letzte Zimmer. Sie musste die Vorhänge aufziehen, um überhaupt etwas sehen zu können. Es gab hier noch ein Bücherregal und ein kleines Schränkchen zu durchsuchen. Sie bemühte sich, einen der Sessel zu verrücken, aber er stellte sich als zu schwer heraus. Also kehrte sie ins Schlafzimmer zurück, um den kleinen Stuhl zu holen, den sie zuvor bereits benutzt hatte.

Als irgendwo unten eine Tür schlug, blieb sie wie angewurzelt stehen und warf einen suchenden Blick zur Uhr auf dem Kaminsims. War es schon fünf Uhr? Sie wusste, dass Mr Coleman ohne Umschweife in die Schule kommen würde, wenn sie nicht pünktlich zur vereinbarten Zeit auf der Treppe erschien. Die Uhr tickte allerdings nicht mehr, da sie bei ihrem letzten Besuch vergessen hatte, sie aufzuziehen.

Lucy blickte aus dem Fenster, aber die Aussicht war nicht aufschlussreich. Sie konnte nicht sehen, ob die Kutsche vor dem Gebäude vorgefahren war oder nicht. Gehört hatte sie jedenfalls nichts. Sie blickte auf den Stuhl, stellte sie ihn vor den Schrank, der hoch an der Wand über den Bücherregalen hing, und kletterte auf die Sitzfläche. Sie öffnete beide Türen weit und suchte das untere Regal ab.

Es war ziemlich schwer, überhaupt etwas zu erkennen. Sie griff nach oben und stieß mit den Fingern an etwas, das flach auf dem obersten Regalbrett lag. Sie stellte sich auf Zehenspitzen und versuchte, das Etwas richtig zu greifen zu bekommen. Eines der Stuhlbeine wackelte gefährlich auf dem unebenen gekachelten Boden vor dem Kamin. Ein Luftzug von hinten veranlasste sie unwillkürlich zu einem Blick über die Schulter. Und plötzlich veränderte sich alles. Sie begann zu fallen, in der Hand das Etwas aus dem Schrank.

Das Letzte, woran sie sich erinnerte, war, dass sie auf dem Boden aufschlug und nur knapp vom umfallenden Stuhl verfehlt wurde, bevor ihr die Beute entrissen wurde und sie in Dunkelheit versank.

Robert blickte sich ungeduldig in dem leeren Schulzimmer um und marschierte in das Arbeitszimmer der Lehrerin. Von Lucy gab es keine Spur. Nur durch Zufall war er Foley zu Hause auf dem Flur begegnet und hatte herausgefunden, dass seine Frau nicht mehr im Pfarrhaus bei ihrer Familie war, wo sie eigentlich hätte sein sollen, sondern im Schulhaus. Er hatte Foley gesagt, dass er selbst hinfahren und sie nach Hause bringen würde. Robert hatte keine Ahnung, warum sie beschlossen hatte, in die Schule zu gehen, aber er hatte einen Verdacht.

„Lucy?", rief er die Treppe hinauf. Seine Verärgerung verpuffte, als er ein leises Stöhnen von oben vernahm. „Lucy!"

Sein Atem stockte, als er eilig die Treppe hinaufstolperte. Die Tür zum Wohnzimmer stand offen und seine Frau lag in einem verhedderten Stoffhaufen auf dem Boden. Er eilte so schnell er konnte zu ihr hinüber, ließ seinen Stock fallen, kniete sich zu ihr auf den Boden und nahm sie in die Arme.

Sie öffnete die Augen und blinzelte ihn an. „Robert. Was machst du denn hier?"

„Dich retten, anscheinend." Er musterte ihr benommenes Gesicht und bemerkte dann den umgekippten Stuhl. „Bist du gestürzt?"

Sie rümpfte die Nase. „Ich bin mir nicht sicher."

„Wie kannst du dir da nicht sicher sein?" Robert versuchte, nicht die Fassung zu verlieren, aber es war nicht leicht. „Du liegst auf dem Boden, verdammt noch mal."

„Ich dachte, ich hätte jemanden hinter mir gehört und versuchte, mich umzuschauen. Als nächstes erinnere ich mich nur an den Sturz."

„Du hast wahrscheinlich gehört, wie ich unten deinen Namen rief und bist aus dem Gleichgewicht gekommen."

„Nein. Das habe ich ganz sicher nicht." Sie blickte ihm in die Augen. „Ich hatte gerade nachgesehen, ob Mr Coleman angekommen war, und es war keine Kutsche zu sehen. Bist du zu Fuß gekommen?"

„Ich bin mit der offenen Kutsche gekommen. Kannst du dich aufsetzen?"

Lucy zuckte vor Schmerz zusammen, als er sie in eine aufrechtere Position brachte. „Ich habe im obersten Fach des Schranks herumgetastet und etwas gefunden. Ich musste mich auf die Zehenspitzen stellen, um es zu erreichen, und da ist der Stuhl unter mir weggekippt."

„Wahrscheinlich, weil du ihn umgestoßen hast."

Sie zeigte ihm ihre Hände. „Wie kommt es dann, dass das, was ich gefunden habe, verschwunden ist?"

Robert starrte sie an. „Bist du dir ganz sicher, dass du das Objekt, was auch immer es war, wirklich aus dem Schrank genommen und es nicht einfach dort oben gelassen hast?"

„Wenn du mich loslassen würdest, kann ich das leicht nachprüfen." Sie versuchte, sich von ihm wegzudrücken, aber er unterband die Bemühungen, indem er sie einfach hochhob und in einem der Sessel absetzte.

„Bleib hier. Ich werde nachsehen."

Er rückte den Sessel zurecht und kletterte vorsichtig darauf. Dank seiner Körpergröße hatte er keine

Probleme, alle Fächer zu überblicken, und sie waren definitiv leer.

„Da oben ist nichts." Er ließ sich Zeit, auf den Boden zurückzukehren, und zuckte vor Schmerz zusammen, als sein gestiefelter linker Fuß auf dem Boden aufkam.

„Bist du sicher, dass du das, was du gefunden hast, nicht einfach fallen gelassen hast?" Er zeigte auf einen Gegenstand in der Nähe des Kamins. „Ist es das?"

Sie antwortete nicht sofort und er drehte sich um, um in Erfahrung zu bringen, warum. Er bemerkte, dass sie ganz blass geworden war.

„Wirst du gleich ohnmächtig?", fragte Robert besorgt.

Sie schüttelte den Kopf und befeuchtete ihre Lippen mit der Zunge. „Das Bügeleisen war vorhin noch nicht da."

„Was willst du damit sagen?"

„Vielleicht sollte ich dankbar sein, dass du genau im richtigen Moment gekommen bist, Robert." Sie hob ihren besorgten Blick und sah ihn an. „Die Person, die mich von dem Stuhl gestoßen hat, wollte mich möglicherweise mit dem Bügeleisen umbringen."

Kapitel 12

„Die wichtigste Frage ist, was hatte ich in der Hand, dass es jemanden dazu brachte, mich umbringen zu wollen“, stellte Lucy fest. Sie lag im Bett, während ihr Mann mit grüblerischer Miene im Schlafzimmer auf und ab ging. Er hatte sie nach Hause gefahren, sie der Obhut von Tante Rose übergeben und sie in Ruhe das Abendessen auf einem Tablett im Bett einnehmen lassen. Obwohl sie auf den Boden gestürzt war, hatte Lucy nichts Schlimmeres davongetragen als eine geprellte Hüfte und Schulter. Sie vermutete, dass sie sich morgen früh weniger gut fühlen würde.

Robert drehte sich um und starrte sie recht einschüchternd an. „Das Wichtigste ist, dass du wie üblich beschlossen hast, zum Schulhaus zu gehen, ohne jemanden davon in Kenntnis zu setzen, wohin du gehst, und dich damit unnötig in Gefahr gebracht hast.“

„Das klingt so, als ob ich absichtlich hinterhältig gehandelt hätte. Ich habe Foley eine Nachricht zukommen lassen und Anna wusste, dass ich zur Schule gehen würde. Ich habe doch nur die Kinder beaufsichtigt, während sie die Lieder für den Weihnachtsgottesdienst lernten – was du mir erlaubt hast“, erklärte Lucy in ihrem vernünftigsten Tonfall. „Du bist nur verärgert, weil ich verletzt wurde.“

„Natürlich bin ich verärgert! Wärst du das nicht?“

Sie stellte ihr Essenstablett beiseite. „Ich wäre wütend, wenn ich dich in der gleichen Situation vorgefunden hätte, das weißt du. Aber ich hoffe, dass ich in der gleichen Lage versuchen würde, mit *Vernunft* zu erklären, *warum* es dazu kam, anstatt dich anzufunkeln, als ob du mir absichtlich Unannehmlichkeiten bereiten wolltest."

Er fuhr sich mit der Hand durch sein ohnehin schon unordentliches Haar. „Lucy ..."

„Ich entschuldige mich, wenn ich dir einen Schreck eingejagt habe, aber wir haben *tatsächlich* etwas Wertvolles gelernt." Sie setzte sich auf und ließ ihr geflochtenes Haar über die Schulter gleiten. „Offensichtlich gibt es etwas, das wir nicht über Miss Broomfield wissen. Hatte sie vielleicht einen Komplizen, der ihr beim Diebstahl des Schmucks half oder ihn für sie weiterverkaufte? Oder hat mich jemand in der Dunkelheit mit ihr verwechselt?"

„Und hat dann versucht, sie ein *zweites Mal* zu töten?"

„Vielleicht wusste diese Person nicht, was Miss Broomfield zugestoßen ist. Oder vielleicht war es jemand, der einen ihrer Briefe erhalten hat und sie ebenfalls töten wollte."

Robert ließ sich auf dem Stuhl, der dem Bett am nächsten stand, nieder, schlug die Hände über dem Kopf zusammen und betrachtete Lucy durch die Lücken zwischen seinen Fingern. „Du bist unfassbar."

„Ich glaube, das hast du schon einmal erwähnt."

„Deine Vorstellungskraft verblüfft und verwirrt mich immer wieder."

Sie riskierte ein Lächeln. „Vielen Dank."

„In Ordnung“, sagte er abrupt. „Einigen wir uns darauf, dass das, was du in der Hand hattest, verschwunden ist, und dass derjenige, der dich in diesem Zimmer überrascht hat, dachte, du hättest etwas Wichtiges gefunden.“

„Das sehe ich auch so.“

„Kannst du dich an irgendetwas zu dem Objekt, das du gefunden hast, erinnern?“

Lucy überlegte. „Es fühlte sich an wie ein Päckchen mit Briefen oder etwas in der Art.“

„Vielleicht Briefe, die Miss Broomfield geschrieben und noch nicht abgeschickt hatte?“

„Möglicherweise. Ich habe weder in ihrem Schreibtisch noch in ihren Privaträumen Hinweise darauf gefunden, dass sie Briefe geschrieben hat.“

„Warum sollte dein vermeintlicher Angreifer dann diese Briefe haben wollen?“

„Das ist eine ausgezeichnete Frage.“ Lucy schenkte ihrem Mann einen anerkennenden Blick. „In der Tat, *warum*? Was, wenn sie *tatsächlich* einen Komplizen hatte? Vielleicht jemanden, der die Briefe für sie überbrachte und nicht entdeckt werden wollte?“

„Aber nach allem, was man hört, hat Miss Broomfield keine Freunde im Dorf gehabt.“

Lucy runzelte die Stirn. „Das ist wahr. Rebecca sagte, dass Miss Broomfield die Kinder manchmal darum bat, ihre Nachrichten zu überbringen, aber sie konnte sich nicht daran erinnern, dass irgendjemand zum Anwesen oder zu Mrs Jenkins gegangen wäre.“

„Wir können die Kinder natürlich einzeln befragen, aber ich bezweifle, dass eines von ihnen versucht hat, *dich* zu ermorden. Wir sind mit all ihren Familien gut vertraut."

„Was ist, wenn es einer der Männer war, die den Abendkurs besucht haben?"

„Nach dem, was ich gehört habe, bezweifle ich, dass sie sich dazu herabgelassen hätte, mit einem von ihnen auch nur zu *sprechen*, geschweige denn ihn zum Komplizen zu machen."

„Wie ist es dann gewesen?"

„Das kann ich dir leider auch nicht sagen." Robert erhob sich von seinem Platz. „Darf ich vorschlagen, dass du etwas von dem Stärkungsmittel nimmst, das Grace vorbereitet hat, und dich schlafenlegst?"

Lucy gähnte hinter vorgehaltener Hand. „Ich bin ziemlich erschöpft."

Er kam zu ihr herüber und küsste sie auf die Stirn. „Schlaf gut."

„Das werde ich." Sie schenkte ihm ein Lächeln. „Morgen kommen die Damen meines Planungskomitees hierher, also verspreche ich, den ganzen Tag nicht das Haus zu verlassen."

„Gut." Er wandte sich zur Tür. „Zu wissen, wo du bist, hilft mir, meinen Verstand zu bewahren."

„Die Zwillinge werden auch hier sein."

„Ich weiß." Sein Lächeln war resigniert. „Ich erwarte sie hier in aller Herrgottsfrühe. Glücklicherweise ist Dermot bereit, sie zu einer Erledigung für das Landgut mitzunehmen, was sie den größten Teil des Tages beschäftigt halten wird." Er ging auf die Tür zu. „Gute Nacht, meine Liebste."

„Robert ... macht dir dein Bein wirklich so zu schaffen?"

Er blickte über die Schulter zu ihr. „Was hat das mit dem zu tun, was wir gerade besprochen haben?"

Die Worte sprudelten geradezu aus Lucy hervor. „Es ist nur so, dass ich es hasse, wenn du Schmerzen hast, und ich glaube, du verheimlichst mir etwas, weil du glaubst, dass ich zu schwach bin, um mit dem Thema umgehen zu können. Was ich nicht bin, das kann ich dir versichern."

Er setzte sich wieder an die Bettkante und umfasste mit einer Hand ihr Kinn. Er ließ seinen Daumen über ihren Mundwinkel streifen. „Es stimmt, dass ich dich nicht beunruhigen will. Aber ich *weiß* einfach nicht, was mit meinem verdammten Bein los ist. Ich bete, dass sich das – was auch immer es ist – wieder legt, sobald das schlechte Wetter vorüber ist."

Sie musterte sein Gesicht. „Versprichst du mir dann, mir zu sagen, wenn es doch nicht besser wird?"

„Ich vermute, das wird ganz offensichtlich sein", sagte er trocken. „Wenn mein Temperament tatsächlich ein Indikator für meinen Gesundheitszustand ist, wirst du wissen, wie die Lage ist. Und du wirst sicher nicht zulassen, dass ich mich zu lange wie ein missmutiger Bär aufführe."

„Ich werde dich auf jeden Fall zur Rechenschaft ziehen." Sie lächelte und blickte tief in seine dunkelblauen Augen.

„Ich habe auch nichts anderes erwartet."

Am nächsten Morgen kehrte Lucy nach dem Frühstück in ihr Wohnzimmer zurück und schrieb eine Nachricht an Andrew Stanford bezüglich Mr Clapper, bevor sie sich der Morgenpost widmete. Unter dem Stapel von Zusagen für den Ball, die sie vorerst hinten angestellt hatte, fand sie einen weiteren Brief. Nachdem sie das Siegel gebrochen hatte, faltete sie das einzelne Blatt auf und setzte ihre Brille auf, um die kleine, krakelige Schrift zu entziffern.

Meine liebe Lady Kurland,
was Miss Broomfield und ihre Zeit an meiner Schule betrifft, so bedaure ich ihr Ableben, aber ich kann nicht sagen, dass ich ihre Entlassung bedaure. Sie stellte sich als eine ausgesprochen seltsame Person heraus, die auf die weniger „respektablen" Teile der Bibel fixiert und überzeugt war, dass die meisten ihrer Schüler in die Hölle kommen würden. Sie bestand darauf, diese Überzeugung jedem bei jeder sich bietenden Gelegenheit mitzuteilen, was bei unseren jüngeren, beeinflussbareren Mädchen zu einiger Verzweiflung führte. Man kann nur hoffen, dass sie sich während ihrer Zeit an Ihrer Schule nicht ebenso verhalten hat. Aufgrund Ihrer Korrespondenz befürchte ich aber, dass dies der Fall sein könnte. Sie bat nicht um ein Arbeitszeugnis, als sie die Schule verließ, weil sie vielleicht schon ahnte, dass ich nichts Gutes über sie zu sagen haben würde.
Der Tropfen, der das Fass zum Überlaufen brachte, war eines der Mädchen, das mir mitteilte, dass Miss Broomfield gedroht habe, ihren Eltern zu schreiben und von ihrem „unmoralischen" Verhalten zu berichten. Der Hintergrund dafür war, dass das arme Mädchen von einem älteren, aber unverheirateten männlichen Freund ein Paar Ohrringe erhalten hatte, die sie dummerweise eines Abends beim Abendessen trug. Miss Broomfield ließ erst von ihr ab, als das Mädchen ihr einen sehr schönen Smaragdring im Austausch für ihr Schweigen anbot.
Seit Miss Broomfield die Schule verlassen hat, haben sich weitere Schülerinnen und Schüler gemeldet und von ihrer Bosheit und Bitterkeit gegenüber all jenen

berichtet, die mehr Glück im Leben hatten als sie selbst. Ich kann nur hoffen, dass Gott ihrer Seele gnädig ist. Ihr Bild unseres gesegneten Erlösers würde ihr diese Gnade vielleicht nicht zuteilwerden lassen und sie stattdessen in den ewigen Höllenfeuern schmoren lassen, die sie anderen so oft gewünscht hat.

Wenn Sie einen neuen Lehrer für Ihre Schule brauchen, Lady Kurland, hätte ich zwei sehr vielversprechende junge Damen, die bereit wären, im neuen Jahr anzufangen. Beide machen unserer Schule alle Ehre und würden sicherlich auch der Ihren zur Ehre gereichen.

Hochachtungsvoll,

Agatha Pemberton

Schulleiterin, Pengaron School, Cornwall

Lucy legte den Brief weg und starrte ins Leere.

Miss Broomfield hatte nicht nur die Schülerinnen mit ihren religiösen Anwandlungen terrorisiert, sondern auch versucht, eine von ihnen zu erpressen ... und das Geld hätte sie nicht einmal gebraucht. Ihr Schmuckhort ließ das jedenfalls nicht vermuten. Oder war der ganze Schmuck von anderen zusammengestohlen worden? War es möglich, dass sie mit einem ihrer Briefe jemanden in Kurland St. Mary zu erpressen versuchte?

Aber wen?

Ein Klopfen an der Tür ließ Lucy aufschrecken. Sie drehte sich um und erblickte Dermot Fletcher, der sie anlächelte.

„Guten Morgen, Dermot." Lucy winkte ihn herein.

„Guten Morgen, Lady Kurland. Ich habe einen Brief von dem Juwelier in London erhalten, dem ich von der Diamanten- und Rubinhalskette geschrieben hatte, die Sie gefunden haben." Er hielt ihn ihr hin. „Sie haben einen Eintrag gefunden, laut dem die zugehörigen Schmuckstücke für eine Familie namens Hillcott, die in der Grafschaft Norfolk lebt, hergestellt wurden."

Lucy nahm den Brief entgegen und las ihn durch. „Ich frage mich, ob Miss Broomfields Familie dort leben könnte."

„Soll ich an den Juwelier schreiben und nach der vollständigen Adresse fragen?" Dermot runzelte die Stirn. „Ich bin mir allerdings nicht sicher, ob er bereit wäre, solch vertrauliche Informationen preiszugeben."

„Wenn Sie erwähnen, dass wir die nächsten lebenden Angehörigen einer Verstorbenen suchen, ist er vielleicht eher gewillt, uns seine Bücher zu öffnen. Und gehen Sie sicher, dass der Brief von Sir Robert in seiner Eigenschaft als Friedensrichter kommt. Das sollte ausreichen." Lucy reichte ihm den Brief zurück. „Wie sieht es mit Ihren Plänen für die Weihnachtsfeier aus?"

„Sehr gut, Mylady. Miss Anna Harrington hat geholfen, herauszufinden, was die einzelnen Familien benötigen und wie viele Geschenke wir für die Kinder besorgen müssen."

„Ich bin froh, dass sie Ihnen helfen konnte." Lucy konnte nicht umhin, die Bewunderung zu bemerken, die aus Dermots grünen Augen leuchtete, als er ihre Schwester erwähnte. „Ich habe gehört, dass Sie meine Zwillingsbrüder für den Tag ausführen wollen. Ich bin Ihnen sehr dankbar, dass Sie die Geduld dafür aufbringen."

„Ich freue mich über ihre Gesellschaft. Sie sind temperamentvoll, aber dennoch in der Lage, auf vernünftige Argumente zu hören – zumindest gelegentlich."

Lucy lächelte. „Nochmals vielen Dank und zögern Sie nicht, sie so zu behandeln, als wären sie Ihre eigenen."

„Sehr gerne, Mylady." Er wandte sich zum Gehen und hielt dann inne. „Ich vergaß zu erwähnen, dass ich die Kutsche von Mr und Mrs Stanford die Auffahrt hinauffahren sah. Sie werden wahrscheinlich gleich bei Ihnen sein."

Lucy erhob sich und strich sich die Röcke glatt. „Dann begleite ich Sie in die Eingangshalle und begrüße unsere Gäste."

Sie trafen Sophia an, als diese gerade ihren Mantel und ihre Haube ablegte, während Andrew Hut und Handschuhe in Foleys liebevolle Obhut übergab.

„Ah, Lady Kurland", rief Andrew. „Genau die Person, die ich zu sehen gehofft habe."

Lucy führte sie in den Salon, in dem bereits ein loderndes Feuer brannte, und wartete, bis ihre Gäste Platz genommen hatten.

„Wir dachten, wir kommen schon früher, bevor du dich in die Pläne für den Ball vertiefst", sagte Sophia. „Ich habe Andrew deine Nachricht über den Anwalt in Cheapside gezeigt."

„Und wissen Sie, ob es möglich wäre, Mr Clapper aufzuspüren?" Lucy richtete die Frage an den Mann ihrer Freundin.

„Das sollte machbar sein. Ich werde meinem Angestellten eine Nachricht schreiben und ihn bitten, den Mann ausfindig zu machen. Es dürfte nicht allzu lange dauern, und da ich nicht da bin, hat er ohnehin kaum etwas anderes zu tun. Möchten Sie Ihrem Mr Clapper einen Brief schicken, den ich meinem beilegen soll?"

„Das würde unsere Nachforschungen sicherlich beschleunigen." Lucy nickte. „Ich werde ihn umgehend verfassen."

Nach einem schönen Mittagessen, zu dem sich auch Rose, Robert und Dermot gesellten, gingen die Männer los, um Geschäftliches zu besprechen. Die Damen warteten auf die Ankunft von Mrs Jenkins, den Greenwells und der Gruppe aus dem Pfarrhaus, einschließlich Penelope und Dorothea, die über keinen eigenen Wagen verfügten.

Es dauerte eine ganze Weile, bis sich alle niedergelassen, gemütlich geplaudert und einige Getränke zu sich genommen hatten. Mrs Greenwell zeigte sich von ihrer freundlichsten Seite und verbrachte viel Zeit damit, mit Mrs Jenkins zu sprechen und ihr gezielt Fragen über Nicholas und dessen derzeitigen Verbleib zu stellen.

Nachdem die Arrangements bezüglich des Balls zu ihrer Zufriedenheit geklärt waren, bestellte Lucy noch eine Kanne Kaffee und kam dann in den Salon zurück. Die laute Stimme von Margaret Greenwell war schon von weitem zu hören. Von Mrs Greenwell und Mrs Jenkins fehlte jede Spur, und Lucy vermutete, dass sie sich in den Ruheraum begeben hatten.

„Nun, Miss Harrington? Haben Sie etwas zu Ihrer Verteidigung zu sagen?"

Annas Wangen waren gerötet, aber wie sie ihre Schwester kannte, beschloss Lucy, sich nicht einzumischen und sie sich selbst verteidigen zu lassen.

„Da ich keine Ahnung habe, worauf Sie anspielen, Miss Greenwell, wären Sie vielleicht so gütig, mich aufzuklären, was Sie damit meinen."

„Meine Mutter hat gestern einen Brief erhalten, in dem ihr nahegelegt wurde, mein Verhalten genauer unter die Lupe zu nehmen!"

„Und was in aller Welt hat das mit mir zu tun?" Anna klang eher amüsiert als besorgt.

„Sie wissen sehr genau, was es mit Ihnen zu tun hat", schnaubte Margaret. „Ich habe es satt, dass alte Jungfern, die ihre Chance zum Heiraten verspielt haben, diejenigen von uns kritisieren, die diesen Zustand glücklicherweise noch nicht erreicht haben. Es war schon schlimm genug, als Miss Broomfield die Frechheit besaß, mir nahezulegen, ich solle mich angemessener kleiden, und jetzt *das*."

Lucy trat einen Schritt vor. „Miss Broomfield hat Kritik an Ihnen geäußert?"

„Das hat sie in der Tat. Ich bin ihr begegnet, als sie das Vorstellungsgespräch für die Stelle an der Schule mit Josephine führte. Ich konnte ihre verurteilende Art auf Anhieb nicht ausstehen. Ich habe sogar Josephine geraten, die Stelle nicht anzunehmen, aber sie hat schon immer gerne Fußabtreter gespielt und sich nur zu gerne von dieser Frau herumkommandieren lassen. Aber ihr ist es genauso ergangen. Ich glaube, sie und diese Rebecca Hall haben beide ebenfalls anonyme Briefe erhalten, in denen sie kritisiert wurden."

„Wollen Sie damit sagen, dass meine *Schwester* all diese Briefe geschrieben haben soll?“, fragte Lucy.

„Sie und Miss Broomfield wahrscheinlich. Sie hatten viel gemeinsam.“ Margaret sah Anna, die nun sichtlich bebte, von oben herab an. „Miss Harrington hat wahrscheinlich Angst, dass sie ihren letzten Verehrer an mich verlieren könnte.“

Anna erhob sich langsam. „Wenn ein Gentleman einer Dame nicht die Treue halten kann und sich so leicht in die Irre führen lässt, würde ich ihn sowieso nicht haben wollen.“

„Sie tun immer so *heilig*, Miss Anna, aber ich kenne die Wahrheit über Sie“, spottete Margaret. „Ich habe die Gerüchte gehört, warum Sie *wirklich* ohne Ehemann aus London zurückgekehrt sind.“

„Das *reicht* jetzt, Miss Greenwell.“ Lucy stellte sich zwischen ihre Schwester und Margaret. „Wenn Ihre Mutter hier wäre, wäre sie sicher über Ihre schändlichen Manieren entsetzt. Wie können Sie es *wagen*, in mein Haus zu kommen und so abfällig über meine Schwester zu sprechen?“

„Es ist schon gut, Lucy.“ Anna berührte ihren Ärmel. „Miss Greenwell hat ein Recht auf ihre Meinung. Der Umstand, dass sie sich dabei in jedem Punkt irrt, sagt viel mehr über ihren Charakter aus als über meinen, denkst du nicht?“

„Absolut.“ Lucy hielt Margarets Blick noch einen Moment fixiert, bis das Mädchen den Kopf senkte. „Eifersucht und Neid sind keine schönen Eigenschaften, Miss Greenwell, und führen oft zu Verbitterung, weil sie Aussehen und Einstellung ebenso beeinträchtigen, wie die Fähigkeit, einen Ehemann zu erobern."

„Was geht denn hier vor sich?" Mrs Greenwells Stimme erklang hinter Lucy aus Richtung der Tür. „Margaret?"

Lucy drehte sich zu ihrem Gast um. „Vielleicht wäre es besser, wenn Sie Ihre älteste Tochter nach Hause bringen würden, Mrs Greenwell. Sie ist in diesem Haus nicht länger willkommen, bis sie bereit ist, sich bei meiner Schwester zu entschuldigen."

„Margaret? Was hast du denn getan?", fragte Mrs Greenwell.

„Was ist mit dem Ball?", jammerte die ruhigere, jüngere Greenwell-Tochter ihrer Schwester zu.

Margarets Trotz bröckelte, als sie ins schockiert dreinblickende Gesicht ihrer Mutter und dann wieder zu Lucy blickte. „Ich ... entschuldige mich für meine Äußerungen, Lady Kurland. Ich war verärgert über diesen Versuch, meinen Ruf zu beschmutzen, und habe mich falsch ausgedrückt."

„Entschuldigen Sie sich bei Anna, nicht bei mir", sagte Lucy. „Wenn sie bereit ist, Ihnen zu verzeihen, bin ich bereit über Ihr Verhalten hinwegzusehen. Es ist schließlich die Zeit der Vergebung."

Margaret wandte sich widerwillig Anna zu, die eine Augenbraue hob und es schaffte, nicht nur zu lächeln, sondern dabei auch noch gefasst zu wirken, während Margaret eine weitere Entschuldigung vor sich hin stammelte.

„Meine liebe Lady Kurland." Mrs Greenwells aufgeregte Stimme erhob sich, als sie zu Lucy hinübereilte. „Ich entschuldige mich für Margarets

Verhalten. Sie war sehr aufgewühlt, als ich diesen anonymen Brief erhielt, und ich fürchte, ihre Gefühle haben sie überwältigt."

„Der Brief war nicht unterschrieben?"

„Nein, und er wurde von Hand zugestellt. Mr Greenwell hat ihn mir gestern gegeben und ich muss sagen, dass er für eine ganze Weile meine Laune gedämpft hat."

„Das ist durchaus verständlich." Lucy bemühte sich um einen einfühlsamen Tonfall. „Stimmt es, dass Josephine auch einen Brief erhalten hat?"

„Hat Margaret das gesagt? Sie würde es wahrscheinlich besser wissen als ich. Sie und Josephine sind vom Alter her recht nahe beieinander." Mrs Greenwell senkte die Stimme. „Bitte verzeihen Sie ihr, Mylady. Wenn sie nicht am Ball oder einer anderen von Ihnen und Sir Robert ausgerichteten Veranstaltung teilnehmen darf, wird ihr Ruf *schrecklich* darunter leiden."

Lucy hatte ein paar spitze Bemerkungen dazu parat, verzichtete aber im Geiste der Feiertage darauf, sie auszusprechen. Anna hatte Recht. Wenn Nicholas merkte, dass er Margaret vorzog, wäre das möglicherweise für alle das Beste.

„Wenn Anna mit ihrer Entschuldigung zufrieden ist, werde ich ihre Entscheidung akzeptieren."

„Vielen Dank, Lady Kurland." Mrs Greenwell umklammerte ihre Hand. „Es ist schon schwer genug, mit zwei Töchtern im heiratsfähigen Alter abgeschottet auf dem Lande zu leben, ohne die einzige anständige Gesellschaft in der Gegend auch noch zu beleidigen."

„Dann sollten Sie vielleicht mit Ihrer Tochter darüber sprechen, wie sie sich in dieser Gesellschaft zu präsentieren gedenkt.“ Lucy konnte sich die Gelegenheit nicht nehmen lassen, ein Zeichen zu setzen.

„Machen Sie sich diesbezüglich keine Sorgen. Das gedenke ich zu tun.“ Mrs Greenwell warf ihrer ältesten Tochter einen scharfen Blick zu. „Ich hoffe, Sie und Sir Robert beehren uns mit Ihrer Anwesenheit beim Frühstück vor der Jagd am Freitag.“

„Ich glaube, wir werden daran teilnehmen.“

Robert hatte nicht die Absicht, mit den Hunden auszureiten. Er betrachtete den Sport als barbarisch. Aber als Magistrat der Gegend, größter Landbesitzer und ranghohes Mitglied des Adels war er ehrenhalber verpflichtet, daran teilzunehmen und zumindest ein wenig auf seine Nachbarn einzugehen.

„Dann freuen wir uns, Sie dort zu sehen.“ Mrs Greenwell machte einen kurzen Knicks und sammelte ihre Töchter ein. „Guten Tag, Lady Kurland, und vielen Dank für Ihre Nachsicht.“

„Von wegen Nachsicht!“, sagte Penelope so laut, dass es die gerade gegangenen Greenwell-Damen draußen im Flur sicher noch hören konnten. „Was für eine ausgesprochen unhöfliche junge Frau. Zu meiner Zeit hätte man mir nie erlaubt, so energisch aufzutreten.“

Lucy kehrte zu ihrem Platz am Feuer zurück und blickte hinüber zu ihrer Freundin. „Was für ein kurzes Gedächtnis du doch hast, Penelope.“

„Ich bin zwar gerne direkt, Lucy, aber ich bin *niemals* unhöflich.“

„Miss Greenwell war hingegen sehr unverschämt", sagte Sophia und stimmte Penelope widerwillig zu. „Ihre Verärgerung und ihr Bedürfnis, Anna die Schuld zuzuschieben, schienen in keinem Verhältnis zu der angeblichen Beleidigung zu stehen, die sie erlitten hat."

„Es sei denn, an dem Brief ist etwas Wahres dran", sagte Lucy langsam. „Hat Nicholas erwähnt, dass Margaret ihn in irgendeiner Weise privat belästigt habe, Mrs Jenkins?"

„Nicht, dass ich wüsste", erwiderte Mrs Jenkins. „Ich habe sie auch nicht mitten in der Nacht aus einem meiner Fenster klettern sehen."

Lucy lächelte. „Dann frage ich mich, was sie so sehr aufgeregt hat."

„Vielleicht ist sie nur eine von den Frauen, die sich von ihrer Eifersucht leiten lassen. Wir alle kennen diese Art Frau." Sophia zuckte mit den Schultern. „Anna ist viel schöner, als Margaret es je sein wird, und hat viele Verehrer."

Lucy blickte zu ihrer Schwester hinüber, die errötete. „Das ist sie in der Tat."

„Nun, ich muss mich auf den Weg machen." Mrs Jenkins erhob sich von ihrem Stuhl und stellte die Teetasse neben sich auf den Tisch. „Ich denke, unter Ihrer Leitung, Lucy, wird der Ball wunderbar werden und das Fest der Dorfbewohner noch besser."

„Das hoffe ich sehr. Und allein hätte ich das nie bewerkstelligen können." Lucy ergriff die Hand der alten Dame. „Danke, dass Sie gekommen sind, und für Ihren klugen und praktischen Rat."

Penelope kam herüber und lächelte Lucy an. „Wir werden Mrs Jenkins in der Kutsche des Pfarrhauses mit nach Hause nehmen.“

„Vielen Dank“, sagte Mrs Jenkins.

Lucy wies sie nicht darauf hin, dass Penelope weder im Pfarrhaus wohnte, noch über die Kutsche zu verfügen hatte. Es waren für einen Tag genug Unannehmlichkeiten gewesen.

Nachdem Lucy mit Anna gesprochen und sich vergewissert hatte, dass ihre Schwester von Miss Greenwells Verhalten nicht verletzt war, verabschiedete sie sich von ihren Besucherinnen und ging mit Sophia an ihrer Seite Arm in Arm zu Roberts Arbeitszimmer. Ausnahmsweise konnte sie es kaum erwarten, dass auch ihre Freundin ging, um mit Robert über das außergewöhnliche Verhalten von Miss Margaret Greenwell sprechen zu können.

„Margaret Greenwell hat also gesagt, dass ihre Mutter *gestern* einen anonymen Brief erhalten hat?“, vergewisserte sich Robert.

Er saß mit Lucy in seinem Arbeitszimmer am Kamin, nachdem sie mit den Stanfords und den Zwillingen zu Abend gegessen hatten. Es war ein bemerkenswert unterhaltsamer Abend gewesen, und seine Frau hatte ihn sehr genossen. Es war schön gewesen, sie wieder glücklich und lachend zu sehen.

„Ja, und Mrs Greenwell hat bestätigt, dass sie tatsächlich einen Brief erhalten hat, in dem behauptet wird, ihre Tochter habe sich ungebührlich verhalten.“ Lucy seufzte. „Ich wünschte, ich könnte das Original in die Finger bekommen. Margarets Reaktion nach zu urteilen, vermute ich, dass er etwas spitzer formuliert war, meinst du nicht?"

„Wahrscheinlich." Robert runzelte die Stirn. „Und dann hat Margaret behauptet, dass *Anna* die Briefschreiberin sei und die ganze Zeit mit Miss Broomfield gemeinsame Sache gemacht habe?"

„Genau." Lucy lehnte sich nach vorne, die Hände auf dem Schoß verschränkt. „Margaret ist die erste Person, die andeutet, dass Miss Broomfield diese Briefe geschrieben haben könnte."

„Abgesehen von uns."

„Natürlich, aber wir haben Informationen gesammelt, die uns zu dieser Vermutung gebracht haben. Aber findest du es nicht merkwürdig, dass Margaret von sich aus zu diesem Schluss gekommen ist? Sie sagte auch, dass Rebecca und Josephine ebenfalls Briefe erhalten hätten."

„Es ist schon merkwürdig, wie sie auf diese Vermutung kommt." „Vielleicht weiß sie ganz *genau*, wer die Briefe geschrieben hat." Robert studierte ihr Gesicht. „Du glaubst, *Margaret Greenwell* hat sie selbst geschrieben?"

„Warum nicht?"

„Nun ... warum *sollte* sie? Und glaubst du wirklich, dass sie Miss Broomfield umgebracht hat?"

„Was wäre, wenn Miss Broomfield etwas über Margaret herausgefunden hat – vielleicht etwas, das Josephine ohne weitere Hintergedanken in der Schule erwähnt hat. Und Miss Broomfield könnte versucht haben, Margaret damit zu erpressen?"

„Aber ..."

Lucy fuhr fort, ohne ihn zu Wort kommen zu lassen. „Wenn Miss Broomfield schon einmal erfolgreich jemanden erpresst hat, warum sollte sie es nicht erneut versuchen?“

„Es tut mir leid, meine Liebste, aber ich kann mir Margaret Greenwell einfach nicht als Mörderin vorstellen.“

„Warum *nicht*? Miss Broomfield wurde mit einer Hutnadel erstochen. Das kann jeder gewesen sein.“

„Weil du nicht den *geringsten* Beweis für diese Annahme hast“, merkte Robert an. „Das ist alles *reine* Spekulation.“

„Aber was ist, wenn ich Beweise finde?“

„Dann müsste ich dir glauben. In der Zwischenzeit sollten wir uns vielleicht darauf konzentrieren, Miss Broomfields Familie zu finden und diesen Mr Clapper ausfindig zu machen, der nach Kurland St. Mary gekommen sein könnte, um sich mit ihr zu treffen.“

„Du glaubst immer noch, dass es Mr Clapper war, der sie getötet hat?“, fragte Lucy.

„Ich würde es auf jeden Fall vorziehen, wenn er der Mörder wäre. Ich schätze Mr Greenwell sehr und würde es gern vermeiden wollen, eines seiner Kinder vor das Bezirksgericht zerren zu müssen.“

„Oh. Daran habe ich gar nicht gedacht.“ Seine Frau betrachtete einen Moment ihre gefalteten Hände, bevor sie wieder zu ihm aufsah. „Ich verspreche, dass ich meine Ermittlungen mit dem größtmöglichen Feingefühl durchführen werde.“

„Und du versprichst, dass du nichts Unüberlegtes tun wirst. Einverstanden?“

Sie seufzte. „Wenn es sein muss.“

„Es muss, um meines Verstandes willen.“ Robert ergriff ihre Hand und drückte sie. „Trotz allem habe ich dich *ziemlich* gern.“

„Dann werde ich mich bemühen, in deiner Gunst zu bleiben.“

„Eines hast du vergessen“, sagte Robert, während er aufstand, um sich ein Glas Brandy zu holen.

„Und das wäre?“

„Da Mrs Greenwell ihren Brief erst gestern erhalten hat, können wir nicht mehr mit Sicherheit davon ausgehen, dass Miss Broomfield unsere Briefschreiberin ist.“

„Deshalb denke ich, dass es Margaret sein muss“, sagte Lucy entschieden. „Oder vielleicht hat Miss Broomfield vor ihrem Tod jemanden dafür bezahlt, die Briefe zuzustellen. Es ist alles *so* verwirrend. Und die Greenwells sind nicht die einzigen, die in letzter Zeit erst neu ins Dorf gekommen sind. Was ist mit unserem neuen Küster? Was ist mit Mrs Jarvis im *Queen's Head*?“

„Jetzt wirst du aber albern.“ Er hatte nicht die Absicht, mit seiner Frau über Mrs Jarvis zu sprechen. Sie könnte sich sonst noch entschließen, die geschwätzige Wirtin auszufragen. Und wer weiß, was Mrs Jarvis dann erzählen würde. Er kehrte an seinen Platz zurück. „Wieso eigentlich werden die einfachsten Angelegenheiten zu einem undurchschaubaren Wirrwarr, sobald wir damit zu tun haben?“

„In unserem Dorf gab es seit drei Jahren keine merkwürdigen Todesfälle mehr“, erklärte Lucy. „Das ist eine *Ausnahmesituation*.“

„Und wir können immer noch nicht ganz ausschließen, dass es sich um eine ungezielte Gewalttat handelte, die nie aufgeklärt werden wird.“ Robert nippte an seinem Brandy.

„Ich hasse es, nicht zu wissen, was wirklich passiert ist.“

„Das weiß ich und deshalb weiß ich auch, dass du diese Angelegenheit so lange verfolgen wirst, bis sie zu deiner Zufriedenheit aufgeklärt ist.

Lucy setzte sich aufrecht hin. „Du tust so, als wäre ich die einzige Person, die sich um solche Dinge kümmert, dabei bist du genauso interessiert.“

„Ich bin der zuständige Magistrat. Ich *muss* mich darin einmischen. Es ist meine Pflicht, die Schuldigen vor Gericht zu bringen.“

„Und als deine Frau *unterstütze* ich dich lediglich in deinen Bestrebungen.“

Er hob sein Glas in ihre Richtung. „Das zeigt nur, dass ich ausgesprochen viel Glück mit meiner Frau habe.“

***

Lucy erhob sich leise vom Bett, zündete eine Kerze an und ging die knarrende Eichentreppe hinunter. Sie hatte nicht schlafen können. Zu sehr kreisten ihre Gedanken um die außergewöhnlichen Ereignisse des Tages. Wenn Miss Broomfield die Briefe nicht geschrieben hatte, wer dann der Verfasser? Sie wusste, dass es nicht Anna gewesen sein konnte, wer also blieb übrig? War Mr Clapper für die Zustellung der Briefe verantwortlich? Hatten Miss Broomfields Erpressungsbemühungen ein größeres Gebiet als nur

Kurland St. Mary eingeschlossen? Vielleicht stimmte es ja, dass Miss Broomfield die Diamanten- und Rubinhalskette beiseitegelegt hatte, um ihren Komplizen zu bezahlen. Aber wenn Mr Clapper von dem Schmuck gewusst und Miss Broomfield getötet hatte, warum hatte er dann nicht so viel wie möglich gestohlen, als er die Gelegenheit dazu hatte?

Und dann war da noch Margaret Greenwell, eine junge Frau mit einem feurigen Temperament und offenkundiger Verachtung für ihre Mitmenschen. Entweder wusste sie mehr über die Angelegenheit, als sie zugab, oder sie war zu bemerkenswert genauen Schlussfolgerungen gelangt. Aber wie Lucy bereits Robert gegenüber festgestellt hatte, waren die Greenwells nicht die einzigen Neuankömmlinge im Dorf. Lucy machte kurz Halt, um die Kerze auf dem Schreibtisch in ihrem Wohnzimmer abzustellen. Das Feuer war erloschen und sie stocherte in der Glut und legte ein paar Kohleklumpen nach.

Es war an der Zeit, sich der Angst in ihrem Herzen zu stellen. Was *war* wirklich mit Mrs Jarvis? Sie hatte Robert offenbar in seiner Jugendzeit gekannt. War sie gezielt ins Dorf gekommen? Im Gasthaus hatte sie sicherlich Zugang zum besten Klatsch und Tratsch in der ganzen Gegend. Aber welchen Anlass könnte sie haben, Miss Broomfield zu töten oder gemeine Botschaften an ihre Mitmenschen zu senden?

Es gab keinen Zusammenhang zwischen den beiden Ereignissen und es war wahrscheinlich albern von ihr, darüber nachzugrübeln, dass Robert irgendwann in seiner Vergangenheit ... ein Verhältnis mit Mrs Jarvis hatte. War es vielleicht ihr Wunsch, dass Mrs Jarvis die

Schuldige war, weil Lucy sich nicht mit dem Gedanken anfreunden konnte, dass eine andere Frau einmal wichtig für Robert gewesen sein konnte?

Aber er hatte nicht zugegeben, dass er die Frau früher gekannt hatte ...

Lucy seufzte und wickelte den Schal fester um sich. Ihr Blick fiel auf die Kiste mit den Büchern, die sie aus Miss Broomfields Wohnung mitgebracht hatte. Sie schob die Kerze näher heran, nahm die abgenutzte schwarze Lederbibel in die Hand und blätterte durch die Seiten. Miss Broomfield hatte einige Passagen unterstrichen und in ihrer sauberen Schrift Notizen an die Seitenränder geschrieben.

Es dauerte nicht lange, bis Lucy erkannte, dass die von Miss Broomfield bevorzugte Bibelversion nicht die bekannte King-James-Bibel war, sondern die so genannte Douay-Rheims-Bibel. Sie würde ihren Vater fragen müssen, was das bedeutete. Sie vermutete, dass es sich um die römisch-katholische Version handeln könnte.

Es war zu dunkel, um genau zu lesen, was die Lehrerin geschrieben hatte. Lucy vermutete, dass sie in Miss Broomfields besonderer Interpretation von Religion keinen Trost finden würde. Wahrscheinlich war das der Grund, warum die Lehrerin die Gottesdienste in der Kirche von Kurland St. Mary nur widerwillig besucht hatte. Die freundliche Art des Anglikanismus ihres Vaters hätte Miss Broomfield kaum interessiert.

Zwischen den Seiten befanden sich einige Lesezeichen. Eines war aus Leder und mit einer Goldprägung des Petersdoms in Rom verziert. Das zweite stammte vom Marienschrein von Walsingham. Beides ausgesprochen katholische Orte.

„Walsingham ...“, murmelte Lucy. „Liegt das nicht in Norfolk, wo Miss Broomfields Familie vielleicht herkommt?“

Sie legte die Bibel zurück in die Schachtel und nahm aus einem Impuls heraus das gebundene Exemplar von *Ackermann's* in die Hand. Es umfasste etwa drei volle Bände der Monatszeitschrift. In Anbetracht dessen, was sie über die Lehrerin wusste, erschien es ihr bemerkenswert frivol, dass Miss Broomfield so etwas aufbewahrte.

Lucy setzte sich an den Kamin und blätterte durch die Illustrationen, Modezeichnungen und Artikel. Eine der Seiten war an der Ecke umgeknickt, sodass sie dort innehielt. Sie studierte die handkolorierte Abbildung eines groß wirkenden Landhauses. Sie hielt das Buch nahe ans Licht und blinzelte, um das Kleingedruckte am unteren Rand der Abbildung zu lesen:

Hillcott Hall in der Grafschaft Norfolk

Lucy runzelte die Stirn, als sie sich zu erinnern versuchte, wo sie diesen Namen schon einmal gehört hatte. „Der Juwelier in London“, flüsterte sie. „Der Schmuck aus Diamanten und Rubinen wurde für die Familie Hillcott angefertigt.“

Kapitel 13

Robert überblickte die versammelte Jagdgesellschaft vor Greenwell Manor und versuchte, sich weder von der Vielzahl der kaum kontrollierten Reittiere noch von der bellenden Hundemeute einschüchtern zu lassen, die vom Jagdhundemeister angeführt wurde. Es war ein typischer, kalter Dezembermorgen, und der Boden war vereist. Perfektes Jagdwetter, es sei denn, man war ein Bauer, ein Fuchs oder ein Feigling wie er.

Er wusste, dass es seine Nachbarn verstimmt hätte, wenn er die Tradition der Weihnachtsjagd auf Kurland Hall beendet hätte. Aber er war nicht verpflichtet, irgendjemandem außer seiner Frau über seinen Standpunkt Rechenschaft abzulegen. Zumindest sie unterstützte seine Haltung voll und ganz. Er blickte zu ihr hinunter, als die Kutsche vor der Seitentür des Hauses vorfuhr. Sie erinnerte ihn oft an einen kleinen braunen Spatz. Sie hatte beim Frühstück geschwiegen und war mit ihren Gedanken weit weg gewesen – was ihn fast genauso beunruhigte wie der Gedanke, dass er auf ein Pferd steigen und die Jagd über die karge Landschaft anführen sollte.

Außerdem hatte sie die ganze Nacht nicht in ihrem Bett geschlafen. Es war keine Zeit gewesen, sie nach ihrem Befinden zu fragen, da sie in Eile waren, um sich vorzeigbar zu machen und die Familie Kurland beim traditionellen Jagdtreffen zu repräsentieren. Andrew brachte seine Kinder mit und Dermot hatte sich bereits mit den Harrington-Zwillingen auf den Weg gemacht, um sich den Reitern anzuschließen. Robert würde sich bemühen müssen, um die Jungen in der Menge zu finden und sich zu vergewissern, dass sie sicher auf dem Pferd saßen und sich der Gefahren eines Fehlverhaltens bei einem solchen Anlass bewusst waren. Dafür musste er sich durch das Meer von Pferden bewegen, ohne seine lähmende Angst für alle sichtbar zur Schau zu stellen. Die meisten seiner Kollegen dachten, seine Verletzungen seien der Grund dafür, dass er nicht mit den Hunden ausreiten konnte. Sie hätten ihm kaum geglaubt, wenn er ihn erklärt hätte, dass die Angst nach fünf Jahren noch viel schlimmer geworden war. Er hatte immer noch Albträume davon, wie er unter seinem Pferd im Schlamm bei Waterloo begraben lag und fast erstickt wäre – und davon, dass er beinahe sein Bein ganz verloren hätte ...

„Robert?"

Er richtete seine Aufmerksamkeit wieder auf seine Frau, die eine Hand auf seinen Arm gelegt hatte und geduldig darauf wartete, dass er die Kutschentür öffnete.

„Ich muss mich entschuldigen. Ich war in Gedanken gerade woanders." Er schaffte es irgendwie, sich ein Lächeln abzuringen. „Darf ich dir beim Aussteigen helfen?"

Wie sich herausstellte, hatte er das Glück, die Zwillinge am Rande der wimmelnden, in scharlachrote Mäntel gekleideten Menschenmenge zu finden, und er sprach ein strenges Wörtchen mit ihnen darüber, dass sie sich zu benehmen hatten und seine Pferde nicht in die Masse der anderen hineindrängen sollten. Er wusste, dass sie bei Andrew und Dermot, die die Gruppe anführten, in sicheren Händen waren. Vom Pfarrer war keine Spur zu sehen, der als derzeitiger Jagdmeister viele Aufgaben zu erfüllen hatte, bevor er die Reiter anführen konnte. Sein Schwiegervater war ein geübter Reiter und würde die Existenz seiner Söhne, sobald das Horn ertönte, völlig vergessen.

Nachdem Robert sich die Mühe gemacht hatte, seine Nachbarn zu begrüßen und sich von ihnen anzuhören wie sehr sie sich auf den Ball am Ende der Woche freuten, flüchtete er zu den vorderen Stufen des Herrenhauses. Dort standen bereits Mr und Mrs Greenwell und begrüßten ihre Gäste. Bedienstete verteilten Becher mit warmem Punsch und Apfelwein an jeden, der wollte, und Robert nahm gerne ein Glas.

„Guten Morgen, Sir Robert!“, rief Mr Greenwell ihm zu. „Ich habe gerade mit Ihrer reizenden Frau gesprochen. Ich glaube, sie ist hineingegangen, um Mrs Stanford und Mrs Jenkins zu suchen.“

Robert schüttelte Mr Greenwells Hand. „Guten Morgen, Sir. Sie scheinen eine Menge Leute um sich versammelt zu haben. Werden Sie heute mitreiten?“

„Das habe ich vor, genau wie meine Töchter. Und im Laufe des Vormittags wird meine gute Frau mit ihrer Kutsche vorfahren und für uns alle Verpflegung mitbringen – je nachdem, wie viel Glück wir haben, versteht sich!“ Sein Blick schweifte über Robert und verweilte auf dem Stock. „Sie wollen nicht mit den Hunden ausreiten?“

Robert tippte mit der Spitze des Gehstocks gegen seinen linken Stiefel. „Leider ist mein Bein zu schwer verletzt, um einen weiteren Sturz zu riskieren."

„Das ist eine Schande. Ich habe gehört, dass Sie in Ihrer Husarenuniform an der Spitze der Kavallerie einen beeindruckenden Anblick abgegeben haben."

„Wer hat Ihnen davon erzählt?"

Mr Greenwell verneigte sich. „Einer meiner Vettern zweiten Grades hatte die Ehre, während des Krieges unter Ihnen zu dienen. Er sagte, Sie seien ein vorbildlicher Offizier gewesen und hätten immer an vorderster Front mitgekämpft."

„Wohl kaum." Robert fühlte sich nie wohl dabei, über seine Kriegserlebnisse zu sprechen. „Wie heißt Ihr Cousin?"

„Blake. Grenville Blake." Mr Greenwell senkte die Stimme. „Seine Schwester war die Mutter von Josephine."

„Ah."

„Guten Morgen, Mr Greenwell." Der Pfarrer kam die Treppe hinauf und nickte Robert zu. „Sind Sie bereit, loszulegen?"

„Wenn Sie es sind, Mr Harrington." Mr Greenwell gab seinen Bierkrug an einen der Diener weiter. „Lassen Sie mich nur noch schnell meine Frau informieren."

Mr Harringtons Blick schweifte über die versammelte Gesellschaft. „Eine ganz schöne Menschenmenge heute, was, Robert? Wünschen Sie sich nicht, sich uns anzuschließen?"

„Das kann ich nicht behaupten, Sir."

Der Pfarrer gluckste und stieß Robert mit seiner Reitgerte in die Rippen. „Sie und ihr trockener Humor.

Sie verbergen Ihr Bedauern sehr gut, Sir, wirklich sehr gut. Das zeugt sehr von den Qualitäten Ihrer Familie und Ihrer Erziehung. Lucy hat sehr gut daran getan, Sie zu heiraten, wirklich sehr gut. Aber ich muss jetzt gehen."

Er nickte und stapfte die Treppe hinunter zu dem Stallknecht, der sein Pferd hielt, und rief allen zu, sich in einer geordneten Reihe aufzustellen. Nicholas Jenkins, der auf einem sehr auffälligen Jagdpferd saß, das Robert in seiner Jugend sehr begehrt hätte, nickte ihm zu. Mr Greenwell schritt an Robert vorbei, während er mit unter dem Arm geklemmten Hut versuchte, seine Handschuhe anzuziehen.

„Gute Jagd", rief Robert ihm zu.

„Danke, Sir."

Eine Sekunde später ertönte das Horn und die gesamte Meute setzte sich in Bewegung, die Hunde bellten. An der Spitze ritten die Jäger, während die meisten Damen und Kinder am Ende des Trosses folgten. Die aufgeregten Gesichter der Zwillinge blitzten vorbei und erinnerten Robert an die Zeit, als er noch für die Jagd gelebt und seine Eltern mit der Forderung nach besseren Reittieren in den Wahnsinn getrieben hatte. Er hatte keinen Gedanken daran verschwendet, irgendwann vielleicht zu stürzen oder sich den ein oder anderen Knochen zu brechen. Der Nervenkitzel der Jagd – die pulsierende Aufregung der Verfolgung – hatte sein Herz erfüllt.

Aber jetzt war alles anders.

Langsam stieg er die Stufen hinauf. Sein linkes Bein schmerzte und pochte mit dem neuen, brennenden Schmerz, an den er sich inzwischen gewöhnt hatte.

Sein Platz war bei den Damen, die nicht jagen wollten, und bei den älteren Menschen, die mit ihren verbleibenden Tagen Besseres zu tun hatten, als Leib und Leben im Sattel zu riskieren.

Aus irgendeinem Grund störte es ihn heute viel mehr als sonst, die Jagd in all ihrer lauten, lärmenden Pracht zu beobachten.

***

Nachdem sie das üppige Frühstück genossen hatte, das Mrs Greenwell für die Jagd bereitgestellt hatte, ließ sich Lucy mit Sophia im Salon nieder. Es war ein angenehmer Raum mit Südausrichtung und einem großen Kamin, der eine willkommene Wärme abgab. Lucy war der Meinung, dass die Einrichtung und die Vorhänge erneuert werden mussten, aber sie hatte keinen Zweifel, dass Mrs Greenwell das irgendwann in Angriff nehmen würde.

Die Greenwell-Mädchen waren mit ihrem Vater draußen bei der Jagdgesellschaft, sodass die Atmosphäre nicht von kleinlichen Streitereien getrübt wurde. Die allgemeine Unterhaltung war herzlich und lebhaft. Penelope hatte sich entschieden, nicht an der Jagd teilzunehmen, falls jemand ärztliche Hilfe benötigte, obwohl auch Dr. Fletcher da war. Normalerweise gab es eine ganze Reihe von Verletzungen, vor allem, wenn das Wetter so schlecht und der Boden selbst für die temperamentvollsten Pferde und erfahrensten Reiter so tückisch war wie heute.

Da Dr. Fletcher nicht zum Adel gehörte, saß er in der Küche, und Robert war direkt zu ihm gegangen, um sich mit ihm zu unterhalten. Trotz seiner Bemühungen wusste Lucy, dass solche Begegnungen für ihren Mann schwierig waren, und sie versuchte, ihn nicht zu sehr mit Nebensächlichkeiten zu behelligen. Sie hatte ihm immer noch nicht verraten, was sie am Abend zuvor entdeckt hatte. Würde ein Brief an Hillcott Hall mehr Informationen über Miss Broomfield liefern oder wäre es besser, sich zunächst den Professor in Cambridge vorzunehmen?

„Lucy, geht es dir nicht gut? Du bist so still."

Sie schüttelte ihre Träumerei ab und wandte sich mit einem Lächeln an Sophia. „Ich muss mich entschuldigen. Ich habe letzte Nacht nicht besonders gut geschlafen."

„Andrew sagte, dass die Briefe an seinen Sekretär heute Morgen abgeschickt wurden und dass er in etwa einem Tag mit einer Antwort rechnet."

„Das ist sehr freundlich von ihm."

„Warum wollt ihr mit diesem Mr Clapper sprechen?"

„Wir glauben, dass er etwas mit Miss Broomfield zu tun haben könnte. Wir haben noch keine Angehörigen von ihr ausfindig machen können, um sie über ihr Ableben zu informieren."

„Wie traurig", seufzte Sophia. „Nach allem, was ich gehört habe, war sie nicht gerade die angenehmste Frau. Aber allein zu sterben und vergessen zu werden? Das würde ich meinem ärgsten Feind nicht wünschen."

„Vielleicht kann Mr Clapper etwas Licht in diese Angelegenheit bringen", sagte Lucy. „Andernfalls fürchte ich, dass du recht haben könntest. Es ist so ungewöhnlich für eine Frau ihres Standes, so ... ohne Rückhalt zu sein. Selbst wenn eine Familie hoch verschuldet ist und alles verliert, findet sich meist *irgendjemand*, der bereit ist, eine weibliche Verwandte aufzunehmen."

„Und sie sich zu Tode arbeiten zu lassen." Sophia erschauderte. „Erinnerst du dich daran, wie Penelope und ihre Schwester nur knapp einem solchen Schicksal entgangen sind? Aber vielleicht *wollte* Miss Broomfield einfach in Ruhe gelassen werden. Sie hat sich jedenfalls nicht gerade darum bemüht, Freunde zu finden, oder?"

„Aber auf eigene Faust loszuziehen ... Ich halte mich für eine starke, unabhängige, intelligente Frau, Sophia, aber ich weiß nicht, ob ich mich dazu hätte durchringen können, was Miss Broomfield offenbar getan hat."

„Ich hätte meine Mutter sicher nicht zurücklassen können", stimmte Sophia zu. „Geschweige denn meinen kleinen Hund, Hunter." Sie hielt inne. „Ist es möglich, dass ihre Familie diejenigen waren, die sie hinausgeworfen haben? Vielleicht haben sie ihr ein Ultimatum gestellt – in der Erwartung, dass sie sich fügen würde – und sie hat sich schlicht entschieden, ihnen nicht zu gehorchen."

„Sie wirkte sicherlich widerspenstig genug, um genau das zu tun", stimmte Lucy ihr zu. „Aber trotzdem war es ein gewaltiger Schritt."

„Nun, dann hoffen wir, dass der immer wieder in dieser Sache auftauchende Mr Clapper gefunden werden kann, um all unsere Fragen zu beantworten." Sophia tätschelte Lucys Hand.

Mrs Greenwell erschien im Salon und lächelte in die Runde der um das Feuer versammelten Damen. „Ich habe im Salon Karten ausgelegt, falls jemand spielen möchte, und die Bibliothek steht Ihnen ebenfalls offen. Mittags werde ich ein Picknick zu den Reitern bringen und jeder, der sich mir anschließen möchte, ist dazu herzlich eingeladen. Ansonsten fühlen Sie sich bitte ganz wie zu Hause."

Lucy lächelte ihre Gastgeberin zustimmend an. Da Margaret und ihre Schwester nicht im Haus waren, hatte sie das auch tatsächlich vor.

***

Nachdem Mrs Greenwell mit einigen Gästen und dem in großen Weidenkörben verpackten Essen für das Picknick in Richtung der Jagdgesellschaft aufgebrochen war, vertraute Sophia ihr an, dass sie das Bedürfnis hatte, ein Nickerchen zu machen, und ließ sich in einer versteckten Ecke der Bibliothek nieder. Lucy vergewisserte sich, dass es ihre Freundin bequem hatte, und ging dann leise die Treppe zum oberen Stockwerk hinauf.

Es war sehr friedlich im Haus. Der Großteil des Personals war entweder mit der Zubereitung des Essens in der Küche beschäftigt oder verließ das Haus, um mit Mrs Greenwell das Picknick auszurichten. Sogar Josephine war mit der Gastgeberin gegangen, sodass Lucy sich keine Sorgen machen musste, dem Mädchen über den Weg zu laufen, während sie sich die Abwesenheit der anderen zunutze machte.

Es dauerte nicht lange, bis sie herausfand, welches Schlafzimmer Margaret Greenwell gehörte. Obwohl ihr Dienstmädchen offensichtlich da gewesen war und aufgeräumt hatte, herrschte in der Kammer immer noch eine gewisse Unordnung. Schals und Hüte lagen wahllos auf das Bett geworfen, zusammen mit einem Nachmittagskleid, das Margaret vermutlich anziehen wollte, sobald sie von der Jagd zurückkehrte.

So wie es aussah, war Lucy ziemlich sicher, dass niemand ihr Eindringen in das Zimmer bemerken würde. In dem Bewusstsein, dass sie nicht allzu viel Zeit haben würde, bevor Robert nach ihr suchen würde, setzte sie sich an Margarets Frisierkommode und durchwühlte aufmerksam den Inhalt der Schubladen.

In der untersten entdeckte sie ein Tagebuch und legte es sich auf den Schoß. War es richtig, es zu öffnen und zu lesen, was die jüngere Frau vielleicht für sich behalten wollte? Robert wäre sicher entsetzt, aber hier ging es schließlich um einen *Mord*.

Ihr Blick wurde von einem Stück Papier angezogen, das aus dem Buch ragte. Sie würde ja nichts von dem, was sie las, mit einer anderen Person teilen – es sei denn, es stand im Zusammenhang mit dem Tod von Miss Broomfield oder der Entdeckung des Verfassers der grausamen Briefe. Sie schlug das Buch an der Seite auf, wo das Papier herausschaute, und überflog schnell die Worte auf dem einzelnen Blatt.

Ihre Tochter ist in den Mann ihrer eigenen Schwester verliebt. Schande über Sie und Ihre verdorbene Familie. Sie werden alle in der Hölle schmoren.

Lucy keuchte und hielt sich den Mund zu. Der Zettel hatte eine unheimliche Ähnlichkeit mit den Zetteln, die sie bereits gesehen hatte. Sie hatte schon fast vergessen, dass Margaret eine ältere, verheiratete Schwester hatte. Aber was um alles in der Welt hatte der Zettel zu bedeuten, und warum hatte Margaret so heftig auf eine so offensichtliche Lüge reagiert?

„Margaret kann das unmöglich geschrieben haben", murmelte Lucy vor sich hin und zögerte dann. „Es sei denn, sie hat sich entschieden, etwas so fantastisch Falsches zu schreiben, von dem sie wusste, dass niemand es glauben würde, wenn die Notiz jemals ans Licht käme."

War es ein Versuch, sich selbst zu schützen? Um behaupten zu können, dass sie die anderen Briefe gar nicht geschrieben haben konnte, da sie selbst einen erhalten hatte?

„Aber dieser Brief kam *nach* Miss Broomfields Tod an", erinnerte Lucy sich. „*Dieser* Brief passt nicht ins Bild."

Sie blickte auf das Tagebuch hinunter. Musste sie überhaupt noch etwas lesen? War diese lächerliche Notiz nicht ein klares Indiz dafür, dass Miss Margaret Greenwell tatsächlich die Verfasserin der anderen anonymen Briefe war?

Aber das erklärte immer noch nicht das Motiv.

Nachdem sie den Brief wieder sorgfältig in das Tagebuch gelegt hatte, schob Lucy beides zurück in die Schublade und schloss sie wieder. Wenn sie jemals Roberts kühlen Kopf und seine Gelassenheit gebraucht hatte, dann jetzt.

„Also, erzähl mir von den Schmerzen. Schmerzt es in der Hüfte, im Oberschenkel oder in der Wade?", fragte

Dr. Fletcher so beiläufig, als hätte er gerade nach der Uhrzeit gefragt.

Robert warf seinem alten Freund seinen besten bösen Blick zu. „Ich dachte, wir diskutierten die Vorzüge von französischem Brandy gegenüber Champagner?"

„Das tun wir, aber ich kann nicht umhin, zu bemerken, wie schwer es für Sie ist, überhaupt bequem zu sitzen. Sie zappeln auf Ihrem Stuhl herum wie ein Schuljunge." Dr. Fletcher hob seinen klaren Blick und erwiderte den von Robert. „Also, was ist los?"

„Mein Oberschenkel." Robert strich mit einer Hand über seine Hirschlederhose. „Es fühlt sich an, als würde da drinnen ein schwelendes Pulverfass brennen."

„So schlimm, ja? Und wann wollten Sie mir das mitteilen? Wenn Sie nicht mehr laufen können?"

„Wahrscheinlich." Robert zuckte mit den Schultern. „Ich nahm an, dass man ohnehin nichts dagegen tun kann."

„Sie sind der Gutsherr und kein ausgebildeter Arzt, Major. Wie wäre es, wenn Sie Ihre Arbeit machen und mir erlauben die meine zu erledigen?" Dr. Fletcher zögerte. „Gestatten Sie mir, Sie nach Weihnachten zu untersuchen?"

„Wenn es sein muss. Aber bitte ziehen Sie meine Frau da nicht mit hinein."

„Das ist schwer, schließlich ist sie diejenige, die mich dazu gedrängt hat, Sie zu untersuchen."

„So ist das also." Robert seufzte. „Ich sollte wohl froh sein, dass es ihr wichtig genug ist, um es zu bemerken."

„Lady Kurland ist eine beeindruckende Frau", sagte Dr. Fletcher. „Und nebenbei bemerkt, sie sieht in den letzten zwei Wochen viel besser aus."

„Ja, trotz der Organisation des Balls, der Feier und der Sorge um Miss Broomfields Tod sieht sie bemerkenswert gesund aus."

„Dann sollten Sie sich vielleicht auch um Ihre eigene Gesundheit bemühen?"

Robert warf ihm erneut einen bösen Blick zu. „Ich habe doch schon gesagt, dass ich es Ihnen erlaube, Ihren makabren Beruf an mir auszuüben. Können wir jetzt das Thema wechseln?"

„Natürlich." Das Grinsen des Arztes trug mehr als nur einen Hauch von Selbstgefälligkeit. „Wollen wir wetten, welcher der Harrington-Zwillinge sich heute zuerst das Schlüsselbein bricht?"

Die Tür zur Küche öffnete sich, und einer der Bediensteten kam hereingelaufen.

„Dr. Fletcher? Können Sie sofort mit mir kommen? Es hat einen Unfall oben im Wald gegeben. Draußen wartet schon eine Kutsche, Sir."

„Da war ich wohl vorschnell." Dr. Fletcher erhob sich und schnappte sich seine große Tasche, Hut, Schal und Mantel. „Ich nehme an, Sie wollen mich nicht begleiten, Sir Robert?"

„Nein, danke. Ich habe mehr als genug Gemetzel in meinem Leben gesehen." Robert verzog das Gesicht. „Ich werde meine Frau aufsuchen und ihr versichern, dass ich mich im neuen Jahr Ihren fähigen Händen unterwerfen werde."

Er verließ die Küche und ging zurück in den Hauptteil des Hauses. In der Halle tickte eine große Standuhr, aber von den anderen Gästen war nichts zu sehen. Während er noch unschlüssig dastand, kam eine Frau die Treppe heruntergeeilt. Es dauerte nur eine Sekunde, bis er erkannte, dass es Lucy war.

„Oh, Robert, da bist du ja. Ich wollte gerade zu dir kommen." Sie ergriff seine Hand. „Wohin können wir hingehen, damit wir ungestört sind?"

„Lass mich das nochmal zusammenfassen. Du warst in Margaret Greenwells *Schlafgemach*?", fragte Robert.

„Ich wusste, dass du dich deswegen aufregen würdest, aber hör bitte zu. Ich ..."

„Lucy, das ist *Hausfriedensbruch*."

„Nein, ist es nicht. Mrs Greenwell hat gesagt, wir sollen uns wie zu Hause fühlen."

„Du weißt, dass sie das so nicht gemeint hat." Er ließ sich auf den nächstbesten Stuhl sinken. „Dann fahr fort. Erzähl mir, welche anderen Schandtaten du begangen hast."

„Ich habe *zufällig* ihr Tagebuch gefunden."

Er stieß ein ersticktes Stöhnen aus und vergrub sein Gesicht in den Händen.

„Und ich habe den Brief gesehen, der *angeblich* von dem anonymen Verfasser stammte."

Er sah langsam zu ihr auf. „Angeblich?"

Sie sank vor ihm auf die Knie. „Es hieß darin, dass Margaret in den Mann ihrer älteren Schwester verliebt sei und dass die ganze Familie in der Hölle schmoren werde."

„Dann klingt er bemerkenswert ähnlich wie die anderen Schreiben."

„Aber er kam erst *nach* Miss Broomfields Tod an. Was ist, wenn Margaret den Brief nur geschrieben hat, um keinen Verdacht auf sich zu lenken?"

„Wir haben sie doch kaum verdächtigt!“, widersprach Robert.

„Der Gedanke, dass sie in den Mann ihrer Schwester verliebt sein soll, ist aber wirklich ziemlich weit hergeholt, meinst du nicht?“

„Nicht mehr als die Vorstellung, dass dein Vater in der Hölle schmoren solle oder dass Grace Turner ihre Familie verraten habe.“ Er zögerte. „Würdest du nicht auch sagen, dass in jedem Brief ein Körnchen Wahrheit steckt? Etwas, das den Empfänger absichtlich verletzen soll?“

Ihre Stimme schwankte, während sie über die Behauptung nachdachte, dass sie unfruchtbar bleiben würde. „Ja, ich nehme an, das stimmt.“

„Ich frage mich, ob wir herausfinden können, ob dieses Gerücht vielleicht wahr sein könnte.“

„Ich bin mir nicht sicher, wie wir das bewerkstelligen sollten.“ Lucy schürzte ihre Lippen. „Selbst ich würde zögern, *diese* Frage laut auszusprechen.“

„Und es bleibt immer noch das Rätsel, was mit Miss Broomfield passiert ist.“

Lucy legte die Hand auf sein Knie. „Was wäre, wenn ... Margaret den Brief in Wirklichkeit viel früher von Miss Broomfield erhalten und sie für die Preisgabe ihres Geheimnisses umgebracht hat?“

„Und dann hat sie dafür gesorgt, dass ihre Mutter den Brief zu sehen bekommt?“ Robert runzelte die Stirn. „Warum sollte sie das tun?“

„Um absolut sicher zu gehen, dass niemand denken würde, *sie* sei für den Mord an Miss Broomfield verantwortlich.“

„Deine Argumentation wird langsam etwas weit hergeholt, meine Liebste."

„Ich weiß." Lucy seufzte und richtete sich auf. „Du hast recht." Sie schritt durch den Raum, die Hände auf Hüfthöhe ineinander verschränkt.

Ihr Mann sah zu ihr auf. „Du stimmst *mir* zu?"

„Ich stimme dir insoweit zu, dass ich nicht weiß, was ich wegen diesem Durcheinander tun soll. Meinst du nicht, dass *jemand* dafür belangt werden sollte?"

„Natürlich denke ich das. Aber was, wenn es wirklich so einfach ist, dass Miss Broomfield die Nachrichten für ihre eigenen Zwecke geschrieben hat. Und *umgebracht* wurde sie von jemandem, aus einem anderen Grund, der mit ihrem Reichtum zusammenhing?"

„Aber es wurde nichts gestohlen." Lucy überlegte kurz. „Vielleicht lag das daran, dass Josephine unerwartet in die Schule zurückkam. Und wer auch immer es war, hatte einfach keine Zeit, nach dem Schmuck zu suchen? Das würde auch erklären, warum ich von meinem Stuhl gestoßen und fast mit dem Bügeleisen erschlagen wurde."

„Ja, in der Tat", sagte Robert langsam. „Du könntest da auf etwas gestoßen sein."

„Aber warum sollte man die Feder in Miss Broomfields Auge stechen, wenn es nichts mit den Briefen zu tun hat?"

„Ich weiß es nicht." Robert stand auf und kam auf sie zu. „Lass uns zu den anderen gehen und sehen, ob sie wissen, wann die Jagdgesellschaft zurückkehrt."

Schließlich ließ Robert sich von dem übermäßigen Frauengeschwätz vertreiben, Lucy blieb in Begleitung von Sophia zurück und er ging hinaus zu den Ställen. Er hatte immer noch keine Ahnung, wer Miss Broomfield umgebracht hatte, und Lucys Schnüffelei hatte nur dazu beigetragen, die Sache noch verworrener zu machen. Im Gehen zündete er sich einen seiner Zigarillos an und genoss einen ruhigen, nachdenklichen Moment des Friedens.

Von zurückkehrenden Reitern war keine Spur zu sehen und Mrs Greenwell war auch noch nicht zurückgekommen. Da das Land in Hertfordshire flach war, konnte die Jagdgesellschaft eine beträchtliche Strecke auf einem einzigen Ausritt zurücklegen. Mrs Greenwell musste vielleicht mehrere Meilen auf den kurvenreichen Landstraßen verbringen, um sie zu finden.

Robert wollte schon fast umkehren, als ein allzu vertrautes Geräusch seine Aufmerksamkeit erregte. Er drückte seinen Zigarillo aus und wandte sich zu den Feldern hinter den Ställen um. Er hielt den Blick auf die Büsche gerichtet, als er das Donnern von Hufen vernahm. Sein Magen zog sich zusammen, als ein reiterloses Pferd durch die Feldhecke brach und über die Wiese direkt auf ihn zuhielt.

Augenblicklich verengte sich die Welt um ihn herum auf diesen einen Anblick, auf den Gedanken, dass er weglaufen und sich verstecken sollte, aber seine Füße waren wie an den Boden genagelt. Es gab kein Entkommen. Ihm stockte der Atem, als er einen Arm ausstreckte und nach den Zügeln griff. Instinktiv riss er den Kopf des Pferdes in Richtung Schweif, wie er es schon unzählige Male gemacht hatte, um das strampelnde und bockende Pferd in einem möglichst engen Kreis zu halten.

Mit brennenden Schultern klammerte er sich fest, während das Pferd sich wehrte und ihn fast von den Füßen riss. Es gelang ihm schließlich, das Zaumzeug besser zu packen und mehr Druck auszuüben, indem er sein ganzes Körpergewicht nach vorne warf.

„Festhalten, Sir! Ich komme schon!"

Das willkommene Geräusch von laufenden Füßen erklang von hinten. Er wagte es nicht, die Aufmerksamkeit von dem Pferd abzuwenden, und hielt weiter fest, bis sich ein zweites Paar Hände zu den seinen gesellte und das Pferd zu einem plötzlichen, unsteten Halt brachte.

„Es ist alles in Ordnung, India." Die beruhigende Stimme des Pferdeknechts wirkte gleichsam auf Robert als auch auf das Pferd ein. „Gut gemacht, Sir."

Robert versuchte es mit einem Achselzucken abzutun. „Ich hatte keine andere Wahl, da die Stute direkt auf mich zugehalten hat. Kennen Sie dieses Pferd?"

„Ja. Es gehört Miss Margaret." Der Pferdeknecht blickte noch besorgter drein als ohnehin schon. „Ich frage mich, was mit ihr sein könnte."

Robert machte sich auf den Weg zurück zum Haus. Jeder Knochen in seinem Körper schmerzte und er zitterte, während Bilder aus seiner Vergangenheit über ihn hereinbrachen. Er zwang sich dazu, mit den Gedanken im Hier und Jetzt zu bleiben. Er hielt kurz vor der Tür inne und atmete mehrmals tief durch, bevor er den Salon betrat. Seine Nachbarn hielten ihn bereits für seltsam. Seine Angst vor ihnen zur Schau zu stellen, würde ihre Vorurteile nur bestätigen.

Lucy blickte auf, als er hereinkam und kam sofort mit besorgter Miene auf ihn zu. „Ist alles in Ordnung?"

Er nahm ihre Hand und küsste ihre Finger. „Ist Mrs Greenwell schon zurück?"

„Nein, wieso?"

Er senkte die Stimme so, dass nur sie ihn hören konnte. „Patrick wurde vorhin zu einem Unfall gerufen und ich habe gerade Margaret Greenwells Pferd gefunden, das in Richtung der Stallungen rannte."

„Ohne sie?"

„Genau."

Lucy schlug die Hand vor den Mund. „Ach du meine Güte. Ich hoffe, sie ist nicht verletzt."

Robert legte ihre Hand auf seinen Ärmel und führte sie vom Feuer weg zu dem großen Panoramafenster im hinteren Teil des Raumes. „Das werden wir erst wissen, wenn Patrick zurückkommt. Ich vermute, dass Miss Margaret müde geworden ist und sich für die Rückfahrt in die Kutsche ihrer Mutter gesetzt hat."

„Und ihr Pferd hat sie zurückgelassen?"

„Ich weiß." Er verzog das Gesicht. „Die Sache sieht nicht gut aus, oder?" Das Geräusch von Stimmen auf dem Flur ließ ihn zur Tür hinüberschauen. „Ich höre eine Kutsche. Sollen wir gehen und nachsehen, was passiert ist?"

Sie drehten sich beide um und verließen den Salon, dann gingen sie den langen Korridor hinunter zur Eingangshalle. Die Eingangstür war weit geöffnet und ließ die kalte Luft herein. Dr. Fletcher gab über das

Weinen der Frauen und die allgemeine Aufregung hinweg Anweisungen.

„Bringen Sie sie bitte vorsichtig herein, meine Herren. Mrs Greenwell? Könnten Sie die Männer bitte in das richtige Schlafgemach führen?"

„Hier entlang.", brachte Mrs Greenwell unter Schluchzen in ihr Taschentuch hervor, während sie die Männer, die den leblosen Körper von Margaret Greenwell trugen, die Treppe hinaufführte.

„Ist sie tot?", flüsterte Lucy.

„Ich weiß es nicht. Ich muss Patrick fragen", murmelte Robert, während er Lucys Hand fest umklammerte. „Lass uns die Hoffnung noch nicht aufgeben."

Kapitel 14

„Wenigstens lebt Margaret noch."

Lucy blickte von ihren gekochten Frühstückseiern auf, um festzustellen, dass Robert nicht einmal seine Zeitung aufgeschlagen hatte. Stattdessen tippten seine Finger in einem ungeduldigen Rhythmus auf dem Rand der Kaffeekanne.

„Dr. Fletcher ist es nicht gelungen, sie zu wecken. Er besteht darauf, dass es am besten ist, sie so lange schlafen zu lassen, wie sie es braucht. Ich habe solche Fälle schon erlebt." Lucy seufzte. „Manchmal wacht der Patient auf und kann sich nicht erinnern, was mit ihm passiert ist, und manchmal ..."

„Wachen sie nie auf", sagte Robert und beendete den Satz für sie. „Ich habe dasselbe während des Krieges erlebt."

„So ein Pech, dass es ausgerechnet vor dem Weihnachtsfest passieren musste. Außerdem können wir der Familie Greenwell jetzt kaum möglicherweise peinliche Fragen zu unserem Fall stellen."

„In der Tat."

„Ich frage mich, ob ich den Ball absagen soll?"

Robert hob eine Augenbraue. „Ich glaube nicht, dass ein Ball etwas an Margarets Genesung ändern wird, oder?"

„Ich meinte eher als Zeichen des Respekts."

„Sie ist noch nicht tot. Ich werde heute Morgen zu ihnen fahren und mit Mr Greenwell sprechen. Ich werde ihn nach seiner Meinung fragen, wenn du das möchtest."

Lucy warf ihm einen prüfenden Blick zu. „Nur wenn du auf eine subtile Art fragen kannst, die ihn nicht in eine schwierige Lage bringt."

„Ich bin sicher, dass ich das schaffen sollte."

Lucy bezweifelte das, aber sie hatte keine Zeit, die Angelegenheit auszudiskutieren. Und Gentlemen redeten oft viel direkter miteinander, als eine Dame es sich erlauben konnte.

„Ich werde Mrs Greenwell einen Brief schreiben und fragen, ob ich ihr irgendwie helfen kann", sagte Lucy. „Ich würde ja selbst gehen, aber ich habe heute noch so viel zu erledigen."

„Mach das. Rose wird mich begleiten."

„Gott sei Dank gibt es Tante Rose. Sie ist wirklich ein Geschenk des Himmels." Lucy lehnte sich vor. „Robert, ich wünschte, sie würde in Erwägung ziehen, dauerhaft bei uns einzuziehen."

„Meinst du das ernst?" Robert musterte sie. „Das würde mir sehr gefallen. Soll ich sie fragen, was sie davon hält?"

„Ja, bitte. Sie hat die Fähigkeit, mit jedem auszukommen – sogar mit meinem Vater."

„Das ist mir aufgefallen." Robert schenkte sich noch mehr Kaffee ein. „Dann wäre das ja geklärt." Er schlug seine Zeitung auf und begann zu lesen.

„Die Morgenpost, Mylady." Foley reichte ihr ein silbernes Tablett, auf dem sich ein Stapel Briefe befand.

„Vielen Dank.“ Lucy nahm sich einen Moment Zeit, um die neuen Antworten auf die Balleinladungen von ihrer sonstigen Korrespondenz zu trennen. „Du meine Güte. Ich habe einen Brief von diesem Professor in Cambridge erhalten, der Miss Broomfield kannte.“ Sie brach das Siegel und faltete das Blatt Papier auseinander.

Sie runzelte mehr und mehr die Stirn, während sie ihn las. „Er will behaupten, dass er Miss Broomfield nicht so gut gekannt hat, wie mein Vater dachte. Ich frage mich, warum er seine Meinung zu diesem Thema geändert hat.“

„Vielleicht, weil Miss Broomfield nicht mehr am Leben ist, um ihn zum Einlenken zu zwingen?“

Lucy ließ den Brief sinken. „Das ist ein hervorragender Gedanke. Vielleicht hat sie ihn ja auch erpresst.“

„Das ist wahrscheinlich.“ Robert blätterte weiter. „Es scheint mir, dass all unsere Hoffnungen auf die Lösung dieser Angelegenheit nun auf dem geheimnisvollen Mr Clapper ruhen, der möglicherweise nach Kurland St. Mary gekommen ist, um Miss Broomfield zu treffen. Ich nehme an, du hast ihm ebenfalls geschrieben?“

„Mr Stanford hat sich bereit erklärt, in dieser Angelegenheit zu helfen. Er hat seinen Angestellten in London beauftragt, nach Mr Clappers Büro in Cheapside zu suchen.“

„Dann erfahren wir vielleicht endlich etwas Nützliches.“ Er las weiter in seiner Zeitung, während Lucy ihre Eier und ihren Toast aufaß.

„Vergiss nicht, dass heute Abend das Weihnachtskonzert in der Kirche stattfindet.“

Robert stöhnte auf. „Ach ja, die alljährliche Quälerei meiner Ohren."

„Deine Begeisterung hält sich aber heute sehr in Grenzen, mein Liebster." Lucy warf ihrem Mann einen missbilligenden Blick zu. „Es ist so schön, die Kirche für die Weihnachtszeit geschmückt und mit den Dorfbewohnern gefüllt zu sehen."

„Wahrscheinlich nur, wenn man in einem Pfarrhaus aufgewachsen ist", murmelte Robert.

„Viele der Dorfbewohner würden dir da widersprechen. Sie freuen sich *besonders* darauf, die Kinder aus der Schule singen zu hören."

„Ah, ja. Das hatte ich ganz vergessen."

„Ich habe vor, heute in die Schule zu gehen und mir ihre letzte Probe anzuhören", sagte Lucy und hielt den Atem an.

Roberts Zeitung senkte sich. „Du weißt genau, dass ich dich nicht in der Nähe des Schulhauses sehen will."

„Aber Rebecca wird Hilfe brauchen", wandte Lucy ein. „Bei all dem, was in der Greenwell-Residenz vor sich geht, bezweifle ich, dass Josephine anwesend sein wird. Ich werde einen der Diener mitnehmen und er kann die ganze Zeit über dabeibleiben und mich danach nach Hause begleiten. Es wird das letzte Mal sein, dass ich dort sein werde."

Robert seufzte. „Wenn es sein muss."

„Vielen Dank." Sie belohnte ihn mit ihrem süßesten Lächeln. „Ich habe einige unserer Freunde und die Dorfbewohner gebeten, nach dem Gottesdienst zu heißem Apfelwein und Mince Pies zu uns zu kommen."

„Ich kann es kaum erwarten."

„Robert …“ Lucy runzelte mit gespielter Verärgerung die Stirn und konsultierte dann ihre Liste. „Ich habe auch dafür gesorgt, dass Grace an Heiligabend etwas Grünzeug und einen Mistelzweig mitbringt. Und Mr Pugh vom Gutshof wird einen Julscheit bereitstellen, der groß genug ist, um in die große Feuerstelle im Anwesen zu passen.“

„Dein Organisationstalent ist wirklich ein Wunder, meine Liebste.“ Er lächelte sie an, während er seine Zeitung faltete.

„Ich nehme an, dass die Pantomimen auch irgendwann zwischen dem Fest der Dorfbewohner und dem Ball auftauchen werden.“

„Ich kann unten im Stall nachfragen, wenn du willst.“

„Das ist nicht nötig“, sagte Lucy hastig. Das Letzte, was sie wollte, war, dass Robert in den Ställen herumstöberte und dabei die beiden Welpen entdeckte, die Mr Hopewell am Abend zuvor dort für sie versteckt hatte. „Ich habe vollstes Vertrauen, dass George Culpepper die Sache gut im Griff hat.“

„George ist daran beteiligt, ja?“

„Nur, weil er in diesem Jahr einige der Männer unterrichtet hat und daher über ihre Pläne Bescheid weiß.“ Lucy schaute auf ihre Notizen. „Ich möchte dich noch *eine* Sache fragen, aber bei deiner Laune bin ich mir nicht sicher, ob ich mir die Mühe machen sollte.“

Er verbeugte sich tief im Sitzen. „Frag ruhig, meine Liebe. Ich kann immer nein sagen.“

„Was hältst du davon, einen Weihnachtsbaum im Haus aufzustellen?“

„Ich dachte, das hätten wir schon besprochen. Du sagtest, Mr

Pugh kümmert sich darum."

„Mr Pugh bringt den Julscheit mit. Ein Weihnachtsbaum ist etwas ganz anderes. Da muss man einen ganzen Baum ins Haus stellen." Lucy fuhr fort, auch wenn Robert von der Vorstellung wenig beeindruckt wirkte. „Ich habe in einer der Londoner Gesellschaftszeitungen darüber gelesen. Offenbar hat Königin Charlotte diese Tradition aus ihrem Heimatland mitgebracht."

„Ein ganzer *Baum*? Wurzeln und alles in einer Wanne?" Robert runzelte die Stirn. „Er wird sterben. Warum willst du so etwas machen?"

„Weil man den Baum mit Bändern und Kugeln schmücken kann. Das würde sehr festlich aussehen. Ich habe eine Abbildung des Baumes gesehen, den Königin Charlotte in ihrem Haus hatte, und er war wirklich sehr schön."

„Warum lassen wir den armen Baum nicht draußen, wo er weiterwachsen kann, und schmücken ihn dort?", fragte Robert. „Ich kann mir nicht vorstellen, dass so eine Idee jemals populär wird, du etwa?"

„Vielleicht nicht." Lucy legte ihr Notizbuch beiseite. „Ich werde es nicht wieder ansprechen."

Nach einem kurzen Schweigen, in dem Lucy noch mehr Tee trank und Robert weiter las, fragte er in einem versöhnlicheren Ton: „Ich nehme an, dass wir die Stanfords, die Fletchers und alle, die sich derzeit im Pfarrhaus aufhalten, am Weihnachtstag einladen?"

„Ja, und Grace Turner und alle, die nach dem Ball nicht mehr zurück nach Hause kommen."

Robert warf einen Blick aus dem Fenster hinauf zum bleiernen Himmel und verzog die Miene. „Es sieht wirklich so aus, als würde es Schnee geben. Damit könnten wir ein volles Haus bekommen. Ich bin froh, dass Grace bereit ist, sich uns anzuschließen."

„Ich auch. Sie wird weder am Ball noch an der Feier teilnehmen, aber sie hat sich bereit erklärt, den Tag mit uns zu verbringen – solange sie nicht mit in die Kirche gehen muss."

„Es bereitet mir immer wieder Freude, sie mit deinem Vater streiten zu sehen." Robert trank den letzten Schluck seines Kaffees aus, wischte sich den Mund ab und legte die Serviette neben seinen Teller. „Ich muss jetzt los, meine Liebste. Bei dem schlechten Wetter, das sich ankündigt, muss ich dafür sorgen, dass das Vieh und die Schafe in Sicherheit sind und Zugang zu Futter und Unterständen haben."

Lucy schlug ihr Notizbuch zu. „Und ich muss mit der Köchin sprechen."

***

Lucy klatschte so laut, sie konnte und lächelte die Kinder, die um sie versammelt waren, breit an. „Das war wunderbar! Ich kann es kaum erwarten, euch heute Abend in der Kirche zu hören."

„Ich danke Ihnen, Lady Kurland." Rebecca errötete vor Stolz, als sie ihren kleinen Chor betrachtete. „Also, nicht vergessen. Ihr müsst alle um sechs Uhr in der Kirche sein."

„Woher sollen wir wissen, wann das ist?", fragte einer der Jungen.

„Hört auf die Kirchenglocken", sagte Rebecca. „Wenn ihr sie fünfmal läuten hört, bedeutet das, dass ihr anfangen müsst, euch fertig zu machen, um dann zur Kirche zu laufen."

„Es wird schon dunkel sein", flüsterte eines der kleinen Mädchen. „Ich darf um diese Zeit nicht alleine raus."

„Wenn deine Eltern nicht am Gottesdienst teilnehmen, werden wir dafür sorgen, dass du abgeholt wirst", sagte Lucy entschieden. „Rebecca, wenn ich Mathias zu dir in die Schmiede schicke, kannst du ihm die Namen und Adressen von allen geben, die eine Mitfahrgelegenheit zur Kirche brauchen."

„Vielen Dank, Mylady." Rebecca verbeugte sich. „Das werde ich machen." Lucy unterhielt sich noch eine Weile mit Rebecca, die bereits von dem Jagdunfall gehört hatte, und versicherte ihr, dass Josephine mit Sicherheit am Gottesdienst teilnehmen würde. Sie wollte gerade die Schultür abschließen, als draußen ein Wagen vorfuhr und einer der Hausangestellten sie begrüßte. „Guten Morgen, Lady Kurland."

„Guten Morgen, Reg. Was führt Sie an diesem kalten, grauen Tag hierher?"

„Kurz vor Miss Broomfields Tod kam ich vorbei, um den verstopften Schornstein zu reparieren. Aber damals sagte sie mir, sie sei anderweitig beschäftigt und dass ich an einem anderen Tag wiederkommen solle." Reg kratzte sich unter dem Kinn. „Ich muss gestehen, dass ich das ganz vergessen habe. Wir hatten so viel zu tun auf dem Hof. Soll ich mich noch darum kümmern, Mylady?"

„Kommen Sie herein, Reg." Lucy öffnete wieder die Tür und bedeutet Reg und James, dem Diener, der sie an diesem Morgen begleitet hatte, wieder in die Schule zu treten. „Das muss unbedingt gemacht werden, bevor wir eine neue Lehrerin bekommen, sonst räuchern wir sie schon an ihrem ersten Tag aus." Reg lachte, während er sich vorsichtig die schlammigen Füße an der Matte abwischte. Seine Ausrüstung schien aus einem Eimer, einem langen Stock und ein paar alten Getreidesäcken zu bestehen. „Aye, es wird keine Minute dauern, Mylady. Wahrscheinlich ein Vogelnest oder etwas anderes, das im engen Teil des Schornsteins feststeckt. Das passiert bei Ihren altmodischen Backsteinkaminen oben im Gutshaus ständig."

„Ich weiß", murmelte Lucy. Ihrer Meinung nach sahen die Tudor-Schornsteine zwar sehr dekorativ aus, aber sie waren *furchtbar* ineffizient.

Sie blieb unten im Schulzimmer und lauschte dem gelegentlichen Klopfen oder gemurmelten Schimpfwort, das von oben kam. Nach einer Viertelstunde kam Reg mit einem Lächeln die Treppe herunter.

„Ich habe herausgefunden, was den Schornstein blockiert hat, Mylady."

„Ausgezeichnet. Was war es denn?" Lucy versuchte, nicht in den Eimer zu blicken, den Reg ihr fast ins Gesicht hielt.

„Das hier." Er reichte ihr eine kleine Schachtel. „Jemand muss die dort oben verkeilt haben. Irgendwann ist sie dann vermutlich verrutscht oder durch den Wind hineingeblasen worden. Da hat sie sich dann in einem alten Vogelnest verfangen und den Abzug blockiert."

„Danke, Reg."

Reg reichte ihr einen der Säcke, und sie benutzte ihn, um den verrußten Metallkasten sorgfältig abzustauben, wobei ihr Herz vor Aufregung schnell klopfte. Hatte sie endlich das Kästchen entdeckt, zu dem der Schlüssel gehörte, den Miss Broomfield hinter ihrem Kruzifix versteckt hatte?

***

„Es ist sehr nett von Ihnen beiden, dass Sie vorbeikommen." Mr Greenwells Lächeln wirkte etwas zerstreut. „Bitte setzen Sie sich. Kann ich Ihnen zur Erfrischung ein Getränk anbieten? Es tut mir leid, dass Mrs Greenwell nicht in der Lage ist, Sie zu empfangen. Sie hält Wache an Margarets Bett und weigert sich, von ihrer Seite zu weichen."

„Hat sich an Miss Margarets Zustand etwas geändert?" Robert ließ sich auf die nächstgelegene Sitzmöglichkeit sinken und lehnte den Gehstock neben sich an. „Ich habe eine Nachricht von meiner Frau, in der sie Ihnen jede Hilfe anbietet. Meine Tante und ich würden Ihnen gerne das gleiche Angebot machen."

„Und wir wissen das sehr zu schätzen." Mr Greenwell seufzte. „Ich kann nicht verstehen, wie es passieren konnte, dass Margaret an dieser Böschung stürzte. Sie ist eine geübte Reiterin und mit dem Gelände vertraut."

„Vielleicht ist ihr Pferd vor etwas erschrocken?", schlug Robert vor. „Sie sind selbst unter den besten Umständen nicht die zuverlässigsten Geschöpfe."

„Ich war direkt hinter ihr, als sie den Sprung machte." Mr Greenwell schüttelte den Kopf. „Der Sprung war perfekt ausgeführt und dann schien sie einfach zur

Seite wegzurutschen. Und schon war sie weg. Das war einer der schlimmsten Momente meines Lebens“, sagte er leise. „Mrs Greenwell meint, ich habe in irgendeiner Weise nachlässig gehandelt, aber ich habe mir das Hirn zermartert und mir fällt nichts ein, was ich anders hätte machen sollen, als wir uns dem Hindernis näherten.“

Rose beugte sich vor und tätschelte seine Hand. „Machen Sie sich bitte keine Sorgen, Mr Greenwell. Trotz der besten Absichten können die Dinge innerhalb von nur einem Augenblick schief gehen. Alles, was wir jetzt tun können, ist, zu beten, dass sie bald wieder zu Bewusstsein kommt und sich schnell erholt.“

„Vielen Dank, Mrs Armitage. Ich weiß Ihre Freundlichkeit zu schätzen.“ Mr Greenwell blickte zu Robert hinüber. „Ich darf Ihre Zeit nicht zu sehr in Anspruch nehmen, Sir. Sie sind sicher mit den Vorbereitungen für den Ball und das Fest beschäftigt.“ Er zögerte. „Ich glaube nicht, dass jemand aus unserer Familie an einer der Veranstaltungen teilnehmen kann. Sicherlich werden Sie uns das in Anbetracht der Umstände nachsehen.“

Robert räusperte sich. „Was das betrifft, so hat meine Frau überlegt, ob sie aufgrund der aktuellen Ereignisse alles absagen soll. Ich ...“

„Oh, nein.“ Mr Greenwell sah schockiert aus. „Wir würden *niemals*, nur weil Margaret etwas zugestoßen ist, der ganzen Gemeinde ein Ereignis vorenthalten wollen, auf das die Leute sich schon seit Wochen freuen.“

„Sind Sie sich da ganz sicher, Sir?“, drängte Robert. „Wir möchten nicht unsensibel sein.“

„Und wir möchten nicht, dass unsere persönliche Tragödie allen anderen die Weihnachtszeit verdirbt."

Mr Greenwell erwiderte Roberts Blick. „Bitte seien Sie in dieser Hinsicht unbesorgt."

„Vielen Dank." Robert stand auf und half Rose von ihrem Stuhl hoch. „Ich schätze Ihre Offenheit in dieser Angelegenheit. Das wird meine Frau sehr beruhigen."

In Gedanken versunken ließ Robert sich von Mr Greenwell durch die Eingangshalle zur Kutsche eskortieren. Er wartete, bis sein Gastgeber sich ins Haus zurückgezogen hatte, und klopfte dann gegen die Kabinendecke.

„Mr Coleman? Würden Sie noch einmal ums Haus zu den Ställen fahren, bevor wir uns auf den Weg machen?"

„Ja, Sir."

Nachdem sie das Haus halb umrundet hatten, stieg Robert aus und ließ seine Tante in der Wärme des Innenraums zurück. Er ging in den Stall und suchte den Stallknecht auf, den er am Vortag getroffen hatte.

„Kann ich Ihnen behilflich sein, Sir?"

Robert nickte. „Das hoffe ich. Waren Sie der Mann, der gestern den Damensattel von Miss Margarets Pferd abgenommen hat?"

„Ja, das habe ich."

„Ist Ihnen etwas Merkwürdiges daran aufgefallen?"

„Ich hatte gehofft, Sie würden vorbeikommen, Sir, da Sie ja der Magistrat im Ort sind." Der Mann zögerte und senkte den Blick. „Ich will der Familie keinen Ärger machen oder meinen Platz verlieren, weil ich eine Aussage gemacht habe. Aber es sah aus, als ob damit etwas nicht stimmte."

„Womit genau?“

„Mit dem Sattelgurt.“ Der Pferdeknecht verzog das Gesicht. „Für mich sah es so aus, als hätte ihn jemand absichtlich angeschnitten, um ihn zu schwächen.“

***

„Lady Kurland!“

Lucy schaute nach rechts und erblickte Mrs Jarvis, die ihr enthusiastisch zuwinkte. Sie waren auf halbem Weg die Hauptstraße hinunter, also wies sie den Diener an, die offene Kutsche am Straßenrand anzuhalten. Da ihr Weg der kürzeste war, hatte sie Robert gedrängt, mit der geschlossenen Kutsche nach Lower Kurland zu fahren, um die Greenwells zu besuchen. „Mrs Jarvis. Wie geht es Ihnen?“

„Es geht mir sehr gut, Mylady.“ Sie zog einen großen Jungen näher an das Gefährt heran. „Ich wollte Sie mit meinem Sohn bekannt machen. Erinnern Sie sich noch, dass ich Ihnen gesagt habe, dass er bei uns wohnen und im Gasthaus aushelfen würde?“

„Ja, ich erinnere mich.“ Lucy lächelte den mürrisch dreinblickenden Jungen an, der schwarzes Haar und einen stämmigen Körperbau hatte, der keine Ähnlichkeit zu der molligen Schönheit seiner Mutter aufwies. „Willkommen in Kurland St. Mary.“

Er murmelte etwas Unverständliches und erhielt dafür von seiner Mutter einen scharfen Stoß in die Rippen.

„Du sprichst jetzt laut und respektvoll mit Lady Kurland oder du bekommst eine Ohrfeige. Sie ist mit dem Herrn verheiratet, nach dem du benannt wurdest, unserem Bobby."

„Guten Morgen, Mylady."

„Guten Morgen, Bobby", erwiderte Lucy. „Hast du vor, deine Mutter zu unserem Dorffest am Heiligabend zu begleiten?"

Er murmelte etwas, von dem Lucy annahm, dass es eine Bejahung war, und bekam dafür sofort von seiner Mutter einen Klaps auf den Hinterkopf, für den sie sich auf die Zehenspitzen stellen musste.

„Sprich lauter! Wie willst du denn jemals ein Gasthaus führen, wenn du zu feige bist, mit den Leuten über dir zu sprechen?" Mrs Jarvis verbeugte sich vor Lucy. „Es tut mir leid, Mylady. Er ist besser erzogen worden, auch wenn er es nicht zeigt."

Lucy lächelte. „Ich sollte jetzt besser gehen, Mrs Jarvis. Ich habe heute noch eine Menge zu erledigen."

„Nun, wenn Sie zusätzliche Hilfe brauchen, lassen Sie es mich wissen und ich werde ihnen diesen jungen Mann zur Seite stellen. Der Teufel findet Arbeit für untätige Hände, nicht wahr?"

„In der Tat. Das ist sehr freundlich von Ihnen." Sie nickte dem mürrisch dreinblickenden Jungen zu, der kurz aufschaute und sich dann entfernte. „Es war mir ein Vergnügen, dich kennenzulernen."

Sie fürchtete, dass seine Mutter ihm noch eine Ohrfeige verpassen würde, daher wartete Lucy nicht ab, ob Bobby ihr antwortete oder nicht, sondern nickte James zu, um ihm zu bedeuten, die Fahrt fortzusetzen. Bobby war angeblich so alt wie Josephine und Rebecca, hatte aber weder deren Intelligenz noch deren Sprachkenntnisse. Robert hatte immer gesagt, dass

Jungen bis zu ihrem zwanzigsten Lebensjahr kleine Wilde seien, und nach den Erfahrungen mit ihren eigenen Brüdern war sie geneigt, ihm in diesem Punkt zuzustimmen.

Sie hoffte, dass Robert und Rose inzwischen schon auf dem Rückweg von Greenwell Manor waren. Sie konnte es kaum erwarten, die Schachtel zu öffnen und Miss Broomfields vermutlich kostbarste Geheimnisse aufzudecken ...

***

„Ist Lady Kurland schon von der Schule zurück, Foley?"

Robert kam die Haupttreppe hinunter und wartete, bis sein Butler zu ihm in die Mitte der Halle trat.

„Ja, in der Tat, Sir. Ihre Ladyschaft hat sich in ihr Wohnzimmer zurückgezogen. Ich habe ihr gerade eine frische Kanne Tee gebracht. Soll ich Ihnen eine Tasse besorgen, damit Sie sich zu ihr setzen können?"

„Ja, bitte." Robert beobachtete, wie sein alter Butler mit der Geschwindigkeit einer Schnecke in Richtung Küche schritt, was ihn auf einen Gedanken brachte. „Foley."

„Ja, Sir Robert?"

„Sind Sie schon bereit, sich zur Ruhe zu setzen? Ich kann für eine schöne Unterkunft im Dorf oder auf dem Landgut sorgen und für eine großzügige Rente."

Foley richtete sich zu seiner vollen Größe auf. „Wollen Sie mir *befehlen*, dass ich mich zur Ruhe setzen soll, Sir?"

„Das würde ich nicht wagen." Robert zögerte. „Ich frage mich nur, ob es nicht andere Dinge gibt, mit denen Sie Ihre Tage füllen möchten, anstatt mich herumzukommandieren."

„Ich arbeite gerne im Gutshaus, Sir. Sollte ich jemals das Gefühl haben, dass ich eher eine Belastung als eine Bereicherung darstelle, werde ich der Erste sein, der seinen Rücktritt erklärt."

„Dann sollten wir die Sache auf sich beruhen lassen." Robert nickte. „Ohne Sie wäre es hier sicher nicht dasselbe."

„In der Tat, Sir. Ich vermute, der Ort würde schnell verfallen." Foley verbeugte sich tief. „Darf ich jetzt weitermachen, Sir? Ich habe heute noch viel zu erledigen. Das Silber muss poliert werden, und ich erwarte jeden Moment die Musiker für den Ball."

„Ich bitte um Entschuldigung."

Robert setzte seinen Weg durch den Gang fort, der zum Lieblingszimmer seiner Frau führte. Er hatte nicht den Wunsch, Foley in den Ruhestand zu zwingen, aber er unterbreitete das Angebot trotzdem von Zeit zu Zeit. Er vermutete, dass sein Butler fest entschlossen war, so lange durchzuhalten, bis er sich sicher war, dass es einen Erben für den Baronet-Titel und das Anwesen geben würde. Foley hatte weder Liebe noch Respekt für Roberts Cousin Paul übrig, der erben würde, wenn Robert ohne Erben starb.

Ob dies der Fall sein würde, war noch offen.

Seine Frau hatte neulich auf seinen etwas impulsiven Vorschlag einer Ehe, die eher auf reiner Zuneigung und Freundschaft als auf körperlicher Vereinigung beruhte, nicht reagiert. Die Tatsache, dass er ihr diesen

Vorschlag überhaupt gemacht hatte, überraschte ihn immer noch, denn es war das Letzte, das er wirklich wollte. Er hatte sich an diesem Tag bemerkenswert nutzlos gefühlt und sich nur schwer vorstellen können, dass eine Frau seine körperlichen Schwächen einfach hinnehmen würde. Die Tatsache, dass Lucy die Idee nicht sofort verworfen hatte, beunruhigte ihn noch mehr.

Er klopfte an die Tür und trat ein. Lucy saß am Kamin und trug ein dunkelrotes Kleid von der Farbe einer Rosskastanie, was das Braun ihrer Augen sehr unterstrich.

„Guten Tag, meine Liebe. Ich habe mit einem der Stallknechte bei den Greenwells gesprochen. Er meinte, jemand habe den Sattelgurt von Miss Margaret angeschnitten."

Sie legte ihr Buch beiseite und starrte ihn an. „*Wie bitte*?"

Robert nahm den Platz ihr gegenüber ein. „Das Problem ist, dass gestern die halbe Grafschaft da war. *Jeder* könnte es gewesen sein."

„Aber das ergibt doch keinen Sinn."

„Es lässt mich vermuten, dass entweder Miss Margaret diese Briefe nicht geschrieben hat oder dass sie es doch war und dass dieselbe Person, die Miss Broomfields Tod wollte, auch Miss Margaret tot sehen will." Er stieß ein frustriertes Seufzen aus. „Vielleicht hatte Miss Margaret recht. Miss Broomfield hatte *tatsächlich* eine Komplizin, aber es war nicht Anna. Es war die ganze Zeit Margaret selbst."

„Aber ich glaube nicht länger, dass Miss Broomfield diese Briefe geschrieben hat", sagte Lucy.

„Wie bitte?“ Jetzt war es an ihm, verdutzt zu blinzeln.

„Wieso nicht?“ Sie reichte ihm ein Stück Papier. „Lies das.“

Er setzte seine Brille auf, hielt das Stück Papier mehr ins Licht und las laut vor. „Du bist eine Lügnerin und Betrügerin, und dein falscher Gott hat dich verlassen.“

„Hier ist noch einer.“ Sie gab ihm einen zweiten gefalteten Zettel.

„Miss Broomfield hat gleich zwei Briefe erhalten?“ Robert entfaltete das Schreiben und las erneut laut vor. „Norfolk ist ein kalter und unnachgiebiger Ort. Sie werden auf dem Scheiterhaufen brennen, zusammen mit Ihren anderen katholischen Märtyrern.“ Er richtete seinen Blick auf Lucy. „Was hat es mit Norfolk auf sich?“

„Ich glaube, da kommt Miss Broomfield ursprünglich her. Erinnerst du dich daran, dass Dermot uns erzählte, die Diamant- und Rubinhalskette sei für eine Familie namens Hillcott angefertigt worden? Ich habe in einem Exemplar von *Ackermann's*, das Miss Broomfield in ihrem Regal stehen hatte, einen Stich von Hillcott Hall gefunden.“

„Das scheint eine für sie unpassende Zeitschrift zu sein und ist auch ein ziemlicher Zufall. Ich nehme an, sie könnte dort gearbeitet und den Schmuck gestohlen haben.“ Er reichte ihr die Nachrichten zurück. „Sonst noch etwas?“

„Als ich heute im Schulhaus war, kam Reg vorbei, um den Abzug des Küchenkamins zu überprüfen, von dem Miss Broomfield mir kurz vor ihrem Tod sagte, dass er verstopft war.“

„Und er hat die Briefe dort oben gefunden?“

„In dieser Schachtel." Sie zeigte ihm die schwarze Metallbox auf ihrem Schoß und nahm ein schmales schwarzes Buch heraus. „Da sind auch noch ein paar andere ... Dinge drin."

„Zum Beispiel?", fragte Robert.

„Ihr Rosenkranz, ein weiteres Gebetbuch und ihr Tagebuch." Lucys Lippen zitterten. „Ich habe angefangen, es zu lesen, aber ... sie war kein netter Mensch, Robert. Ich fürchte, sie war geistig verwirrt. Sie schwelgte in Hass und Gedanken an Höllenfeuer."

Er streckte die Hand aus. „Gib mir das Buch. Ich werde es lesen. Ich habe einen viel stärkeren Magen als du und vielleicht steht ja etwas darin, das uns hilft, herauszufinden, was zum Teufel hier vor sich geht."

„Vielen Dank."

Sie drückte ihm das Buch in die Hand und steckte die Briefe in die Innenseite des Einbands. Er ließ es in seine Manteltasche gleiten, um es sich später genauer anzuschauen. Lucy sah immer noch erschüttert aus und das gefiel Robert ganz und gar nicht.

„Es scheint, dass wir uns in einer Sackgasse befinden", sagte Lucy leise. „Margaret ist bewusstlos, Miss Broomfield ist tot, und wir haben immer noch keine Ahnung, *warum*."

Er nahm ihre Hand. „Vielleicht werden wir dieses Mal nie erfahren, was genau passiert ist."

Sie nickte und sah dann zu ihm auf, das Kinn entschlossen vorgereckt, wie er es inzwischen nur zu gut kannte. „Morgen gehe ich mit Anna, Sophia und Dermot los, um das letzte Spielzeug für das Fest für die Dorfbewohner zu besorgen. Ich werde mein Bestes tun, um den Tag einfach zu genießen und zu versuchen, die ungelösten Rätsel aus dem Kopf zu bekommen."

„Das ist eine ausgezeichnete Strategie." Er zog sie sanft auf die Beine und küsste sie auf die Stirn. „Und jetzt komm und iss mit mir zu Abend. Tante Rose hat deinen Vater eingeladen, und ich brauche dich, um mich gegen seine Behauptungen zu verteidigen, ich sei ein unintelligenter Trottel."

Kapitel 15

„Mr Fletcher?“ rief Lucy dem Landverwalter ihres Mannes zu. „Können Sie einen Moment warten?“

Sie liefen durch die belebten Straßen der Universitätsstadt Cambridge und Lucy hatte Mühe, mit Dermots größeren Schritten und seinem jugendlichen Elan mitzuhalten. Es war ein weiterer grauer Tag mit beißendem Wind, der zwischen den steinernen Lehrgebäuden der Universität und dem Fluss Cam hin- und her fegte. Die Straßen waren nicht nur eng, sondern auch voller Menschenmassen.

„Ich bitte um Entschuldigung, Lady Kurland.“ Dermot trat in einen niedrigen Türrahmen. „Ich war zu sehr darauf konzentriert, mit Miss Harrington zu plaudern, um zu bemerken, dass Sie und Mrs Stanford zurückgefallen sind.“

„Ich wollte gerade vorschlagen, dass Sie und meine Schwester weiter einkaufen gehen. Mrs Stanford und ich werden zurück zum Gasthaus laufen und alle Pakete, die wir bei uns haben, dort deponieren“, sagte Lucy, nachdem sie wieder zu Atem gekommen war.

Es *gehörte* sich nicht gerade für Anna, ohne Anstandsdame in der Stadt unterwegs zu sein, aber Lucy war ziemlich sicher, dass sie sich auf Dermots Anstand verlassen konnte.

Sophia berührte ihren Arm. „Ich werde zusammen mit den beiden weiter einkaufen, Lucy. Ich habe noch ein Geschenk zu besorgen."

Lucy hob fragend eine Augenbraue, entschied sich aber, ihrer Freundin nicht offen zu widersprechen. „Dann werde ich zum Gasthaus zurückkehren und dich dort in einer Stunde treffen, bevor wir die Heimreise antreten." Anna seufzte. „Ich wünschte, wir hätten mehr Zeit. Ich habe kaum mit meiner Liste angefangen."

Dermot verbeugte sich vor ihr. „Nun, da ich meine Aufträge für Sir Robert erledigt habe, stehe ich Ihnen voll und ganz zur Verfügung, Miss Harrington." Er bot ihr seinen Arm an. „Wohin möchten Sie als Nächstes gehen?"

Sophia zwinkerte Lucy zu, bevor sie sich daran machte, dem glücklichen Paar zu folgen. „Ich verspreche, dass ich sie im Auge behalten werde, zwar nicht zu genau, aber doch aufmerksam. Nur für den Fall."

„Danke", rief Lucy. Sie wartete, bis die Gruppe um die Ecke gebogen war. Es war ein unvorhergesehener Vorteil für ihre bevorstehende Expedition, dass sie Sophia gar nichts weiter dazu erklären musste. Sie sah sich noch einmal die Adresse auf dem Brief an und machte sich auf den Weg zu den Gebäuden des Peterhouse College.

„Ich werde nachsehen, ob Professor Elwood in seinen Räumen ist, Lady Kurland."

Der Portier an der Pforte wirkte nicht sehr hilfsbereit, was kaum eine Überraschung war. Sie hatte von ihrem

Vater und seinen Freunden viele Geschichten über die akademische Welt gehört. Und keine davon hatte auf eine große Bereitschaft der intellektuellen Elite hingedeutet, von ihren Elfenbeintürmen herabzusteigen und sich mit einer einfachen Frau zu unterhalten.

„Vielen Dank." Lucy setzte sich auf die Steinbank im geschützten Torhaus. „Ich warte."

Zu ihrer Überraschung kehrte der Mann relativ schnell zurück. „Professor Elwood ist gerne bereit, Sie in seiner Kammer zu empfangen, Mylady. Bitte folgen Sie mir."

Der Kreuzgang und der grasbewachsene Innenhof des Colleges waren menschenleer, da die Studenten längst in die Weihnachtszeit entlassen worden waren. Die uralte Architektur war durchaus bewundernswert, aber Lucy hatte weder das Interesse noch die Zeit, sie näher in Augenschein zu nehmen.

„Lady Kurland, Professor."

„Danke, Timms. Kommen Sie doch herein, meine Liebe."

Lucy betrat das mit Bücherregalen gesäumte Zimmer und musterte den älteren Mann, der sich zur Begrüßung erhob. Sie schätzte, dass er in seinem siebten Lebensjahrzehnt war. Er hatte einen langen weißen Bart und freundliche blaue Augen.

„Bitte setzen Sie sich doch, Lady Kurland. Ich habe von Ihrem Vater schon viel über Sie gehört. Er hat oft beklagt, dass Sie nicht als Junge geboren wurden und Ihre intellektuellen Fähigkeiten nicht nutzen konnten."

„Das hat er mir ebenfalls schon oft gesagt." Lucy behielt das Lächeln bei, als sie sich setzte. „Ich weiß es zu schätzen, dass Sie mir die Gelegenheit geben, mit Ihnen über Miss Broomfield zu sprechen."

„Ah, ja." Er setzte sich wieder hinter seinen Schreibtisch und senkte den Blick auf die gefalteten Hände. „Ich dachte mir, dass das Ihr Anliegen sein könnte. Aus Ihrem Brief habe ich entnommen, dass sie verstorben ist."

„Ja, und das unter etwas verdächtigen Umständen." Lucy lehnte sich vor. „Darf ich fragen, wie Sie dazu gekommen sind, diese Empfehlung für sie zu schreiben?"

„Ich schrieb sie als Gefallen für ein mir bekanntes Mitglied ihrer Familie. Ich kannte die Person, seit wir beide im Alter von sieben Jahren zur gleichen Schule geschickt wurden. Er bat mich, ihm bei der Suche nach einer Stelle für seine Nichte zu helfen, die in eine schwierige Lage geraten sei."

„Dieser Freund von Ihnen ist der Onkel von Miss Broomfield?"

„So ist es. Ein Mr Richard Hillcott. Er ist Vikar und hat die Pfründe des Hillcott-Anwesens in Norfolk geerbt." Er zögerte. „Broomfield ist nicht ihr richtiger Nachname. Sie ist eine geborene Hillcott."

Lucy nickte. „Ich hatte schon den Verdacht, dass sie mit dieser Familie in Verbindung steht. Hat sie sich irgendwann mit ihnen überworfen?"

„Ich fürchte, ja. Soweit ich weiß, wurde sie unter dem Einfluss ihrer spanischen Großmutter erzogen, die eine andere religiöse Überzeugung vertrat. Im Alter von siebzehn Jahren, wenn die meisten Mädchen über ihre

Einführung in die Gesellschaft nachdenken, erklärte sie, sie wolle Nonne werden.“

„Du liebe Güte!“ Lucy setzte sich aufrecht hin.

„Wie Sie sich vorstellen können, verurteilten ihre besorgten, aber liebevollen Eltern diese Dummheit schnell. Ihre Lösung bestand darin, sie auf eine Reise über den ganzen Kontinent mitzunehmen, um sie vielleicht umzustimmen. Aber sie war weiterhin entschlossen. Im Ausland schloss sie eine geheime und unglückselige Freundschaft mit einem jungen Priesterstudenten, den sie in Neapel kennengelernt hatte.

Leider setzten sie die ‚Beziehung‘ nach ihrer Rückkehr nach England per Brief fort. Der Mann wagte es schließlich, ihr nach Norfolk zu folgen. Während sie sich nach außen hin den Erwartungen ihrer Eltern anpasste, fühlte sie sich privat zu diesem jungen Mann hingezogen, der sie zu seiner Religion bekehren wollte, damit sie ihren Wunsch, eine Braut Christi zu werden, erfüllen konnte.“

„Wollte er sie zum römischen Katholizismus oder nur zu seinen eigenen Zwecken bekehren?“, fragte Lucy.

„Ich glaube, seine Motive waren tatsächlich rein, Lady Kurland. Alles, was ich Ihnen sagen kann, ist, dass er, als sie von zu Hause weglief und auf seiner Türschwelle erschien und sagte, dass sie ihn liebte, der Erste war, der darauf bestand, dass sie nach Hause zurückkehren sollte.“

Lucy versuchte, sich die strenge Miss Broomfield als eine junge Frau vorzustellen, die bereit war, wegen ihrer fehlgeleiteten Verliebtheit in einen Mann alles zu riskieren. Der Gedanke ließ sie erschaudern. Auch wenn sie die Frau nicht gemocht hatte, musste es ausgesprochen demütigend gewesen sein, die eigenen Hoffnungen zerstört zu sehen und von ihrem vermeintlichen Liebhaber zurückgewiesen zu werden.

„Was ist danach geschehen?"

Professor Elwood seufzte. „Ich muss leider sagen, dass sie hysterisch wurde, und nachdem sie gedroht hatte, sich das Leben zu nehmen, fast ein Jahr lang in ihrem Schlafzimmer eingesperrt werden musste. Ich glaube, ihre Eltern dachten sogar einmal daran, sie in eine private Anstalt einweisen zu lassen. Erst als sie einen Beweis dafür verlangte und erhielt, dass ihr Freund, der Priester, nach Italien zurückgekehrt war und seine letzten Gelübde abgelegt hatte, brach sie schließlich zusammen und wurde wieder ... gefügig."

„Hat sie jemals ihr Debüt in die Gesellschaft gegeben?"

„Nein. Ihre Eltern beschlossen, dass die Aufregung und die Erwartungen zu viel für sie sein würden, also blieb sie zu Hause."

„Und wie ist sie dann Lehrerin geworden?", fragte Lucy. „Irgendwann meldete sie sich auf einige Annoncen für Lehrer- und Erzieherinnenstellen in der *Lady*, einer Zeitschrift, die ihre Mutter abonniert hatte. Eines Tages verließ sie einfach das Haus, ohne irgendetwas mitzunehmen. Ihre Eltern waren natürlich verzweifelt und dachten, sie sei auf den Kontinent geflohen, um ihr Gelübde als Nonne abzulegen, wie sie es sich immer gewünscht hatte. Aber sie konnten in keinem der Klöster oder Orden, die sie überprüften, eine Spur von ihr finden."

„Weil sie eine Anstellung an einer Schule in Cornwall gefunden hatte."

„So habe ich gehört. Schließlich schrieb sie ihren Eltern und zwar fortan einmal im Jahr."

„Ich würde wetten, sie hatten schon geglaubt, dass sie tot war, und waren wahrscheinlich froh, überhaupt ein Lebenszeichen von ihr zu erhalten." Lucy schüttelte den Kopf. „Was für eine ungewöhnliche Geschichte. Ich habe einen Brief von der Schule in Cornwall erhalten, die sie wegen unerwünschten Verhaltens gegenüber ihren Schülern entlassen hat."

„Das war wahrscheinlich der Zeitpunkt, an dem ich in diese traurige Angelegenheit verwickelt wurde." Professor Elwood stieß einen Seufzer aus. „Richard kam zu mir und sagte, seine Nichte sei ungerechtfertigterweise aus ihrer letzten Anstellung entlassen worden. Er meinte, sie weigerte sich immer noch, zu ihren Eltern nach Hause zu kommen. Er fragte mich, ob ich wüsste, wo sie Arbeit finden könnte. Ich hatte gerade den Brief Ihres Vaters erhalten und da dachte ich, ich könnte vielleicht zwei meiner ältesten Freunde gleichzeitig helfen. Also erklärte ich mich bereit, ein Empfehlungsschreiben für Miss Broomfield zu verfassen."

„Haben Sie sie jemals getroffen?", fragte Lucy.

„Nein, das habe ich nicht. Ich wünschte, ich hätte es getan." Er sah ihr in die Augen. „Es tut mir aufrichtig leid, dass mein Versuch, ihr zu helfen, einen so tragischen Ausgang genommen hat."

„Sie hätten ein solches Ende nicht vorhersehen können, Sir. Wer könnte das schon?" Der Kummer in seinen Augen bewegte Lucy zutiefst. „Wissen Sie zufällig, ob die Eltern von Miss Broomfield einen Vermittler eingeschaltet haben, um mit ihr in Kontakt zu treten, oder ob sie es vielleicht selbst getan haben könnte?"

„Da sie sich geweigert hat, sich persönlich mit ihnen zu treffen, nehme ich an, dass sie auf eine Art Vermittler aus dem juristischen Bereich zurückgriffen."

„Haben sie ihr finanzielle Unterstützung angeboten?"

„Das weiß ich nicht." Er griff nach einem Blatt Papier auf seinem Schreibtisch. „Ich habe hier den Namen und die Adresse von Mr Richard Hillcott aufgeschrieben. Ich habe ihm bereits geschrieben und ihn darüber informiert, dass Sie mich kontaktiert hatten. Er gab mir die Erlaubnis, Ihnen die persönlichen Daten seiner Familie mitzuteilen." Er hielt inne. „Ich gehe davon aus, dass Sie diese vertraulichen Informationen mit dem nötigen Respekt behandeln werden."

„Selbstverständlich." Lucy nickte. „Mein Mann ist der verantwortliche Magistrat in Kurland St. Mary und ein Mann mit Charakter und Diskretion. Sie können sich darauf verlassen, dass er das, was Sie mir mitgeteilt haben, nur für Recht und Gesetz heranziehen wird."

„Ich bin froh zu hören, dass es in unserem Land noch Männer mit Integrität gibt."

Lucy warf einen Blick auf die Uhr, die an der Wand über dem Kamin hing. „Fällt Ihnen sonst noch etwas zu dieser Angelegenheit ein, Sir?"

„Nein, meine Liebe." Er folgte ihrem Blick auf die Uhr. „Haben Sie noch einen anderen Termin? Ich wollte Ihnen ansonsten vorschlagen, dass wir zusammen einen Nachmittagstee trinken."

„Ich wünschte, das wäre möglich, Professor, aber ich muss nach Hause zurückkehren." Lucy erhob sich und machte einen Knicks. „Sie waren ausgesprochen hilfreich. Vielleicht können wir bei Ihrem nächsten Besuch in Kurland St. Mary einen angenehmeren Nachmittag zusammen im Herrenhaus verbringen."

„Ich freue mich schon darauf." Er stand auf und führte ihre behandschuhte Hand an seine Lippen. „Trotz des unangenehmen Themas war es mir ein Vergnügen, Sie kennenzulernen, Lady Kurland. Ich hoffe, unsere Bekanntschaft alsbald zu vertiefen."

„Sind Sie über die Weihnachtszeit hier, Sir?"

„Ich werde zu den Festtagen im Haus meiner Schwester erwartet." Seine blauen Augen leuchteten auf. „Ich habe selbst nie geheiratet, aber meine Schwester hat ein Haus voller Kinder und Enkelkinder, die ich verwöhnen und deren Gesellschaft ich genießen kann."

„Wie schön." Lucy lächelte ihn an. „Frohe Festtage und ein frohes neues Jahr."

Ihr Lächeln verblasste, als sie zurück auf die Straße trat und sich überlegte, welche Richtung sie einschlagen musste, um sicher zum richtigen Gasthaus zu gelangen. Das Leben von Miss Broomfield schien kein glückliches gewesen zu sein. Aber es war äußerst unwahrscheinlich, dass irgendjemand in ihrer Familie ihren Tod gewollt hatte. In Wahrheit hatten sie sich für sie gewünscht, dass sie zu Hause blieb, eine traditionelle Londoner Saison durchlief und einen passenden Gentleman heiratete.

Warum hatte sie sich ihnen widersetzt? Was für eine Frau entschied sich, ihre Familie zu verlassen und

Gouvernante oder Lehrerin in einer Welt zu werden, in der diese Positionen weder die gebührliche Wertschätzung noch Anerkennung erhielten? Lucy wusste, wie erdrückend das Gewicht der familiären Vorurteile sein konnte, aber sie hatte nie den Mut besessen, sich völlig davon loszulösen.

Hatte Miss Broomfield bei dem Gedanken, sich auf den vom Krieg verwüsteten Kontinent zu begeben, um ein geeignetes Kloster zu finden, endgültig den Verstand verloren? War die Überquerung des Ärmelkanals in ihrem geschwächten Zustand zu viel für sie gewesen, sodass sie sich entschieden hatte, so weit von ihrer Familie entfernt zu leben, wie es ihr nur möglich war? Lucy würde die Antworten auf diese Fragen nie erhalten.

Sie blieb kurz stehen, bevor sie die belebte Straße voller Menschen, die entweder kauften oder verkauften, überquerte. Sie hielt ihr Retikül fester umklammert, als sie eine Gruppe junger Männer erblickte, die durch die Menschenmenge huschten und ihre Finger lang machten, um ungesicherte Geldbörsen oder andere baumelnde Kostbarkeiten zu erbeuten. Sie erreichte sicher die andere Straßenseite, gerade als die Uhr der Stadt zur vollen Stunde schlug. Wenn alles gut ging, würden sie in fünf oder sechs Stunden zu Hause sein.

„Lucy, wach auf."

Sie öffnete die Augen und erblickte das lächelnde Antlitz von Sophia. Aus der Schaukelbewegung schloss sie, dass sie immer noch unterwegs waren. Draußen war es inzwischen dunkel und trotz der Lampen an der

Kutsche war es schwierig, die Umrisse der Umgebung deutlich auszumachen.

„Was gibt es denn?"

„Können wir am *Queen's Head* Halt machen, damit ich ein Paket abholen kann?"

„Natürlich. Wir müssen sowieso noch zum Pfarrhaus."

„Vielen Dank." Sophia stupste sie an. „Sieh dir Anna an."

Lucy spähte an ihrer Freundin vorbei zur gegenüberliegenden Seite der Kabine. Ihre Schwester war eingeschlafen und hatte den Kopf auf Dermots Schulter gelegt. Er hatte seinerseits den Arm um sie gelegt und ließ sogar im Schlaf ein Lächeln erkennen. Durch den Gedanken an Annas Abneigung gegen die Ehe weckte die Szene in Lucy gemischte Gefühle.

„Wir sind fast zu Hause. Wir haben gerade die Hertford Road verlassen", fügte Sophia hinzu. „Ich bin froh, gleich aus dieser Beengtheit herauszukommen."

Dem hatte Lucy nichts hinzuzufügen. Sie war sich nicht ganz sicher, wie Robert reagieren würde, wenn er erfuhr, dass sie den ganzen Weg nach Cambridge und nicht in die viel näher gelegene Stadt Hertford gefahren waren. Was auch immer er denken mochte, sie war froh, dass sie den Weg auf sich genommen hatten. Sie waren zwar der Aufklärung des Todes von Miss Broomfield nicht näher gekommen, aber Lucy hatte ein viel klareres Bild von ihrem Leben erhalten.

„Mir hat das Singen der Kinder gestern Abend sehr gut gefallen", bemerkte Sophia. „Ich würde sogar behaupten, dass kaum ein Auge in der Kirche trocken geblieben ist. Das hast du wirklich hervorragend gemacht, meine Liebe."

„Ich habe nichts weiter getan, als Rebecca und Josephine zu beaufsichtigen", erwiderte Lucy. „Sie waren diejenigen, die die ganze harte Arbeit für den erfolgreichen Auftritt geleistet haben. Aber ich glaube, sogar mein Vater war beeindruckt. Er meinte, wir sollten es zu einer jährlichen Tradition machen."

„Wenn ihr einen Lehrer findet, der eurer Schule das ganze Jahr lang erhalten bleibt."

„Bis jetzt haben wir bei unserer Suche nicht viel Glück gehabt." Lucy rieb mit der Spitze ihres behandschuhten Fingers das Kondenswasser von der kleinen Glasscheibe. „Bringen wir Anna zuerst zum Pfarrhaus und besuchen danach das *Queen's Head*."

Lucy verabschiedete Anna mit einem Gutenachtkuss und blickte ihr nach, bis sie, begleitet von Dermot, durch die Vordertür des Pfarrhauses verschwand. Dieser hatte darauf bestanden, alle ihre Pakete für sie zu tragen. Er hatte auch gesagt, dass ihm der Spaziergang zurück nach Kurland Hall guttun würde, nachdem er so viele Stunden in der Kutsche verbracht hatte und wollte daher nicht, dass man sich die Mühe machte, ihn später abzuholen.

„Mr Fletcher ist in deine Schwester verliebt", bemerkte Sophia.

„Ich weiß." Lucy seufzte.

„Würdest du eine solche Verbindung missbilligen?"

„Ganz und gar nicht."

„Und dein Vater?"

„Mit Sicherheit. Bei seiner Abneigung gegen die päpstlichen Sitten und Dermots gesellschaftlicher Stellung hätte der arme Mann nicht die geringste Chance."

„Aber was wäre, wenn Anna auch in ihn verliebt wäre?", hakte Sophia nach.

„Sie mag ihn sehr, aber sie hat zumindest mir gegenüber keine romantischen Gefühle für ihn gestanden." Lucy dachte kurz nach, bevor sie weitersprach. „Sie ist nicht bereit, überstürzt und nur um des Heiratens willen eine Ehe einzugehen."

„Das ist sehr vernünftig von ihr. Und sie ist so wunderschön, dass ich bezweifle, dass sie sich jemals Sorgen machen muss, ob sie einen würdigen Mann für sich findet."

Lucy spürte, wie die Kutsche langsamer wurde, und versuchte, bei einem Blick aus dem Fenster etwas zu erkennen. „Wir nähern uns dem *Queen's Head*."

Sophia setzte ihre Haube auf und band die Schnüre zusammen. „Ich glaube, ich mache mich besser ein wenig präsentabler, bevor ich aussteige. Ich könnte schwören, dass es in Kurland St. Mary mehr Klatschtanten gibt als in London."

„Wir haben beide eine Londoner Saison erlebt, Sophia, und wissen es besser." Lucy lächelte ihrer Freundin zu. „Aber man muss auch hier den Schein wahren."

Sie nutzte die Gelegenheit, um aus dem Wagen zu steigen und sich ein wenig die Beine zu vertreten, während Sophia ins Gasthaus eilte. Es gab nur ein anderes Fahrzeug auf dem Stallhof. Es dauerte ein paar Augenblicke, um in der Dunkelheit zu erkennen, dass es sich dabei um die offene Kurland-Kutsche handelte. „Vielen Dank, Mr Jarvis."

Lucy wandte ihre Aufmerksamkeit wieder dem Gasthaus zu, wo Sophia in dem erleuchteten Rechteck der offenen Tür stand. Sie winkte Lucy zu und kam über den Hof auf sie zu. „Bist du bereit, weiterzufahren? Mrs Jarvis war beschäftigt, also musste ich Mr Jarvis beim Bierausschank im Wirtshaus unterbrechen. Er hat auf die Störung aber sehr freundlich reagiert."

Sophia kletterte in die Kutsche und Lucy tat es ihr gleich. „Mir ist aufgefallen, dass ich meinen Lieblingsschal in London vergessen hatte, und ich habe meine Haushälterin in einem Brief gebeten, ihn mir nachzuschicken." Sophia hielt inne und blickte durch die noch offene Kutschentür über Lucys Schulter hinweg. „Ist das da *Robert* bei Mrs Jarvis?" Sie gluckste. „Ich frage mich, was die beiden da drinnen gemacht haben."

Lucy blickte über die Schulter und sah ihren Mann mit Mrs Jarvis aus dem Stall kommen, die sich an seinen Arm klammerte und ohne Unterlass vor sich hin plapperte. Lucy schlug die Tür zu und klopfte gegen die Decke der Kabine, um den Kutscher zum Aufbruch zu bewegen.

„Lucy?" Sophias verwirrte Stimme ertönte von hinten. „Warum wolltest du nicht bleiben und dich mit Robert unterhalten?"

Lucy tastete nach ihrem Taschentuch, während ein Sturm von unerwarteten Gefühlen in ihr aufstieg. „Weil ... er vielleicht nicht unterbrochen werden wollte."

„Wie meinst du das?“ Sophia griff nach ihrem Ellbogen und drehte sie vorsichtig herum. „*Weinst* du etwa? Was ist denn los? Was ist passiert? Du kannst doch unmöglich glauben, dass Robert ... mit Mrs Jarvis ... oder *doch*?“

„Warum denn nicht?“ Lucy schluchzte in ihr Taschentuch. „Er hat mich im Bett seit sechs Monaten nicht mehr aufgesucht.“ Sie brach in Tränen aus und ließ zu, dass Sophia sich neben sie setzte und ihr tröstend die Schulter tätschelte.

Als die Kutsche anhielt, öffnete Sophia die Tür und nahm Lucy an der Hand. „Du kommst mit mir rein. Du kannst nicht riskieren, in diesem Zustand nach Hause zu kommen.“

Sie führte Lucy durch die Vordertür hinein, sprach unter vier Augen mit dem Butler ihrer Mutter und führte Lucy dann geradewegs die Treppe hinauf in ihr Schlafgemach. „Ich muss mich entschuldigen.“ Lucy schnäuzte sich und ließ sich in einen Stuhl beim Feuer sinken. „Ich weiß, dass ich mich entsetzlich verhalte, aber nach all meinen Sorgen den Beweis mit eigenen Augen zu sehen ... das hat mich ziemlich überwältigt.“

Sophia drückte ihr ein Glas Brandy in die Hand. „Trink aus. Du hast einen ziemlichen Schock erlitten.“ Sie wartete, bis Lucy einen kleinen Schluck genommen hatte, bevor sie fortfuhr. „Also, worum geht es hier eigentlich? Verdächtigst du Robert, dich mit Mrs *Jarvis* zu betrügen?“

„Er kannte sie, während seiner Zeit als junger Offizier in London.“

„Hat Robert dir das *erzählt*?“

„Nein, ich weiß es von Mrs Jarvis. Robert hat scheinbar vergessen, es mir gegenüber zu erwähnen. Sie meinte, es sei nichts, wofür man sich schämen bräuchte. Aber ist es nicht seltsam, dass sie schließlich auch in Kurland St. Mary auftaucht?“

„Aber Robert hat nur Augen für dich“, sagte Sophia mit sanfter Stimme. „Nur weil sie sich früher schon kannten, heißt das nicht, dass sie sich jetzt ... erneut *kennenlernen*.“

„Er hat den Vorschlag gemacht, dass wir eine Ehe nur auf Grundlage von Freundschaft und gegenseitigem Respekt führen könnten.“ Lucy presste ihr Taschentuch zu einer festen Kugel zusammen. „Vielleicht wollte er damit sagen, dass er bereits andere Methoden zur Befriedigung seiner körperlichen Bedürfnisse gefunden hat.“

„Warum in aller Welt sollte er das vorschlagen?“

„Wir haben über ... eine andere Person gesprochen. Jemanden, der Angst vor dem körperlichen Aspekt der Ehe hat. Ich fragte ihn, ob es Männer gäbe, die heiraten, ohne zu erwarten, dass die Ehe vollzogen wird. Ich glaube, er hat geglaubt, ich hätte von *unserer* Ehe gesprochen.“

„Teilen du und Robert immer noch ein Bett?“

„Wir schlafen im selben Bett, aber er macht keine Anstalten ... nachts meine Nähe zu suchen.“

„Und was passiert, wenn du das machst?“

Lucy blickte langsam zu Sophia auf. „Das mache ich nicht.“

„Warum denn *nicht*?“

„Was wäre, wenn er mich zurückweisen würde?“ Lucys Wangen wurden heiß. Sie hatte noch nie mit jemandem über die intimen Aspekte ihrer Ehe gesprochen. „Er wartet, bis ich schlafe, bevor er ins Bett kommt. Er unternimmt keine Versuche, mich zu *berühren.*“

„Lucy, du hattest innerhalb von sechs Monaten zwei Fehlgeburten“, sagte Sophia mit sanfter Stimme und griff nach Lucys Hand. „Vielleicht hat Robert einfach ebenfalls Angst.“

„So viel Angst, dass er mit Mrs Jarvis in den Ställen herumtollt? Sie hatte Stroh im Haar, Sophia.“

„Dann hast du wohl keine andere Wahl, liebe Lucy.“ Sophia warf ihr einen mitfühlenden Blick zu. „Du musst deinen Mut zusammennehmen und deinen Mann fragen, was genau vor sich geht.“

Kapitel 16

„Professor Elwood ist also Miss Broomfield nie begegnet und hat die Empfehlung nur geschrieben, um einem alten Freund zu helfen.“ Robert pfiff. „Großer Gott.“

Er blickte zu seiner Frau hinüber, die auf dem Stuhl vor seinem Schreibtisch saß und den Blick bedächtig nach unten auf ihre gefalteten Hände gerichtet hielt. Sie war direkt nach ihrer Rückkehr aus Cambridge zu Bett gegangen und war noch vor ihm aufgestanden. Es hatte einige Mühe gekostet, sie dazu zu überreden, sich die Zeit für ein kurzes Gespräch mit ihm zu nehmen.

„Die Familie Hillcott tut mir leid“, fügte Robert hinzu. „Ich werde ihnen nach Weihnachten einen Brief schreiben und ihnen unser Beileid aussprechen.“

„Wie du wünschst.“ Lucys Blick war nun auf die Uhr auf dem Kaminsims gerichtet. „Ich habe heute noch viel zu tun; kann ich dir sonst noch irgendwie behilflich sein?“

„Im Moment nicht.“ Er hielt inne und betrachtete ihr abgewendetes Antlitz. „Fühlst du dich nicht gut?“

„Warum sollte es mir nicht gut gehen?“ Sie richtete sich auf. „Bitte entschuldige mich.“

Er erhob sich auf und ging vor, um ihr die Tür aufzuhalten. „Bist du dir *ganz* sicher, dass es dir gut geht?“

„In weniger als einer Stunde kommen Gäste an, und ich muss eine Feier für die Dorfbewohner organisieren. Außerdem richten wir einen Ball für die gesamte Grafschaft aus." Sie würdigte ihn nicht einmal eines Blickes. „Ich bin einfach nur beschäftigt."

Er hielt sie am Ellbogen fest. „Es steckt mehr dahinter. Was ist denn nur los?"

Sie löste sich behutsam aus seinem Griff. „Ich muss gehen."

„Lucy ..."

„Bitte entschuldige mich."

Er ließ sie an sich vorbeiziehen und kehrte zum Schreibtisch zurück. Sein ungutes Gefühl wurde stärker. Es sah seiner Lucy ganz und gar nicht ähnlich, derart still zu sein. Er mochte sich manchmal über ihre direkte Art ärgern, aber er konnte sich nicht erinnern, dass sie jemals einem Streit aus dem Weg gegangen wäre. Er konnte zwar nicht abstreiten, dass sie viel zu tun hatte, aber normalerweise war sie bei solchen Gelegenheiten in ihrem Element – nicht so kurz angebunden und voll grimmiger Entschlossenheit. Das war normalerweise sein Modus Operandi.

Er starrte aus dem Fenster auf die hoch aufgetürmten schwarzen Wolken, die wie Infanteriebataillone über die Parklandschaft hinwegzogen. Er hoffte, dass alle Gäste sicher ankommen würden und dass sowohl der Ball als auch das Fest wie geplant stattfinden konnten. Die Spur Frost, die in der Luft lag, ließ ihn vermuten, dass der Winter bald in voller Pracht seine Aufwartung machen würde.

***

„Lady Kurland?"

Lucy unterbrach das Gespräch mit ihrer Haushälterin und bemerkte Foley neben sich stehen. Es war später Nachmittag nach einem überaus langen Tag. Allmählich fühlte sie sich etwas überwältigt von den Aufgaben, die noch vor ihr lagen. Sie erinnerte sich immer wieder daran, dass ihr Personal bemerkenswert kompetent war und dass sie jede Menge Hilfe zur Verfügung hatte, solange sie nur daran dachte, auch danach zu rufen.

„Ja?"

„Da ist ein Herr, der Sie sprechen möchte."

„Über den Ball oder das Dorffest?"

Foley runzelte die Stirn. „Er sagte, es ginge um eine geschäftliche Angelegenheit, Mylady."

„Hat er Ihnen seinen Namen verraten?"

„Nein, Mylady, aber er sagte, er sei aus London hergekommen, und es gehe um die Angelegenheit mit Miss Broomfield."

„Dann komme ich sofort." Sie hielt kurz inne. „Wenn Sie Sir Robert sehen, bitten Sie ihn, zu uns zu stoßen, sobald es ihm passt."

Sie machte sich nicht die Mühe, ihr altes Gewand zu wechseln. Sie hatte viel zu viel zu tun, um eine halbe Stunde darauf zu vergeuden, während der arme Mann sich im Büro des Landverwalters zu Tode langweilte.

Als sie die Tür öffnete, sprang ein Herr mittleren Alters auf, verbeugte sich und bot ihr seine Karte an.

„Mein Name ist Mr Clapper, Lady Kurland. Ich habe Ihre Nachricht über das ausgezeichnete Büro von Mr Stanford erhalten." Er sah ganz so aus, wie Bertha ihn beschrieben hatte: etwas schäbig, aber gutaussehend genug, um damit durchzukommen.

„Sehr freundlich von Ihnen, den ganzen Weg von London hierher auf sich zu nehmen, um mit mir zu sprechen.“ Lucy bot ihm einen Sitzplatz an. „Vor allem bei diesem schrecklichen Wetter.“

„Ich habe beschlossen, dass die Angelegenheit zu wichtig ist, um bis nach Weihnachten zu warten.“ Er setzte sich. „Ich habe gehört, dass Ihnen und Sir Robert Kurland die Schule gehört, in der Miss Broomfield angestellt war.“

„Das stimmt. Es war mein Mann, der Miss Broomfields Tod entdeckt hat.“

„Ihre Familie ist ob der Nachricht völlig aufgelöst.“

„Die Familie Hillcott aus Norfolk?“

Mr Clapper runzelte die Stirn. „Bei allem Respekt, aber woher wissen Sie von der Verbindung zu ihr?“

„Ich habe mit einem Professor Elwood gesprochen, der ein Empfehlungsschreiben für Miss Broomfield ausgestellt hat. Er hat mir die Verbindung zwischen unserer Lehrerin und den Hillcotts offenbart.“ Lucy hielt inne. „Ich nehme an, dass Sie in irgendeiner Form für sie arbeiten?“

„Nicht direkt. Ich kümmere mich um Angelegenheiten, die Miss Broomfield betreffen, nur über eine separate Anwaltskanzlei. Sie hatte in dieser Hinsicht sehr darauf bestanden. Sie traute weder ihren Eltern noch deren üblichen Anwälten.“

„Aber Sie sind als eine Art Verbindungsmann zwischen den Parteien aufgetreten.“

„Genau.“ Er nickte. „Es war meine Aufgabe, Miss Broomfields Taschengeld an sie zu überweisen und sie über alle Veränderungen in den Familienverhältnissen zu informieren."

„Sie haben sich also vor etwa einer Woche hier mit ihr getroffen?"

„Ich habe es jedenfalls versucht."

„Und ist Ihnen gestattet, mir zu sagen, *warum* Sie sie aufgesucht haben?"

„In der Tat. Ich habe mich bereits mit meinen Vorgesetzten und der Familie Hillcott in Verbindung gesetzt. Ich wurde ermächtigt, mich um die Folgen von Miss Broomfields unerwartetem Ableben zu kümmern und alle Ihre nachvollziehbaren Fragen dazu zu beantworten." Er stellte seine Tasche auf den Tisch. „Ich habe jedoch zuerst eine etwas heikle Frage, die ich stellen muss."

Lucy setzte ihre freundlichste Miene auf. „Und die wäre?"

Er zögerte immer noch. „Hat Miss Broomfield sich das Leben genommen?"

„Nein, das hat sie nicht."

Er sackte sichtlich in sich zusammen. „Gott sei Dank für diese kleine Gnade. Soweit ich weiß, war ihr Geist ... nicht sehr stark und ihre Gefühle haben sie manchmal überwältigt."

„Sie hatte sicherlich ein ziemlich ausuferndes Temperament."

„War ein Arzt anwesend, als sie starb?"

„Nachdem mein Mann Miss Broomfields Tod feststellte, zog er unseren Dr. Fletcher zurate, der ihren Tod bestätigte."

„Kennen Sie zufällig die Todesursache?“ Mr Clapper öffnete seine Tasche, nahm ein Notizbuch heraus, schrieb etwas hinein und blickte sie fragend an.

„Jemand hat ihr eine zwölf Zoll lange Hutnadel in den Nacken gerammt.“

Sein Mund klappte auf, und er starrte sie entgeistert an. „*Wie bitte*?“

„Ein Unbekannter muss sich ihr von hinten genähert und sie mit einer Hutnadel erstochen haben“, schilderte Lucy geduldig.

Obwohl er saß, schwankte er sichtlich. „Großer Gott.“

„Haben Sie eine Ahnung, *warum* jemand so etwas getan haben sollte, Mr Clapper?“

Sie hörte, wie sich die Tür hinter ihr leise öffnete und wusste sofort, dass sich Robert zu ihnen gesellte. Ohne sich umzudrehen, hob sie die Hand. „Das ist Mr Clapper, Robert. Ich habe ihm gerade erklärt, wie Miss Broomfield gestorben ist.“

„Ich habe es mitgehört.“ Er humpelte zu dem jüngeren Mann hinüber und schüttelte ihm die Hand. „Es ist eine Schande, Sie unter solch schwierigen Umständen kennenzulernen, Mr Clapper, aber danke, dass Sie gekommen sind, um uns bei der Aufklärung dieser Angelegenheit zu helfen.“

„Sir Robert.“ Mr Clapper blinzelte heftig. „Ich hatte ja keine Ahnung ... Wollen Sie beide damit sagen, dass Miss Broomfield von *Unbekannten* ermordet wurde?“

„Das kommt darauf an.“ Robert setzte sich neben Lucy. „Hat meine Frau erwähnt, dass Miss Broomfield an dem Tag gestorben ist, an dem Sie sie besucht haben?“

„Ich ...“ Er blickte hilflos von Lucy zu Robert. „Ich hatte keine Ahnung! Sie denken doch nicht etwa ..., dass ich irgendetwas mit der Sache zu tun haben könnte. Ich bin nicht viel mehr als ein einfacher Büroangestellter!“

„Warum haben Sie sie ausgerechnet an diesem Tag besucht?“, fragte Robert.

„Weil sie eine neue Stelle und eine neue Adresse hatte. Ich habe mich vergewissert, dass ich ihren richtigen Aufenthaltsort kannte, um ihr am ersten Januar ihr jährliches Taschengeld sicher zustellen zu können.“

„Darf ich fragen, wie viel ihr ihre Familie pro Jahr zahlte?“

„Vierhundert Pfund, Sir.“

Robert pfiff und drehte sich zu Lucy um. „Wie viel haben wir ihr als Lehrerin bezahlt?“

„Fünfzig Pfund pro Jahr. Wir stellten ihr auch Unterkunft, Kohle, Holz und Kerzen zur Verfügung.“

„Ich glaube, Miss Broomfield hatte einige wertvolle Familienschmuckstücke in ihrem Besitz.“ Mr Clapper räusperte sich. „Sie *haben* ihre Sachen doch an einem sicheren Ort aufbewahrt, oder?“

„In meinem Tresor. Warum? Sind Sie befugt, sie mitzunehmen?“, fragte Robert.

„Ich könnte sicherlich alles an mich nehmen und ihre Sachen zurück an ihre Familie überstellen, Sir.“ Mr Clapper setzte sich gerade hin. „Genau genommen würde ich es als meine Pflicht erachten, dies zu tun.“

„Wo genau haben Sie Miss Broomfield getroffen, als Sie sie an dem Tag aufsuchten? War sie in ihrem Arbeitszimmer, im Klassenzimmer oder in ihren eigenen Wohnräumen oben?“, fragte Lucy.

„Ich habe mich offensichtlich nicht klar ausgedrückt." Mr Clapper schluckte schwer. „Ich kam zur verabredeten Stunde zu ihr und fand das Schulhaus verschlossen und offenbar leer vor. Ich klopfte sowohl an der Vorder- als auch an der Hintertür, ohne Erfolg."

„Um wie viel Uhr trafen Sie an der Schule ein?"

„Ich kann mich nicht mehr genau erinnern. Ich habe weniger auf die Zeit geachtet und war mehr damit beschäftigt, einen Schmied zu finden, damit ich es noch in dieser Nacht zurück nach London schaffen würde."

„Aber Sie sagten, Sie hätten einen Termin mit ihr gehabt. Um wie viel Uhr hat Miss Broomfield Sie erwartet?", hakte Lucy nach.

„Gegen vier Uhr. Sie meinte, dass die Kinder dann schon weg sein würden. Sie hat darauf bestanden, dass ich meine Anwesenheit im Dorf nicht weithin bekannt mache. Daher habe ich mich nicht länger als fünf Minuten vor der Schule aufgehalten." Er blickte von Lucy zu Robert. „Ist irgendetwas nicht in Ordnung?"

„Nein, überhaupt nicht. Ich habe nur versucht, die Abfolge der Ereignisse nachzuvollziehen", sagte Lucy beschwichtigend.

„Da ich ja *tatsächlich* die Anschrift von Miss Broomfield bestätigen konnte, beschloss ich, lieber im neuen Jahr zurückzukehren, anstatt weiter zu warten und sie möglicherweise zu belästigen." Nach einem Zögern fuhr er fort. „Sie hatte eine ziemlich scharfe Zunge, müssen Sie wissen."

„Aber haben Sie nicht die Nacht im Gasthaus verbracht?", fragte Lucy. „Hätten Sie nicht am nächsten

Morgen versuchen können, mit Miss Broomfield zu sprechen?"

„Leider bin ich schon vor Sonnenaufgang abgereist." Er zuckte mit den Schultern. „Ich musste mittags wieder an meinem Schreibtisch sitzen, um mich um die Angelegenheiten eines anderen Klienten zu kümmern."

Robert wandte sich von seiner Betrachtung des Fensters ab. „Ich bedaure, dass Ihre Reise zurück nach London auch heute nicht stattfinden wird. Es zieht ein Schneesturm auf und ich bezweifle, dass die Straßen befahrbar sein werden." Er nickte Mr Clapper freundlich zu. „Außerdem muss ich meinen Sekretär, Mr Fletcher, bitten, eine umfassende Liste mit allen Besitztümern von Miss Broomfield zu erstellen. Wenn diese fertig ist, können Sie sie zur Familie Hillcott bringen und sie fragen, was sie zu tun gedenkt, um die Gegenstände in ihren Besitz zurück zu überführen."

Mr Clapper lief leicht rot an. „Ich bin durchaus dazu in der Lage, Sir Robert. Ich genieße das Vertrauen der Familie Hillcott."

„Da bin ich mir absolut sicher, aber versuchen Sie bitte meinen Standpunkt zu verstehen. Als örtlicher Magistrat wäre es sehr ungebührlich von mir, die Besitztümer einer Verstorbenen an jemanden auszuhändigen, der einfach hier auftaucht und danach fragt, nicht wahr?" Sein Lächeln wirkte fast wie eine Herausforderung. „Ein einfaches Schreiben der Familie Hillcott, in dem sie den Erhalt unserer Liste bestätigt und Sie ermächtigt, Miss Broomfields Sachen abzuholen, wird dafür ausreichen."

„Ja, Sir Robert. Ich d-danke Ihnen“, stotterte Mr Clapper hervor. „Ich habe keinen besonderen *Anlass*, in die Stadt zurückzukehren. Ich habe ohnehin keine Familie, mit der ich die Weihnachtszeit verbringen könnte.“

„Da Sie gezwungen sind, bei uns zu übernachten und auch den Heiligabend hier zu verbringen, biete ich Ihnen die Gastfreundschaft von Kurland Hall an und die Möglichkeit, morgen Nachmittag am Fest unserer Dorfbewohner und am abendlichen Ball teilzunehmen.“

Mr Clapper erhob sich und seine Miene hellte sich auf. „Das wäre sehr … *gütig* von Ihnen, Sir.“

Robert läutete die Glocke. „Mr Foley wird Ihnen ein Zimmer herrichten und ich werde Mr Fletcher anweisen, mit Ihnen zu sprechen, sobald für Ihre Unterbringung gesorgt ist.“

„Nochmals vielen Dank, Sir.“

Robert wartete, bis Mr Clapper hinausbegleitet wurde, bevor er die Tür schloss und sich von innen dagegen lehnte. „Ich glaube nicht, dass unser Mr Clapper die Wahrheit gesagt hat. Du etwa?“

„Nein“, sagte Lucy entschlossen. „Warum ist er an Weihnachten hierher geeilt, um eine nicht besonders dringliche Angelegenheit zu klären?“

„Und warum ist er schon vor seinem geplanten Besuch bei Miss Broomfield nach Kurland St. Mary gekommen und hat sich dann aber so schnell wieder aus dem Staub gemacht?“

Zum ersten Mal an diesem Tag erwiderte Lucy den Blick ihres Mannes direkt. „Ich vermute, das liegt daran, dass er sie umgebracht hat.“

„Aber er hat behauptet, von den Umständen ihres Todes nichts gewusst zu haben“, wandte Robert ein.

„Er klang zwar überrascht, als ich ihm davon erzählt habe, aber er könnte es auch nur vorgespielt haben.“ Lucy hielt inne, um noch einmal zu überlegen, was *genau* Mr Clapper gesagt hatte. „Er war auch derjenige, der den Schmuck der Familie angesprochen hat. Ich frage mich, wer ihm davon erzählt haben könnte.“

„Ich nehme an, die Hillcotts wollen die Schmuckstücke zurück.“

„Das wäre nachvollziehbar. Aber würden sie einem Mann, der nur als Vermittler auftritt, davon erzählen?“

„Vielleicht war Mr Clapper selbst in einige weniger lupenreine Angelegenheiten verstrickt“, sagte Robert.

„Die Diamanten- und Rubinhalskette wurde von allem anderen getrennt aufbewahrt.“ Lucy nickte. „Vielleicht wollte Miss Broomfield sie ihm geben, hat es sich dann aber anders überlegt und sie auf der Kommode versteckt. Das Ganze endete in einem Streit, in dessen Zuge er sie tötete.“

„Wir haben uns gefragt, ob der Mörder von Miss Broomfield dabei gestört worden sein könnte und vom Tatort geflohen ist, bevor er den Schmuck stehlen konnte. Und da Mr Clapper sicherlich von ihrem geheimen Hort wusste, hatte er sicherlich ein Motiv.“

„Warum hat er es dann riskiert, im Gasthaus zu übernachten?“, dachte Lucy laut nach.

„Nun, da er ja am Ende nichts gestohlen hatte, dachte er vielleicht, er käme damit durch. Das könnte zwar erklären, wie Miss *Broomfield* zu Tode kam, aber nicht die anonymen Briefe oder was mit Margaret Greenwell geschah.“ Robert verzog das Gesicht. „Dafür können wir Mr Clapper kaum die Schuld geben.“

„Ich nehme an, es ist möglich, dass Miss Broomfield alle Briefe geschrieben hat und dass einige von ihnen lediglich erst später als beabsichtigt entdeckt oder zugestellt wurden“, sagte Lucy langsam. „Und Margarets Sturz könnte darauf zurückzuführen sein, dass ihr Pferdeknecht nachlässig war und nicht bemerkt hat, dass der Sattelgurt repariert werden musste.“

„Du klingst nicht besonders überzeugt von deinen eigenen Argumenten, meine Liebste.“

„Das liegt wahrscheinlich daran, dass ich es auch nicht bin.“ Sie knetete ihre Hände. „Und eigentlich habe ich heute auch keine Zeit, mir über diese spezielle Angelegenheit Gedanken zu machen. Es gibt andere, viel wichtigere Dinge, um die ich mich kümmern muss.“

„Deshalb schlug ich vor, dass Mr Clapper bleiben soll, um die Festlichkeiten mit uns zu genießen.“ Robert nahm seinen Gehstock und humpelte zur Tür. „Wir können ihn für etwa einen Tag beschäftigen, bis wir mehr Zeit haben, ihn uns vorzunehmen.“

„Das wird sicher hilfreich sein. Kannst du Dermot bitten, ihn im Auge zu behalten? Mir wäre es lieber, er würde nicht mit unserem Tafelsilber in der Satteltasche abreisen.“

„Ich werde sicherstellen, dass das nicht passiert.“ Robert verbeugte sich. „Hast du irgendwelche Neuigkeiten von den Greenwells?“

„Nur, dass Margaret immer noch bewusstlos ist.“ Lucy seufzte und erhob sich, um ebenfalls zu gehen.

„Im Moment können wir nur beten und das Beste hoffen.“

Kapitel 17

Der Morgen des Heiligabends zog mit schwarzen Wolken und Donnergrollen heran, sodass es im Frühstückssalon selbst bei weit aufgezogenen Vorhängen düster war. Robert war verschwunden, um Dermot und den Landarbeitern bei den Vorbereitungen für das Fest zu helfen, das in der größten Scheune des Gutshofs von Kurland Hall abgehalten werden sollte. Fässer mit Ale, Cider und Porter waren bereits vor der Tür aufgestapelt und die Klapptische standen bereit, um aufgestellt zu werden, sobald der Boden gekehrt und von Spinnweben und Unrat befreit war.

Alle Hausmädchen waren derzeit in der Scheune, um dort zu putzen, und würden jeden Moment zurückkehren. Lucy verließ sich darauf, dass sie im Anschluss damit beginnen würden, den einstigen mittelalterlichen Saal des Herrenhauses auszuräumen, um genügend Platz zum Tanzen für ihre Gäste zu schaffen. Die ursprüngliche Minnesängergalerie war noch vorhanden und die aus London angeheuerten Musiker sollten im Laufe des Tages dort Position beziehen.

Schon jetzt duftete das Haus nach Tannenzweigen und den Stechpalmen- und Rosmaringirlanden, die Grace bereits bei ihrer Ankunft am frühen Morgen im

Anwesen aufgehängt hatte. Ein großer Mistelzweig war über dem Kamin angebracht worden und der Julscheit lag zum Anzünden bereit.

Um zwei Uhr würden alle Hausangestellten freigestellt werden, um mit ihren Freunden und Familien am Dorffest teilnehmen zu können. Um sechs Uhr würden die Gäste zu einem festlichen Abendessen zusammenkommen und um acht Uhr würde schließlich der Ball beginnen. Die Harringtons und die Fletchers kümmerten sich um die meisten Aufgaben im Zusammenhang mit dem Dorffest, während Lucy, Sophia und Tante Rose die Vorbereitungen für den Ball übernahmen.

Es war erst neun Uhr morgens und Lucy fühlte sich schon jetzt ziemlich erschöpft. Sie hatte mit Robert noch nicht darüber gesprochen, was zwischen ihm und Mrs Jarvis im Gasthaus vorgefallen war. Um es durch den Tag zu schaffen, hatte sie sich die Ausrede zurechtgelegt, dass sie beide zu beschäftigt waren, um ein so wichtiges Thema zu besprechen, und dass sie ihre Handlungsmöglichkeiten nach dem Ball überdenken würde.

Sie warf einen Blick auf die Liste, die ständig offen neben ihr lag. Sie hatte bei ihrer Schneiderin in Hertford ein neues Kleid bestellt, das am Vortag geliefert worden war. Ihr Dienstmädchen Betty hatte bereits sehr davon geschwärmt, aber Lucy hatte sich nicht einmal die Mühe gemacht, es anzuprobieren. Sie hatte den schrecklichen Verdacht, dass sie abgenommen hatte und dass das Kleid nur noch unterstreichen würde, wie viel schlechter sie inzwischen aussah.

Foley kam mit der Morgenpost herein und legte sie neben ihr ab.

„Guten Morgen, Mylady. Heute ist es hier wie in alten Zeiten, mit all dem Kommen und Gehen."

„Das ist es in der Tat." Lucy zwang sich zu einem Lächeln. „Ich werde später in die Küche gehen, um zu sehen, wie alles läuft."

„Als ich das letzte Mal nachgesehen habe, war die Köchin damit beschäftigt, Plumpudding zu dämpfen", sagte Foley. „Sie hat dieses Jahr ein zusätzliches Dutzend für den Tee der Dorfbewohner gemacht.

„Sind die Dienstmädchen schon wieder hier?"

„Sie sind gerade eingetroffen, Mylady. Sie sagten, es wird jetzt sehr kalt draußen. Ziehen Sie sich also warm an, wenn Sie später zum Fest gehen, in Ordnung?"

„Natürlich. Vielen Dank für Ihre ganzen Mühen, Foley. Ich hoffe, Sie wissen, wie sehr Sir Robert und ich Sie schätzen."

„Danke, dass Sie den Major so glücklich gemacht haben, Mylady."

Foleys Lächeln war warm. „Eine Zeit lang dachte ich, niemand würde ihn jemals heiraten wollen, wegen seiner streitsüchtigen Art und seinem aufbrausenden Temperament."

„Sein Bellen ist definitiv schlimmer als sein Biss", stimmte Lucy ihm zu. „Ich bin froh, dass Sie mich als zivilisierenden Einfluss auf ihn betrachten."

Foley gluckste, als er sich wieder der Tür zuwandte. „Ich will nicht respektlos sein, Mylady, aber Sie halten ihn ganz schön auf Trab."

Lucys Lächeln verblasste, während sie schnell den Stapel mit der Korrespondenz überflog. Es gab ein paar

Antworten auf die Einladungen zum Ball, die erst nach der ursprünglichen Antwortfrist eingetroffen waren. Das war zu dieser Jahreszeit nicht ungewöhnlich, wenn die Straßen tückisch waren und die sichere Zustellung der Post davon abhing, ob sich jemand fand, der bereit war, das Risiko einzugehen.

Sie hielt bei einem kleinen gefalteten Stück Papier inne, auf dem nur das Wort *Kurland* geschrieben stand, und drehte es langsam in ihren Händen, um es näher zu untersuchen. Wahrscheinlich war es für Robert bestimmt, aber selbst nach sorgfältiger Prüfung des Äußeren konnte sie nicht mit Sicherheit sagen, ob es nicht doch für sie beide war. Es gab kein Siegel, also beschloss sie, den Brief einfach zu lesen. Wenn er doch für Robert bestimmt war, würde sie ihn einfach wieder knicken und zusammen mit seiner anderen Korrespondenz in sein Arbeitszimmer legen.

Ihre Finger zitterten, als sie das Papier entfaltete.

Frage deinen Mann nach seinem Kind und überlege, warum du wegen seiner Sünden unfruchtbar bleiben wirst.

Das Papier verschwamm hinter den Tränen, die sich in ihren Augen sammelten. Es forderte große Mühe, den Zettel wegzulegen. Sie tupfte sich einen Moment lang die Augen trocken. Die Kälte des Raumes drang ihr in die Knochen und schien sich um ihr Herz zu schließen.

Du sprichst jetzt laut und respektvoll zu Lady Kurland oder du bekommst eine Ohrfeige. Sie ist mit dem Herrn verheiratet, nach dem du benannt wurdest, unserem Bobby.

Mrs Jarvis' Worte hallten immer wieder in Lucys Kopf nach wie ein Kanon, so deutlich, als würde sie vor ihr stehen und sie noch einmal aussprechen. Bobby stand für Robert. Ja, natürlich. Er war etwa fünfzehn Jahre alt, hatte schwarze Haare und blaue Augen ...

Sie hob den Zettel auf, faltete ihn sehr sorgfältig zu einem perfekten Quadrat und steckte ihn in die Tasche. Ohne darüber nachzudenken, ging sie in den Flur und die Treppe hinauf. Sie war erstaunt, dass sie einfach weiter funktionierte, während sie innerlich schreien, weinen und sich am liebsten jedes Haar ausreißen wollte.

Glücklicherweise war niemand in ihrem Schlafgemach. Sie ging zum Fenster hinüber und kauerte sich auf die Bank unter dem Fenster, von der aus sie auf die Gärten hinter dem Haus blickte.

Was sollte sie nur tun?

Sie holte tief und zitternd Luft. Sie war eine praktisch denkende Frau, bekannt für ihren gesunden Menschenverstand und ihr Organisationstalent. Zuallererst musste sie die Feier, den Ball und den Weihnachtstag an sich überstehen.

Nur wie?

Sie erinnerte sich daran, dass sie auch den Tod ihrer Mutter überlebt hatte, dass sie angeschossen worden und dass sie selbst dem Tod schon nahe gewesen war. Wenn sie eine Krankheit vortäuschte und die nächsten zwei Tage im Bett verbrachte, würde niemand an ihr zweifeln. Aber die Sorge und Liebe der anderen für sie würden vielleicht zu viel für sie sein. Wieder war sie den Tränen nahe und sie schlang sich die Arme fest um den Bauch.

Der Gedanke, dass Robert bereits ein Kind hatte, lastete schwer auf ihr und ließ ihre eigenen Bemühungen, ihm einen Erben zu schenken, irgendwie lächerlich erscheinen. Hatte er die ganze Zeit gewusst, dass Mrs Jarvis sein Kind zur Welt gebracht hatte? Hatte er sie seither heimlich unterstützt, oder war die kürzliche Ankunft des Jungen für ihn eine Überraschung gewesen?

Viele ihrer Freunde sagten ihr, dass alles, was in der Vergangenheit vorgefallen war, weder Roberts Charakter noch seine Liebe zu ihr widerspiegelte. In der Welt der Gentlemen gab es verschiedene Klassen von Frauen: Damen, die man heiratete, Frauen, die in den Herrenhäusern oder Fabriken arbeiteten, und Mätressen, die sich um körperliche Bedürfnisse kümmerten.

Ihr Vater hatte vor langer Zeit einmal versucht, sein eigenes Verhalten zu rechtfertigen, und ihr diese Welt erklärt. Er hatte erwartet, dass sie das einfach so akzeptieren würde. Selbst wenn Robert den Jungen als den seinen anerkannte, könnte er dennoch weder Kurland Hall noch den Titel erben. Sie würden an Paul gehen. Aber das änderte nichts an Bobbys Existenz.

Nachdem sie den Kopf gehoben hatte, schaute Lucy aus dem Rautenfenster. Die Ehe war ein lebenslanger Bund. Daran führte kein Weg vorbei. Sie liebte Robert und sie war sich sicher, dass er sie ebenfalls sehr schätzte und sie niemals der Demütigung aussetzen würde, sein uneheliches Kind in ihr Haus aufnehmen zu müssen.

Wo genau stand sie damit?

Das blieb abzuwarten, aber in der Zwischenzeit würde sie einfach so weitermachen müssen, als ob ihr das Herz gerade nicht in tausend Stücke zerbrach. Wenigstens hatte sie etwas, um sich zu beschäftigen. Und wenn sie sich wirklich Mühe gab, konnte sie sich wahrscheinlich dazu überreden, die Sache ganz aus ihren Gedanken zu verbannen.

„Was für eine wunderbare Feier, Lady Kurland!"

Lucy hielt inne, um mit Rebecca Hall zu sprechen, die einen ihrer jüngeren Brüder bei einem Bauerntanz durch die Scheune führte. Es war laut und bei den jammernden Dudelsäcken und dem gleichmäßigen Rhythmus der Trommeln war kaum etwas zu verstehen. Alle schienen sich prächtig zu amüsieren. Das Essen stapelte sich auf den Tischen, es gab reichlich zu trinken und die Kinder wurden gerade mit einem Puppentheater unterhalten.

„Ich freue mich, dass du dich amüsierst, Rebecca."

„Ich bin zu Greenwell Manor gegangen und habe Mr Greenwell gefragt, ob Josephine mit zum Fest kommen kann, und er hat zugestimmt. Sie sitzt dort drüben bei meiner Mutter. Sie wird die Nacht bei mir verbringen."

„Wie nett von dir." Lucys Wangen schmerzten schon vom vielen Lächeln. Wenigstens musste sie sich keine Sorgen machen, Mrs Jarvis zu begegnen. Bobby war zwar da, aber die Frau des Gastwirts war offenbar zu Hause geblieben, um sich um die Weihnachtsgäste zu kümmern. „Hat Mr Greenwell erwähnt, wie es Miss Margaret geht?"

„Er sagte, sie fängt an, sich wieder zu bewegen, und Dr. Fletcher ist sehr zuversichtlich, dass sie sich bald ganz erholen wird."

„Wie wunderbar." Lucys Stimme stockte und sie räusperte sich schnell. „Würde es dir und Josephine gefallen, einen Blick auf die Gäste zu werfen, die heute Abend auf dem Ball erscheinen? Ich kann mit meiner Haushälterin arrangieren, dass ihr auf dem Anwesen übernachten könnt, sofern deine Mutter einverstanden ist."

„Wirklich, Mylady?" Rebeccas Gesicht glühte und sie ergriff Lucys Hand. „Ich kann Josephine die Bibliothek zeigen! Sie wird so begeistert sein! Kommen Sie und fragen wir meine Mutter!"

Lucy ließ sich durch die Scheune zur Familie Hall hinüberziehen. Mrs Hall wippte mit den Füßen im Takt der Musik und genoss ein großes Stück vom Plumpudding der Köchin.

„Guten Tag, Lady Kurland." Sie nickte Josephine zu, die ausnahmsweise recht lebhaft wirkte. „Hat Becky Ihnen schon gesagt, dass wir heute Abend einen weiteren Gast haben?"

„Ja, das hat sie", sagte Lucy. „Und ich würde gerne um einen Gefallen bitten ..."

Nachdem sie Mrs Hall versichert hatte, dass sie sich gut um die Mädchen kümmern würde, bahnte sich Lucy ihren Weg zurück durch die Menge und machte dabei immer wieder Halt, um die Glückwünsche der Dorfbewohner und ihren Dank für das Fest zu empfangen. Irgendwann rempelte sie beinahe Bertha an, das Dienstmädchen aus dem Gasthaus. Sie trug ein rosafarbenes Kleid, das sich ein wenig mit ihren roten Haaren biss, die sich durch das energische Tanzen bereits aus ihrem Dutt gelöst hatten.

Nach dem Austausch von Höflichkeiten fragte Lucy: „Erinnern Sie sich, als ich Sie nach Mr Clapper fragte?“

„Ja, in der Tat, Mylady.“

„Ging im *Queen's Head* bereits das Gerücht von Miss Broomfields Ermordung um, bevor Mr Clapper an jenem Morgen nach London abreiste?“

„Oh, ja, Mylady. Alle haben beim Frühstück darüber gesprochen.“

„Also hat Mr Clapper die Neuigkeit wahrscheinlich vernommen?“

„Um davon nichts mitzubekommen, hätte er den Morgen mit den Fingern in den Ohren verbringen müssen, und das hat er nicht, Mylady. Er muss es sicher gehört haben.“

„Vielen Dank.“ Lucy wollte sich abwenden, aber Bertha sprach weiter.

„Jetzt, wo ich drüber nachdenke: Kurz vor seiner Abreise ist er ein wenig grünlich angelaufen. Ich dachte erst, dass eines seiner Frühstückseier verdorben gewesen sein muss, aber man weiß ja nie. Vielleicht wollte er ja auch beim Frühstück kein Gerede über Mord hören.“

„Durchaus möglich.“

Lucy ging weiter, wobei ihr Blick gelegentlich zu dem hohen Tisch schweifte, an dem Robert die Gäste aus der Oberschicht unterhielt, die sich ebenfalls zu der Feier gesellt hatten. Seine sonst so strenge Miene wirkte entspannt und irgendetwas, das ihr Vater gerade zu ihm gesagt hatte, ließ ihn leicht lächeln. Er würde nie der schönste Mann im Raum sein, aber er hatte eine eindrucksvolle Ausstrahlung. Schnell wandte sie den Blick ab, als sich in ihrer Brust überraschend ein schmerzhaftes Pochen regte.

Bisher war es ziemlich einfach gewesen, ihm aus dem Weg zu gehen. Sie wollte sich möglichst früh für den Ball umziehen und ihr gemeinsames Gemach wieder verlassen, bevor er kam, um sich umzuziehen. So hatte sie immerhin die Ausrede, dass sie unten sein musste, um dafür zu sorgen, dass für das Abendessen und den Ball alles in Ordnung war.

Irgendwann würde sie wieder mit ihm reden müssen, aber aus irgendeinem Grund konnte sie sich nicht einmal ansatzweise vorstellen, was sie sagen sollte.

„Guten Tag, Lady Kurland."

Sie sah auf und erblickte den strahlenden Mathias. „Guten Tag. Ich wollte Ihnen für Ihre Bemühungen danken, die Kinder für ihren Auftritt in die Kirche zu bringen."

„Das war doch gar nichts, Mylady." Er zuckte mit den Schultern. „Ich kannte den Wohnort von den meisten der Kleinen, weil ich ein paar von ihnen schon nach der letzten Probe von der Schule nach Hause gebracht hatte." Er schmunzelte. „Ich erinnere mich noch, dass die junge Josephine an dem Tag fast zurückgelassen worden wäre. Sie musste rennen, um uns im Dorf einzuholen."

„Und sie hat auch noch die weiteste Anreise", fügte Lucy hinzu. „Es war sehr freundlich von Ihnen, auf sie zu warten."

„Nicht das erste Mal, dass ich sie nach Hause bringe. Und nicht das erste Mal, dass sie irgendetwas vergessen hat.“ Mathias zwinkerte ihr zu. „Aber sie ist ein höfliches junges Ding und entschuldigt sich immer dafür, wenn sie mich warten lässt. Manchmal hat sie mit mir über diese Lehrerin gesprochen – auch, wenn ich selbst schon meine Erfahrungen mit ihr gemacht hatte. Ich nehme ab und zu Lese- und Schreibunterricht bei Mr Culpepper in der Schule. Diese Miss Broomfield hat uns das Leben sehr schwer gemacht, wenn wir für ihren Geschmack auch nur zu laut geatmet haben.“ Er bekreuzigte sich. „Gott habe sie selig.“

„In der Tat. Macht Ihnen der Leseunterricht Spaß?“

„Ja.“ Er zögerte. „Wenn man ein Buch aufschlagen und lesen kann, was darin steht, kann man für eine Weile in eine andere Welt entkommen.“ Er sah fast verlegen aus. „Nicht, dass ich mit meinem Platz im Leben nicht zufrieden wäre, Mylady. Ich möchte nicht undankbar klingen.“

„Ich freue mich, dass Sie gerne lesen, Mathias“, sagte Lucy mit Nachdruck. „Was ist Ihr Lieblingsbuch?“

„Wir lesen *Die Pilgerreise* von Mr John Bunyan. Eine schöne und achtbare Geschichte über Leid und göttliche Erlösung.“

„Ja, das ist sie in der Tat.“

„Das Schreiben lernen ist viel schwieriger.“ Er verzog das Gesicht und dehnte seine Finger. „Aber ich werde dranbleiben. Jetzt lasse ich Sie aber besser weitergehen, Mylady. Ich vermute, dass heute alle mit Ihnen und Sir Robert sprechen wollen.“

„Das scheint mir auch so.“ Lucy nickte. „Frohe Weihnachten, Mathias.“

„Ihnen auch, Mylady.“

Vielleicht sollte sie *Die Pilgerreise* selbst noch einmal lesen. Sie fühlte sich, als würde sie im Sumpf der Verzagtheit versinken.

„Geht es dir gut, Lucy?"

Sie drehte sich um und erblickte Anna, mit leicht geröteten Wangen und glücklicher Miene. Und mit Dermot an ihrer Seite.

„Ja. Amüsiert ihr euch beide?"

„Ja, allerdings." Anna sah zu Dermot auf. „Vater platzt fast vor Ärger, aber es ist doch wohl kaum unangemessen, wenn wir ein oder zwei Tänze zusammen genießen. Wir sind hier schließlich nicht bei *Almack's*." Sie warf einen Blick über die Schulter zum erhöhten Tisch und schüttelte ihren blonden Kopf. „Mrs Armitage leistet ihm jetzt Gesellschaft, was ihn offenbar ein wenig aufgemuntert hat. Wann sollen wir denn die Geschenke verteilen?"

„Recht bald, denke ich", sagte Dermot und warf einen Blick auf seine Taschenuhr. „Es ist fast vier Uhr und das Abendessen wird um sechs serviert, bevor der Ball beginnen soll. Ich gehe mich dazu mit Sir Robert beraten."

„Vielen Dank", sagte Lucy.

Lucy wartete, bis Robert tatsächlich um Ruhe bat, bevor sie sich langsam auf den Weg zum Eingang der Scheune machte.

„Danke, dass Sie alle erschienen sind", sagte Robert. Es war interessant, ihn aus der Ferne zu beobachten und zu sehen, welche Fortschritte er gemacht hatte, seit er verwundet und vom Krieg gezeichnet aus der Schlacht von Waterloo zurückgekehrt war. „Wir hatten ein sehr erfolgreiches Jahr in Kurland Hall und wir möchten diesen Wohlstand mit Ihnen allen teilen."

Lauter Beifall ertönte und einige Mützen wurden in die Luft geworfen.

„Ich möchte Mr Dermot Fletcher, Dr. und Mrs Fletcher, dem Pfarrer und Miss Harrington für ihre unschätzbare Unterstützung bei der Organisation dieses Festes danken. Ich möchte auch dem gesamten Personal von Kurland Hall danken, vor allem der Köchin, die einen wahren Berg von Speisen zubereitet hat."

Die Leute hoben ihre Krüge, um auf ihren Gutsherrn anzustoßen.

Plötzlich fasste Robert sie direkt in den Blick und wies mit seinem Arm in ihre Richtung. „Ich möchte mich besonders bei Lady Kurland bedanken. Erstens für ihre bemerkenswerte Energie und ihr Organisationstalent und zweitens dafür, dass sie bereit war, einen alten Griesgram wie mich zu ehelichen."

Lucy stockte der Atem, als er sie aufforderte, zu ihm zu kommen. Würde sie das schaffen? Hatte sie überhaupt eine andere Wahl?

Um sie herum brach ein Beifallssturm los und die Menge teilte sich, um ihr einen Weg zu bahnen, der direkt an Roberts Seite führte. Er war ein guter Mann und er war ihr Ehemann. Sie wurde in ihrer Gemeinde geschätzt und das musste doch für irgendetwas zählen. Konnte sie einfach so vor allen Erwartungen, die von Geburt an in sie gesetzt worden waren, davonlaufen, wie Miss Broomfield es getan hatte? Lucy hatte nicht die Kraft dazu. Sie machte den ersten unsicheren

Schritt, dann den nächsten, bis sie schließlich das Ziel erreichte.

Robert trank in einem Zug ein Glas von dem Brandy, den er Foley in sein Schlafgemach hatte bringen lassen. Nach drei Stunden des Herumstehens, in denen er seine Pächter und die Dorfbewohner unterhalten hatte, schmerzte sein Bein wie der Teufel. Außerdem würde er immer noch die Unsinnigkeiten des Balls über sich ergehen lassen müssen. Ungeduldig blickte er sich im Zimmer um und bemerkte die ungewöhnliche Ordnung und den Hauch von Lavendelduft. Seine Frau musste vor ihm hier gewesen sein.

Er humpelte zur Glocke, um nach seinem Leibdiener zu läuten. Lucy hatte ihn gebeten, auf dem Ball seine alte Uniform zu tragen, und er hatte ihrer Bitte gerne entsprochen. Er fühlte sich in dem blauen Mantel mit den silbernen Akzenten viel wohler als in den lächerlichen modischen Aufzügen seiner Zeitgenossen. Er hatte nicht vor, zu tanzen, und bereute es nicht im Geringsten, da er ohnehin nicht dazu in der Lage gewesen wäre, selbst wenn gewollt hätte. Allerdings wäre es schön gewesen, den Ball mit seiner Frau zu eröffnen, die im Gegensatz zu ihm *gerne* tanzte, aber nur selten die Gelegenheit dazu hatte.

Irgendetwas stimmte heute nicht mit ihr.

Er trank noch mehr von dem Brandy. War sie krank und verschwieg es vor ihm, oder steckte ein noch schwerwiegenderer Grund dahinter? Sie zum Reden zu bringen, erwies sich ausgerechnet heute als fast unmöglich. Aber da war etwas in ihrem Blick, das an seinem Herzen nagte.

Als hätte seine Sorge sie herbeigezaubert, öffnete sich die wenig benutzte Tür in der Trennwand und Lucy trat hindurch. Tante Rose folgte ihr auf dem Fuße. Seine Frau trug ein umwerfendes, karmesinrotes Kleid aus weichem Samt und goldener Spitze, das ihr perfekt stand. Sie würde nie so schön sein wie ihre Schwester Anna, aber sie war eine hübsche Frau mit einer solchen Würde und Charme, dass ihr seine ewige Hingabe sicher war.

Rose schenkte ihm ein Lächeln. „Entschuldige bitte, mein Lieber! Ich wusste nicht, dass du schon hier oben bist. Lucy und ich haben gerade überlegt, wie man das Ankleidezimmer und das zweite Schlafzimmer nebenan wieder nutzbar machen könnte."

Roberts Blick wanderte zu seiner Frau, die auf den Boden starrte. „Würdest du uns einen Moment entschuldigen, Rose?"

„Natürlich." Seine Tante sah besorgt von ihm zu Lucy und verließ den Raum wieder. Sie schloss die Tür und ließ eine angespannte Stille zurück.

„Wozu brauchen wir noch ein Schlafzimmer?", fragte Robert in einem so nüchternen Ton, wie es ihm nur möglich war.

„Es ist üblich, dass Mann und Frau getrennte Gemächer mit einem zwischenliegenden Ankleidezimmer haben. Dieses Haus wurde sogar ursprünglich so gebaut."

„Und meine Eltern haben sich entschieden, einer solch veralteten und lächerlichen Mode nicht länger nachzukommen." Er deutete auf das große Himmelbett. „Dieses Bett war gut genug für sie, und es ist gut genug für mich."

Sie entfernte sich einige Schritte und blieb mit dem Rücken zu ihm stehen. „Du hast mir kürzlich eine Ehe angeboten, die ausschließlich auf gegenseitigem Respekt und Treue beruht. Ich handle lediglich in der Annahme, dass dieses Angebot noch gilt."

Plötzlich fiel ihm das Atmen schwer, als sich sein Ärger und seine Müdigkeit zu Wut verdichteten. „*Du* wolltest das. Nicht ich."

„Du hast es akzeptiert." Sie entfernte sich weiter. „Vielleicht können wir die Angelegenheit nach dem Ball ausführlicher besprechen."

Bevor er etwas erwidern konnte, war sie schon verschwunden. Er blieb zurück mit seiner Wut, seiner Angst und ...

„Sir Robert?"

„*Was?*"

Er wirbelte herum zu Silas, seinem Kammerdiener, der gerade durch die Tür kam, die zur Treppe der Bediensteten führte. Er trug Roberts gebügelte Uniform über dem Arm und hatte sogleich mit einem erschrockenen Gesichtsausdruck zum Rückzug angesetzt.

„Kommen Sie herein, Silas." Robert humpelte wieder zur Brandyflasche hinüber. „Bringen wir diesen verdammten Ball hinter uns."

Kapitel 18

Es war bisher alles perfekt gelaufen. Das Essen war spektakulär, die Arbeit der Bediensteten hervorragend abgestimmt und die Unterhaltungen höflich. Die Nachricht, dass Margaret Greenwell wieder gesund zu sein schien, hatte die Stimmung erheblich aufgehellt, und bei Tisch war auf ihre baldige Genesung angestoßen worden.

Während sie an Roberts Seite in den ehemaligen mittelalterlichen Saal im Herzen des Herrenhauses schritt, warf Lucy einen Blick zum oberen Ende der Treppe, wo Josephine und Rebecca sie beobachteten. Rebecca winkte ihr zu und selbst Josephine konnte ein Lächeln aufbringen. Sobald der Ball begann, würde die Haushälterin die Mädchen in die Küche bringen, wo sie am Abendessen der Dienerschaft teilnehmen und zur vereinbarten Stunde ins Bett geschickt werden würden. Wegen des weniger formellen Charakters eines Landballs hatte Lucy nicht auf einer strengen Zuweisung bestanden, wer wen in den provisorischen Ballsaal begleitete. Rose kam zusammen mit Lucys Vater; Penelope war in Begleitung ihres Mannes erschienen und sah ausgesprochen hübsch aus, was dazu führte, dass sie ihre Nase entsprechend hoch hielt. Mr Clapper hatte Anna an seiner Seite, was Dermot und Nicholas Jenkins zu mürrischen Blicken bewegte.

Seit ihrer unschönen Begegnung vorhin hatte Robert kein einziges Wort mehr an Lucy gerichtet. Durch ihre Handschuhe hindurch fühlte sich sein Arm steif an und sein Hinken war noch ausgeprägter als sonst. Sie wagte es nicht, auch nur ein Wort zu sprechen, denn ihre Kehle war so eng, dass sie fürchtete, dadurch einen Sturzbach aus Tränen auszulösen. Wie war es nur so weit gekommen? Wie um alles in der Welt sollten sie ihre Ehe in diesem Kriegszustand fortführen?

Er blieb am anderen Ende des Raumes stehen und verbeugte sich vor ihr – mit all der Steifheit, Präzision und Teilnahmslosigkeit eines Offiziers. „Madam, mit Ihrer Erlaubnis."

Er blickte zur Galerie der Musiker hinauf und gab ihnen das Zeichen, mit dem ersten Stück zu beginnen, bevor er sich von ihr abwandte und sich auf eine Gruppe von Herren zubewegte, die sich um das lodernde Feuer versammelt hatten. Sie hatten sich für eine Mischung aus traditionellen Bauerntänzen und einigen förmlichen Tänzen entschieden, die man in London schätzte.

„Lady Kurland?"

Lucy ließ von ihrem Blick auf Robert ab und bemerkte, dass Andrew Stanford sie anlächelte.

„Meine Frau hat mir befohlen, den ersten Tanz mit Ihnen zu tanzen. Nicht, dass man es mir hätte sagen *müssen*. Es wird mir in der Tat ein Vergnügen sein."

„Vielen Dank." Erleichtert nahm Lucy die Hand, die er ihr reichte. „Robert ..."

„Er tanzt nicht gern. Das hat er noch nie." Er führte sie langsam auf die Tanzfläche. Sein ruhiges Auftreten und sein sicheres Lächeln waren Balsam für ihre verwirrte Seele. „Aber ich meine mich aus unserer gemeinsamen Zeit in London zu erinnern, dass Sie eine ausgezeichnete Tänzerin sind."

Die Musiker ließen einen schmetternden Akkord erklingen und eröffneten damit den eigentlichen Tanz. Lucy musste sich auf ihre Schritte konzentrieren, was ein Segen war, da alles andere gerade viel zu kompliziert schien.

„Robert sieht gut aus in seiner Uniform", bemerkte Andrew.

„In der Tat."

„Allerdings wirkt er heute Abend ziemlich grimmig." Er machte Halt, um einen Seitenwechsel durch die Mitte ihrer Vierergruppe zu vollziehen. „Macht ihm sein Bein zu schaffen?"

„Ich denke schon. Er hat auf der Feier eine ganze Weile gestanden."

Lucy fragte sich, ob Sophia ihrem Mann anvertraut hatte, was im Gasthaus geschehen war, und musste sich zu ihrem Missfallen eingestehen, dass sie es wahrscheinlich getan hatte.

„Er ist außerdem meinetwegen recht verärgert", fügte sie hinzu.

„Ah." Andrew wechselte die Partnerin und erst als sie sich am Ende der Schrittfolge wiedertrafen, konnte er das Gespräch fortsetzen. „Sophia hat erwähnt, dass Sie gerade eine Art Ehekrach durchzustehen haben."

Lucy musste lächeln. Es war ganz offensichtlich, warum Andrew einen so ausgezeichneten Anwalt abgab.

„Da unsere Beziehung schon immer *stürmisch* war, vermute ich, dass wir es überleben werden“, sagte Lucy mit gespielter Leichtigkeit.

„Das hoffe ich auch.“ Andrew zögerte kurz. „Sie haben Robert sehr zum Positiven verändert, Mylady. Ich weiß, er würde es nicht gut verkraften, Sie zu verlieren.“

Lucy presste die Lippen fest aufeinander und konzentrierte sich auf die Musik. Wenn sie es schaffte, den Abend zu überstehen und sich am nächsten Tag um Mr Clapper zu kümmern, würde sie noch genug Zeit haben, um über die besorgniserregende Frage nachzudenken, wie es mit Robert und ihr weitergehen sollte.

Um zehn Uhr wurde im Speisesaal ein leichtes Abendessen serviert und Lucy machte es sich zur Aufgabe, alle Abläufe dafür zu überwachen. Nachdem er seine Pflicht als Gastgeber erfüllt hatte, war Robert in den Raum geflüchtet, den sie für die Kartenspieler vorbereitet hatten, und hatte sich seitdem kaum mehr blicken lassen.

„Lady Kurland?“

„Mr Culpepper. Sagt Ihnen die Veranstaltung zu?“

„Ja, Mylady.“ Er verbeugte sich tief, wobei das Kerzenlicht sein kastanienbraunes Haar wie Kupfer glänzen ließ. „Ich möchte Sie um einen Gefallen bitten.“ Er zupfte nervös an seinem Halstuch. „Ich habe vor, Miss Dorothea Chingford einen Antrag zu machen. Ich habe mich gefragt, ob Sie vielleicht nach dem Essen die Musiker bitten könnten, lange genug zu pausieren, damit ich genug Zeit habe, um um ihre Hand anzuhalten?"

„Was für eine entzückende Idee." Lucy schenkte dem sichtlich besorgten jungen Mann ein aufmunterndes Lächeln. „Ich werde sofort hingehen und sie fragen."

***

Robert trieb die letzten Kartenspieler dazu an, hinüber in den Speisesaal zu wechseln und ging dann über die leere Tanzfläche zurück. Jeder Schritt war eine Qual. Er war es leid, die Sorge in Patricks Gesicht zu sehen. Der Arzt hatte ihm vorhin sogar Laudanum angeboten, ein Medikament, von dem er genau wusste, dass Robert es nie anrührte. Er befeuchtete sich die Lippen, erinnerte sich an die verführerische, süße Flüssigkeit und bedauerte zum ersten Mal seinen Entschluss, sich nie wieder in die verführerische Besinnungslosigkeit fallen zu lassen.

Einige der Tänzerinnen und Tänzer waren in den Hauptsaal zurückgekehrt und die Musiker stimmten sich auf der Galerie ein. Seine Frau kam zurück in den Saal und ging die Treppe hinauf. Schon kurz darauf machte sie kehrt und nickte George Culpepper zu, der aussah, als wäre er kurz davor, sein Abendessen auf den Steinboden zu erbrechen.

Das Klirren von Zimbeln ließ alle Anwesenden verstummen, als Mr Culpepper in die Mitte des Raumes trat. Er hielt die Hand von Miss Dorothea, die sehr hübsch aussah in ihrem blassgelben Kleid, das, wie Robert vermutete, einst Lucy gehört hatte.

Mr Culpepper räusperte sich. „Miss Dorothea?"

„Ja, Mr Culpepper?"

Er sank auf ein Knie. „Würden Sie mir die Ehre erweisen, meine Frau zu werden?"

Dorothea keuchte und schlug die Hände vor die Brust. „Oh, ja, bitte! Das wäre wundervoll!"

Alle um sie herum klatschten und jubelten, als Mr Culpepper seine Zukünftige in eine unbeholfene Umarmung schloss. In Anbetracht von Dorotheas beschei-denen Verhältnissen erinnerte Robert sich unwillkürlich daran, ihr eine angemessene Mitgift anzubieten, wenn die Eheverträge aufgesetzt würden.

Das kurze Aufblitzen von rotem Stoff zwischen den Leuten machte Robert darauf aufmerksam, dass seine Frau in Richtung der Küche verschwunden war. Von seiner eigenen Enttäuschung und wachsenden Frustration getrieben, folgte er ihr, musste aber feststellen, dass sie nach draußen in den ummauerten Garten getreten war und einfach nur dastand und ins Leere starrte. Er packte sie am Ellbogen und drehte sie zu sich. „Sag mir, was los ist. Es ist mir egal, was es ist, aber *sag es mir*."

Ihre Augen waren voller Tränen.

„Bist du krank?" Er schüttelte sie sanft. „*Stirbst* du?"

„Nein, *natürlich* nicht. Ich ..."

„Was in Gottes Namen habe ich dann getan, dass du dich so sehr von mir abwendest?" Sie versuchte, sich aus seinem Griff zu befreien, aber dieses Mal ließ er es nicht zu. „Was ist los? Ich weigere mich, wieder hineinzugehen, bis du es mir sagst."

„Ich brauche nur Zeit, um mich an den Gedanken zu *gewöhnen*, um zu akzeptieren, dass ..."

„Um *was* zu akzeptieren?"

Ihre Augen blitzten. „Wenn du aufhören würdest, mich so unter Druck zu setzen und zu unterbrechen, könnte ich vielleicht einen Satz zustande bringen!"

„Lucy, es ist eiskalt hier draußen, mein Bein schmerzt und du versuchst zu umgehen, mir die Wahrheit zu sagen. Nichts von alledem wird meine Laune verbessern!", knurrte Robert.

Sie holte tief und zitternd Luft. „Erstens hast du kein Recht, wütend auf mich zu sein. *Du* bist derjenige, der unsere Ehe auseinandertreiben lässt!"

„Was, zum *Teufel*, soll ich denn jetzt wieder verbrochen haben?"

„Nur das, was die meisten Gentlemen tun, wenn ihre Frauen nicht ihre ... Bedürfnisse befriedigen."

„Ich verstehe dich nicht."

„Du hast sehr deutlich gemacht, dass du mich nicht mehr begehrenswert findest."

„*Was*?" Er blinzelte sie verdutzt an. „Wie, in Gottes Namen, hast du dir diesen lächerlichen Unsinn zusammengereimt?"

Sie wandte den Blick von ihm ab. „Du hast mich seit letztem Sommer nicht mehr aufgesucht."

Jetzt war es an ihm, den Blick zum Himmel abzuwenden. „Du wärst letzten Sommer fast gestorben."

„Das kann man so nicht sagen, aber ..."

„Ich war die ganze Zeit da, an deinem Bett." Er packte ihren Arm fester. „Du wärst fast *gestorben*. Glaubst du, ich bin die Art von Mann, die sich fröhlich weiter vergnügt, wenn die Gesundheit und die gesamte *Existenz* seiner Frau auf dem Spiel steht?"

„Was willst du damit sagen? Dass du dich dazu entschieden hast, mich zu ersetzen, um mich zu schützen?"

Er verzog das Gesicht. „Ich habe mich dazu *entschieden*, die Anordnungen meines Arztes zu befolgen und dich sechs Monate lang in Frieden zu lassen, damit du dich erholen kannst!"

„Das hat Dr. *Fletcher* gesagt?" Zum ersten Mal musterte sie sein Gesicht.

„Ja. Willst du andeuten, ich hätte mir irgendeine *Mätresse* genommen?" Er wich zurück und ließ von ihrem Arm ab. Er wandte sich halb von ihr weg. Sein Herz schmerzte und ihm wurde schlecht. „Vielleicht ist jetzt doch der richtige Zeitpunkt, wieder hineinzugehen."

„Ich dachte, ich hätte Grund zu der Annahme."

Er sah sie nicht direkt an. „Weil du *Klatsch und Tratsch* Gehör geschenkt hast? Ich dachte, du würdest über derartigen Dingen stehen."

Sie stieß ihn in die Seite und er blickte überrascht in ihre Augen, die ihn verzweifelt ansahen. „Ich *dachte*, ich hätte Beweise dafür."

„Für mein untreues Verhalten?", spottete er. „Du weißt sehr genau, dass ich solche Dinge meinem Cousin Paul überlasse."

„Ich habe dich mit Mrs Jarvis gesehen!"

„Wobei gesehen?" Er blinzelte sie an. „Wie wir in aller Öffentlichkeit im Schankraum des Gasthauses Unzucht treiben?"

„Ihr kamt zusammen aus den Ställen. Sie hielt deinen Arm und du hast gelacht und warst voller Stroh."

„Das ist alles? Das sind deine Beweise?“ Er brüllte inzwischen und es war ihm egal, wer ihn vielleicht hören konnte. „Du hast gesagt, wir brauchen eine neue Küchenkatze. Mrs Jarvis hat mir einen Wurf neugeborene Kätzchen gezeigt. Ich wollte dich am ersten Weihnachtstag mit einem davon überraschen!“

„Oh.“ Lucy biss sich auf die Lippe.

„*Oh*? Ist das alles, was dir dazu einfällt?“ Er schüttelte den Kopf. „Dein mangelndes Vertrauen in mich ist unfassbar.“ Er nickte ruckartig. „Vielleicht hat deine Idee mit den getrennten Betten ja doch etwas für sich. Gute *Nacht*, Lady Kurland.“

Er war drei volle Schritte gegangen, bevor Lucy ihr Zittern überwand und die Stimme wiederfand.

„Sie sagte, sie hätte dich in London kennengelernt. Sie hat angedeutet, dass du sie auf intime Weise gekannt hast.“

Er blieb stehen, sein ganzer Körper spannte sich an.

„Ich dachte, du hättest sie vielleicht dazu bewegt, hierher ins Dorf zu kommen.“ Sie schloss die Augen und zwang sich, weiterzusprechen. „Ich habe mich gefragt, ob du dich vielleicht entschieden hast, die Sache praktisch zu sehen, und unsere Ehe trotz meines Versagens aufrechterhalten wolltest, weil du mich immer noch schätzt, und ...“

„Lucy ...“ Er unterbrach sie erneut. „Wie konntest du *jemals* auch nur denken, dass ich dir Versagen zur Last lege?“

„Weil ich versagt *habe*. Ich habe es nicht geschafft, dir einen Erben zu schenken, und ich scheitere nie bei etwas, das ich mir vornehme.“

Sein langes Schweigen bestätigte ihre schlimmsten Befürchtungen. Dann wandte er sich vollständig zu ihr und sah ihr tief in die Augen.

„Vielleicht schätze ich dich mehr, als du dich selbst schätzt?", schlug er leise vor. „Vielleicht hätte ich lieber *dich* in meinem Leben als das vage Bild eines ungeborenen Kindes?"

Warme Tränen liefen ihr das Gesicht hinunter. „Aber *ich* will dieses Kind. Warum du nicht?"

„Du meinst einen Sohn, der groß wird und unbedingt zur Armee gehen will wie sein unfassbar dummer Vater?" Er zuckte mit den Schultern. „Oder eine Tochter, die bei der Geburt ihres eigenen Kindes ihr Leben verliert? Ein weiterer Sohn, der sein Leben in einem sinnlosen Krieg hergibt, wie dein Bruder, wie viele meiner Freunde?"

„Aber der Familienbesitz, dein Erbe, der Titel ...", flüsterte Lucy.

„Ist dir *das* mehr wert als dein eigenes Leben?" Er gestikulierte frustriert mit den Händen. „Mehr als *meins*? Kurland Hall wird noch immer hier sein, wenn ich schon lange tot bin, egal, wem es dann gehören mag. Wenn der Krieg mich eins gelehrt hat, Lucy, dann jeden Tag so zu leben, als wäre es mein letzter."

Sie nickte. Der Knoten unterdrückter Tränen in ihrer Kehle war zu eng, um zu sprechen.

„Ich bin nicht wie dein Vater." Er verzog das Gesicht. „Ich habe nicht vor, deine Position zu untergraben, indem ich eine Mätresse hier im Herrenhaus oder im Wirtshaus einquartiere."

„Ich weiß." Sie war ihm eine Erklärung schuldig, aber es fiel ihr so *schwer*, fortzufahren. „Ich habe mich sehr gegen die Vorstellung gesträubt, dass du zu so etwas fähig sein könntest, bis ich heute das hier erhielt."

Sie hatte den Brief den ganzen Tag mit sich herumgetragen, zu ängstlich, um ihn aus den Augen zu lassen. Sie hielt ihn Robert hin, der zunächst nicht reagierte.

„Bitte lies ihn", sagte sie.

Er nahm den Brief, faltete ihn auseinander und hielt ihn beinahe an die Nase, um ihn im schwachen Licht lesen zu können. Langsam wanderten seine Augen hinauf zu ihren. „Was zum *Teufel* ...?"

„Mrs Jarvis sagte, sie habe ihren Sohn Bobby nach dir benannt. Seine Geburt fällt genau in die Zeit, von der sie behauptet, dich zum ersten Mal getroffen zu haben. Und er hat dunkles Haar und blaue Augen." Die Worte laut auszusprechen, machte alles noch schlimmer für sie.

„Lucy, ich schwöre beim Grab meiner Mutter, dass er nicht mein Sohn ist."

„Wie kannst du das sagen?"

„Weil ich nie mit Mrs Jarvis geschlafen habe." Er erwiderte ihren Blick entschlossen. „Willst du auch darauf einen Eid von mir?"

„Sie hat *angedeutet* ..."

„Sie sucht Aufmerksamkeit und neigt dazu, die weniger glamourösen Seiten ihres Lebens zu dramatisieren. Ich bin ihr in London begegnet, aber sie war viel zu freizügig mit ihren Gefälligkeiten, um mich anzusprechen. Und ich war viel zu schüchtern und nicht aristokratisch genug, um ihre Aufmerksamkeit zu erregen."

„Ich bin *so* froh darüber."

Er zog eine Augenbraue hoch. „Dass ich nicht begehrenswert genug war?"

„Ja." Sie hob ihr Kinn; sie zitterte am ganzen Körper. „Du verdienst eine Entschuldigung von mir."

„Für was genau? Dafür, dass du geglaubt hast, dass ich eine uneheliche Beziehung führe oder dafür, dass du annahmst, ich hätte ein uneheliches Kind?"

„Für einfach alles."

Er musterte sie einen langen Moment lang mit zur Seite gelegtem Kopf. Seine blauen Augen funkelten im Mondlicht. „Ich kann deine Entschuldigung nicht annehmen."

„Warum nicht?", fragte sie mit brechender Stimme.

„Weil ich mir etwas viel Schlimmeres zuschulden kommen ließ." Er humpelte auf sie zu und berührte sanft ihr Kinn. „Ich habe dich zum Weinen gebracht."

„Das ist kaum so gewichtig wie die Verunglimpfung deines Charakters", konterte sie.

„Verurteilst du dich jetzt schon selbst?" Seine Stimme wurde weicher. „Ich werde mir eine angemessene Bestrafung ausdenken müssen." Er drückte seinen Mund auf den ihren. „Etwas ..."

Sie stellte sich auf die Zehenspitzen und erwiderte seinen Kuss, bis seine Arme sich um sie schlossen und nichts anderes mehr zählte als sein Wesen, sein Geschmack, sein Duft und seine Bereitschaft, zu verstehen und zu verzeihen.

„Sir Robert?"

Foleys höfliche Stimme schwebte durch die frostige Luft zu ihnen herüber. Lucy unterbrach den Kuss eilig und vergrub das Gesicht in Roberts Uniformmantel.

„Ihre Gäste fragen sich schon, wo Sie stecken, Sir, und falls Sie es noch nicht bemerkt haben, es schneit.“

Lucy betrachtete das stille Weiß, das um sie herunterrieselte, und sah dann wieder zu Robert.

„Dann sollten wir vielleicht beide ins Haus gehen“, murmelte Robert.

Kapitel 19

Lucy löste sich aus Roberts Armen und kletterte aus dem Bett. Wegen ihren Verpflichtungen als Gastgeber des Balls und dem Neubeginn ihrer nächtlichen Aktivitäten hatten sie kaum Schlaf gefunden. Lucy war aber zu unruhig, um im Bett zu bleiben. Das Haus war still um sie herum, eingehüllt in eine dicke Schneedecke, die jegliche Geräusche dämpfte und die vertrauten Blickfänge des heimischen Parks unter endlosem Weiß verschwinden ließ.

Sie zog sich schnell ein lockeres Morgenkleid an, ohne Bettys Hilfe in Anspruch zu nehmen. Sie wollte sich dringend vergewissern, dass im Haus wieder alles in Ordnung war und dass die Köchin bereit war, allen eine große Mahlzeit zum Frühstück zu servieren. Heute würde niemand mehr vom Anwesen abreisen.

Wenn alles nach Plan verlaufen war, hatte Mr Hopewell die beiden Collies ins Herrenhaus gebracht und einen der Bediensteten angewiesen, auf sie aufzupassen, bis sie bereit war, sie endlich Robert zu übergeben. Sie war sich recht sicher, dass Foley und ihre Haushälterin, Mrs Cooper, nicht von der Vorstellung begeistert sein würden, zwei Hunde im Haus zu haben, aber Robert würde sie zweifelsohne schnellstmöglich erziehen.

Sie hielt auf dem Treppenabsatz inne, um den Schnee durch das große Fenster zu betrachten. Er hatte ihre Sünden wirklich bemerkenswert bereitwillig verziehen. Sie war wirklich mit Glück gesegnet. Manchmal verstand er ihre Ängste besser, als sie es selbst tat. Sie hatte es sich nie eingestanden, aber insgeheim hatte sie immer geglaubt, dass Robert sich am Ende doch irgendwie wie ihr Vater verhalten würde – dass alle Männer in ihrem tiefsten Wesen im Grunde wie ihr Vater waren. Wie auch Anna hatte sie offensichtlich mehr Narben von dem abrupten Ende ihrer Kindheit davongetragen, als ihr vielleicht bewusst war.

Während sie die Treppe hinunterschritt, ging Lucy noch einmal die geplanten Aktivitäten für den Tag durch. Die Geschenke würden ausgetauscht werden, sobald alle Gäste und Familienmitglieder aufgestanden waren. Insgesamt würde es sich vermutlich bis zum Mittag ziehen. Sie erwartete die Gruppe aus dem Pfarrhaus zu einem späten Abendessen, sofern es bis dahin möglich war, mit der Kutsche zu fahren, oder sie bereit waren, den Weg zu Fuß auf sich zu nehmen. Anschließend waren Gesellschaftsspiele und danach einige Partien Kartenspiele vorgesehen.

Es gab noch die Angelegenheit mit Mr Clapper und seiner Anwesenheit in Kurland St. Mary aufzuklären, aber das würde wohl bis zum Stephanstag warten müssen. Er würde wahrscheinlich nicht abreisen, bevor Robert zu seiner Zufriedenheit Klarheit in die Sache gebracht hatte und Lucy war sich ziemlich sicher, dass Mr Clapper des Mordes schuldig war. Lucy raffte ihre Röcke und machte sich auf den Weg in die

Küche. Sie konnte bereits den deftigen Geruch von Gänsebraten ausmachen, in den sich der Duft von Zitronen- und Orangenschalen mischte.

Eine Stunde später, nachdem sie sich mit der Köchin abgesprochen, die Welpen noch einmal angeschaut und Foleys Sorgen beschwichtigt hatte, begegnete Lucy dem Leibdiener von Robert an der Hintertreppe.

„Frohe Weihnachten, Mylady. Sir Robert wird in Kürze mit Ihnen frühstücken."

„Vielen Dank, Silas. Ich werde mich ins Morgenzimmer begeben und ihn dort erwarten."

Sie war bereits durch die Haupthalle gegangen, als ihr einfiel, dass Josephine und Rebecca ebenfalls noch im Haus waren. Sie bezweifelte, dass die Familie Hall besonders glücklich darüber sein würde, wenn ihre Tochter den Weihnachtstag nicht mit ihnen feierte. Sie machte sich auf den Weg zurück in die Küche und begann, sich unterwegs innerlich für ihre eigene Unachtsamkeit zu tadeln. Sie hatte die Mädchen völlig vergessen, was ihr ganz und gar nicht ähnlich sah.

Sie traf auf Mrs Cooper und erhielt die Zusicherung, dass ihre Haushälterin alles Notwendige tun würde, damit die Mädchen nach dem Aufwachen sicher ins Dorf zurückgebracht würden, selbst wenn einer der Diener einen Weg für sie graben müsste. Als sie zum dritten Mal ansetzte, in die Morgenstube zu gehen, wo das Frühstück bereitstand, wurde Lucy langsam müde. Von Robert war noch nichts zu sehen, aber Foley stellte gerade eine Kanne Kaffee auf der Anrichte ab.

„Sir Robert ist gegangen, um etwas aus seinem Arbeitszimmer zu holen, Mylady. Er wird sicher gleich zurück sein.“

„Danke, Foley.“

Sie blieb unschlüssig an der Tür stehen. Sie wollte Robert von Mr Clappers früher Kenntnis von Miss Broomfields Tod in Kenntnis setzen, bevor er sich mit dem jungen Anwalt traf. Warum hatte er diesbezüglich gelogen? Sie wollte außerdem wissen, ob Robert Miss Broomfields Tagebuch zu Ende gelesen hatte.

In Wahrheit wollte sie ihn einfach nur sehen. Lucy lächelte über ihre eigene Albernheit und machte sich auf den Weg zu Roberts Arbeitszimmer. Die Tür stand einen Spalt offen und sie konnte hören, wie er mit jemandem sprach.

„Mein liebes Mädchen, das ist doch lächerlich. Jetzt nimm die Waffe runter und ...“

„Nein.“

Lucy erstarrte und drückte dann mit den Fingerspitzen gegen die Tür, sodass sie geräuschlos aufschwang. Robert stand hinter seinem Schreibtisch und Josephine Blake hielt eine Pistole auf seinen Kopf gerichtet.

„Ich werde Sie erschießen. Mr Greenwell hat mir beigebracht, wie man eine Pistole richtig abfeuert, also glauben Sie nicht, dass ich vorbeischieße“, sagte Josephine, für Lucys Geschmack viel zu ruhig. „Aber ich will auch, dass Sie so leiden, wie meine Mutter wegen Ihnen jahrelang leiden musste.“

„Ich widerspreche dir nur ungern, aber soweit ich weiß, bin ich nicht mit deiner Mutter vertraut.“ Robert klang ebenso ruhig wie Josephine und nahm Lucys

Anwesenheit nicht wahr, als diese einen kleinen Schritt ins Zimmer machte.

„Meine Mutter ist *tot*."

„Es tut mir leid, das zu hören."

„*Sie* haben sie getötet."

„Bist du dir da ganz sicher?" Robert runzelte die Stirn. „Wie war ihr Name?"

Josephines Lachen war schneidend. „Sie können sich nicht einmal an die Namen der Frauen erinnern, die Sie ruiniert haben? Ihr Name war April Blake. Sie haben sie hier kennengelernt, als die Greenwells zu Besuch in ihrem Haus in Lower Kurland waren."

„Ich kann mich nicht erinnern ..."

„Sie haben sie kennengelernt und verführt, und als sie zu ihrer Familie in London zurückkehrte und erfuhr, dass sie schwanger war, wurde sie verstoßen. Sie war eine *Lady* und Sie haben sie ruiniert. Nur weil ihr Bruder Grenville Mitleid mit ihr hatte, hat sie überhaupt überlebt."

Lucy trat einen weiteren Schritt nach vorne, den Blick auf einen großen Messingbriefbeschwerer gerichtet, der auf einem der Tische stand und eine detaillierte Karte des Kurland-Anwesens fixierte.

Robert atmete langsam aus und setzte sich an seinen Schreibtisch. „Willst du damit sagen, dass du mein Kind bist?"

„Ja." Josephine hob das Kinn. „Ich sehe sogar aus wie Sie."

„Du hast zwar meine Haarfarbe, aber da bist du kaum die Einzige." Robert erwiderte ihren Blick. „Du bist also die Person, die meiner Frau diese furchtbaren Briefe geschrieben hat?"

„Ich wollte, dass sie sich aufregt. Ich *wollte*, dass sie weiß, was für einen Mann sie geheiratet hat."

„Und doch war Lady Kurland immer sehr nett zu dir."

„Es ist ja auch leicht für sie, freundlich und herablassend zu sein, wenn sie alles hat, was meiner Mutter hätte gehören sollen, wenn Sie nur ein Ehrenmann gewesen wären."

„Hast du auch an Miss Broomfield und Mr Harrington geschrieben?", erkundigte sich Robert.

„Als sie merkte, dass sie schwanger war, suchte meine Mutter Mr Harrington im Pfarrhaus auf, um ihn um Hilfe zu bitten, um Sie aufzuspüren. Er wies sie ab. Er sagte ihr nur, dass er für sie beten werde." Lucy verzog die Miene.

„Und was ist mit Miss Broomfield?"

„Sie war geistesgestört", sagte Josephine kühl. „Sie war besessen von der Sündigkeit."

„Diesen Eindruck hatte ich ebenfalls. Hast du vielleicht Briefe für sie geschrieben oder ausgetragen? Hat dich das auf die Idee gebracht, deine eigenen zu verfassen?"

Josephine zuckte mit den Schultern. „Möglicherweise haben unsere Interessen eine Weile übereingestimmt."

„Was ist dann passiert? Hat sie dich bedroht?"

Die schwere Pistole in Josephines Hand begann, leicht zu zittern.

„Sie war nicht damit einverstanden, dass ich ihre Schulvorräte benutzte, um meine Briefe zu verschicken. Sie hat mich dabei ertappt, wie ich Ihnen schrieb, und beschloss, Sie lieber selbst zu erpressen."

„Und das konntest du natürlich nicht zulassen." Robert sah herunter auf seine verschränkten Hände. „Wann genau wurdest du geboren?"

„Am zehnten August achtzehnhundertfünf."

„Damit wärst du, nach der allgemein anerkannten Rechenweise im November oder Dezember des Vorjahres gezeugt worden."

„Ja. Was spielt das für eine Rolle?"

„Es tut mir leid, meine Liebe." Robert seufzte. „Ich war zu der Zeit nicht in Kurland St. Mary."

„Das ist eine Lüge." Die Pistole zitterte noch stärker und sowohl Lucy als auch Robert spannten sich an.

„Ich kann es beweisen, wenn du es mir gestattest. Wenn ich mich recht erinnere, war ich zu der Zeit schon bei meinem Regiment. Napoleon drohte, in England einzumarschieren, und hatte eine Flotte von Transportschiffen gebaut, um seine Truppen über den Kanal zu bringen. Das bedeutete, dass ich von meiner Kaserne in London an die Südküste Englands verlegt wurde. Meine Mutter lebte zu dieser Zeit noch, und ich langweilte mich so sehr, dass ich ihr oft schrieb. Ich glaube, die Briefe befinden sich im Kurland-Archiv, zusammen mit Zeitungsausschnitten über meine Aktivitäten im Regiment, die meine Mutter zu sammeln pflegte."

„Das ist eine Lüge."

„Warum sollte ich lügen?" Robert beugte sich nach vorn. „Wenn du wirklich mein Kind wärst, denkst du, ich würde dich verstoßen?"

„Natürlich würden Sie das", erwiderte Josephine voller Verachtung. „In der Hinsicht hat Miss

Broomfield recht: Kein Gentleman erkennt bereitwillig seine Bastarde an."

„Dann bin ich vielleicht kein besonders guter Gentleman. Wenn ich von deiner Existenz gewusst hätte – *wenn* ich deine Mutter derart missbraucht hätte – hätte ich sie entweder geheiratet oder dafür gesorgt, dass sie den Rest ihres Lebens finanziell abgesichert wäre."

„Meine Mutter hat mir gesagt, dass Sie es waren. Warum lügen Sie noch weiter?"

Lucy erreichte den Tisch und ließ die zitternde Hand um das schwere Messingstück gleiten.

„Warum sollte sie mich auf ihrem Sterbebett anlügen?", fragte Josephine herausfordernd. „Sie war hier in Kurland St. Mary. Sie wurde von einem Schurken verführt und schwanger und allein zurückgelassen."

„Das mag ja alles stimmen, aber dieser Schurke war nicht ich", sagte Robert entschieden.

Mit einem unverständlichen Ausruf hob Josephine die Pistole und gleichzeitig warf Lucy den Messingbeschwerer mit all ihrer Kraft. Ein Schuss löste sich aus der Pistole, verfehlte jedoch sein Ziel und zertrümmerte den Spiegel über dem Kamin. Ein Scherbenregen ging über sie alle nieder.

Robert stürzte zu Boden, Lucy warf sich auf Josephine und setzte sich auf ihren strampelnden Körper, bis die Tür aufsprang und Foley und Dermot hereingestürmt kamen.

„Foley, holen Sie James", rief Lucy, wobei sie versuchte, das Pfeifen in ihren Ohren zu übertönen. „Mr Fletcher, kümmern Sie sich um Sir Robert."

Dermot rannte zum Schreibtisch hinüber und kniete sich hin.

„Ich glaube, er hat sich beim Sturz den Kopf gestoßen, Mylady. Er wurde nicht getroffen. Ich gehe meinen Bruder holen."

Lucys Gesicht brannte von den unzähligen Schnitten des Glases. Blut lief ihren Hals hinunter und befleckte das Mieder ihres Gewands. Josephine hatte weniger Schnittwunden erlitten, da sie weiter von dem zerbrochenen Spiegel entfernt stand. Sie wehrte sich nicht länger, sondern lag passiv mit völlig ausdruckslosem Gesicht auf dem Teppich. Auch wenn sie nachsehen wollte, ob Robert wirklich unverletzt war, blieb Lucy, wo sie war, bis Foley mit James im Schlepptau ins Zimmer stürmte. „Foley?"

„Ja, Mylady?"

„War Mr *Paul* Kurland zufällig im Winter achtzehnhundertvier in Kurland Hall ansässig?"

„Ich müsste in den Unterlagen nachsehen, Mylady, aber ich habe das Gefühl, dass er hier war. Er war erneut von Cambridge hierher geschickt worden, hatte Schulden und war in Ungnade gefallen. Warum fragen Sie?"

Lucy zerrte Josephine auf die Beine. „James, könnten Sie mich begleiten und dafür sorgen, dass Josephine keine Dummheiten macht?"

„Natürlich, Mylady."

Lucy hielt Josephine fest am Oberarm gepackt und führte sie in die Porträtgalerie von Kurland Hall, um sich das Bild von Robert und seinem unzuverlässigen Schurken von einem Cousin anzusehen.

„Dies ist ein Porträt von Robert und seinem Cousin Paul. Siehst du, wie ähnlich sie sich sind? Ich würde eine hohe Summe wetten, dass es höchstwahrscheinlich dieser Mann war, wenn jemand namens Kurland *tatsächlich* deine Mutter verführt hat.“

Josephine starrte das Bild einen langen Moment lang an. „Das spielt doch jetzt keine Rolle mehr, oder?“

„Für mich spielt es eine Rolle“, sagte Lucy wütend. „Es spielt eine Rolle, dass du einen ehrenwerten Mann verleumdet und versucht hast, ihn zu töten.“

„Wieso?“ Josephine zuckte mit den Schultern. „Wenn ich ihn umgebracht hätte, wären Sie eine reiche Witwe geworden.“

„So, wie du Miss Broomfield getötet hast?“

Ein kleines Lächeln umspielte Josephines Lippen. „Das betrachte ich als einen Dienst an jedem Kind, das sie jemals geschlagen hat oder das sie versucht hat, zu brechen. Wussten Sie überhaupt, dass sie an ihrer letzten Schule eines der Mädchen so sehr tyrannisiert hat, dass es sich umbrachte? Sie empfand keinerlei Reue für ihre Taten.“

„Also in etwa so wie du.“

„Vielleicht“, stimmte Josephine ihr zu. „Manche von uns müssen für sich selbst sorgen, so gut sie können.“

„Ist es dir nicht in den Sinn gekommen, Sir Robert einfach zu *fragen*, ob er dein Vater ist?“

Josephine wandte den Blick ab und ließ die Schultern sinken. „Wie ich schon sagte, es spielt keine Rolle mehr, oder?“

***

„Nun, das war ein aufregenderer Weihnachtsmorgen, als ich erwartet hatte“, bemerkte Lucy, während sie den Eisbeutel von Roberts Kopf nahm und die Schwellung untersuchte. Er lag auf dem Sofa in seinem Arbeitszimmer. Die Glasscherben waren zusammengekehrt worden und im Haus war wieder Ruhe eingekehrt. Sie war unendlich froh, dass die meisten Gäste noch im Bett gelegen hatten, als sich das chaotische Treiben ereignet hatte. „Die Schwellung sieht schon viel besser aus. Wie geht es mit den Kopfschmerzen?“

„Besser. Danke. Was hast du mit Josephine gemacht?“

„Sie ist in einem der Zimmer der Bediensteten eingesperrt und James bewacht die Tür.“ Lucy seufzte. „Sie ist offensichtlich geistig verwirrt. Sie hatte keinerlei Gewissensbisse wegen des Mordes an Miss Broomfield.“

„Und wenn ich nur zehn Minuten früher in der Schule angekommen wäre, hätte ich sie vielleicht auf frischer Tat ertappt. Anstatt sie für ein Kind zu halten, das aus Angst wegläuft, hätte ich sie als Mörderin entlarven können, die versucht, ihrer Strafe zu entgehen. Sie wirkt so *kindlich*, dabei hat sie so gewissenlos handeln können.“ Robert seufzte. „Und was ist, wenn sie wirklich Pauls uneheliche Tochter ist? Muss ich dann meine eigene Nichte vor Gericht und möglicherweise an den Galgen bringen?“

„Darüber machen wir uns später Gedanken“, sagte Lucy beschwichtigend. Robert setzte sich auf und warf die Decke beiseite. „Ich denke, wir sollten mit Mr

Clapper sprechen, meinst du nicht? Ich würde gerne alle offenen Fragen klären."

„Geht es dir gut genug, um ihn zu sehen?" Lucy musterte Roberts Gesicht. Der verkrampfte Kiefer verriet ihr, dass er immer noch Schmerzen hatte.

„Ich werde es überleben. Dr. Fletcher sagt, ich habe einen bemerkenswert dicken Schädel."

Es klopfte an der Tür und Tante Rose spähte herein. „Oh, gut. Ihr seid beide hier. Steh nicht auf, Robert."

Lucy bedeutete Rose, den Platz ihnen gegenüber einzunehmen. „Ist alles in Ordnung?"

„Ja, das ist es." Rose drapierte ihre lavendelfarbenen Seidenröcke um sich, während sie sich setzte. „Ich wollte mich bei euch beiden für die Einladung bedanken, dauerhaft auf Kurland Hall zu wohnen, aber ich habe beschlossen, sie abzulehnen."

„Das ist schade", sagte Robert geradeheraus. „Wir hatten gehofft, dass du annehmen würdest."

„Der einzige Grund, warum ich *ablehne*, ist, dass mir ein anderes Angebot gemacht wurde."

„Du hast dich mit deinen Kindern versöhnt und gehst zurück nach London?" Lucy versuchte, von dem Gedanken begeistert zu wirken.

„Ah, nicht ganz." Rose hob den Kopf, ihre Augen funkelten. „Ich habe einen Heiratsantrag von Mr Harrington erhalten und ich gedenke, ihn anzunehmen."

Versteckt unter ihren Röcken, drückte Roberts Hand fest die von Lucy.

„Das sind höchst unerwartete Neuigkeiten!" Robert schien einen Moment nach passenden Worten zu suchen. „Entschuldige meine Offenheit, aber bist du dir da ganz sicher?“

„Das bin ich.“ Roses Lächeln war strahlend. „Wir sind in etwa gleich alt, wir haben viele gemeinsame Interessen und das Beste ist, dass ich eine zweite Familie gewinne, einschließlich deiner wunderbaren Frau und ihrer jüngeren Geschwister.“

„Weiß Anna davon?“, quiekte Lucy.

„Ja. Ich habe während des Balls mit ihr gesprochen und sie hat mir ihren Segen gegeben.“ Rose zögerte. „Ich sollte betonen, dass ich Mr Harrington gesagt habe, dass ich nur dann zustimmen würde, wenn auch ihr beide damit einverstanden seid.“

Lucy tauschte einen Blick mit Robert aus und holte tief Luft. „Ich wünsche euch beiden nichts als Glück. Mir fällt kein einziger Grund ein, warum mein Vater nicht von deiner hervorragenden Gesellschaft und deinem Rat profitieren sollte.“

„Das sehe ich genauso. Mr Harrington kann sich sehr glücklich schätzen.“ Robert erhob sich, um seiner Tante einen Kuss auf die Wange zu geben. „Ich wünsche dir alles Glück der Welt.“

Nachdem Rose gegangen war, schüttelte Lucy den Kopf.

„Findest du dich tatsächlich einfach so mit dieser Ehe ab?“, fragte Robert zögernd.

„Je mehr ich darüber nachdenke, desto mehr gefällt mir die Idee“, sagte Lucy entschlossen. „Tante Rose wird die schlimmsten Exzesse meines Vaters eindämmen und er wird ihr die Gesellschaft bieten, nach der sie sich sehnt. Außerdem wird Anna wieder frei sein, ihre eigenen Entscheidungen zu treffen.“

Robert küsste Lucys Hand. „Sollen wir uns also jetzt mit Mr Clapper befassen, bevor wir unseren Gästen diese neue Verbindung bekannt geben?"

„Ich denke, das sollten wir." Lucy verzog das Gesicht. „Ich war ganz davon überzeugt, dass er Miss Broomfield getötet hat, aber das scheint nicht der Fall gewesen zu sein. Sollten wir uns bei ihm entschuldigen?"

„Da bin ich mir nicht so sicher." Robert nickte in Richtung der Glocke. „Klingel nach Foley und bitte ihn darum, Mr Clapper sofort herzuschicken."

Robert humpelte zu seinem Stuhl am Schreibtisch, während Lucy rechts neben ihm Platz nahm. Ein Klopfen an der Tür kündigte Mr Clapper an, der mit nervöser Miene eintrat. Er trug einen geliehenen Mantel, von dem Robert annahm, dass er Dermot Fletcher gehörte.

„Sie wollten mich sprechen, Sir?"

„Ja. Bitte setzen Sie sich."

Mr Clappers unterwürfiges und doch herausforderndes Benehmen erinnerte Robert an beinahe jeden jungen Offizier, den er während seiner Militärkarriere hatte zurechtweisen und disziplinieren müssen.

„Meine Frau und ich sind nicht überzeugt, dass Sie die Wahrheit über Ihre Angelegenheiten mit Miss Broomfield gesagt haben. Würden Sie Ihrer Geschichte etwas hinzufügen wollen?"

„Ich habe sie nicht umgebracht."

Robert hob eine Augenbraue. „Ich glaube nicht, dass ich Ihnen das unterstellt habe, aber da das Thema Sie offensichtlich beschäftigt: Was haben Sie sonst noch dazu zu sagen?"

„Ich habe es Ihnen doch schon gesagt. Ich bin zum Schulhaus gegangen und Miss Broomfield hat nicht aufgemacht."

„Und?" Mr Clapper sagte nichts, also sprach Robert weiter. „Ihnen ist bekannt, dass ich der örtliche Magistrat bin? Wenn ich Anlass habe, zu glauben, dass es auch nur den geringsten Beweis für Ihre Schuld gibt, kann ich Sie nach Hertford überstellen lassen und vor dem dortigen Gericht Anklage erheben."

„Ich habe sie *nicht* umgebracht!"

„Was haben Sie dann gemacht, als sie nicht auf Ihr Klopfen reagierte, Mr Clapper? Sind Sie zahm zum Gasthaus geritten oder haben Sie versucht, in das Schulhaus einzudringen, weil Sie glaubten, dass sie Ihnen etwas schuldig war?"

Mr Clappers Gesicht wurde bleich. „Was wollen Sie damit andeuten, Sir?"

„Dass Sie nicht einfach gegangen sind, sondern sich durch den Vordereingang, von dem wir wissen, dass er unverschlossen war, Zutritt zur Schule verschafft haben, in der Absicht, Ihre Belohnung einzufordern." Robert lehnte sich zurück. „Ich möchte wetten, dass die Szene, die Sie vorfanden, bei weitem nicht Ihren Erwartungen entsprach und Sie sich erst *dann* entschieden, wegzurennen. Liege ich richtig?"

„Sie saß an ihrem Pult ...", krächzte Mr Clapper. „Sie war *tot* und jemand hatte ihr mit einem Federkiel ins Auge gestochen. Es war ... *furchtbar*. Ich drehte mich um und rannte los, aber ich schwöre, ich habe ihr kein Haar gekrümmt."

„Sie sind nicht geblieben, um nach dem Schmuck zu suchen, den Sie zu erhalten hofften?“

Mr Clapper wurde starr. „Ich ...“

„Sie haben sie erpresst“, sagte Robert ohne Umschweife. „Sie waren die einzige Person, die genau wusste, warum sie ihre frühere Stelle verlassen hatte. Sie waren die *einzige* Person, mit der sie in ständigem Kontakt stand, seit Miss Broomfield ihre Familie wieder anerkannt hatte, und Sie wussten alles über ihre sehr bewegte Vergangenheit. Sie war besorgt, dass Sie diese Informationen an den Schulausschuss weitergeben würden und sie war gewillt, für Ihr Schweigen zu bezahlen.“

Mr Clapper schüttelte den Kopf, sein Mund öffnete und schloss sich wie der eines Fischs an Land.

„Haben Sie dazu nichts mehr zu sagen, Sir?“, fragte Robert.

„Es war das erste Mal. Ich schwöre es.“ Der junge Mann blickte von Lucy zu Robert. „Ich brauchte das Geld, um meine Karriere voranzutreiben. *Sie* brauchte es nicht. Sie hatte sich für ihren Weg selbst entschieden.“

„Aber der Schmuck gehörte nicht Ihnen. Und dann wäre da noch die andere Sache: Dass Sie ihr möglicherweise geholfen haben, einen schrecklichen Justizirrtum zu vertuschen, als sie ein Kind zu Tode schikaniert und gequält hat.“ Robert starrte den Mann an. „Keine dieser Taten ist bewundernswert, Mr Clapper, und keine davon wird man ungeachtet lassen.“ Robert richtete sich auf. „Sie werden hierbleiben, bis sich das Wetter gebessert hat, und dann werde ich Sie nach London in das Büro Ihrer

Arbeitgeber eskortieren lassen. Ich glaube, ich werde es ihnen und der Familie Hillcott überlassen, über Ihr Schicksal zu entscheiden."

Später am Abend stellte sich Lucy hinter Robert, der in der mittelalterlichen Halle vor dem lodernden Feuer saß. Der Geruch von Tannenzweigen, Muskatnuss und Nelken sammelte und zerstreute sich wieder mit den kalten Luftzügen, die durch das alte Gemäuer wehten. Anna, Dermot, Dorothea, George Culpepper und die Zwillinge spielten Feuerdrache, wobei es darum ging, brennende Johannisbeeren aus einer Schale mit angezündetem Schnaps zu fischen. Sie alle schienen sich köstlich zu amüsieren, während die älteren Paare, wie die Fletchers und die Stanfords, beisammensaßen und Tante Rose beim Klavierspielen lauschten. Robert hatte sich sehr über die beiden Colliewelpen gefreut und Joseph Cobbins, der die Hunde sehr ins Herz geschlossen hatte, zu ihrem Hauptbetreuer ernannt. Lucy war sich recht sicher, dass sich die Collies bald eingewöhnen würden. Zu Weihnachten hatte sie kein neues Kätzchen bekommen. Robert hatte ihr taktvoll vorgeschlagen, ins Gasthaus zu gehen und sich selbst ein Lieblingskätzchen auszusuchen.

Mr Clapper war im Zimmer neben Josephine eingesperrt worden, damit James gleichzeitig auch auf ihn aufpassen konnte. Andrew hatte sich bereit erklärt, beide nach London zu bringen und sich mit der Familie Hillcott zu beraten, ob sie strafrechtlich verfolgt werden sollten. Lucy wusste, dass Robert froh sein würde, sich nicht mit Josephine auseinandersetzen zu müssen, und vielleicht sogar geneigt sein würde, für sie um Gnade zu ersuchen.

Robert streckte die Hand nach ihrer aus. „Es war wirklich eine ereignisreiche Weihnachtszeit, nicht wahr, meine Liebste?“

„In der Tat.“ Sie lächelte zu ihm hinunter. „Ich kann nicht behaupten, dass ich alles davon genossen habe. Wie bist du darauf gekommen, dass Mr Clapper Miss Broomfield erpresst hat? Das war ausgesprochen klug von dir.“

Er lächelte. „Das ist nicht allein mein Verdienst. Ich habe neulich Abend Miss Broomfields Tagebuch zu Ende gelesen und sie erwähnte, dass sie erpresst wurde. Es brauchte nicht viel, um zwei und zwei zusammenzuzählen.“

„Ich frage mich, ob Josephine diejenige war, die die Schachtel mit dem Tagebuch und den anderen persönlichen Gegenständen im Schornstein versteckt hat. Das hätte ihr sicherlich geholfen, sich einen Vorteil gegenüber Miss Broomfield zu verschaffen.“

„Da Miss Broomfield diejenige war, die den Schornstein freimachen ließ, hat sie entweder geahnt, dass da oben etwas war und wollte es zurückhaben, oder sie hatte selbst keine Ahnung.“ Er seufzte. „Ich habe keinen Schimmer, *welche* Antwort die richtige ist, aber es war ein sehr praktischer Zufall für uns.“

„Ich frage mich, ob das Päckchen, das ich im obersten Schrank gefunden habe, die Briefe enthielt, die erst später verschickt wurden, oder ob Josephine sie selbst geschrieben hat?“ Lucy überlegte laut. „Das würde sicherlich erklären, warum sie mir nach meinem Sturz abgenommen wurden.“

„Es gibt viele Dinge, die wir wohl nie ganz verstehen werden“, sinnierte Robert.

„Ich war vorhin bei Josephine“, sagte Lucy. „Sie hat zugegeben, Margaret Greenwells Sattelgurt angeschnitten zu haben. Offenbar hatte Margaret herausgefunden, dass Josephine die Verfasserin der Briefe war, und drohte, es ihrer Mutter zu sagen. So erfuhr Margaret von Miss Broomfield. Josephine war sehr in sich gekehrt, zeigte aber keine Anzeichen von Schuld oder Reue wegen dem, was sie getan hat. Das ist für mich nur schwer nachzuvollziehen.“

„Es gibt Menschen auf dieser Welt, die ohne Emotionsregung töten können. Ich habe viele von ihnen in der Armee kennengelernt. Aber das ist das erste Mal, dass ich die Anzeichen dafür bei jemandem sehe, der so jung ist“, sagte Robert.

„Ich weiß, dass Josephine ein hartes Leben hinter sich haben muss, aber sie war nie auf sich allein gestellt oder wurde dem Verhungern überlassen. Sie hatte ein Zuhause, die Möglichkeit, sich unter unserer Schirmherrschaft weiterzuentwickeln und bis vor kurzem auch eine Mutter, die sie liebte.“ Lucy schüttelte den Kopf. „Wenn sie dir von Anfang an die Wahrheit gesagt hätte, hättest du sicher alles getan, um ihr zu helfen.“

„Aber das war auch nicht ihre eigentliche Absicht, oder?“, bemerkte Robert. „Sie hat es genossen, ihre ganz eigene Art von Gerechtigkeit walten zu lassen, genau wie Miss Broomfield.“

Lucy erschauderte, als sie sich an Josephines ausdruckslosen Blick und ihre völlige Gleichgültigkeit gegenüber dem Durcheinander, das sie um sich herum angerichtet hatte, erinnerte.

„Ich werde für sie beten“, sagte sie.

„Das ist sehr großzügig von dir.“ Robert zog sie zu sich und setzte sie auf eine sehr unangemessene Weise auf sein Knie. „Denn mir fällt es im Moment sehr schwer, einem der beiden zu vergeben.“

„Ich bin froh, wenn dieses Jahr vorbei ist.“

Sein Griff um ihre Hand wurde fester und er beugte sich vor, um ihre Lippen zu küssen. „Vielleicht sollten wir uns auf das neue Jahr freuen, mit diesem Jahr abschließen und neu anfangen“, sagte Robert entschlossen.

„Ausnahmsweise, mein liebster Robert“, sagte Lucy, „stimme ich dir voll und ganz zu.“